本书获教育部人文社会科学研究规划基金项目资助
项目名称：诸子散文在英语世界的译介与传播
批准号：09YJA740004



# 诸子散文在英语世界的译介与传播

博学文库
BOXUE WENKU

戴俊霞/著

北京师范大学出版集团
BEIJING NORMAL UNIVERSITY PUBLISHING GROUP
安徽大学出版社

**图书在版编目(CIP)数据**

诸子散文在英语世界的译介与传播/戴俊霞著.
—合肥:安徽大学出版社，2013.12
ISBN 978-7-5664-0660-6

Ⅰ.①诸… Ⅱ.①戴… Ⅲ.①古典散文—英语—翻译
—研究—中国—先秦时代 Ⅳ.①H315.9 ②I207.62

中国版本图书馆 CIP 数据核字(2013)第 285098 号

Zhuzi Sanwen Zai Yingyu Shijie De Yijie Yu Chuanbo
**诸子散文在英语世界的译介与传播** **戴俊霞 著**

---

**出版发行:** 北京师范大学出版集团
安 徽 大 学 出 版 社
(安徽省合肥市肥西路 3 号 邮编 230039)
www.bnupg.com.cn
www.ahupress.com.cn

**经　　销:** 全国新华书店
**印　　刷:** 中国科学技术大学印刷厂
**开　　本:** 152mm×228mm
**印　　张:** 22.25
**字　　数:** 268 千字
**版　　次:** 2014 年 1 月第 1 版
**印　　次:** 2014 年 1 月第 1 次印刷
**定　　价:** 45.00 元
ISBN 978-7-5664-0660-6

---

**策划编辑:** 李　梅　钱来娥　　**装帧设计:** 张同龙　李　军
**责任编辑:** 钱来娥　刘　扬　　**美术编辑:** 李　军
**责任校对:** 程中业　　**责任印制:** 赵明炎

# 前 言

本书是教育部人文社会科学研究规划基金项目“诸子散文在英语世界的译介与传播”(批准号:09YJA740004)的最终成果。全书考察了《论语》、《道德经》、《墨子》等7部先秦诸子散文在英语世界的译介与传播,以此探寻中国文化典籍翻译与西方的中国认知建构间的关系,对这些诸子散文在英语世界的译介历史、代表性译本与译者、译介的历史效果等进行分析,较为全面、客观地展示诸子散文的英译文化图景。

书稿的完成与出版并没有让我领略到期待中的如释重负,相反,总有那么一丝遗憾与不安。因为在写作过程中,我越来越意识到,有关诸子散文英译的课题,可以深入探索的内容实在太多,在漫长的历史与浩瀚的文献面前,本书所进行的史料爬梳、译本分析、传播轨迹探寻等,难免有管中窥豹之嫌。

即便如此,本书也是因为有了众多的支持与帮助才得以完成的。首先感谢安徽工业大学外国语学院的几位同事,他们参加了书稿及相关撰写工作:盛腊萍(第三章、第七章,协助统稿))、阮玉慧(第六章、第八章,协助统稿)、王平(第五章)、何飞(第四章)。尤其值得回忆的是,写作过程中每一次的讨论或争论,都让我们更深地感悟先贤圣哲的深邃，领略中西文化碰撞的玄妙。这让我们在熙攘纷扰中，获得了一份心灵的安宁与踏实。

我要特别感谢我的学长张国强先生。一次偶然机会和学长谈起，课题研究所需的一些文献在国内难以获得，张先生回到美国就搜集、购置了一批资料，带到国内供我研究使用。这些难得的一手资料，成为本书写作的重要文献保障。提及美国，我还要感谢现居弗吉利亚的Michael Lund博士，这位世界文学教授兼作家对我的课题研究始终保持着关注，而我们有关东西方文化、文学的交流讨论，总是给我的写作以多方面的启发。

本书的写作是在众多的相关学术著作的影响和启迪下进行的，对此，我深怀感激。

感谢夫君的理解与支持；感谢女儿，在紧张学习之余，为我在国家图书馆和北京大学图书馆搜集到一系列重要的参考资料。

最后，我要衷心感谢安徽大学出版社和出版社编辑对我的真诚帮助和鼓励。

学养有限，书中错误、不足之处，恳请读者批评指正。

戴俊霞

2013年7月

# 目　录

# 第一章 绪 论

## 第一节 诸子散文概述

德国哲学家雅斯贝尔斯在其1949年出版的《历史的起源与目标》中提出了著名的“轴心时代”理论。他认为，以公元前500年为中心——从公元前800年到公元前200年——人类的精神基础同时地或独立地在中国、印度、波斯、巴勒斯坦和希腊开始奠定，这个时期所产生的文化一直延续到今天。他把这个时期称为“轴心时代”。对于中国来说，雅斯贝尔斯所谓的“轴心时代”就是春秋战国时期。这个时期的中国各地普遍出现了“礼崩乐坏”的现象，传统的“封建”社会秩序开始解体，古代王师政教合一的“王官之学”无法再统一、整合、规范人们的思想与行为。与“政出多门”的社会现实相适应，思想文化领域涌现出了一批富于个性而堪被后人以他们的名字命名其学说的思想家，这批思想家被称为“先秦诸子”。诸子散文便是这个时期各个学派表达其思想学说并具有较强文学性的作品。

文献所载的诸子分类并不统一，诸子著述更是浩瀚繁多。最早对诸子各家做明确的学派划分的，可能是司马迁的父亲司马谈。他着眼于大端，把诸子中有影响的学派分为六家，分别是阴阳、儒、墨、名、法、道；司马迁《史记·太史公自序》也标举阴阳、儒、墨、名、法、道德六家。刘向、刘歆父子《诸子略》一书著录各家著作“凡诸子百八十九家，四千三百二十四篇”。无论史家如何分类与统计，若从思想影响和文学影响两个方面同时进行考量，则真正具有代表性的诸子散文主要有七部：《论语》、《墨子》、《孟子》、《老子》（或《道德经》）、《庄子》、《荀子》和《韩非子》。[①]

上述七部作品中，代表儒家思想的有：《论语》、《孟子》和《荀子》。《论语》记载了孔子的思想、言行，由孔子弟子及孔门后学辑录而成，产生于春秋战国时期。《孟子》记载了孟轲的言行和学说，为孟子及其弟子所著，产生于战国中期。《荀子》反映了荀况的思想学说，大部分为荀子自著，产生于战国末期；荀况的思想虽出于儒，但又吸收了其他各家的学说，对儒家思想有所改造。代表墨家思想的《墨子》为墨翟及其弟子所著，产生于战国初期。《老子》、《庄子》是道家思想的代表，《老子》又名《道德经》、《老子五千文》，相传为春秋末期老子所作。《史记·老子韩非列传》载：“老子乃著书上下篇，言道德之意五千余言。”今本《老子》是否为老子所作，有争论。但一般认为，其基本部分反映了老子的思想。《庄子》反映了庄周的思想学说，分为内篇、外篇、杂篇，内篇为庄子所著，外篇及杂篇为其弟子及后学者所著，产生于战国中期。《韩非子》反映了法家的思想学说，绝大部分是韩非所著，小部分为后人增补。

从文体发展上看，先秦诸子散文的发展可分为三个时期。第一个时期是春秋末年至战国初期。这个时期的主要作品中，

---

① 易鑫鼎：《中国古代散文研究论辩》，南昌：百花洲文艺出版社，2006年，第98页。

《论语》是语录体，《老子》多用韵，二者皆用词简约，含义深刻丰富。之后的《墨子》开始向组织结构严密的论说文形式发展，基本具备论说文的形式特点。第二个时期是战国中叶，主要作品有《孟子》、《庄子》。其文辞比前一个时期繁富，论说畅达有力，文章逐渐由语录体发展为对话式论辩文与专题论文。第三个时期是战国末期，《荀子》、《韩非子》是其代表作。其文章基本上是鸿篇巨制的专题论文，结构严密，分析深入，文笔流畅，逻辑性强，论说文的体制在这一时期得到了完善。连贯起来，这七部著作不仅反映出先秦诸子散文由语录体、对话体到语录与对话的连缀成篇、再到较为系统完整的鸿篇巨制的发展演变过程，而且反映出作为论说文的先秦诸子散文由论断到论证、由简单到繁复的发展演变轨迹，体现了我国论说文发展的大致风貌。此外，先秦诸子散文中一些故事叙述颇类小说，为后世叙事文学的发展提供了营养。

先秦诸子散文是阐述哲理的理论著作，在思想上坚持独立思考，学术观点纷呈。例如，孔子提倡仁义礼乐，墨子主张兼爱尚贤，庄子主张自然无为，韩非子则大倡法术势。与其思想价值相应，诸子散文也有很高的文学价值。其文风各具特色，《论语》简括平易、迂徐含蓄，《墨子》质朴明快、善于类推，《孟子》气势恢宏、词锋雄辩，《庄子》汪洋恣肆、文思奇幻，《荀子》浑厚缜密、比喻繁富，《韩非子》严峻峭拔、论辩透辟。在语言应用艺术方面，诸子散文一是以表现人物性格、描写人物行为见长，使人读了如见其人。《论语》、《孟子》中这类文字较多，《墨子》里的《公输》也属此类。如《论语》里写孔子门徒子路，写出了他直率、鲁莽、刚烈的性格；写颜渊则写出了他的沉默好学和安贫乐道。《论语》中形象性的句子也很多，如“岁寒然后知松柏之后凋也”、“三军可夺帅也，匹夫不可夺志也”等。二是多采用含义深刻的寓言故事形象地阐明理论。如《庄子》“寓言十九”，引物连类，取象之深厚，为诸子之最。庄周认为世人都“沉浊”，不可以“庄语”，故以“谬悠之说，荒唐之言，无端崖之词”的“寓言”、“重言”来表达他的思想。《庄子》中那些想象丰富的“寓言”和“重言”给后世文学家带来无穷启发。三是重在抽象分析，同时也富有文采，如《荀子》、《韩非子》。《荀子》中的《劝学》、《天论》、《性恶》善以说理见长，议论风生，沉着浑厚；《韩非子》中的《五蠹》、《孤愤》、《说难》均风格峻峭犀利，论理精细周密，给后世散文以重要影响。

## 第二节　诸子散文英译概述

先秦诸子散文在思想和创作上对我国几千年来的政治制度、文化艺术等各个方面都产生了极为深远的影响。诸子散文在 17 世纪便已传入欧洲，但最初不是作为文学意义上的“散文”引起欧洲人关注的，而是因其所蕴含的哲学、宗教、伦理、历史等方面的观念获得重视。《论语》、《孟子》、《老子》、《庄子》等代表作最早的欧译本用的也不是英语，而是拉丁语或法语。然而，随着中西文化交流的发展，西方人对中国语言的特性逐渐加深了解，诸子散文的文学价值逐步受到关注；随着以英语为交际手段的文化版图的扩大，诸子散文的英语译作和论著日益增多，在数量上已大大超过其他语种。因此，研究英语世界先秦诸子散文的著译情况，是我们认识中国文化和文学在全世界的传播与影响的一个有效切入点。

诸子散文在英语世界的译介与传播至迟可追溯到 17 世纪末，亦即根据《论语》的拉丁文本转译的《孔子的道德箴言》(*The Morals of Confucius*，1691)问世之际。18 世纪中西文化交流的重要事件之一是法国汉学家杜哈德(Jean-Baptiste Du Halde)编纂《中国通志》，该书的英译意味着其中所译介的《尚书》、《易经》、《礼记》、《孟子》等儒家经籍为英语读者所知晓。时至 19 世纪，湛约翰(John. Chalmers)的《老子关于玄学、政体与道德律的沉思》(*The Speculations on Metaphysics, Polity, and Morality of the Old Philosophe, Lau-Tsze*,1868)和巴尔弗(Frederic Henry Balfour)《南华真经》(*The Divine Classic of Nan-hua, Being the Works of Chuang Tsze, Taoist Philosopher*,1881)等书籍的刊行标志着散文形式的道家经典已流传于英语世界。理雅各(James Legge)皓首穷经,系统翻译儒、道二教之经典,堪称泽被后学。墨家学派在英语世界的传播远不如儒、道二家。《墨子·兼爱》(上、中、下)最早出现在理雅各《中国经典》第二卷中,第一部专门的《墨子》英译本为梅贻宝(Yi-pao Mei)的《墨子的伦理学、政治学论著》(*The Ethical and Political Works of Motse*, 1929,有删节),此后出现了一批《墨子》译介与研究成果。不过,研究者们并不看重《墨子》的文学性,伯顿·华兹生(Burton Watson)甚至将《墨子》朴实无华的风格看成是墨学衰落的一个原因——不管它的观点多么有趣,读起来却枯燥无味、缺少乐趣。《韩非子》最早英译本为廖文魁(W. K. Liao)的《韩非子全书:中国政治学经典》(*The Complete Works of Han Fei Tzu: a Classic of Chinese Political Science, Translated from Chinese with Introduction and Notes*,1939),此后有华兹生《韩非子入门》(*Han Fei Tzu: Basic Writings*,1963)等。实际上,《韩非子》在英语世界所受到的关注似乎并不优于其他的法家著作,如《管子》的译本有 L. A. Mavreick 的《〈管子〉经济篇》(1954,选译)、W. A. Rickett 的《〈管子〉:中国早期思想的宝库》(1965)和《〈管子〉译析》(第 1 卷,1985)等;《慎子》译本有 P. M. Thompson 的《慎子·逸文》(1979)等;《商君书》有戴闻达 (J. J. L. Duyvendak)1928 年译本及 Kuan Yang 所编论文集《商鞅变法》(1977)等。[①]

---

① 黄鸣奋:《英语世界中国古典文学之传播》,上海:学林出版社,1997年。

本书以后各章将详述七部诸子散文在英语世界的流传情况。下表呈现的是这些作品的英译概貌：

**诸子散文英译概览**

| 英译状况 / 著作名称 | 最早(专门性)译本 | 最新(专门性)译本 | 目前可考证的译本数 |
|---|---|---|---|
| 《论语》(1691) | *The Morals of Confucius* 1691 年（译者不详） | 《论语新译》 2010，林戊荪(译) | 57 |
| 《孟子》 | *The Chinese Classical Work Commonly Called the Four Books* 1828，David Collie(译) | *Quotations from Mencius* 2008，王天星、贺大卫(译) | 18 |
| 《荀子》 | *The Work of Hsün Tze* 1928，Homer Dubs(译) | *Xunzi: A Translation and Study of the Complete Works* 1988-1994，John Knoblock(译) | 8 |
| 《老子》 | *The Speculations on Metaphysics, Polity, and Morality of the Old Philosophy, Lau-Tsze* 1868，John Chalmers(译) | *Laozi Daodejing* 2008，Edmund Ryden，Benjamin Penny（译） | 206 |
| 《庄子》 | *The Divine Classic of Nan-hua, Being the Works of Chuang Tsze, Taoist Philosopher* 1881，Frederic Henry Balfour(译) | *Zhuangzi* 1999，汪榕培(译) | 19 |

续表

| 英译状况 / 著作名称 | 最早（专门性）译本 | 最新（专门性）译本 | 目前可考证的译本数 |
| --- | --- | --- | --- |
| 《墨子》 | *The Ethical and Political Works of Motse*<br>1929，梅贻宝（译） | *The Mozi*：*A Complete Translation*<br>2010，Ian Johnston（译） | 10 |
| 《韩非子》 | *The Complete Works of Han Fei Tzu*：*A Classic of Chinese Political Science*，*Translated from Chinese with Introduction and Notes*<br>1939，廖文魁（译） | *Han Fei Tzu*：*Basic Writings*<br>1963，Burton Watson（译） | 3 |

## 第三节　诸子散文英译研究概述

英语世界有关先秦诸子散文的研究主要是在汉学界进行的，英美汉学家们通过诸子散文来研究中国传统哲学、文化思想，这在客观上推动了诸子散文的翻译。就儒家典籍而言，成果最突出的是对《论语》的翻译与研究。仅在 20 世纪 90 年代，美国汉学界就推出了三个《论语》新译本。尽管书名都采用了理雅各对《论语》的英译名称 *The Analects*，但三个译本对孔子的阐释风格差别很大，对《论语》中一些核心概念如"仁"、"忠恕"、"君子"等都有不同的理解与表达。在诸子散文中，英语世界对《老子》（或《道德经》）的翻译最为频繁，它也是发行量最大的中国典籍，老子哲学的基本概念及其翻译也是学界的热门研究话题。同时，《庄子》的翻译也呈上升趋势，如 1994 年著名汉学家梅维恒（Victor H. Mair）出版了英译全本《庄子》，1996 年《庄子》被列入企鹅图书出版目录，这促进了《庄子》在英语世界的普及。从翻译版本量上看，《孟子》、《墨子》、《荀子》、《韩非子》的译本相对有限，对先秦诸子思想的研究主要集中在儒、道两家上。

国内对诸子散文英译的关注，首先是基于翻译史的研究，以历时的方式对作品的译介情况进行叙述。其中最有代表性的是马祖毅、任荣珍的《汉籍外译史》。该著作介绍了明末清初以来从耶稣会士开始的先秦典籍外译，其中便有《论语》、《老子》、《庄子》的英译情况介绍，但行文不多。还有一种以史为纲的研究是就某一具体作品的译介历史予以梳理，其中也以《论语》、《老子》、《庄子》的研究最为丰富。

二是基于译本的批评性研究，通过源语文本和翻译文本的对比，或同一著作不同译本的对比，探讨翻译方法、翻译标准以及翻译中意义的传播、风格或美学效果的再现等。从研究方法上看，这类研究主要采取比较—分析—结论的模式。目前，这种批评性研究也将社会历史文化因素引入到译文分析中，如汪榕培、王宏在《中国典籍英译》中从多角度对同一作品两种以上的英译本(其中包括《论语》、《庄子》、《墨子》、《道德经》部分英译)进行对比研究，既考察译作与原作内容、风格、文本类型和原作者意图相符与否，也考察译入语文化、社会、翻译目的、读者需求，提出典籍英译总的标准应该是“传神达意”。①

三是译者研究，通过对特定译者的社会背景、文化渊源、社会心理、思维方式、价值取向、审美标准、知识结构、道德观念以及译者的人生观、世界观等方面的研究，分析其翻译文本的选择、翻译策略的应用以及译本的最终生成。如英国汉学家理雅各翻译了《论语》、《孟子》、《道德经》、《庄子》等名著，因而岳峰在《架设东西方的桥梁——英国汉学家理雅各研究》中，通过历史学、语言学、宗教学等跨学科研究，多角度地分析了理雅各的汉学造诣及中国文化译介的特色。②

---

① 汪榕培，王宏：《中国典籍英译》，上海：上海外语教育出版社，2009 年。

② 岳峰：《架设东西方的桥梁——英国汉学家理雅各研究》，福州：福建人民出版社，2004 年。

四是关键词翻译研究。诸子散文同时是哲学文本，蕴含着大量的抽象哲学概念，构成文本关键词，这些关键词如何表达成为翻译的难点，各译本莫衷一是。国内研究者也对此表示了关注，并且借鉴文化翻译方法，以传统文化及诸子思想体系为参照，研究关键词翻译的得失，如杨平的《〈论语〉核心概念"仁"的英译分析》。[①]

国内有关先秦诸子散文英译的研究正显现出语言学范式与文化学范式相互渗透的态势，译本的内部研究和外部研究互为补充，并开始有机融合，拓宽了典籍英译研究的空间。但从上述梳理中也不难看出，相关的研究在着力点上存在着较大的不平衡，尤其是对分别代表了墨家和法家思想的《墨子》、《韩非子》的译介及其研究非常有限。这种割裂与不均衡难以反映先秦典籍在英语世界流传的全貌。

本书正是在前人研究的基础上，尝试着把诸子散文看作一个文化单元，对其英译与传播进行系统研究，从中探寻诸子散文在英语世界里的接受与传播轨迹，加深人们对中西文化交流进程的认识，揭示中国文化典籍翻译与西方的中国形象建构之间的关系，丰富当下有关文化软实力研究、跨文化交际研究的理论话语。同时本研究也试图通过对先秦诸子散文英译文本的系统考察，发掘译本所含有的翻译策略、翻译方法和翻译标准，寻找其翻译共性，为推进中国文化典籍外译做一点力所能及的工作。

## 第四节　本书基本框架

鉴于上述研究目标，本研究的理论基础首先是翻译研究学派相关理论。该学派把翻译置于一个广阔的文化背景中进行

① 杨平：《〈论语〉核心概念"仁"的英译分析》，载《外语与外语教学》，2008年第2期，第61—63页。

研究，强调历史意识与文化观点，认为翻译与政治、历史、经济、社会制度等有着密切关联，翻译受到了除语言转换之外的一系列因素的制约。翻译研究学派代表人物勒菲弗尔与巴斯奈特从比较文学的角度提出文化翻译的理论，指出翻译是一种改写，而制约改写的主要因素是目的语文化中的赞助人机制、翻译诗学和居于主流地位的意识形态。本书采用翻译研究学派的理论视角，同时借鉴比较文学的接受与影响理论、形象学理论，对诸子散文英译文本的产生、诸子散文在英语世界的接受与传播予以分析描述，力图对诸如翻译者的主观因素、译本文化过滤和文化染色、影响翻译的文本外因等问题提供解释。

微观的文本分析是翻译研究的基础性工作，因此，本研究的另一理论支撑是语言学路径的翻译理论。该理论注重从语言系统之间的差异出发，寻求语言信息的充分再现，通过细致的语言分析与文本对照，较生动地揭示出诸子散文英译的策略、表现形式、译文特征以及文本功能的转换。微观的文本内分析与宏观的文本外分析相互补充，方能更好地发掘异质文化在交流对话中产生的认同或变形。

在具体研究中，本书主要采用了以下几种研究方法。

(1)文献法。对国内外就该论题的主要研究成果、现状及最新进展、研究动态等进行全面的、深入的、系统的综合分析和对比分类，对这一领域研究现状做到充分了解；在此基础上，积极挖掘新的研究内容，阐述新的观点和见解，完成对诸子散文英译的体系性研究。

(2)历时研究与共时研究相结合的方法。诸子散文的英译历时一百多年，多种版本共存。这种时空的跨越需要我们的研究从社会情境出发，从历史出发，洞察其译介过程的变异性与复杂性；也要从译本世界与现实世界的交锋出发，考察当下文化对诸子散文译介与接受的影响。

(3)定性分析与量化描写相结合的方法。通过对比分析、归纳推理等，对重要译本的特征予以阐释；为了充分说明问题，对部分著作的英译历史进行了量化描述。

(4)点、面相结合的方法。由于有些著作(如《老子》、《论语》)英译版本较多，研究中不可能一一涉及，只能选取有代表性的译本进行分析；同时，即使是对一个译本的研究，也无法做到面面俱全，因此在译本研究中，主要是以“点”的形式单独阐释或透视某个方面或问题，但从整体上看，各“点”又相互联系，互为映照，共同构成了一个有机的整体。

本书共分九章。第一章为绪论，简要介绍诸子散文、诸子散文英译及国内外对诸子散文英译研究的现状，说明本研究的目的与意义、依据的理论框架及研究方法。第二至第八章分别讨论所选七部诸子散文在英语世界的译介与传播，对各自的英译历史、代表性译本与译者、译介的历史效果等进行分析。由于七部著作在英语世界的译介情况各有不同，书中对每一部著作的讨论也各有侧重，但基本都是遵循了历史梳理和文本分析相结合的方式，力求较为全面、客观地呈现诸子散文的英译文化图景。第九章为余论，归纳总结诸子散文在英语世界译介与传播过程中所呈现出的突出特征。

书中涉及人名众多，比较重要的人名，尤其是西方人名，第一次出现时加上了外文；有些西方人名在书中偶尔出现，且没有固定的汉译名，本书则直接使用了其外文名。

# 第二章　英语世界里的《论语》

## 第一节　孔子与《论语》

“诸子百家”、“百家争鸣”是我们在描述先秦时期思想界状况时最习惯的话语，无论是“六家”，还是“九流十家”，抑或是“百八十九家”，儒家学说对中国社会文化的影响都是最为深刻而广泛的。故蒋伯潜有评论说，“诸子以孔子为第一人，诸子之书以《论语》为第一部。”[①]

### 1.1　孔子其人

孔子名丘，字仲尼，春秋末期鲁国人，出生于鲁襄公二十二年（公元前 551 年），辞世于鲁哀公十六年（公元前 479 年）。他活了 73 岁，是先秦诸子中生卒年代最确定的人物，也是生平事迹最清晰的人物。

---

① 蒋伯潜：《诸子通考・绪论》，南京：正中书局，1948 年，第 5 页。

孔子早年丧父，曾为人管理仓库和牛羊，他自称“吾少也贱，故多能鄙事”。(《子罕》)勤学好问的孔子掌握了丰富的知识，从 34 岁起，开始收徒讲学。次年，鲁国发生内乱，孔子到了齐国，齐景公曾向他问政，并对他深表赏识，却未予重用。后来孔子又回到鲁国，先后担任过中都宰、司空、司寇等职。当时的鲁国由孟孙氏、叔孙氏和季孙氏三家大夫专权，孔子对这种局面极为不满，适逢季孙氏接受齐国送来的女乐，孔子便愤然离开鲁国。从 55 岁起，孔子带领弟子奔波于卫、陈、曹、宋、郑、蔡、楚等国，寻找机会实现自己的政治主张，但始终未能成功。68 岁时，满怀失望的孔子又回到鲁国，专心从事教育和整理文化典籍的工作。数年后，他在潦倒失落中溘然逝世。

孔子是一位大政治家，其政治思想的核心是“仁”与“礼”。“仁”是他的最高政治标准和道德标准。孔子主张仁者“爱人”，主张“为政以德”，反对暴君暴敛。他认为：“道之以政，齐之以刑，民免而无耻；道之以德，齐之以礼，有耻且格。”(《为政》)

“礼”字在《论语》中出现了 74 次，“礼”的实质也是“仁”。“礼”的基本作用是维护“君君，臣臣，父父，子子”(《颜渊》)的等级制度，调整统治者家庭内部与统治集团内部的关系，以求社会秩序的正常稳定。这就要求“礼”必须体现在孝、悌(对家庭)、信、义(对社会)诸方面。

孔子是一位大哲学家，其哲学思想的核心是“中庸之道”。他主张：“礼之用，和为贵。先王之道，斯为美；小大由之。有所不行，知和而和，不以礼节之，亦不可行也”。(《学而》)“和为贵”的哲学思想基础就是“中庸之道”，这种思想认为“过犹不及”(《先进》)，主张“中立”，“不偏不倚”。

孔子又是一位大教育家，他主张“有教无类”，并且提出了不少关于教育问题的精辟见解，例如“温故而知新”、“学而不思则罔，思而不学则殆”、“多闻阙疑”(《为政》)，“不愤不启，不悱不发”(《述而》)等。

## 1.2 《论语》

《论语》是一部记载孔子及其弟子言行的散文集。据班固《汉书·艺文志》载:"《论语》者,孔子应答弟子、时人及弟子相与言而接闻于夫子之语也。当时弟子各有所记,夫子既卒,门人相与辑而论纂,故谓之《论语》。"《论语》是孔门弟子和后学编纂而成的,大约成于战国初年。《论语》传到汉朝有3种版本:即《鲁论》20篇,《齐论》22篇,《古文论》21篇。汉成帝之师安昌侯张禹,根据《鲁论》,参考《齐论》,而编成定本,号《张侯论》,今本《论语》是郑玄混合《鲁论》与《张侯论》而成,共分20篇。

《论语》的内容以社会伦理问题为主,涉及哲学、政治、教育等各个领域,是研究孔子及早期儒者的重要资料。汉代以后,随着儒学在中国思想界正统地位的确立,《论语》对中国社会产生了广泛、深刻的影响。南宋时朱熹将《论语》与《大学》、《中庸》、《孟子》合为"四书",作为官方科举取士必读之书,进一步扩大了《论语》的影响。在历史的发展中,《论语》最终成为中国历史上最具权威性的文献典籍之一。

就其文学价值而言,《论语》共20篇,492章,一万六千多字,以记言为主,是语录体散文的典范;不仅直接影响了先秦说理散文的体制,而且对后代笔记、小品一类散文也有很大的影响。《论语》的语言精练含蓄,概括力强,其中有很多精辟的格言警句。例如,"己所不欲,勿施于人"(《卫灵公》),"名不正,则言不顺,言不顺,则事不成"(《子路》),"人无远虑,必有近忧"(《卫灵公》),"工欲善其事,必先利其器"(《卫灵公》),"三人行,必有我师焉"(《述而》),"温故而知新,可以为师矣"(《为政》)等,这些语句都富有教育和指导意义。《论语》中有些语句形象性强,富有启发性、哲理性,流于后世,成为人们常用的成语。例如,用"发愤忘食,乐以忘忧,不知老之将至"(《述而》)来描写孔子的为人;用"饱食终日,无所用心,难矣哉"(《阳货》)来批判整天吃饱饭、什么事也不做的人；两相对照，富有启发性。又如，颜渊在感叹老师之道时说："仰之弥高，钻之弥坚。瞻之在前，忽焉在后。夫子循循然善诱人，博我以文，约我以礼，欲罢不能。"(《子罕》)这里把孔子之"道"描绘得生动形象，富有哲理性，而"循循善诱"等早已成为人们熟知的成语。



## 第二节 《论语》英译的历时性描写

《论语》是儒家经典，它从根本上影响着中国的思想文化传统。西方介绍中国文化，首推《论语》，因此，该书西译最早，译本众多。《论语》的最早外译并非英文而是拉丁文，这是因为最早翻译儒经的是早期欧洲来华的传教士，他们大多是用拉丁文进行翻译和写作。自耶稣会传教士利玛窦 1593 年率先将"四书"译成拉丁文之后，其他僧俗人士也纷纷加入《论语》外译的行列，此后出现了法文、德文、意大利文和西班牙文等多种语言译本。最早的《论语》英译本(节译)出现在 1691 年，是从拉丁文转译而来。但直到 1809 年，马歇曼(Joshua Marshman，1768—1837)节译《论语》并出版，《论语》英译事业才真正地开始并延绵至今。

李冰梅将《论语》英译分为三个主要阶段：第一阶段从 1809 年到 1895 年，主要标志是传教士翻译；第二阶段从 1898 年到 1979 年，划分标志是中国学者加入到《论语》英译队伍中；第三阶段是 1990 年至今，主要特征是大陆《论语》英译呈现高峰态势。[①] 本章的研究认为 1691 年也是一个不容忽略的历史节点，因为研究第一个英译本的产生及其前后出现的空档，对于认识中西文化交流史具有特别的意义(后文详述)。此外，1986 年台湾学者程石泉出版了《论语》英译本，按照上述阶段

---

① 李冰梅：《冲突与融合：亚瑟·韦利的文化身份与〈论语〉翻译研究》，北京：首都师范大学，2009 年，第 48 页。

划分，该译本则被排除在外了。因此，根据《论语》英译不同阶段的主要特征，并考虑尽可能把已知译本包含进来，本章将其历史划分为五个时期：(1)肇始时期(1691 年)；(2)传教士翻译时期(1809—1895 年)；(3)交流与沟通时期(1898—1956 年)；(4)转型时期(1977—1986 年)；(5)多样化和再诠释时期(1990 年至今)。下面分别对这五个时期进行描述。

1687 年，比利时籍来华传教士柏应理(Philippi Couplet, 1623—1693)等在巴黎出版了《中国哲学家孔子》，该书收录《论语》、《大学》和《中庸》三部书的拉丁文译本。1691 年，该书被翻译成英文在伦敦出版，名为《孔子的道德箴言》。尽管书中详细地论述了《中庸》和《大学》，但对于《论语》的处理很草率——80 条短小而无趣味的"箴言"。至此，这个由西方现代语言"翻译"的《论语》距《论语》最早的西方译本(利玛窦 1593 年拉丁文译本)已近一个世纪了，而此后，"礼仪之争"的爆发引起罗马教廷和清政府的干涉，耶稣会士在华传教工作走向终结，这次由传教而引发的前所未有的中西文化交流也就此结束，《论语》英译又经历了一次百年等待。

《论语》真正被正式地译为英语迟至 1809 年。是年，英国新教传教士马歇曼出版了《论语》节译本——《孔子著作》(*The Works of Confucius*)。根据现有的资料，第二个时期从 1809 年到 1895 年，其间有节译本和全译本共 9 个，[①]比较有名的有高大卫译本(Rev. David Collie, 1828)、巴纳德译本(L. E. Barnard, 1855)、理雅各译本(1861)等。这个时期最大的特点是所有的翻译都是由西方传教士完成的，翻译的主要目的是帮助来华传教士了解儒家文化，以更好地传播上帝的声音。因此，这一阶段《论语》翻译的主要特征是"以耶释儒"。传教士翻

① 笔者对收集到的有关《论语》英译研究中所提及的各种译本进行了逐一核实，彼此印证、互为补充，得出各个时期的译本数量。但仍不能排除有些研究著作中附有《论语》节译却未被统计在内的可能。

译的经典是理雅各译本，其特点是在译本中按照中文逐字翻译，并附以中文原文，译文下面附上了大量解释性和评论性注解。这是《论语》第一个学术版译本，成为后来许多汉学家和其他学者研究《论语》的范本，《论语》在西方现在的通行译名 *The Analects* 也是由理雅各开创的。

《论语》英译的第三个时期是从 1898 年到 1956 年，其间共有 20 个译本。不同于传教士时期的翻译，这一时期的翻译主旨在于文化交流与沟通。从译者身份看，英、美、中学者三分天下。1898 年辜鸿铭和马语同分别出版了《论语》英译本，他们的加入打破了西方传教士对《论语》翻译的话语霸权；1939 年，林语堂（Lin Yutang，1895—1976）也向英语世界发出自己对《论语》阐释的声音。华人学者以沟通中西文化为鹄的介入《论语》翻译，他们以灵活的翻译策略，努力让西方读者认识和理解孔子思想，如辜鸿铭的“以西释中”、林语堂的“通俗编译”。同一时期的英美译者也主要是世俗取向的汉学家或其他学者，其代表人物有英国汉学家翟林奈（Lionel Giles，1907）、亚瑟·韦利（Arthur Waley，1938）、美国汉学家詹姆士·魏鲁男（James R. Ware，1950，1955）和诗人庞德（Ezra Pound，1951，1956）。就英美译者而言，翻译《论语》是他们汉学研究和推介工作的一个重要组成部分，因此，他们大都考虑到西方人的阅读习惯，以通俗易懂的方式解读《论语》，尤其是韦利的通俗翻译在英语世界里一直受到欢迎。

20 世纪 60 至 90 年代期间，《论语》英译处于相对沉寂的状态。其间有两个美国学者出版《论语》英译本，Denniss Sweet（1977）和 Delmore Scott（1978）；另有两个华人译本：香港学者刘殿爵译本（D. C. Lau，1979）和台湾学者程石泉译本（1986）。美国学者译本及程氏译本所受关注度都很有限，不少研究甚至未提及过它们，但刘殿爵译本在《论语》英译史上是具有重要意义的。不同于之前的华人译本，该译本力求使用精确的语言和清晰的概念,恢复孔子思想和《论语》文本的本来面目。它一出版便获得巨大成功,标志着华人学者的译作得到国际汉学界的普遍肯定。此外,20 世纪 90 年代后一批有影响的译本也都表现出了经典还原的诉求。可以说,刘殿爵译本的翻译取向意味着《论语》英译的转型。

《论语》英译的第五个时期开始于 20 世纪 90 年代,至今近 20 年的时间里,如果将 Brian Bruya(2005)译的漫画版《论语》计算在内,则已知有 23 个译本出版。这个时期的最大特点是《论语》翻译形成多家之言。首先是中国大陆形成一股《论语》英译热潮,一些翻译名家也加入到了《论语》翻译的行列,如丁往道(1999)、许渊冲(2005)等。最新大陆的译本为林戊荪的《论语新译》,由外文出版社在 2010 年出版。还有一些海外华人,如菲律宾的邱氏兄弟(1991)、新加坡的 Adam Sia(1998)也开始了《论语》英译。华人学者通过《论语》翻译这一平台积极参与到中西方对中国儒家经典的讨论之中,与西方有识之士展开对话。

但就儒学研究的国际环境而言,《论语》英译的多样化更多得益于同一时期的一批西方译者,如西蒙·利斯(Simon Leys, 1997)、安乐哲与罗思文(Roger T. Ames & Henry Rosemont, Jr., 1998)、白牧之与白妙子(Bruce Brooks & Taeko Brooks, 1998)以及爱德华·森舸澜(Edward Slingerland, 2003)等。他们以不同的进路对《论语》进行再诠释,译本分别具有了"文学的"、"哲学的"、"史学的"、"经学的"特征,其多元化取向迥然有异于早期译本。与同时期大陆出版的华人译本相比,这几个译本受到更多的关注。由于问世时间不长,还没有经过历史的沉淀,故上述译本暂时均无法纳入经典的行列来参与讨论。根据上述分析,《论语》英译的历史进程可做图表如下:

**《论语》英译的历史进程图**

| 特征描述 / 阶段划分 | 译本数量（全译本或节译本，不含重印本） | 译者主体情况 | 主流翻译策略 | 标志性译本 |
|---|---|---|---|---|
| 肇始时期（1691） | 1 本 | 不详 | 简略化改写 | |
| 传教士翻译时期（1805—1895） | 9 本 | 西方传教士 | 宗教归化式诠释 | 理雅各译本：第一个学术性译本，始用 Analects 译名 |
| 交流与沟通时期（1898—1956） | 20 本（其中华人译本 4 个） | 英、美、中译者三分天下 | 以中学西传为目的的普适性翻译，译文力求透明、易懂 | 辜鸿铭译本：第一个华人全译本；韦利译本：英语世界里较为通行的译本 |
| 转型时期（1977—1986） | 4 本（其中华人译本 2 个） | 美国学者，华人学者 | 准确性翻译 | 刘殿爵译本：获得国际汉学界普遍肯定的华人译本 |
| 多样化与再诠释时期（1990—） | （已知）23 本（其中华人译本 15 个） | 海内外华人学者，西方学者 | 多视角的再阐释，异化法趋势明显 | 尚无定论 |

## 第三节 《论语》英译史上的重要事件回眸

从上文《论语》英译的历时性描述中可以看出，在《论语》英译史上有几件具有标志性意义的事件。它们勾连起来，构成一幅《论语》英译的社会历史文化背景图。

### 3.1 《孔子的道德箴言》:《论语》英译的肇始

《孔子的道德箴言》(*The Morals of Confucius*)是《论语》的第一个英文译本,它的问世经历了一个漫长而曲折的过程。

最早被西方译介的儒家典籍是"四书",耶稣会传教士用拉丁文翻译"四书"是为了教授新的来华传教士学习中文。这些课本教材是一字一句翻译的,其中有中文原文、拉丁文对照,还有中文拼音来告诉西方人怎么发音。罗明坚(Michele Ruggieri,1543—1607)是第一位写这种语言教材的耶稣会士,然而,他还没翻译完"四书"就在1588年被要求返回罗马。回到罗马后,因为耶稣会长老怀疑他的中文水平及其译文的正确性,所以他无法继续其翻译计划,便只将《大学》译文的前半部分正式地出版。1593年,利玛窦重新翻译了"四书"的重要部分,并用以教授他的学生。在他的翻译中,《论语》被简译成伦理格言集。1594年他的一封致德·法比神父的信中提到了此事:"几年前我着手翻译著名的中国'四书'为拉丁文,它是一本值得一读的书,是伦理格言集,充满卓越的智慧之书。待明年整理妥后,再寄给总会长神父,届时你就可以阅读欣赏了。"[①]这是有关《论语》翻译最早的记录。遗憾的是,利氏译本后来遗失了,我们只能在《天主实义》(1603)里发现利玛窦努力的影子。

1664年,郭纳爵(Inacio da Costa,1603—1666)试图改进利玛窦的翻译,并与他的学生殷铎泽(Prospero Intorcetta,1626—1696)出版了《中国智慧》(*Sapientia Sinica*,1662),译文包括孔子生平2页、《大学》部分14页、《论语》前5章。这本著作被当代学者认为是"第一本中、拉双语译文"。此后,耶稣会士恩理格(Christian Herdtrich,1624—1684)、鲁日满(Francsiscns Rougemont,1624—1676)和柏应理花了3年时

① 利玛窦:《利玛窦书信集》,罗渔译,台北:台湾光启出版社,1986年,第143页。

间重新翻译了原文，并加上原本的注释译文。译文不再是一本语言教材，而更具学术价值。不过，在此过程中，他们决定放弃翻译篇幅较长的《孟子》，只完成《大学》、《中庸》、《论语》的译文。1686年，柏应理开始着手编辑工作，1687年译文成书面世，书名简称《中国哲学家孔子》(*Confucius Sinarum Philosophus*)。

利玛窦本人开始并由其他传教士继续的拉丁文《论语》翻译工作从一开始就充满了争议。方济各会士利安当(Antonio de Santa Maria Caballero，1602—1669)反对利玛窦对儒家经典的理解和传教策略。与利玛窦不同，他禁止中国天主教徒进行祭祖等礼仪活动。利安当在山东有着15年很成功的传教经验和成果，所以，在传教士当中具有相当高的威信。另外一位反对者是多明我会士闵明我(Domingo Navarrete，1618—1686)。他阅读了郭纳爵和殷铎泽的《中国智慧》之后，表示不同意他们的翻译，认为他们把儒家经典说得太好。相反，他认为孔子思想并没有那么高的价值。在其后来的著作中，闵明我把"四书"部分一字一句翻译成西班牙文，并跟西方著作进行比较，特别是跟《圣经》、教父(奥力振、奥古斯丁等)和经院学家(阿奎那、卡耶坦等)的某些话进行比较。通过这个方法，闵明我试图证明西方著作的思想是更完整、更正确的，如此，儒家经典只能算一种重复而已，传教士没有必要去赞扬"四书"来博得中国人的好感，而应该直接宣传《圣经》和西方哲学，使中国人自己明白真理在哪里。

或许就是因为这样的争论，已有的《论语》拉丁文译文没有立即被译成其他语言进而得到更广泛的传播。1691年，第一个英文译本才出现，用了一个长长的名字：《中国哲学家孔子的道德箴言——孔子活跃于我们的救世主耶稣基督到来的五百年前，本书是该国知识遗产的精华》(*The Morals of Confucius, A Chinese Philosopher, Who Flourished above*

*Five Hundred Years before the Coming of Our Lord and Saviour Jesus Christ, Being One of the Choicest Pieces of Learning Remaining of That Nation*)。该译本把中国的儒家文化纳入西方基督教世界的解释框架之中,其译者为何人似乎没有人提及,书中的《论语》则被处理成一系列道德说教,它们表现为80段短小而无趣味的"箴言",没有明确表现出孔子本人的个性,每句格言也没有任何上下文联系。这样的误读与误译扼制了西方人对《论语》及儒家思想关注的热情,如黑格尔就曾断言孔子只不过有些人生格言罢了。直到一百多年后的1809年才出现了新教传教士马歇曼翻译的《孔子著作》。该书由Serampore教会出版,译文加中文原文,又附有讨论中国语文的长篇论文,以及详细的孔子传记,共868页。虽然还只是《论语》这部经典著作的片断,但它的意义在于开启了《论语》在英语世界不断被翻译的序幕。

## 3.2 理雅各译本:《论语》英译的第一座高峰

自马歇曼之后,一批新教传教士开始了他们的《论语》英译事业。英国伦敦会传教士高大卫第一个将"四书"全部译成英语,1828年在马六甲出版了《中国经典:通称四书》(*The Chinese Classical Works Commonly Called the Four Books*)。其他传教士译本分别为殷铎泽、柏应理合译本(1835)、巴纳德译本(L. E. Barnard,1855)、理雅各译本(1861)、魏德译本(T. F. Wade,1861)、莫伦道夫译本(G. Von Moellendorff,1875)、艾伦译本(C. F. R . Allen,1887)、詹宁斯译本(William Jennings,1895)。其中,理雅各的翻译形成了《论语》英译的第一座高峰,对后世影响深远。

詹姆斯·理雅各(1815—1897)出生于英国苏格兰,1839年受伦敦布道会派遣,到马六甲任英华书院院长,1843年随书院迁往香港。理雅各把翻译儒家经典当作传教事业的一个重要组成部分，倾注25年心血将“四书”、“五经”译成英文，名为《中国经典》(*The Chinese Classics*)，分28卷，于1861—1886年在当时为英属殖民地的香港出版。在整个翻译过程中，他以严谨的治学态度，谨慎参考各种注疏，注重旁征博引，参考和吸取我国学者王韬的研究成果，同时也借鉴他能够找到的前人用拉丁、英、法、意等语种译出的有关文字，力求让自己的译文忠实于原文，保证了中国儒家经典在英语中的权威性。理雅各说：“我将大量的汉学知识置于这部译作中，这是长达二十五年多的辛勤劳动的成果。这样做是很有必要的，因为这不仅使世界各地的人了解这个伟大的帝国，而且还能使我们在中国人中的传教事业取得有效而持久的意义。我认为把儒家的全部学说都翻译出来并加以注释来出版，这将给以后的传教士以极大的便利。”①理雅各是第一个对儒家经典进行系统研究的人，而“四书”、“五经”的翻译也使他成为牛津大学第一任汉学教授(1876—1897)。

《论语》是理雅各翻译的《中国经典》中的第一卷第一篇，于1861年出版，这是《论语》翻译史上的一个标志性事件。理雅各是第一个用“Analects”这个词来为《论语》英译本定名的人。从此，在英语乃至许多西方语言中，“Analects”几乎专指中国的《论语》这部著作。理雅各译本的内容分为三部分，页面的上、中、下分别为原文、英译文和注释。英译文大多采用直译，不仅追求忠实地传达原文的意义，也尽量遵循原文的思维方式和句法结构，如《雍也》中：“知者乐水，仁者乐山。知者动，仁者静。知者乐，仁者寿。”原文由3组句子组成，各含2个小句。前2个小句为“主语＋动词＋宾语”结构，后4个小句是“主语＋

---

① Lindsay Ride, “James Legge, an address delivered in the Union Church”, Kennedy Road, Hong Kong on 20th Dec. 1965 on the sesquicentennial of the birth of Dr. James Legge, reprint of Union Church, Newsletter, Feb. 1966.

形容词"的主谓句式。理氏的翻译是：

> The wise find pleasure in water; the virtuous find pleasure in hills. The wise are active; the virtuous are tranquil. The wise are joyful; the virtuous are long-lived.

按照英语的行文习惯，前后句中如果有重复部分，它在后句中是需省略的。但理雅各却没有这么做，他把整章译成3个并列句，各含2个小句，每句话的词序皆与原文对应，没有任何省略。这种句式对应的翻译在帮助读者尤其是入门读者理解《论语》思想的同时，也帮助他们把握《论语》的行文特点。所以，很多人认为，理氏译本至今也是西方人学习中文的标准教材。

而理雅各译本更大的价值在于译文下面所附的大量解释性和评论性注解，理氏注释主要分三大部分：一是篇章大意的概括，各篇篇首有对该篇要旨的提示和对篇名意义的解释，每一章有一句话或一个词组对其大意进行概括，这就增加了原文的系统性和连贯性，便于初学者掌握《论语》要义；二是疑难字句和概念的解释，其中大部分关于字词辨析的内容是对孔安国、郑玄、何晏和朱熹等中国历代注疏家的评注的翻译，有助于读者理解原文章句的意义，也有利于西方人学习汉语文言文；三是译者的比较和评论，或是译者自己的评论，或是其他相关的解释。正是这些注释、评论使得理雅各译本成为当之无愧的"学术型"翻译，不仅在当时具备很高的学术价值，而且至今也是无可替代的。因此，他的译本成为后来许多汉学家和对中国文化感兴趣的学者研究《论语》的范本。理雅各在整个《中国经典》的翻译中都采用了这样条分缕析的注释，对英语读者而言，一部《中国经典》就是一部关于中国儒家学说的百科全书，一百多年来它为西方学术界和普通英语读者提供了方便的参考资料。在中国，解放前商务印书馆出版的《注释校正华英四书》全部采用理雅各的译文。1992 年，湖南人民出版社出版了《汉英对照中国古典名著丛书》，其中《汉英四书》（包括《论语》）也是理雅各译本校注后的再版。这部百年的翻译经典在今天的学术语境下再次成为译者、学者翻译和研究的一个坐标。



### 3.3 辜鸿铭：华人英译《论语》第一人

1898 年，辜鸿铭的英译《论语》（*The Discourses and Sayings of Confucius*）出版，该译本是中国人独立用英文翻译儒经的第一个完整版本，在西方汉学界引起巨大反响。

辜鸿铭（名汤生，1856—1928）祖籍福建同安，1857 出生于马来西亚槟榔屿的一个华侨世家。1867 年被英国人布朗夫妇收为义子，并随其赴欧洲游学，精通英、法、德、拉丁、希腊、马来语等九种语言，拥有 13 个博士学位。他于 1880 年回到槟榔屿，在新加坡海峡殖民政府供职。1882 年辜鸿铭与马建忠会面，两人晤谈后，辜鸿铭下决心回祖国效力，并为此开始补习汉语、留辫子，这奠定了他此后一生的活动基调：弘扬中国传统文化，传播中国儒家精神。1885 年辜鸿铭正式回国，入清政府两广总督张之洞幕府。辜鸿铭在思想上是保守的，他反对学习西方进行近代化改革，反对任何形式的革命，表示儒家传统才是中国人之正统。

不同于理雅各和其他西方传教士及汉学家，辜鸿铭翻译儒家经典，是要把中国传统思想文化的真谛传播到西方。作为一个少有的精通中西文化的学者，辜鸿铭认为西方传教士及汉学家翻译的儒家经典并没有反映出儒家思想的精髓。他在 1884 年发表的“中国学”一文中就指出：理雅各翻译《中国经典》的工作不过是应时之需，虽然数量惊人，但并不令人满意。1898 年他在《论语》译序中指出：“自从理雅各博士开始发表关于《中国经典》翻译的最初部分，迄今已四十年了。现在，任何人，哪怕是对中国语言一窍不通的人，只要反复耐心地翻阅理雅各博士的译文，都将禁不住感到他多么令人不满意。”[①]他批评理雅各等传教士们歪曲了儒家经典的原意，糟蹋了中国文化，并导致西方人对中国人和中国文明产生种种偏见。为消除理雅各等造成的种种偏见，他决定以自己对儒家经义的把握和对西方语言文化的精熟来翻译儒家经典，他在《论语》译序中表达了这样一个愿望：“即受过教育的有头脑的英国人，但愿在耐心地读过我们这本译书后，能引起对中国人现有成见的反思，不仅修正谬见，而且改变对于中国无论是个人，还是国际交往的态度。”[②]

辜鸿铭翻译儒家经典还有着深刻的社会历史原因。中日甲午战争之后，中国士大夫阶层和思想界掀起了一股追逐西方的浪潮，国人大兴洋务、倡导西学，以严复、林纾等人为代表的大批学者参与到翻译西方著作的行列中。而在西方游历多年、受过西方教育的辜鸿铭对西方的政治、经济、文化及社会风俗习惯有着深入的了解，他认为西方文明有种种弊端，而中国传统文化——儒家文化是人类思想文化的精髓，孔孟哲学中包含着可以治疗西方现代化社会弊病的良方。在他翻译的另一本儒家经典《中庸》的译序中，他便指出：“绝大多数人都认为在中国旧的秩序正在消亡，他们欢呼新知和进步文明进入中国。但我个人却不相信在中国古老的秩序会过时，因为我知道旧式秩序、中国文明和社会秩序是一个道德的文明和真正的社会秩序，它符合事物的本性，因此不会消亡。”[③]正是基于这种儒学救世信念，辜鸿铭全力以赴地投入到儒经的翻译中。

为了让西方人感受和认识儒家思想的魅力，辜鸿铭采取了“归化”翻译策略。一是在翻译中使用现代英语中地道的句子

---

① 辜鸿铭：《辜鸿铭文集》(下卷)，黄兴涛等译，海口：海南出版社，1996年，第345页。

② 辜鸿铭：《辜鸿铭文集》(下卷)，黄兴涛等译，海口：海南出版社，1996年，第345页。

③ 辜鸿铭：《辜鸿铭文集》(下卷)，黄兴涛等译，海口：海南出版社，1996年，第509—510页。

结构，并尽量使用英文读者熟悉的词汇，包括一些术语的表达，如将"《诗》三百，一言以蔽之，曰：'思无邪'"中的"《诗》"译为"*The Book of Ballads, Songs and Psalms*"。辜氏选用了3个英语词表达《诗经》体裁之丰富，其中Ballads是英国文学史上的歌谣体裁，Psalms则是《圣经》中的赞美诗，更是为英语读者所熟悉。二是翻译中略去了《论语》原文中的几乎所有的地名和除孔子之外的人名，孔门弟子中除颜回、子路，其他人一律用"一个弟子"(a disciple)来表达，各诸侯国之名一般用"某个国家"(a certain State)、"外国"(a foreign State)带过，这样英语读者可以少受专名等方面的干扰而专注于作品的思想内容。三是辜鸿铭借用歌德、卡莱尔、爱默生、莎士比亚、华兹华斯等西方著名作家和思想家的话来注释某些段落，给读者以直观的形象。在特定历史语境下，辜鸿铭以独特的翻译方式向世界发出华人自己对《论语》的阐释，给后人留下无尽的反思。



## 3.4 亚瑟·韦利：为西方普通读者译《论语》

亚瑟·韦利(1889—1966)出生于英国肯特(Kent)郡的一个犹太人家庭，1907年获得古典学奖学金(classical scholarship)，进入剑桥大学国王学院。在剑桥读书期间，他学过希伯来语、梵语、希腊语和拉丁语等古典语言，并接受了狄更生(Goldsworthy Lowes Dickinson)和穆尔(G. E. Moor)等著名教授的指导，涉猎了中国诗歌和散文、中国思想史、文学史和绘画史。这一背景为他日后在大英博物馆求职、从事汉学翻译和研究奠定了良好的基础。1912年底韦利进入大英博物馆，从事中国书画史的分类归档工作。这里不仅是韦利事业的起点，也是他走向人生辉煌的起点，他从此以中国文化为主要研究领域，兼及日本文化，著译成果丰硕，成为一位影响甚远的东方学者。

1938年，韦利的英译《论语》(*Confucius: The Analects*)出

版。在韦利译本之前已经有了几个很有影响的译本，尤其是理雅各的译本，几乎是后来研究和翻译儒学著作的必读之物。韦利接受了理雅各为《论语》确定下来的书名“Analects”，但是他也从理雅各、苏慧廉（W. E. Soothill，1861—1935）以及法国的顾赛芬（F. S. Couvreur，1835—1919）、德国的卫礼贤（Richard Wilhelm，1873—1930）等著名的传教士译本中发现了问题。他的翻译突破了前辈传教士汉学家保持的《论语》翻译传统。

一是将翻译目的设定为为普通读者服务。理雅各等出于促进传教的目的，翻译工作以传教士读者为服务对象。韦利则不同，从翻译东方古诗开始，他的主要任务就是把中国和日本的风情及文学作品介绍给西方的普通读者。同样，他翻译《论语》目的是让欧洲读者了解《论语》编撰者的初衷，了解《论语》的真实面目。因此，《论语》的翻译中，他不想让人觉得他“因知识性而放弃了文学性，或者忘记了一般读者的需求”。[①] 译文读者的定位让韦利在翻译风格的选择上以普通读者的接受为原则。由于《论语》原文本身存在很多中国文化负载词句及历史上留下来的争议，韦利不得不像理雅各一样为译文做注，但其注解量远没有像后者那样大到足以淹没译文的正文部分，这就使得韦利译本整体的可读性远远高于理雅各的译本。同时，为了帮助西方普通读者了解《论语》及其他文化经典，他还写了《中国古代三种思维方式》（*Three Ways of Thought in Ancient China*）一书，讨论先秦三大较有影响的学派——儒家、道家和法家，文字通晓流畅，内容深入浅出，该书也成为英语世界中国先秦思想史的一部普及型名著。

二是运用普适性、大众化的翻译方法。一方面，韦利从学术研究角度出发，尽量公正、客观，还《论语》以应有的本色，去除任何宗教色彩。理雅各等像翻译《圣经》一样将《论语》奉为

---

① Arthur Waley, *The Secrete History of the Mongols* (London: George Allen and Unwin Ltd, 1964), p. 7.

儒家严肃的经典著作，让译文体现原文的庄严、典雅特色；而韦利以普通的欧洲读者为对象，旨在体现原文的原貌，他让自己的翻译接近《论语》自身的状态，采取了近似口语的翻译，以轻松、幽默、口语化、诗化的语言再现孔子及其弟子的群像。不像其他译者那样让孔子的语言中带着威严、犀利、高傲的意味，他笔下的孔子，是一位理性、务实、谦和、睿智、具有饱满人格的“先师”。另一方面，为了让西方普通读者理解儒家思想，韦利采用了带有普适性的、浅显的词语翻译儒家文化中博大精深的思想，如他选择了一个极为简约的表达“consideration”翻译《论语》中一个重要概念“恕”。“consideration”虽然显得过于普通，只是一个日常用词，但是它的基本意义是“从自己的角度替他人着想”，既体现了对自我的要求，又体现了对他者的关照。韦利以此向英语世界传递“恕”的信息，是可以让英语读者基本理解儒家思想关于“恕”的出发点（修己）和落脚点（利他）的。

三是在对《论语》的内在理解上，不再依据朱熹的观点。韦利反对理雅各参照朱熹的《四书集释》翻译《论语》，认为朱熹研究《论语》的方法，不是像一个学者（scholar）应该做的那样去发现这些经典在书写之初的本意是什么，而是采取一般西方神学家（theologian）论证的方法，先假定研究对象中存在一个真理，再去用既定的思维模式证明它的真实性、绝对性，遮蔽了《论语》的原初意义。他把朱熹定位为“福音传教士”，对朱熹从多角度展开批评，这与他对传教士翻译的反感不无关系，也是他重译《论语》的一个重要原因。与朱熹解释《论语》的方式相比，韦利更倾向于采用古文经法，因为旧式的注疏允许读者用自己的方式去读。旧式的注疏方式也是中国清儒使用的方式，从韦利的多处注释中我们可以看到他在翻译中借鉴了清儒刘宝楠的《论语正义》中的解说。如关于“君子”一词，韦利几乎没有例外地翻译为“gentleman”，这是一个较为温和的词，词典上对“gentleman”的解释是“受人尊敬的温文尔雅之士，他们在做事时总能体察他人的感情";而理雅各的译法"superior man"则强调了其超出常人的一面。与"君子"相对的"小人",韦利则译为"small man"、"lesser man" 或"common people"。这样的表达与"gentleman"之间的对比不那么强烈,他们向人们展示的是两者之间量的差别。这正符合清儒理解的君子小人之别,《论语·正义》中说"君子、小人以广狭异,不以正邪分"。所谓"广狭"是指量的区别,所谓"正邪"是指质的区别。理雅各翻译中使用的"superior"与"mean",就是质的不同。

## 3.5 安乐哲与罗思文:以他者视角译《论语》

20 世纪 90 年代《论语》英译出现繁荣景象,西方出版了 10 部《论语》英译本,分别是托马斯·克里利(Thomas Cleary)的 *The Essential Confucius*(1992),雷蒙·道森(Raymond Dawson)的 *Confucius: The Analects*(1993),黄继中(Chichung Huang)的 *The Analects of Confucius*(1997),西蒙·利斯的 *The Analects of Confucius*(1997),大卫·亨顿(David Hinton)的 *Confucius: The Analects*(1998),安乐哲、罗思文的合译本 *The Analects of Confucius: A Philosophical Translation*(1998),白牧之、白妙子夫妇的合译本 *The Original Analects*(1998),李祥甫(David H. Li)的 *The Analects of Confucius, A New-Millennium Translation*(1999),森舸澜的 *Confucius: Analects, with Selections from Traditional Commentaries*(2003)以及伯顿·华兹生的 *The Analects of Confucius*(2007)。尽管译者身份、翻译目的、对文本认识及具体采取的诠释方法各有不同,但和以往的译本相比,这些译本有个共同的新特点:有意识地避免西方文化前见对诠释的影响,以一种"去文化中心主义"的他者视角重新审视《论语》,安乐哲、罗思文的《论语》翻译便是其中的一个代表。

美国哲学家安乐哲、罗思文在他们的《论语》英译本序言中说:"我们总是预设了自己文化经验中所熟悉的东西,而忽略了其他一些重要材料——恰恰正是它们,展示了作为文化之源的具有可比性的行为。""只有当我们注意到积淀于中国人生活方式和思维模式中的那些非同寻常的理念时,我们才能抵御文化简化论的大举进攻。"[①]译者将《论语》视为与西方哲学思维方式不同的哲学文本,且蕴含着现代价值,他们翻译《论语》的目的是为了提供一种和西方哲学不同的思维方式,以此对西方哲学传统进行反思重构。

其译本名为 *The Analects of Confucius: A Philosophical Translation*,这里"哲学性翻译"指的是用哲学的方式来研究、诠释和翻译《论语》,而非仅仅翻译文本所蕴含的哲学观念。在他们看来,从哲学视角翻译和阐释《论语》,可以纠正和弥补在此之前西方学术界对中国哲学的误读和偏见。他们主张译者运用一种揭开原意的方法去翻译《论语》,以启发西方读者尽可能原汁原味地理解儒家之道,而不是根据自己的文化兴趣和是非标准随意挪用。两位译者为自己设定的基本任务是在阐释中体现儒学思想的历史性和动态性,体现中国文化和儒学思想的异质性,探寻《论语》中的哲学内涵,同时揭示儒学思想对西方社会的现代关联意义。他们的"哲学的方式"具体表现为建构《论语》的哲学语境,在该语境中进行文本的诠释和翻译。在《论语》译本的序言中,安乐哲、罗思文给出了中国哲学思想的预设,建立起了孔子"情境化艺术"的哲学语境,然后在该哲学语境中诠释文本。因此该翻译并不是传统的从文本诠释到翻译的线性过程,而是先从文本出发构建出理论体系,再返回文本结合已构建的体系进行诠释、翻译,在这个过程中又包括了理论的建构。译者在把原文放回"情境化艺术"的哲学语境中进行诠释后,下一步便是在英语中选择相应的词语来体现他们

① 安乐哲、罗思文:《〈论语〉的哲学诠释》,罗瑾译,北京:中国社会科学出版社,2003年,第2页。

的诠释。不过，因为“现在的汉英词典蕴涵着一种与它们所要翻译的文化格格不入的世界观”，“本身就渲染着严重文化偏见的油彩”[①]，所以，译者并没有借助标准词典完成这一步，而是在对英、汉语言哲学特点分析的基础上进行了带有创新性的异化翻译，以反映具有中国哲学特点的孔子思想，反映他们对中国古代思想事件、动态的和关联的诠释。

上述哲学阐释指导思想在关键术语翻译上得到了集中体现。译者首先在“翻译绪论”中单设“术语”一节，对“道、天、仁、礼、信、义”等含义详细论述。然后在译文中通过提示性的符号“英译＋拼音＋原文”，如“exemplary persons（*junzi* 君子）”，提醒读者已经进入了一个陌生的语言和哲学系统中，使他们自觉地探索关键术语的真正含义。在其他一些译本中，“天”译作“Heaven”或“God”，让西方读者联想到耶稣—基督传统中超验的造物主形象，而中国则没有这样一种单一秩序的超验世界观。“天”是生生不息的自然万物的总和与根源，“子曰：‘天何言哉？四时行焉，百物生焉，天何言哉？’”（《阳货》）“天”还具有拟人性，《子罕》中说：“天之将丧斯文也，后死者不得与斯文也。”安乐哲、罗思文对这句话的翻译是：“If *tian*（天）is going to destroy this culture, those who follow us will not be able to participate in it.”译者用拼音和汉字（*tian* 天）再加上导言注释的三重翻译法造成陌生感，以在西方读者心中构建一种不同于西方的哲学思维。这也是他们与以往的《论语》翻译、诠释的最大不同——不仅仅是一种认知性的纯学术活动，而且还包括了创造性的哲学建构，既是在西方学术语境中对中国哲学的重构，也是对西方哲学的重新认识和建构，其目的不仅限于为读者提供《论语》的文本意义，而且要呈现孔子思维的方法，特别是孔子不同于西方的哲学观念，从而打破西方哲学中二元论的

① 安乐哲：《和而不同：比较哲学与中西会通》，温海明编，北京：北京大学出版，2002年，第116页。

统治地位，提供看世界的多元视角。



## 第四节 《论语》在英语世界里的文本形态

纵观《论语》英译的过程，从开始的传教士译介，到后来有多种文化身份译者的介入，标示着中外文化交流的演进。在历史的流变中，《论语》译本呈现出多元的形态，行旅在英语世界里的孔子成了一个不断变化的形象集合。

### 4.1 作为神学比附的《论语》

《论语》等中国经典从最早译介成拉丁文开始，其西传对于许多西方人而言就成了一个"问题"，即如何把中国这一异己文明纳入到西方基督教世界的解释框架之中。正是这一"问题"的存在，使得拉丁文版的《论语》迟迟不能进一步翻译为西方现代语言。而1691年出版的第一个英译本从书名到内容都体现了对《论语》的神学评判。这本英语世界里的第一本孔子言论集的全名是:《中国哲学家孔子的道德箴言——孔子活跃于我们的救世主耶稣基督到来的五百年前，本书是该国知识遗产的精华》。如果我们知道，当时基督教世界的通行历史教科书仍在恪守奥古斯丁历史神学的体系，即从基督教《圣经》故事出发来讲全人类的"通史"，那么就不难想象对于大多数基督徒来说，这第一本孔子言论英译的书名会引发怎样的反应:一个在基督降生五百年前已有自己成熟思想的哲学家，其学说不是异端邪说还能是什么?!一个在《圣经》以外的民族，不是野蛮民族还能是什么?!

带着同样的问题意识，近代传教士开始了他们的《论语》英译，其动机是要从该典籍中找到基督教是普世真理的证据，进而用基督教代替孔教，以耶稣代替孔子。马歇曼翻译《论语》的目的就是要向西方人展现汉语的性质，使这种语言不再神秘，

"从而为深入研究中国的文学与典籍、为最终向中国人介绍西方赖以强大的科学发现，尤其是将《圣经》完美无瑕地介绍给他们开辟道路。"①

传教士译者的翻译目的决定了他们对《论语》"神学化"的解读和翻译策略。对理雅各而言，这一策略一方面表现为他批判孔子缺乏宗教思想，在《论语》正文英译之前有一长段的序言，间接地比较耶稣的传记来审视孔子的生平，他觉得孔子的教义缺乏神学信仰和宗教内涵，基督教优于孔教，耶稣必将代替孔子；另一方面表现为在翻译时对《论语》中的一些关键词和核心命题做基督教式的解读和评注，他从《诗经》、《尚书》、《大明会典》等文献中找到证据，认为中国古典中的"帝"或'上帝'就是"God"，就是耶稣基督，因此他在《尧曰》中将"帝"翻译成"God"。基于同样的理由，他将"天"翻译成"Heaven"这样一个基督教神学概念；把"孝"字都译为"filial piety"，添加了强烈的宗教意味。理雅各翻译和评注《论语》时经常与《圣经》和基督信仰类比，并不时表现出对孔子的偏见。在第一篇注解中对题名作解释时，他说这种把每篇开头两个字作为题名的做法与犹太人的习惯相似，他们也用《圣经》中第一个单词来做很多书的题目。在诠释"我不欲人之加诸我也，吾亦欲无加诸人"（《公冶长》）和"己所不欲，勿施于人"（《卫灵公》）时，他认为基督教的金律"Do ye unto others as ye would that others should do unto you"要比《论语》和《中庸》里的类似表述更加高明。② 在对"仁者不忧"（《子罕》）进行评价时，他说这种"仁"只有虔诚地

---

① Joshua Marshman, trans., *The Works of Confucius, Containing the Original Text, with a Translation*, Vol. 1 (Serampore: the Mission Press, 1809), xxxiv.

② James Legge, trans., *The Chinese Classics*, Vol. I. (Hongkong: Hongkong University Press, 1960), p. 89.

相信上帝才能实现。[1] 在评注“克己复礼为仁”(《颜渊》)一章时，他强调，“克己”是克制和抛弃自己的私欲，亦即人性中道德堕落的成分——这就构成了基督教义中“原罪”的基础。[2]

苏慧廉于1882年被派到中国温州传教。他同样强调传教士们熟悉儒家经典的重要意义，于是着手翻译《论语》并于1910年出版。他把理雅各看成是自己的“引路人”、“哲学家”和“友人”，对于其译著中表现出来的深厚的学术造诣、刻意求精的治学态度、孜孜不倦的研究精神以及清晰明白的表达方式感到钦佩不已。[3] 但是，苏慧廉在肯定理雅各译本的学术价值和卓越贡献时，也批评其学究气过浓，措辞过于正式，难以被普通读者所接受。所以出于普及儒家经典的目的，他认为有必要提供一个更现代的崭新译本。

苏慧廉的译文简洁流利、通俗地道，非常贴近原文的风格。但同理雅各一样，苏慧廉英译《论语》时也经常表现出强烈的宗教立场，并添加了许多基督教成分。他同样自始至终地把“天”译成“Heaven”，“帝”或者“神”译成“God”，“孝”译成“filial piety(duty)”。他还把“兄弟”、“夫子”、“圣人”、“社”分别对应成“brethren”、“sage”、“Sage”、“altars to the tutelary deities”。译文中常常附加了原文中没有的宗教色彩，如“敬事而信”(《学而》)译成“there must be religious attention to business and good faith”，“天命”译成“the Divine Will”，“命”译成“the divine law”，“子罕言利与命与仁”(《子罕》)译成“The Master seldom spoke on profit, on the orderings of Providence, and on perfection.”“死生有命，富贵在天”(《颜渊》)译成“Death

---

① James Legge, trans., *The Chinese Classics*, Vol. I. (Hongkong: Hongkong University Press, 1960), p. 114.

② James Legge, trans., *The Chinese Classics*, Vol. I. (Hongkong: Hongkong University Press, 1960), p. 152.

③ William Soothill, trans., *The Analects of Confucius* (Oxford: Oxford University Press, 1937), Preface.

and life are divine dispensations, and wealth and honours are with Heaven."这里中国人的"生死"命运就完全受控于西方的上帝或神,儒教的天命观就成了基督徒的救赎观。

可以说,传教士们在翻译《论语》及其他儒家经典的时候,他们所接受的基督教神学教育早已进入其集体无意识,并成为他们理解儒学的诠释框架和解读《论语》的宗教基础。为了使中国早日"福音化",他们极力在儒教和基督教之间寻找共同点,用耶稣基督的教义来诠释孔子的思想,倡导孔子伦理与基督教义相符,所以在翻译中出现了很多曲解、挪用、篡改和附会情况。但是,其翻译也有重要的正面影响。由传教士介绍到欧洲的中国文化,使得17、18世纪的欧洲产生了一股"中国热",给西方思想界的启蒙运动造成了一定的影响,为欧洲启蒙思想家在政治上反对专制和特权、在思想上反对宗教神学提供了思想武器。传教士的《论语》翻译不仅传播了儒家思想,而且推动了早期中西文化的交流与融合。

### 4.2 作为东方智慧的《论语》

随着传教士《论语》翻译时代的结束,翻译目的发生了变化。华人学者辜鸿铭、林语堂等以一种"儒学救世"的情怀向西方译介《论语》,西方学者也表现出对《论语》思想的推崇,翻译的目的开始转向让西方读者了解中国文化,认识东方智慧。《论语》译本形态也相应发生了变化。

继辜鸿铭之后,致力于翻译介绍中国古典著作的华人翻译家是林语堂。作为一个"两脚踏中西文化,一心评宇宙文章"的"五四"时代知识分子,林语堂深切地感受到西方社会生活的机械性和理性主义对人性的扭曲,而中国儒家文化所包含的和谐人性与和谐社会观是动荡不安的世界所需要的,他甚至认为

"仁"的哲学可以救赎全世界。[①]自1935年移居海外之后,林语堂就一直致力于传统文化在西方语境下的阐释与传播。1938年,他以"四书"和《礼记》为基本素材,编译成《孔子的智慧》(*The Wisdom of Confucius*)交由美国Random House出版公司出版,这是他从事中国古代经书英译工作的开端。

通俗编译是林语堂向西方译介中国文化典籍的主要方法。《孔子的智慧》全书11章,导言之后,他首先英译了司马迁《史记》中的孔子生平;接下来是他认为集中反映孔子思想的《中庸》,这里他使用了辜鸿铭的译本;下一章"道德和政治"来自《大学》的翻译;在"孔子的格言"一章里,他选用了《论语》中大约四分之一的内容,按照主题来把这些格言警句重新分成10个部分;下面的5章大多选自《礼记》,讨论社会秩序、教育和音乐;最后1章是《孟子》的节译,特别是有关性善的内容。各章都有注释和阐述,实际上成为中国"四书"的英文普及本。在翻译策略的选择上,林语堂没有选择面向原语文本的以"忠实"和"对等"为目标的学院式的翻译手法,而是走了一条以普通英语读者为对象的大众化、通俗化的道路。他融创作与翻译为一体,以通俗的话语形式把古代经典英译给世界,把古汉语译成美国读者可接受的散文式现代英语,注重意译,方便西方读者了解《论语》深奥的思想。如对各种文化负载词"礼"、"仁"、"信"、"德"等的处理,林语堂认为它们的意义会随着语境的变化而变化,千篇一律地译成一个词就会让读者困惑。"德"就不能只译成"virtue"或"character",像这句话"子曰:有德者必有言,有言者不必有德",林译就把其中的"德"译为"soul",整句话的译文为:"Confucius said: A man who has a beautiful soul always has something beautiful to say, but a man who says beautiful things does not necessarily have a beautiful soul."

---

① Lin Yutang, trans., *The Wisdom of Confucius* (New York: Random House, Inc., 1938).

林语堂的翻译更多地是一种融会贯通基础上的创作，虽不以忠实为标准，却更传神地传达了传统哲学的精华，有效避免了西方人在翻译时所出现的文词偏差和意义的歪曲。

在西方译者中，翟林奈(1875—1958)开启了英语世界非传教士解读《论语》的时代。翟林奈是著名汉学家翟理思(Herbert A. Giles，1845—1935)之子，生于中国，1900 年回英国任职于大英博物馆图书馆，负责管理东方图书。翟林奈翻译《论语》的目的是"使这本书成为东西方——一个是思考的旧世界，一个是行动的新世界——之间友好和理解的纽带"。[①] 在 1907 年的译本前言中，翟林奈批评理雅各译本带有宗教"偏见"，理氏仅仅在介绍孔子事实方面做得较好，但并未能从事实中得出结论，也未能总结儒家道德的突出特色，更没有正确评价孔子本人的性格。理雅各的传教士背景严重影响了其公正性，所以他认为孔子不如耶稣，孔教比不上基督教。翟林奈总结当时西方对孔子的主流印象时说："孔子的名字不是在大多数人心里联想起一个枯燥、刻板、僵硬、学究式的哲学家形象吗?"[②]而他本人的翻译过程，则是在研究了孔子生平的基础上进行的，这样读者才能全面地看待《论语》。

米兰德·道森(Miles Menander Dawson)是第一位翻译《论语》的美国人。他认为《论语》是中国文明中的一些经典观念的源头，强调其社会伦理的作用。所以，他将《论语》的译本定名为《孔子伦理》(*The Ethics of Confucius*)，该译本几次再版，几次易名，但都没有离开伦理的角度。道森认为孔子伦理的出发点是助人"修身"，只不过评论家和之前的译者将严肃性

---

① Lionel Giles, trans., *The Sayings of Confucius: A New Translation of the Greater Part of the Confucius Analects* (London: John Murray, 1907), p. 20.

② Lionel Giles, trans., *The Sayings of Confucius: A New Translation of the Greater Part of the Confucius Analects* (London: John Murray, 1907), p. 20.

强加于孔子身上，使《论语》更像是一位伟大传统之父的说教。



另一位更有影响的美国译者是庞德。面对20世纪上半叶以来资本主义工业社会各种矛盾的日益激化，庞德把复兴欧洲文明的希望寄托到东方，认为儒家的生活准则、语言风格和智慧是西方最为迫切需要的。庞德宣称自己翻译《论语》的一个基本目标是要传达原著凝练的风格以及鲜活人物讲话的特色。他认为汉字属于象形文字，极富自然性和意象性，正是这种独特的文字表达了中国文化的特色，而已有的《论语》译本并不能生动地表现中国文化的独特性，因而也不能完全表达出《论语》的要义。庞德运用意象析字法，借助活泼的现代英语口语来翻译论语，如“学而时习之，不亦说乎”(《学而》)中的“习（習)”字拆解成“羽”加“白”，译文就成了“Study with the seasons winging past, is not this pleasant? ”，“主忠信”(《学而》)译成“get to the middle of the mind, then stick to your word”，又如，子曰：“道之以政，齐之以刑，民免而无耻；道之以德，齐之以礼，有耻且格。”(《为政》)庞德译为：

> He said: if in governing you try to keep things leveled off in order by punishments, the people will, shamelessly, dodge. Governing them by looking straight into their heart and then acting on it (on conscience) and keeping order by the rites, their sense of shame will bring them not only to an external conformity but to an organic order.

庞德将“德”译为“looking straight into one's heart and then acting on it ”(直视内心并按照自己的心声来行事)，体现了他对中国内省的道德文化的深刻认识；而将“格”译为“organic order”(有机的秩序)，则又表达了他对儒家和谐有序的社会秩序的向往。庞德以丰富的意象赋予了《论语》诗意的解读。

近年来颇受关注的澳大利亚汉学家西蒙·利斯的最新译

本也同样表现出对《论语》智慧的推崇，他宣称世界历史上还没有一本书像这个小册子一样，如此长久地对芸芸众生产生巨大影响，如果谁忽视这本书，谁就会失去这把开启中国大门的唯一钥匙。[①]他把孔子当成一个现代人来解读，认为孔子当时面对的许多问题就是我们当今社会的问题。在评注季氏“八佾舞于庭”一章时，利斯说：“孔子悲切地认识到他正在目睹文明的解体；对于今天的我们来说，正是这种认识才使我们现代人对他的痛苦听起来如此耳熟。”关于“君君、臣臣、父父、子子”，他指出，这一重要论述应该和“正名”联系起来解读。按照孔子的观点，恰当规定个人的作用、身份、权利、义务和责任，是社会政治秩序的基石。当代的道德紊乱现象，表明世界正在整体漂向未知和混乱。不同角色的职责、年龄的区别，甚至性别特征都不能清楚地觉察出来。面对这种令人恐慌的形势，人类学家、社会学家和心理学家都重新发现了礼仪的必要性和角色限定的重要性，以保证个人和社会的和谐融合。[②]利斯译本的突出特点在于他明确地主张“古为今用”、“中为洋用”的原则，坚信孔子提出的许多问题事实上往往对现代和西方社会有“直接针对性”，孔子学说可以疗治西方社会的弊病或补救西方社会的缺陷。因此，他试图通过简洁明快、通俗易懂的译文和丰富的注释阐发，突出孔子思想的现代关联意义，引起读者对社会问题的反思。如为了反驳当代某些独裁政府利用儒学维护等级、法治等专制思想，利斯刻意诠释《论语》中孔子的一些表达个人意志的重要言论。例如“三军可夺帅也，匹夫不可夺志也”(《子罕》)中的“志”，理雅各译成“will”，刘殿爵和道森译成“purpose”，韦利译成“opinion”，但利斯译成“free will”(自由意

① Simon Leys, trans., *The Analects of Confucius* (New York: W. W. Norton & Company, 1997), xvi－xvii.

② Simon Leys, trans., *The Analects of Confucius* (New York: W. W. Norton & Company, 1997), p. 178.

志)，全句的翻译是“One may rob an army of its commander-in-chief; one cannot deprive the humblest man of his free will.”意在说明普通人的自由权力不可剥夺，借孔子之言强调了现代的自由、民主观念。

### 4.3 作为原典回归的《论语》

20 世纪 70 年代初，美国哲学家芬格莱特(Herbert Fingarette)率先对隐藏在西方孔子思想研究背后的“西方中心主义”倾向发起挑战。他在《孔子：即凡而圣》一书的序言中指出：“西方人是以其本能的或直觉的方式来解读《论语》的，而且还不自觉地受到了用基督教术语、用欧洲思想的术语来束缚思维。”[1]这一反思意义非同寻常，影响了西方此后中国思想史的研究方向。具体到《论语》翻译中，则是译者们自觉规避“西方中心主义”的陷阱，在翻译中更加注重差异，尽量避免用西方的名词术语来表达中国哲学文化思想，力图把“原汁原味”的中国思想译介给西方，《论语》英译表现出回归原典的诉求。

较早表现出还原意识的是刘殿爵译本。刘殿爵潜心研究中国思想和典籍，试图从本义上解释孔子原意，以更好地理解儒家教义的历史重要性和现代相关性。他重视对经典文本语言的分析，强调古汉语的训诂考证和中西语言的差异对比，从语言分析的角度诠释《论语》，强调翻译的准确性。刘殿爵深厚的中西学养是他翻译中国典籍得天独厚的优势，《论语》中一字、一句、一义的判断，往往都需要渊博的学识和广泛的研究。他在这方面的方法一是通过相关文献的排比对读，找出问题之所在，结合语法、语义、语境、校勘、避讳字和假借字种种考虑，

---

① Herbert Fingarette, trans., *Confucius: The Secular as Sacred* (New York: Harper Torchbooks, 1972), p. 2.

从而解决问题。[①]例如"忠"的诠释，许多译者倾向于把"loyal"作为其对等翻译，刘殿爵认为，这样的翻译没能考虑其意义是因时而变的。依照后世的用法，"忠"的确指的是"盲目献身"的愚忠，但在孔子时代，并不是这个意思。夫子之道忠与恕，"忠"就是尽己之力，所以他把"为人谋而不忠乎"(《学而》)的"忠"译成"do my best"、"臣事君以忠"(《八佾》)的"忠"译成"do his utmost"、"与人忠"(《子路》)的"忠"译成"give of your best"，都是把"忠"当成"尽其力"理解。二是用中西语言对比方法进行语义、语法、语用分析，如"义"的翻译，刘殿爵认为该字可以相当准确地译为英文的"morally right"，但实际上不能始终如一地这样翻译。因为英文"right" 并不像中文"义"那样一词多用：只有行动才可以说"right"，人却不能形容为"right"。当然人可以形容为"righteous"，但是该词不仅过时，而且带有强烈的宗教色彩，并不见得常常适用。一个人的行为符合道德规范，我们可以说他"moral"。而一个人在一个客观环境里应该做的事，与其本身应该做的事，这两种情况所用的字截然不同：一个人本身应该做的事，英文说"duties"，不说"right actions"；在中文里，两种情况"义"都用得上。因此翻译"义"须用不同的词："right"，"what is right"，"what someone has a right to"，"moral"、"one who is moral"和"duty"，甚至"just"都可以。中文里单一的概念"义"糅合了英文里不同的词所涵盖的意义。刘殿爵的翻译实践反映了当今海内外学者尤其是华人译者在汉学研究以及文化传播领域的新动向，即力求掌握中国典籍的原意和传达中国哲学思想的本原。

对西方译者来说，注重差异并不意味着对自身文化立场的无视，相反，他们从各自的学术背景出发，对《论语》展开对话式的诠释和翻译。安乐哲、罗思文(1998)从比较哲学的视角翻译

---

① D. C . Lau, trans., *Confucius*: *The Analects* (Hong Kong: The Chinese University Press, 1992), ix—xiii.

《论语》，同样来自美国的森舸澜，其《论语》(2003)翻译则带有“经学”的特征。森舸澜认为自己是一个“现代文本研读者，具有高度的语文学和历史学责任感，精通古代汉语，对孔子思想有着浓厚的兴趣”。[①]其翻译《论语》的目的是要还欧美读者一个真实的中国传统几千年来一直以独特方式进行研读的孔子。翻译中，森舸澜借鉴中国的注经传统，大量依靠春秋战国汉代前的文献资料，排除汉代道学注释、佛教影响的宋明代新儒学、基督教传教士等的影响。他的译本附有大量评注，在翻译一些难以理解的地方和涉及到各种社会、政治、历史、文化的地方时，他加上详细的注释，既讲解字面含义，又解释真正内涵，尽可能地向读者展示一个原汁原味的中国孔子。在文化负载词的处理上，他和安乐哲、罗思文一样采用了“英译＋拼音＋原文”的方式，保持了原文他异性的存在，比如，“忠”为“dutifulness (*zhong*，忠)”，“孝”为“filial piety(*xiao*，孝)”。为了方便读者认识孔子思想，他还在每一篇之前增加导读或介绍，以附录方式对“君子”、“仁”、“道家”、“理学”等 40 多条关键术语予以解释，对孔子门徒、相关的中国历史人物和典籍做基本介绍，为读者提供了丰富的背景知识。[②]

在当今国际儒学界，颇具影响的还有白牧之、白妙子对《论语》成书过程的历史考察，虽然其核心不在内容本身的翻译，但也反映了学者们对《论语》追根溯源的研究和译介旨趣。

上述对《论语》译本形态的描述是粗线条的，但从中也不难看出英译《论语》文本形态的变化理路：传教士译本是对《论语》毫不避讳的神学归化，作为东方智慧的《论语》一方面表达着译者文化借用的期许，同时也隐含着他们对文本接受的焦虑；而

---

① Edward Slingerland, trans., *Confucius Analects* (Indianapolis: Hackett Publishing Company Inc., 2003), Appendix 6.

② 儒风：《〈论语〉的文化翻译策略研究》，载《中国翻译》，2008 年第 5 期，第 50—54 页。

随着学界对“西方中心主义”的反思,《论语》英译的自主性正在逐步确立,作为文化对话的经典传译,其与西方文化正在构成平等、互释的关系。

## 第五节 《论语》文学风格的跨语际书写

作为儒学的创始人,孔子也是中国书面文学的开创者。《论语》的文学价值首先体现在语言艺术方面,其语言简洁明快,含义深刻,通俗流畅,很接近当时的口语。其次,《论语》是第一部以表现人物为中心的散文著作。它在对孔子及其门徒思想和人格的表现上,具有相当高的艺术性,常能以很少的笔墨勾画出人物的神情乃至各自的性格特点。《论语》在文学上的价值还表现在文艺思想方面。孔子是我国古代最早的文艺理论批评家,《论语》较为全面地概括了诗歌的特点和社会功用,并阐述了文艺的内容与形式的关系,对后世文学批评理论的建立与发展有很大的影响。

在中西语言文化比较视域里,《论语》的文体风格和语言风格显得尤为突出,本章着重讨论这两种风格在英译中的体现。

### 5.1 《论语》文体风格的跨语际书写

《论语》首创语录体,记载孔子及其弟子的言行二十篇,成书过程漫长。安乐哲、罗思文在谈到《论语》的编纂时说:“我们——尤其是熟悉于线性的、连续的文本流传体系的现代西方读者,会顺理成章地认为,传世本《论语》应该是一个体系连贯的整体。可是,事实上,这是一部在漫长的历史长河中,经过众人之手录写、分类、再分类、编辑、校订而成的言论集。很难想象,他的雏形居然是零散混乱、意义毫不相属的断篇残章。”①

① 安乐哲、罗思文:《〈论语〉的哲学诠释》,罗瑾译,北京:中国社会科学出版社,2003年,第10页。

的确，就语篇结构而论，《论语》还处在散文文体发展的初期，在形式上较松散。虽然分章，但每篇并没有一个相对集中的主题，在编排上也没有考虑时间或其他顺序，每一章的题目也只是采用首句的前几个字而已，实际上是没有题目的。

**《论语》二十篇篇目**

| | |
|---|---|
| 学而第一 | 先进第十一 |
| 为政第二 | 颜渊第十二 |
| 八佾第三 | 子路第十三 |
| 里仁第四 | 宪问第十四 |
| 公冶长第五 | 卫灵公第十五 |
| 雍也第六 | 季氏第十六 |
| 述而第七 | 阳货第十七 |
| 泰伯第八 | 微子第十八 |
| 子罕第九 | 子张第十九 |
| 乡党第十 | 尧曰第二十 |

这种松散的篇章结构对讲求逻辑与连贯的西方读者来说，具有很大的异质性。那么，《论语》的英译者们是如何处理这一异质性的呢？纵观《论语》各个时期的译本，可以发现主要有以下几种翻译策略。

第一是直接引入的方法。在理雅各的译本里读者看到的就是汉语篇目的音译，“BOOK I. HISOR”，“BOOK II. WEI CHANG”，“BOOK III PA YIH”。为方便理解，理雅各在第一篇篇目后加有这样的说明：“HEADING OF THIS BOOK—学而第一. The two first characters in the book, after the introductory—‘The Master said,’are adopted as its heading. This is similar to the custom of the Jews, who name many books in the Bible from the first word in them。”[①]魏鲁男则把

① James Legge, trans., *The Chinese Classics*, Vol. I. (Hongkong: At the Author's, 1861), p. 137.

汉语篇目直译为英文，各篇标题成了“As one learns...”“To govern...”“Eight rows...”“To live among the excellent...”“Kung-yeh Ch'ang...”黄继忠结合了音译与直译，“XUE ER (To Learn Something And)”，“WEI ZHENG (He Who Conducts Government)”，“BA YI (Eight Rows of Dancers)”，“LI REN (To Live among Men of Humanity)”。

第二种译法是将各篇篇名略去，代之以英语读者熟悉的数字表达顺序。这一传统始于马歇曼1809年出版的《孔子著作》，马歇曼用“Chapter I”，“Chapter II”作各章篇目。此后，高大卫、兰雅(Leonard A Authur Lyall)、道森、辜鸿铭、刘殿爵、程石泉、利斯、安乐哲与罗思文等一批译者都运用此种方法，将各部分冠之以“Chapter I”、“Chapter II”或“Book I”、“Book II”。

第三是在每一篇之前增加导读或介绍，其首创者为詹宁斯。詹宁斯的译本没有使用原来各篇的篇名，而是根据他的理解在每一篇之前加上了该篇内容的关键词，如第一篇《学而》的题目翻译为为“BOOK I”，标题之后是对本章主要内容的简介“Chiefly on learning—its pleasures, inducements, and aims—filial, fraternal, and other duties—miscellaneous sayings”；[①] 以后各篇以同样方式处理。一百多年之后，森舸澜也运用了同样的方法，在每篇标题如“BOOK ONE”“BOOK TWO”之后，对本篇内容予以介绍。其对《学而》的简介是“One of the central themes of this Book is that learning (*xue* 学) has more to do with actual behavior than academic theory, and that virtuous public behavior as an adult is rooted in such basic familial virtues as filial piety (*xiao* 孝) and respect for elders

① William Jennings, trans., *The Confucian Analects: A Translation* (London: George Routledge and Sons. 1895), p. 39.

(*ti* 悌)."[1]

第四是用关键词译各篇篇目。在李祥甫 1999 年出版的 *The Analects of Confucius, A New-Millennium Translation* 中,采用的便是这样的方法,如"THE JOY OF LEARNING"(学而篇第一),"THE ART OF GOVERNANCE"(为政篇第二),"THE SUPREMACY OF CONDUCT"(八佾篇第三)。译者在第一篇篇目后补充了这样的说明:"In ancient time when words were preserved on bamboo strips, writings were terse, and essays contained neither chapter headings nor punctuation marks. When *Lun Yu* (the Analects) was annotated subsequent to the invention of paper (105 CE), the first two or three characters unique to each chapter were used as chapter headings. A modified version of this practice, using key-words as chapter headings, is followed in this volume."[2]

除形式松散外,《论语》的另一个文体特征是其语录体的表征形式"子曰"(或其变体"子谓"和"孔子曰")。通过语料库软件检索,今本《论语》一书的字数在 1.6 万字左右,其中"子曰"出现了 394 次,平均每篇出现 19.7 次;《公冶长》还有 4 次"子谓"、《季氏》出现 13 次"孔子曰"。

从语篇建构来说,"子曰"或其变体是将整部《论语》贯穿起来的一个衔接手段,同时,也正是借助这一言说方式,《论语》构建起自己完整的话语系统和文化价值体系,成为儒家最具权威性和神圣性的话语资源。"子曰"形式源于《尚书》、《国语》、《春秋》等史官文献,《尚书》中就有"王若曰"、"周公若曰"、"君子

---

① Edward Slingerland, trans., *Confucius Analects* (Indianapolis: Hackett Publishing Company Inc. 2003), p. 1.

② David H. Li, trans., *Analects of Confucius: A New-Millennium Bilingual Edition* (Bethesda Maryland Premier Publishing Company, 1999), p. 9.

曰”,这里的君子、王、周公都是当世的贤人,他们往往具有统治、管理社会的实际权力,或伦理道德上的优势地位,因此他们的话具有很强的现实权威性和影响力,是人们在现实活动中不可违背的行为准则。《论语》中的“子曰”在形式上与“君子曰”是一样的,只是“君子曰”是泛称,而《论语》中的“子曰”是专称。“子曰”表示的是孔子的独白,是孔子对自己思想观念的直接阐发。

子曰:“道千乘之国,敬事而信,节用而爱人,使民以时。”(《学而》)

子曰:“为政以德,譬如北辰,居其所而众星拱之。”(《为政 》)

这些独白式的言说,由于隐去了孔子说话时的具体语境,我们无法确切知晓其言说的所指,也无法确定孔子之言的适用范围和对象。然而,这种独白式的言说对孔子文化价值体系的建构作用却是不可忽视的,因为这种从具体语境中抽象出来的语言掩盖了言说者的立场和利益冲动,而貌似中立与客观,这种语言最适合于表达纯粹的价值判断。正是“子曰”这种格言形式的言说方式,隐去了现实语境及得出结论的过程,使孔子的言论获得了普适性,并被后世儒家奉为处世的圭臬。在大多数《论语》英译本中,这一突出的文体标记也得到了一贯之的体现,马歇曼的翻译是“Chee says”,高大卫的译本为“Confucius says (said)”,在庞德译本中为“He said”,辜鸿铭的译本为“Confucius remarked”,更多的译者将其译为“The Master said”,包括理雅各、刘殿爵、道森、白牧之夫妇、利斯、安乐哲与罗思文等,如《学而》原文出现过10次“子曰”,在理雅各、刘殿爵等译本里“The Master said”也各出现了10次。通过这样的翻译,《论语》教导后学、教化民众、塑造圣人的文本功能得到了有效实现。

但詹宁斯与魏鲁男的翻译则有所不同。詹宁斯认为原文中反复出现的“子曰”显得过于单调，因而做了不同的处理。他在“译注”中说道：

> In the Chinese text, in perhaps three-fourths of the number of paragraphs, a sentence is introduced by the formula, “The Master said” (子曰), which in English after a while becomes wearisome. Monotony is nothing to Asiatics. I have thought it best to resort to little tricks of inversion, oration oblique, or, when a number of sayings of the Master follow immediately upon each other, of combining them under one head, as “Other sayings of the Master,” and “Obiter dicta of the Master” where the sayings have no connection with each other. [①]

在詹宁斯的译本中，“子曰”被译为“Sayings of the Master”，“Other observations of the Master”，“Obiter Dicta of the Master”等。

魏鲁男更进一步，凡孔子所说只用引号标志，把“子曰”全都略去，他在“前言”中有这样的说明：“Every quotation in this book which is not attributed directly or by context to another is to be assigned to Confucius. ”[②]如：

> (1)子曰：“为政以德，譬如北辰，居其所而众星共之。”
>
> “To be excellent when engaged in administration is to be like the North Star. As it remains in its one

① William Jennings, trans., *The Confucian Analects: A Translation* (London: George Routledge and Sons, 1895), pp. 35—36.

② James. R. Ware, trans., *The Sayings of Confucius* (New York: The New American Library of World Literature, Inc. 1955), p. 20.

position, all the other stars surround it."[1]

(2)子游问孝。子曰:"今之孝者,是谓能养。至于犬马,皆能有养;不敬,何以别乎?"

Yen asked about filial duty. "Today when people call a man filial they mean that he is supporting his parents. But he does as much as for his dogs and horses! If he does not show respect for his parents, how is he differentiating between them and animals?"[2]

## 5.2 《论语》语言风格的跨语际书写

《论语》作为我国语录体散文的最早代表,所采用的语言是以当时周朝流行的"普通话"(即"雅言")及当时群众的口头语为基础,同时又吸取了前人书面语精粹、洗练、典雅、整饬的长处,再经加工锤炼而成的。因而《论语》的语言达到了精炼通俗的境地,具有字稳句妥的特色,并形成了一种雍容和顺、舒徐含蓄的新的语言风格。语言文字简练在《论语》中不乏其例,试举几例加以说明。"子曰:'其身正,不令而行;其身不正,虽令不从。'"(《子路》)"子曰:'温故而知新,可以为师矣。'"(《为政》)"子曰:'不患人之不己知,患其不能也。'"(《宪问》)无一不语言简洁、深入浅出。

"言以足志",孔子认为言语是用来表达思想的,因此,"不知言,无以知人也"。但在如何用言词表达思想上,他主张"辞达而已矣",做文章和言语都如同做君子,"质胜文则野,文胜质则史",因此应"文质彬彬",文质兼顾,做到内容与形式的统一,

---

① James. R. Ware, trans., *The Sayings of Confucius* (New York: The New American Library of World Literature, Inc. 1955), p. 25.

② James. R. Ware, trans., *The Sayings of Confucius* (New York: The New American Library of World Literature, Inc. 1955), p. 26.

文辞与质旨的和谐。这既是孔子的言语观，也是他美学思想的重要组成部分。对此，庞德有着深刻的认识："没有人能够真正充分认识文字，但最伟大的导师能够满足于恰到好处地使用很少的一些字。"[①]利斯在"翻译导言"中专辟一节论述"孔子的沉默"，指出"《论语》的意义不仅在于它说了些什么，更在于它没有说什么"。[②] 他称孔子的"天何言哉！四时行焉，百物生焉；天何言哉?"给自己带来了极大的震撼。《论语》现代译者森舸澜同样认为《论语》的含混性（cryptic）是孔子为了体现和贯彻举一反三的教育理念而有意为之的。

《论语》语言的简约性成就了其英译的多样性。首先，原文的简约性增加了"仁"、"德"、"君子"等核心概念的意义维度，为古今中外的读者留下了巨大的阐释空间。同一个儒学术语在英译中就有多种表达，仅以《雍也》"中庸之为德也，其至矣乎"中的"德"和"中庸"两个概念的翻译为例（黑体为笔者所加，下同）：

理雅各：Perfect is the **virtue** which is according to **the Constant Mean**!

辜鸿铭：The use of **moral sentiment, well balanced and kept in perfect equilibrium.**

韦　利：How transcendent is the **moral power** of **the Middle Use**!

刘殿爵：Supreme indeed is **the Mean** as a **moral virtue.**

安乐哲、罗思文：The **excellence** (*de* 德) required to **hit the mark in the everyday** is of the highest

---

① Ezra Pound, "Immediate Need of Confucius", in *Selected Prose*, 1909-65 (London: Faber and Faber, 1973), p. 89.

② Simon Leys, trans., *The Analects of Confucius* (New York: W. W. Norton & Company, 1997), p. 30.

order.

如果对这些词作一番语义分析，大多数词义之间的所指意义不会重叠，这是语言自身的经济原则所至。也就是说，每位译者对原文意义的理解是有差异的。

除这些核心概念外，古代汉语中"之"、"其"等指示代词，虽然在句中的语法功能明确，但所指意义并不总是明晰的。如"知之者不如好之者，好之者不如乐之者"中的"之"，理雅各认为是"真理"：" They who know the truth are not equal to those who love it , and they who love it are not equal to those who delight in it. "韦利认为是"道"："To prefer it is better than only to know it. To delight in it is better than merely to prefer it. (Note : The Way) . "而刘殿爵则认为该句具有普遍适用性，可泛指做任何事情："To be fond of something is better than merely to know it, and to find joy in it is better than merely to be fond of it. "

《论语》的简约也造成了结构层面的含混表达，如"夷狄之有君，不如诸夏之亡也"一句可以有两种截然不同的解释。一是含有明显的自我膨胀的心理：落后的夷狄就算有君，也比不上我们华夏无君的情景。而另一种则是将春秋战国时期的"礼崩乐坏"的具体语境带入解读中：夷狄那样落后的地方都有君道，不像我们华夏诸国到处都是"君不君、臣不臣"的样子了。刘殿爵选取了第一种解释："Barbarian tribes with their rulers are inferior to Chinese states without them. "而大多数西方译者似乎更倾向于对华夏采取批判的态度，如理雅各将原句直译为："The rude tribes of the east and north have their princes, and are not like the States of our great land which are without them."

除了上述这种源于古代汉语自身的特点而导致的语言含混外，语境的缺省更是促成了《论语》简约风格的形成。在汉文化中，人们将大量孔子及弟子语录视为成语和固定表达，将其与原始语境剥离，不假思索地在多种语境引用。但译者的任务是用目的语传达一部完整的原作，他必须在翻译中就如何处理语境做出选择。如《述而》中的“其为人也，发愤忘食，乐以忘忧，不知老之将至云尔”一段，就隐藏着译者必须解答的问题点：是什么使孔子“发愤忘食，乐以忘忧”？理雅各认为是发愤求学，这与孔子的自我评价相吻合，因此，理雅各的翻译是：“He is simply a man，who in his eager pursuit (of knowledge) forgets his food，who in the joy of its attainment forgets his sorrows，and who does not perceive that old age is coming on ?”但问题在于孔子强调的“好学”已远远超出了“求知”的范围，理氏用括号和斜体补充的词语似有画蛇添足之嫌。韦利侧重孔子作为诲人不倦的教育家身份：“So intent upon enlightening the eager that he forgets his hunger，and so happy in doing so，that he forgets the bitterness of his lot ...”安乐哲、罗思文译本将两种意思并在一起，认为“教与学”是孔子生命中最重要的内容，正所谓“学而不厌，诲人不倦”：“As a person，Confucius is driven by such eagerness to teach and learn that he forgets to eat，he enjoys himself so much that he forgets worry，and ...”刘殿爵试图寻找一个较为宽泛的解释：“发愤于令其发愤的问题”，但译文稍显冗余：“He is the sort of man who forgets to eat when he tries to solve a problem that has been driving him to distraction，who is so full of joy that he forgets his worries and ...”而利斯认为，从某种意义上讲，“最佳的译者表面上又是最笨的译者：他们尊重原文的含混，并不试图把含混解释清楚。”[①]利斯 1997 年译本在此处都保留了原文的含混，使译文读者阅读时脑海里依然萦绕着译者曾思考的问题，译文的阐释空

---

① Simon Leys，trans.，*The Analects of Confucius* (New York：W. W. Norton & Company，1997)，p. 128.

间及原作的简约风格得以保持，同样的处理方式也出现在詹宁斯1895年译本中：

利　斯：He is the sort of man who, in his enthusiasm, forgets to eat, in his joy, forgets to worry , and ...

詹宁斯：He is a man with a mind so intent on his pursuits that he forgets his food, and finds such pleasure in them that he forgets his troubles, and ...

利斯与詹宁斯的翻译方法呼应了德国翻译理论家 Hans G. Hönig 的观点，Hönig 认为，从读者的角度分析，在大多数情况下，“目的语读者感兴趣的并非是原文本的‘全部含义’。他们希望译者为自己呈现自然的译文，并使他们相信作者在直接与自己对话。”[①]换言之，读者希望参与作品意义的建构，而不是单纯地接收译者解读的结果。

《论语》简约、含混的语言风格无疑增加了原文的文化信息含量，扩大了文本阐释空间，启发读者由具体而琐碎的日常生活行为“上达”至玄远幽深的理性思考，通过简约平实的语言领悟出广大多端的哲学道理。但如前所述，简约含混的语言风格也极大地增加了翻译及阅读的难度。因此，译文读者不应忘记译本提供的并非原作的本真意义，而只是各种可能阐释中的一种。《论语》的简约和含混成就了《论语》译本的多样性，多种译本的并存更使目的语读者感受到《论语》及孔子思想的悠远。

---

① H. G. Hönig. “Positions , Power and Practice”, in *Translation and Quality*, edited by Christeina Schaffner , 1998 ,p. 21.

# 第三章　英语世界里的《孟子》

## 第一节　孟子与《孟子》

孔子之后儒家最引人注目的人物是孟子。韩愈在《原道》中对“道”的诠释是“博爱之谓仁，行而宜之之谓义，由是而之焉之谓道”。这一沿着仁义之途趋进的“道”的接续则是这样的：“尧以是传之舜，舜以是传之禹，禹以是传之汤，汤以是传之文、武、周公，文、武、周公传之孔子，孔子传之孟轲。轲之死，不得其传焉。”[①]在“道”的传承链条上，孟子被置于前有古人而后无来者的地位，可见他在寻“道”者的心目中受到了怎样的尊崇。

### 1.1　孟子其人

孟子（约前372—约前289），名轲，战国中叶邹（今山东邹

---

① 韩愈：《韩愈全集·杂著·原道》，长春：时代文艺出版社，2001年，第376—377页。

县)人,鲁国贵族孟孙氏的后代。孟子三岁丧父,孟母艰辛地将他抚养成人。孟母管束甚严,《韩诗外传》载有孟母“断织”等故事,《列女传》载有孟母“三迁”和“去齐”等故事,可见她对孟子的教育甚厚。而“孟母三迁”、“孟母断织”等故事,也已成为千古美谈,是后世母教之典范。

据《史记》所载,孟子曾“受业子思之门人”,“治儒术之道,通‘五经’,尤长于《诗》、《书》”。孟子一生致力于“学孔子”,他积极宣传和发扬孔子的学说思想,对儒家学说起到了承前启后、继往开来的奠基作用,故被后人尊奉为仅次于孔子的“亚圣”,而孔孟之道也成了中国传统思想文化之核心——儒学的代称。

孟子一生的主要活动内容是游说诸侯,宣传自己行王道、施仁政的政治主张。在此过程中,孟子表现出刚正不阿、大胆泼辣的个性特征。孟子初到齐国,齐王以有病为托辞,不亲自向他咨询政事,而是派人召见他,孟子也以病为辞,拒绝朝见。次日却出吊东郭氏,故意表明自己没有生病。齐王派人来问病,孟仲子一面替他周旋,一面要求孟子不要回家,赶快去朝见,孟子仍然不去,坚持非礼之召不往,表现出傲岸的个性。(《公孙丑下》)后来,孟子极力向齐宣王宣传自己的“仁政”理论,希望齐宣王推行“仁政”,让黎民百姓不受饥寒之苦,从而实现天下大治。这种救民于水火的精神境界赋予了孟子以恒久的人格魅力。

孟子时代,秦国为了富国强兵而起用商鞅,楚国、魏国为了战胜外敌而重用吴起,齐国以孙膑、田忌为将而使诸侯东面朝谒,天下各国都致力于或合纵或连横的方略,以进攻伐讨别国为上策。而孟子所讲的则是尧、舜、禹、汤、文、武以德治国的道理,与诸侯们所愿意奉行的主张不相切合,在当时急于建功立业的人看来,孟子学说显得“迂远而阔于事情”。于是,孟子不再期望于当世,转而退隐与弟子万章等人编订《诗》、《书》,阐发孔子学说的旨趣，撰成《孟子》，为我们留下了他毕生追求的治国谋略、道德标准及社会伦理思想。



### 1.2 《孟子》其书

《孟子》主要记录了孟子的谈话，有7篇14卷传世：《梁惠王》（上、下）；《公孙丑》（上、下）；《滕文公》（上、下）；《离娄》（上、下）；《万章》（上、下）；《告子》（上、下）；《尽心》（上、下）。此书的写作与《论语》不同，它是孟子本人和门徒共同完成的。从体制上说，《孟子》基本上仍属于语录体，但较《论语》已有很大发展。这不但是因为它的篇幅加长了，议论增多了，而且很多段落都围绕着一定的中心，结构完整，条理清楚，只要添上题目，就可以单独成篇。南宋朱熹将《孟子》与《论语》、《大学》、《中庸》合在一起称“四书”，《孟子》是“四书”中篇幅最大的一部，有三万五千多字。

就思想性而言，《孟子》最具特色、对后世影响深巨者，其一是以“民本”主义为特质的“仁政”学说，“民贵君轻”是他的著名论点。他对当时某些统治者的残暴行为提出尖锐的批判，甚至斥责其为“率兽而食人”（《梁惠王》），同时对君主的个人绝对权威表示否定：“君有大过则谏，反复之，不听，则易位。”（《万章》）“君之视臣如草芥，则臣之视君如寇仇。”（《离娄》）“闻诛一夫纣矣，未闻弑君也。”（《梁惠王》）这样的话，在专制强化的后代就没有人敢说了。其二是以“性善”论为基础的心性之学。孟子不仅肯定了人的本性是善良的，而且更把这善良的本性视为人与非人的分水岭，主张人应该充分认识自身所具有的善良本性，并尽力扩充之，以不断完善提高自己的道德境界。孟子开启了儒家心性论的先河。

就其文学性来说，长于论辩，是《孟子》散文的一大特征。孟子曾说：“予岂好辩哉？予不得已也。”（《滕文公下》）虽是不得已，《孟子》的论辩还是很有自己的特色。孟子的善辩，往往是善设机巧，引人入彀，先纵后擒，使人无法躲避。如《梁惠王下》得心应手地运用了类比推理，迂回曲折地把对方引入自己预设的结论中。

孟子谓齐宣王曰："王之臣有托其妻子于其友而之楚游者，比其反也，则冻馁其妻子，则如之何？"王曰："弃之。"曰："士师不能治士，则如之何？"王曰："已之。"曰："四境之内不治，则如之何？"王顾左右而言他。(《梁惠王下》)

先以两个设问，使齐宣王顺着自己的思路，得出两个不言而喻的结论，而后类推下去，使齐宣王陷入自我否定的结论中而无言可对，只好"顾左右而言他"。《孟子》这种特点在一些长篇论辩文中，更是表现得淋漓尽致。

《孟子》的文学性，还表现为在论辩中常用比喻，把抽象的道理用具体生动的形象表现出来。赵岐曾评说《孟子》"长于譬喻，辞不迫切，而意以独至。"(《孟子章句·题辞》)《孟子》中的比喻，大多浅近简短而贴切深刻，如"民之归仁也，犹水之就下，兽之走圹也"(《离娄上》)，以一个简单的比喻，表现民众归仁的必然趋势。再如，"以若所为，求若所欲，犹缘木而求鱼也"(《梁惠王上》)，生动形象地揭示出欲以霸道达到"辟土地，朝秦楚，莅中国，而抚四夷"的目的是多么荒唐可笑。此外，《孟子》中还有一些生动有趣的寓言故事，如"齐人有一妻一妾"(《离娄下》)，人物毕肖，结构完整，情节生动，具有很强的戏剧性，以齐人言行譬喻官场中那般钻营富贵利达之徒，讽刺他们的卑鄙无耻。后世常见的成语如"揠苗助长"、"五十步笑百步"、"再作冯妇"等等，均来自《孟子》。

富有气势是《孟子》散文重要的风格特征。《孟子》言论直率，有"虽千万人吾往矣"的气概。孟子内在精神修养上的浩然气概，是《孟子》气势充沛的根本原因。孟子曾说："我善养吾浩然之气。"(《公孙丑上》)至大至刚、充塞于天地之间的"浩然之气"使他能够做到藐视政治权势,鄙夷物质贪欲,刚正不阿,无私无畏。写起文章来,自然就情感激越,词锋犀利。同时,《孟子》大量使用排偶句、叠句等修辞手法来加强文章的气势,使文气磅礴,如长河大浪,浩荡而来,无可阻挡。



在语言应用上,《孟子》继承发展了《论语》、《左传》、《国语》等开创的新的书面语言形式,表达明白晓畅,平实自然,同时又精练准确,很少有艰深、生涩的语句。这种精练简约、深入浅出的语言风格使《孟子》的思想性与文学性都得到了更好的传播。

## 第二节 《孟子》英译的历时性描写

作为中国古代经典文献"四书"之一,《孟子》从元代开始成为科举考试的必考书目,对中国历代社会影响深远。而代表孔子思想的《论语》,既是儒家学派开山之作,又有简明扼要的特质,因此得以千古传颂、深入人心。受此影响,西方介绍中国文化,特别是儒家文化时,首推《论语》,其西译版本众多。相比之下,同为儒家正统的《孟子》的外译版本则显得很有限。另有学者认为孟子性善论与基督教原罪说相对立,所以,译介孟子的图书,无论在种类还是篇幅上都与对孔子的译介相差甚远。基于同样原因,对孟子的研究也少于孔子、老子等西方感兴趣的其他学派的主要代表人物。

《孟子》英译比《论语》英译的肇始时期晚了 40 多年。18 世纪,R. Brookes 和 E. Cave 于 1736 年和 1738 年分别将法国汉学家杜哈德(1674—1743)的《中华帝国全志》译成英文。该书较详细地介绍了孟子本人,虽无《孟子》文本,却对《孟子》的英译具有开创性意义。

《孟子》思想学说正式被译介到英语国家是在近百年之后的 19 世纪。现可考证的 19 世纪所译完整《孟子》或部分《孟子》英文版本只有 4 例,分别为:高大卫所译《中国经典:通称四书》中的最后一章、理雅各所译《中国经典》中的第二卷《孟子》(*The Works of Mencius*)和他所著的《孟子的生平和学说》(*The Life and Works of Mencius*),以及 Arthur Blockey Hutchinson 从德文译成英文的《孟子的思想:基于道德哲学的政治经济学说》(*The Mind of Mencius, or Political Economy Founded upon Moral Philosophy*)。19 世纪《孟子》英译的典型特征是由西方传教士完成,翻译的目的主要是帮助来华传教士了解儒家文化,以便与当时的中国官员和百姓更好地交流并进行传教。

19 世纪西欧资本主义国家大肆扩张之时,新教信徒向海外传教的热情也在高涨。1807 年,英国伦敦传道会(London Missionary Society)派遣马礼逊(Robert Morrison,1782—1834)来到澳门,此乃新教向中国传教的发端。马礼逊的一项重要功绩,是 1815 年与伦敦会的另一位传教士米怜(William Milne,1785—1822)一起在前者选定的传教大本营马六甲创设了一所学校——英华书院(Anglo-Chinese College)。1818 年 11 月 11 日,英华书院的新校舍奠基。这所学校不仅教授英文、中文和马来文,还是向东南亚和中国传教的出发点,也是远东地区传教士们休养疗病和学习语言的场所。在这里成立了恒河外方传道会(Ultra-Ganges Missions),诞生了世界第一份中文报纸《察世俗每月统记传》、第一本中文基督教读物《劝世良言》、第一本中文圣经、第一本马来文圣经、第一本华英字典。鸦片战争后,英华书院于 1843 年迁往香港,1856 年因种种原因停办。沉寂半个世纪后,一群与伦敦会关系密切的华人信徒倡议重开书院。在他们的努力和伦敦会的支持下,英华书院于 1914 年重开。现在这所学校依然存在,校址几经变迁,最终迁到香港九龙深水埗区长沙湾,已经成为香港名校之一。最早的《孟子》英译本源于时任英华书院第三任校长的英国传教士高大卫所译《中国经典:通称四书》。该书出版于 1828 年,是最早的"四书"英译本。高氏在 1822 年到达马六甲并跟随马礼逊学习中文,1824 年开始担任英华书院校长直至去世。1828 年,也就是他去世的那一年,由他翻译的这本"四书"在马六甲出版。《孟子》是这本书的最后一章,其他三章分别为《大学》、《中庸》、《论语》。这是《孟子》有史以来首次完整地被译成英文,并正式出版。

第二位将《孟子》从中文译为英文的是英国传教士、汉学家、英华书院校长理雅各。1839 年,理雅各受派来华传教。从 1848 年开始,在中国学者王韬(1828—1897)等人的帮助下,理雅各开始翻译儒家经典。1861 年他在香港出版所译的《中国经典》,其中第二卷为《孟子》。此书后来成为英译《孟子》的典范,分别于 1893 年、1895 年、1960 年、1970 年及以后在国内外多次再版,影响巨大而深远。此外,理雅各还著有《孟子的生平和学说》一书,于 1875 年出版,此书包含孟子的许多言论。理雅各英译《孟子》的最大特点是忠实于原文,注释丰富,辅以翔实可信的史料佐证。他与法国学者顾赛芬、德国学者卫礼贤并称汉籍欧译三位大师。

19 世纪末,Arthur Blockey Hutchinson(1841—1919)将 Ernst Faber(1839—1899)所著《孟子的思想:基于道德哲学的政治经济学说》从德文版译成英文,并进行了适当修订,附上注释。此英译本于 1882 年在伦敦出版,并于 1897 年、2001 年、2003 年等多次再版。澳大利亚国家图书馆现在仍然藏有此书 1882 年的版本。国内《孟子》英译研究对此版本鲜有提及,而译者 Hutchinson 其人也难以搜到其踪迹,所能知道的信息是 Arthur Blockey Hutchinson 著有 *Chapters of Chinese Philosophy* 一书,宾夕法尼亚大学图书馆网页在线阅读书目显示,该书 1879 年在香港出版。此外,Hathi Trust 在线数字图书馆上载有此书,虽看不到其具体内容,但搜索结果显示,书内有 17 页共 56 处提到孟子,不难看出 Hutchinson 在此书内对孟子的哲学思想是进行了一番阐述的。[1]

进入20世纪之后,《孟子》在英语世界所受到的关注大幅上升,各文献所提及的《孟子》英译版本有10余种。20世纪90年代以前,可考证的真正意义上由中国学者独立完成的《孟子》英译本几乎没有,直到1993年由赵甄陶用现代英语所译的《孟子》全译本出版,才打破了这一格局。其后《孟子》英译出现中外并进的局面。现按时间顺序将20世纪《孟子》英译成果简述如下:

1932年英国政府官员兰雅翻译出版《孟子》(*Mencius*),译文基本使用单音节英语,取得了良好的语言效果,并给每章标上序号,方便读者在阅读时查询。该译本1932年在伦敦出版,此后数次在不同地区再版。兰雅曾在云南、湖南、上海等地海关任税务司,在华时间超过40年,除了英译《孟子》之外,他还分别翻译了《论语》和《中庸》两书并数次再版。

英国著名汉学家和文学翻译家亚瑟·韦利一生撰著和译著200多部,其中大部分与中国文化相关,1939年出版的《古代中国的三种思维方式》一书中提到了孟子的思想。这本书分为三部分,第一章介绍庄子,第二章介绍孟子,最后一章介绍法家。作为英国著名汉学家,韦利终生从事汉学的研究,但从未到过中国,目前尚无资料显示韦利曾全译过《孟子》。

1942年,著名英国汉学家翟林奈在英国伦敦J. Murray出版社出版《孟子》(*The Book of Mencius*)译本。该译本语言流畅、意思表达准确,被收入《东方人的智慧丛书》。遗憾的是,该译本只是《孟子》的节译,翟林奈在翻译时省略了很多《孟子》原文的章节,并且打乱了原文顺序。译文也没有标明章节顺序和省略说明,给读者理解原文带来一定困难。

1960年,哈佛大学汉语副教授、翻译家詹姆士·魏鲁男的

---

① http://www.worldcat.org/title/chapters-of-chinese-philosophy/oclc/2011-6-1.

《孟子语录》(*The Sayings of Mencius*)在纽约出版。魏氏译本虽以括号形式穿插许多解说性文字，但没有脚注，而且译文中很多词语是译者根据词源学自己创造的，不乏怪异，给读者理解带来一定难度。

1963年，加拿大多伦多大学中文教授杜百胜(W. A. C. H. Dobson, 1913—)出版了《孟子》译本——《孟子:为普通读者编注的最新译本》(*Mencius: A New Translation Arranged and Annotated for the General Reader*)。与其他《孟子》英译本不同，杜百胜没有按照《孟子》一书的顺序一一对应进行翻译，而是重新编排整理《孟子》原文，围绕《孟子》的内容、孟子本人及孟子的教学等7个方面将全书分成7章，包括:"孟子在宫廷"、"孟子的公众生活"、"孟子及其弟子"、"孟子及其对手"、"时事评论"、"孟子论教学"、"格言"。译者在书中注明了赵歧的分篇，并在书首加上孟子和《孟子》简介。该译本行文流畅，增强了原文的故事性，对学生和其他初学《孟子》者有一定帮助。但也因译本的编排与原文差别较大，所以译文失去了原文的行文特色和风格。该译本被收入《联合国教科文组织代表作品集/中国系列》。

1965年，由翟楚、翟文伯(Ch'u Chai& Winberg Chai)编译的《儒家经典》(*The Sacred Book of Confucius, and Other Confucian Classics*)在纽约出版发行，该书第二部分载入翟氏合译的《孟子》。与杜百胜的《孟子》译本相似，翟氏将《孟子》内容按照不同主题分成四部分，附上副标题。虽然各部分的章节都用括号注释了原文的章节序号，但还是为读者查找带来了诸多不便。

1970年企鹅出版社推出《孟子》英译本，译者是著名翻译家、哲学家、香港中文大学教授刘殿爵。刘殿爵译本编排与《孟子》定本相同，书首添了序言，书末加上附录、注解和人名、地名检索。刘殿爵教授汉语功底深厚，所作《孟子》序言是众多《孟子》译本里内容最为丰富的序言之一。他深入阐释孟子本人的观点、《孟子》的核心理论、孟子与孔子、荀子思想的异同等，为读者对背景知识的了解提供了很大帮助。刘殿爵教授所译《孟子》语言流畅，更正了多处前人的误译，是不可多得的好译本。但译本脚注较少，对儒家文化了解不多的读者读起来可能有一定难度。

1993年，真正意义上由中国学者独立完成的《孟子》英译本出版发行。这部由赵甄陶（1921—2000）主译的《孟子》（*Mencius*）是90年代后期国内最具影响力的《孟子》英译本，后被《大中华文库》收录，1999年再次出版。楚至大在1999年湖南人民出版社出版的《孟子》译本前言中赞道，由赵甄陶教授主译的《孟子》，由于译者学识渊博，故译文质量上乘，比理雅各译本的质量高。[①]《大中华文库》的《孟子》译本是众多《孟子》英译本中为数不多的将原文、白话文和英文对照起来的译本之一。该译本按《孟子》定本顺序编排，标有章节序号，书末附有译名对照本，便于读者对照阅读。译文语言采用现代英语，行文流畅，对现代读者而言是不可多得的好译本。唯一不足的是该译本通篇没有注释，不了解中国文化和儒家哲学的读者要彻底弄清原文含义，还须查阅一定资料。

1998年，著名诗人和翻译家大卫·亨顿译的《孟子》（*Mencius*）在纽约出版发行。此译本编排仿照《孟子》定本顺序，采用现代英语，语言流畅，适合现代读者。译者在正文前加入春秋战国时期部分中国地图，在地图上标明孟子到访的主要诸侯国的地理位置，这在众多《孟子》英译本中实属难得。

1999年出版的、由何祚康先生译的《孟子》（*Mencius*）也较具影响，是目前最新的英文全译本，被编入《中国圣人文化丛书》系列，由华语教学出版社出版。此书参考了各种译本，是国家“九五”期间的重点出版项目。该译本以蔡希勤编的《孟子》为中文文本，按照《孟子》定本7大章14卷的顺序排版，并在卷

---

① 赵甄陶、张文庭、周定之（英译）：《大中华文库汉英对照·孟子》（*Mencius*），长沙：湖南人民出版社，1999年，前言。

首加入“前言”，简要介绍孟子的生平和《孟子》成书史。此书将原文、白话文、译文对照编排，便于查找和阅读。

21世纪初，国内出版了数本介绍《孟子》思想、名言等的英译本。2002年华语教学出版社出版了何祚康、郁苓译的《孟子名言录》(*Quotations from Mencius*)和蔡希勤编著、郁苓英译的《孟子的故事》(*The Life and Wisdom of Mencius*)，后者为《中国圣人文化丛书》之一。2007年五洲传播出版社出版了徐远翔著，汉佳、王国振英译的《亚圣：孟子》(*Mencius: A Benevolent Saint for the Ages*)。此外，南京大学海外教育学院编写了一套针对英语国家汉语学习者的教材与读本，分为语言和文化两个系列，其中《孔子学院适用教材·文化读本系列》(共12本)之一的《孟子名言精选》(*Quotations from Mencius*)由王天星、贺大卫编译，于2008年由上海外语教育出版社出版，此英译本旨在帮助国外汉语初学者了解孟子的思想和重要观点，传播中华传统文化精髓。此阶段对《孟子》的译介仅限于主要思想的介绍，尚未有全译本出现。

《孟子》英译历经180余年，为直观起见，其英译历史进程图表如下：

**《孟子》英译的历史进程图**

| 时间 \ 译介信息 | | 译介者 | 译本名 | 译介形式 |
|---|---|---|---|---|
| 19世纪 | 1828 | David Collie（传教士） | *The Chinese Classical Work Commonly Called the Four Books* | 全译本 |
| | 1861 | James Legge（传教士） | *The Chinese Classics: The Works of Mencius* | 全译本 |
| | 1879 | Arthur Blockey Hutchinson | *Chapters of Chinese Philosophy* | 思想介绍 |
| | 1882 | Arthur Blockey Hutchinson | *The Mind of Mencius, or Political Economy Founded upon Moral Philosophy* | 思想介绍 |

续表

| 时间 \ 译介信息 | | 译介者 | 译本名 | 译介形式 |
|---|---|---|---|---|
| 20 世纪 | 1932 | Leonard Authur Lyall | *Mencius* | 全译本 |
| | 1939 | Arthur Waley | *Three Ways of Thought in Ancient China* | 思想介绍 |
| | 1942 | Lionel Giles | *The Book of Mencius (Abridged)* | 节译本 |
| | 1960 | James R. Ware | *The Sayings of Mencius* | 全译本 |
| | 1963 | W. A. C. H. Dobson | *Mencius: A New Translation Arranged and Annotated for the General Reader* | 编译本 |
| | 1965 | Ch'u Chai& Winberg Chai | *The Sacred Book of Confucius, and Other Confucian Classics* | 编译本 |
| | 1970 | 刘殿爵 | *Mencius* | 全译本 |
| | 1993 | 赵甄陶等 | *Mencius* | 全译本 |
| | 1998 | David Hinton | *Mencius* | 全译本 |
| | 1999 | 何祚康 | *Mencius* | 全译本 |
| 21 世纪初 | 2002 | 何祚康、郁苓 | *Quotations from Mencius* | 思想介绍 |
| | 2002 | 郁苓 | *The Life and Wisdom of Mencius* | 思想介绍 |
| | 2007 | 汉佳、王国振 | *Mencius: A Benevolent Saint for the Ages* | 全译本 |
| | 2008 | 王天星、贺大卫 | *Quotations from Mencius* | 思想介绍 |

## 第三节 《孟子》英译史上的重要事件回眸

纵观《孟子》英译史，《孟子》在近代文化交流中，出入颇不平衡，早期流出的译本多为外国传教士完成，后来又多为外国汉学家译介，由中国学者自己完成的译本较少。本节甄选出《孟子》英译历程中几部较有影响力的译本，述评其特征及译介意义。

### 3.1 高大卫译本——最早的《孟子》英译本

作为英译《孟子》的第一人，时任英华学院校长的传教士高大卫在翻译《四书》时因明显地凸显其传教士身份而在国内学界遭受了冷落，但其译本对《孟子》在英语世界的传播功不可没，为英语世界了解中国主导意识形态打开了又一扇大门。19世纪初，高大卫所译《中国经典：通称四书》中《孟子》作为最后一集出现，是《孟子》外译的首个英文版本。

高大卫译本带有浓厚的基督宗教意识，在其《中国经典：通称四书》一书的前言里他毫不讳言地说，他英译这些书是出于对汉语的爱好，也为了帮助英华书院的中国学生掌握英语，但更重要的则是要“引导他们反思其至圣先师教诲中的致命错误”，以唤醒“沉迷其中的异教徒”，从而皈依基督。[①] 这凸显出译者的身份特征。但同时他对有关孟子的生活和社会背景做了较为客观的说明，为译本读者提供了相关历史背景，对《孟子》哲学思想的理解、接受以及传播起到了积极作用。

在翻译“四书”时，高大卫基本按照原著的章节顺序翻译，并做了大量的注解。高大卫译本中区分了作为人名的“孟子”与《孟子》著作名称。在介绍孟子其人以及《孟子》文本中指孟

---

① David Collie, trans., *The Chinese Classical Work Commonly Called The Four Books* (Malacca: The Mission Press, 1828), i—ii.

子本人时，如“孟子见梁襄王”中的“孟子”，高大卫在翻译中用Mencius，而《孟子》这一著作的书名，高大卫将之分为两部分，分别为 *Shang Mung*（《上孟》）和 *Hea Meng*（《下孟》）。高大卫在介绍孟子生平及历史背景时，明确指出孟子学说盛行于基督纪元前约 350 年，为译本读者提供了较为准确的历史时间概念。对于孟子的家庭，高大卫详细介绍了孟母三迁的故事，强调了孟母在中国古代子女教育方面的典范地位，指出孟母的教育方法与中国哲学理念相一致，即“好人不应住在坏邻里间，不然所有的污染都会流向他”，[①]使译文读者对中国古代的教育和哲学理念有了初步的了解。此外，高大卫还提及孟子的老师子思为孔子的后人，为译文读者理清了孔孟之间的关系。孟子学成之后周游列国，高大卫对孟子所到国家当时的社会政治形势做了描述，并对孟子的主要思想进行了评述。当然他的评述是从一个基督传教士的视角进行的，带有明显的宗教色彩，但他对当时的社会历史，尤其是有关孟子所到诸侯国当时的政治处境的描述，为读者理解《孟子》文本中大量孟子与各诸侯王之间的对话提供了必要的社会背景知识，为《孟子》及其他儒家学说得以在英语世界传播做了重要铺垫。后来的《孟子》英译者也纷纷效仿，在译本中加入孟子的生平、社会背景及之前译本的相关研究等材料，为《孟子》英译研究提供了宝贵资料。

从传播影响的角度看，在儒家典籍英译匮乏的 19 世纪初，高大卫译本在当时算是稍稍填补了《孟子》英译这一方面的空白，因此得到了当时英语世界一些学者的重视，如爱默生、梭罗等。他们有机会接触到儒家学说，并加以进一步传播。被林肯称为“美国精神先知”、“美国的孔子”的爱默生是美国文化精神的代表人物，他于 1843 年读到了由高大卫翻译的“四书”，爱默生对书中有关孔子和孟子的学说非常感兴趣。在他与梭罗共

---

① David Collie, trans., *The Chinese Classical Work Commonly Called The Four Books* (Malacca: The Mission Press, 1828), p. 2.

同编辑的《日晷》(*The Dial*)杂志1843年10月号上,刊登了"四书"语录42条,其中28条均出自《孟子》。[①] 爱默生深受儒家学说影响,除了认为"在关于'超灵'的存在和天人合一的观点上与孔子思想有着极其相似之处"之外,[②]也接受了孟子的人性本善的思想。爱默生所崇尚的道德准则包括了"尚志;义重于利;自立与反省;和谐宁静"。[③] 爱默生和孟子都强调修身的重要性,都选择大自然作为阐述其哲学思想的手段和途径。



## 3.2 理雅各译本——百年经典

1861—1872年,伦敦会传教士、英国著名汉学家理雅各的《中国经典》分五卷相继出版,《孟子》英译本收录在第二卷。[④] 理雅各是儒经英译的代表、19世纪西方汉学研究中里程碑式的人物,美国理海大学(Lehigh College)教授吉瑞德(Norman J. Girardot)称赞他"开辟了一条专业化的汉学研究道路,结束了西方学者对中国文献停留在业余水平上研究的历史"。[⑤] 理雅各的《中国经典》陆续出版,使西方世界得以了解中国的伦理道德之根本,而且一百多年来,他的译本一直被认为是中国古代经典的标准译本。理雅各《孟子》译本的显著特点是附批评性评注、前言和内容丰富的索引,注释包罗万象,篇幅甚至超过译文本身。虽然繁琐的注释使译本略显冗长,但给读者提供了

---

① 刘岩:《中国文化对美国文学的影响》,石家庄:河北人民出版社,1999年,第18页。

② 刘岩:《中国文化对美国文学的影响》,石家庄:河北人民出版社,1999年,第28页。

③ 刘岩:《中国文化对美国文学的影响》,石家庄:河北人民出版社,1999年,第53页。

④ James Legge, trans., *The Chinese Classics: The Works of Mencius* (Oxford: Clarendon Press, 1861).

⑤ Norman J. Girardot, *The Victorian Translation of China: James Legges' Oriental Pilgrim Age* (Berkeley: University of California Press, 2002), p. 9.

丰富的《孟子》研究资料，同时也为译文赢得了考据严谨、忠于原文的美誉。虽然有学者指出其译本多处过分拘泥于原文的字面意义，但译文整体而言选词用字严谨精确，遣辞措句如行云流水，说文辩词铿锵有力。这些铸就了理雅各《孟子》译本的不朽地位，使之成为众多《孟子》英文译本中的典范之作而沿用至今。

当然，作为来华传教士，理雅各的译文中也不乏背离原文之处，如理雅各将“性善”翻译为“性向善”。他对“性善”的解读受其传教士身份的影响，其研究方法与耶稣会士的索隐派有相通之处。早期耶稣会士诠释中国经典时，常常力图证明中国古代文化与传统的基督教教义并行不悖。基督教强调人必须弃恶向善，理雅各试图证明二者有相通之处，故将孟子的“人性善”翻译为“人性向善”。理译本偏离原文的另一主要原因是过分依赖朱熹注释的权威，对经学研究的新成果，尤其是清代考据学家的新发现不甚关注。汉学家道森曾经批评理雅各“不了解晚近中国经学研究，接受了业已过时的正统阐释”。[①] 理雅各的传教士身份和宗教热忱是造成其译本偏离原文的又一原因。译者的翻译动机从宏观上决定着译本的特点。理雅各翻译中国经典的动机是帮助传教士尽可能多地了解中国传统文化和儒家思想，以方便他们在中国传教。因而，他以忠实翻译《孟子》为己任，试图用详尽的注释来提供尽可能多的信息。尽管他的译文大都能在中国学者那里找到依据，但是传教士的价值取向根深蒂固，会不自觉地影响他对原文的解读，给译本打上宗教的烙印。

尽管如此，理雅各的翻译整体上体现了他对于中国文化的尊重。中国传统儒家思想中将“和而不同”作为处理关系的最高理想境界，深受儒家思想影响的理雅各自然对“和而不同”有

---

① 王辉：《理雅各英译儒经的特色与得失》，载《深圳大学学报》，2003年第4期，第115—120页。

着自己独特的认识，并且用它指导自己的翻译活动。在积极开展传教的同时，理雅各产生了通过翻译中国传统经典向来华传教士介绍中国传统思想、伦理道德的想法。这是理雅各进行中国传统典籍翻译的最初目的。在翻译中国典籍的同时，理雅各对中国的儒家思想与道教、佛教进行了系统研究，写出了大量的研究论文。他认为，中国人不是异教徒，儒家思想与基督教有相似的地方，比如提倡善与和谐。这也是理雅各在《孟子》一书及其他儒家经典的译文中处处渗透着儒学与基督教融合互补思想的原因。理雅各在《孟子》译本前言中就反复强调中华文明不能被西方文明取代，中华文明有着自己独特的思想体系，属不同的文化系统。"不同"的思想具体到自然界和人类社会就是物与物的不同、人与人的不同。理雅各的这种翻译思想对东西方文化交流产生了积极影响。

此外，理雅各为实现译文的忠实性，采用了多种翻译方法，对古籍翻译具有极大的启发意义。《孟子》中有关史实、文化知识等难以处理的地方，理雅各根据不同情况，采用不同翻译方法，如史实考证法、注释法、比较法等，使译文具有较强的说服力，更易被读者理解。虽然在现代东西方的翻译界，都不把加注释的翻译方法看作首选，但是，理雅各使用加注的方法有其一定的原因。中国的古代典籍流传到现代，自身已经积累了大量的注疏，这些注疏对解释说明原文有着不可替代的作用。同时，中国历史上的一些事件、人物、制度等必须经过详细的解释说明才能被读者所理解，而这些解释又不能在译文中增添，因此为译文加注的办法可以使中国特有的历史文化背景清晰地显现出来，这种翻译取向也正得到越来越多的认同。

## 3.3 刘殿爵译本——首位华裔英译本

刘殿爵是著名的汉学家，他翻译的《孟子》(*Mencius*)自面世以来，一直被誉为中国典籍英译的典范之作，受到西方汉学界的普遍好评。学者琼克尔（D. R. Jonker）评价该书是"理雅各译本的杰出后继者，在各方面都达到了当今学者的需求，足以代替理译本"。[①] 刘殿爵译本文通字顺，明白易懂，结构简洁对称，句子短小，便于口语表达，体现了原文口语对话的特点，同时该译本更正了多处前人的误译，是不可多得的好译本。刘译本自1970年出版后，[②]香港中文大学于1984年、2003年推出了修订版，2004年又再次由企鹅出版社出版。刘殿爵的译文引用率相当高，中外学者研究孟子或引用《孟子》时一般都采用他的译文。邓仕樑指出，刘译的成功，有两个不可忽视的因素。第一，刘教授的英文造诣，使中国经典通过译笔，广为西方学者及普通读者所接受。有学者指出刘教授受了牛津日常语言学派哲学家赖尔（Gilbert Ryle，1900—1976）的影响，力求使用精确的语言，表达清晰的观念，"刘教授的译笔，正是秋水文章不染尘，自然成为西方读者认识中国哲学经典的基础。第二是他对中国典籍的独到了解，根植于深厚的学养。"[③]他先后为企鹅经典作品系列出版翻译了《道德经》、《论语》、《孟子》。

刘殿爵善于结合语境与上下文寻求最佳词义，因而译文能准确体现原文的深层含义。刘译本在许多地方都对先前的译文作了改进和创新。刘殿爵在翻译《孟子》时，不迷信前代译本的权威，善于通过严密的推论，多方面考证经典的原意。在经典研究方面，他最有独特心得的方法是，"通过相关文献的排比对读，凸显问题之所在，结合语法、语义、语境、校勘、避讳字和

① D. R. Jonker, "Review: Mencius by D. C. Lau", in *Toung Pao*, 1973(59－1/5), pp. 271－278.

② D. C. Lau, trans., *Mencius* (London/New York/Victoria/Toronto/Auckland: Penguin Group, 1970).

③ 邓仕樑，《采掇英华》编辑委员会编：《采掇英华：刘殿爵教授论著中译集》（前言），香港：香港中文大学出版社，2004年，第viii－x页。

假借字种种考虑，从而解决问题”。[①] 扎实的汉学功底和科学、完备的考证方法使他能够准确理解《孟子》原文的内容，敢于提出自己的创新性见解。除了善于借助原始文献，探求《孟子》本义之外，刘殿爵还比较熟悉国外学者的汉学研究情况，并借鉴他们的最新研究成果指导自己的翻译实践。



## 3.4 最新力作——大中华文库版译本

随着经济的迅猛发展，中国开始采取中华文化“走出去”战略，大力开展对外文化交流，目的是通过传播中华文化，使中国文化能够真正地吸引人、打动人，引起共鸣，拨动心弦，赢得尊重，增进心灵的沟通，以寻求理解与合作。为此，工程浩大的《大中华文库》(汉英对照)于 1995 年正式立项，成为我国历史上首次系统地、全面地向世界推出外文版中国文化典籍的国家重大出版工程。由大陆学者赵甄陶主译的《孟子》(*Mencius*)被收录其中，[②]该译本是 20 世纪 90 年代后期国内最具影响力的《孟子》英译本。

与外国译者相比，华人学者在翻译准确性上更胜一筹。例如《万章上》：“尧典曰：‘二十有八载，放勋乃徂落，百姓如丧考妣。’”本句翻译的关键是对“百姓”的理解。外国译者兰雅和亨顿把“百姓”翻译为“小民”，国内学者赵甄陶等则译为“百官”。此处“百姓”究竟是指“百官”还是指“小民”，我们可以从训诂资料中寻求依据。阎若璩在《四书释地 · 又续》中说：“‘百姓’义二，有指‘百官’言者，《书》‘百姓’与‘黎民’对，《礼》大传‘百姓’与‘庶民’对是也。有指小民言者，‘百姓不亲，五品不逊’是也。四书中‘百姓’凡二十五见，惟‘百姓如丧考妣’指‘百官’，盖有

---

① 邓仕樑，《採掇英华》编辑委员会编：《採掇英华：刘殿爵教授论著中译集》(前言)，香港：香港中文大学出版社，2004 年，第 viii—x 页。

② 赵甄陶、张文庭、周定之(英译)：《大中华文库汉英对照 · 孟子》(*Mencius*)，长沙：湖南人民出版社，1999 年。

爵士者为天子服斩衰三年，礼也。”很明显，根据古代丧葬之礼的规定，此处的“百姓”应指“百官”。可见，在翻译《孟子》等古代典籍时，不仅要考虑同一个词在不同文本语境下的含义，还要兼顾当时社会的传统和礼仪。在这方面，国内学者赵甄陶等处理得就比较好。又如《离娄下》：“王者之迹熄而《诗》亡。”此句翻译的关键是“迹”字。朱骏声在《说文通训定声》中指出：“《孟子》‘王者之迹熄而《诗》亡。’‘迹’即“‘之误’。”许慎《说文解字·丌部》曰：“，古之遒人以木铎记《诗》言。”程树德在《说文稽古篇》中进一步指出：“考《左传》引夏书曰：‘遒人以木铎徇于路。’杜注：‘遒人，行人之官也。木铎，木舌金铃。徇于路，求歌谣之言。’《公羊》何注：‘五谷毕入，民皆居宅，从十月尽正月止，男女相从而歌，饥者歌其食，劳者歌其事。男年六十女年五十无子者，官衣食之，使之民间求诗，乡移于邑，邑移于国，国以闻于天下，故王者不出户牖，尽知天下。’”因此，此处的“迹”是之误，传述的是古代圣王派人去民间采诗以观风俗、知得失之事，而国内学者赵甄陶等用通俗易懂的语言，准确地翻译出了本句所包含的文化内涵：圣王采诗的事情废止了，《诗》也就没有了。[①]

华人学者翻译《孟子》的目的是传播中国传统文化，译者对翻译方法和翻译策略的选择直接决定译本的特点。赵译本以意译为主，更关注原文意义的表达，不强求字、词、句的对应，有时还会为了增强译文的逻辑性和生动性而调整语序，因而在关注译文准确性的同时，更强调将译文中包含的古代思想文化通过通俗易懂的语言传递给读者。

---

① 刘单平：《〈孟子〉西译史述评》，载《理论学刊》，2010 年第 8 期，第 105－108 页。

## 第四节 《孟子》在英语世界里的文本形态

《孟子》是特定时间和空间背景下的产物，译者作为翻译主体，在英译《孟子》时，首先是诠释者，会受"历史性"制约；此外，译者的翻译动机、预期目标读者、译者自身语言因素和学术背景等，使得《孟子》英译本呈现多样化成为必然。本节选取具有代表性的三种不同《孟子》英文全译本，从译本的编排体例、宏观架构和译本正文对这三种英译本的形态进行描述，以管窥《孟子》英译本的不同风格。

### 4.1 理雅各译本——忠实于原文的学术性译本

理雅各的《孟子》英译本在英语世界广受推崇，被学者们当作研究孟子思想的原始资料，自 1861 年首版后多次重印。本节以多佛出版社（Dover Publication）1970 年出版的《孟子》英译本为蓝本描述其编排体例和宏观内容。译本分为 5 个部分，分别为："卷首前言"、"学术绪论"、"译本正文"、"页下注释"和"书后索引"。

"学术绪论"共计 123 页，分为 4 章，内容丰富多彩，是十分珍贵的《孟子》学术研究资料。"学术绪论"的第一章是对前代学者有关《孟子》研究的综述。理雅各旁征博引论证了《孟子》在中国古典作品中的地位，简述了《孟子》由子"升"经的过程，并介绍了赵岐、孙奭、朱熹等对《孟子》的注解和研究以及焦循对《孟子》的研究。此外，理雅各在这一章还记录了孟学史上存在的一些争议，如《孟子》的篇数、作者等。整章是对《孟子》的宏观介绍，使读者从整体上了解原著的基本信息。在接下来的一章里，理雅各介绍了孟子的生平、思想及其弟子的相关情况。对于孟子的生平，史书相关记载非常简单，而《列女传》中虽信息相对较多，但更像传说而非史实，因此，理雅各认为从他的考证来看,40 岁之前的孟子生平几乎一无可知。但他根据《孟子》原著的内容,为读者勾勒出了孟子游说诸侯的大致路线和时间顺序。在介绍完孟子的生平之后,理雅各归纳了孟子的影响和主要思想,着重介绍了孟子人性论观点,并在附录中例举荀子的《性恶篇》和韩文公的《原性篇》进行对比,断定孟子人性论是"人性向善"而非"人性本善",因而孟子的人性论不违背基督教教义。"学术绪论"的第三章主要介绍了杨朱和墨子的观点。孟子曾多次批判此二人的思想,并以"辟杨墨"为己任。理雅各把墨子、孔子、孟子的思想与基督教教义做了比较,认为这些思想家的理论都存在不足之处,并强调中国社会已经动荡不安,并且越来越弱,中国人需要得到上帝的指引,摆脱现在的困境。在"学术绪论"的最后,理雅各还增补了再版时新参阅的训诂资料和其他外文译著。《中国经典》第一卷已经列出了参考书目,因而《孟子》译本中没有重复列举,只做了必要的补充说明。

理雅各《孟子》英译本正文有大量的页下注释,篇幅甚至超过译文本身,这是理译本在篇章布局上的又一显著特点。译本共 261 章,在每一章节下面,理雅各都会选择用简短的话语概括该章的主要内容。注释的对象为每一章节中对理解文义至关重要的关键字词及专有名词(包括关键字词的读音和声调)、西方人不熟悉的中国传统文化和习俗以及引文出处。这些丰富的注释确保了译本的准确性。

理雅各《孟子》英译本的书后索引包括主题词索引、专名索引和字词索引三大部分。《孟子》一书中的同一主题词往往分散在不同篇章的句子里,篇后的主题词索引可以将散落各处、出现在不同句子中的主题词归纳在一起,既方便读者对不同性质的主题词进行归纳区分,又可以加深他们对同一词语的不同词性和意义的理解。而专名索引不仅可以帮助读者了解文中出现的人名、地名、山名等专有名词在译文中的位置,更方便他们理解这些名词的基本词义。理译的字词索引按部首笔划排列，不仅标出了字词在译文中的位置，还注明了汉语读音、词义及相关词语。《孟子》等儒家经典的内容博大精深，对那些试图深入学习和研究儒家经典的人来说，这一索引几乎具备了小型汉语字典和索引的双重功能。完备的书后索引不仅是读者的有利工具，也反映了译者的严谨性和书籍的学术性。

理雅各的《孟子》英译本为了方便读者对照阅读，将原文、译文和注释安排在同一页。同时，他还将原文中较长的篇章分为若干小节，并在译文中用相同的序号与之对应。这种排版方式也凸显了译者的细心和周到。

理雅各的《孟子》英译本的编排体例和宏观内容体现了译者作为传教士的价值观念，更体现了他作为汉学家的深厚学术功底和严谨务实的治学态度。

理译本的学术性特征在正文部分也得到充分体现。理雅各《孟子》英译本最显著的特色是力求忠实于原作。理雅各解释说，他在翻译时，“一直关注对原文的忠实，而非行文的雅致。”[①]他所谓的“忠实”是追求译文与原文“形神兼似”。理雅各非常注重与原文的“形似”，有时为了保留原文的句式，宁可牺牲译文的流畅地道。例如，理雅各将“取食之重者与礼之轻者而比之，奚翅食重？取色之重者与礼之轻者而比之，奚翅色重？”（《告子下》）译为：

> “If you take a case where the eating is of the utmost importance and the observing the rules of propriety is of little importance, and compare the things together, why stop with saying merely that the eating is more important? So, taking the case

① James Legge, trans., *The Chinese Classics: With a Translation, Critical and Exegetical Notes, Prolegomena, and Copious Indexed*, Vol. 1. (Taipei: SMC Publishing Inc., 2001), Preface.

where the gratifying the appetite of sex is of the utmost importance and the observing the rules of propriety is of little importance, why stop with merely saying the gratifying the appetite is the more important?"

英语句法忌重复，但理雅各为保持原文的句式风貌，打破了这一英语语言句法上的禁忌，在译文中使用了两个完全相同的句型和大量相同的词语反复强调，以突出“不揣其本，而齐其末”的荒谬。为了追求“神似”，理雅各广泛收集历代评注，详加对比、分析，从中国古代的考据训诂中探索对中国文化思想的准确理解。为了做到译文与原文形神兼似，在翻译中国特有的文化词语和概念时，理雅各对音译、意译这两种翻译方法不专一家，以能准确体现原文之义、不引起读者误解作为选择标准。

理雅各译文虽贯穿着浓厚的基督思想和精神，但其语体与《孟子》原作的风格颇为一致。译本用19世纪的书面语体英文写成，古朴典雅，给人以庄重、正式的感觉，有着浓厚的学术气息，以此再现《孟子》作为中国古代典籍的风格。可以说理译是一部恢宏的译作，同时也是一部权威、严肃的学术作品。理译不足之处在于，译本虽处处彰显其学术性，却忽视了普通读者的接受能力。

### 4.2 兰雅译本——中国典籍作品通俗读物

兰雅的英译《孟子》(*Mencius*)于1932年由朗曼斯·格林公司(Longmans, Green and Co.)出版，[①]该译本由“序言”、“目录”、“学术前言”、“译本正文”、“注释”和“索引”构成。

兰雅在“序言”里特别说明了自己的翻译原则是尽可能直译，尽可能将汉语中最重要的概念统一为同一个英语单词，以

---

① L. A. Lyall, trans., *Mencius* (New York: Longmans, Green and Co. 1932).

再现《孟子》原文简练的风格。例如，把“仁”统一翻译为“love”，“君子”翻译为“gentleman”，“道”译成“way”，“义”译成“right”（也偶尔译为“justice”）。此外，这部分还列了翻译《孟子》时所参考的权威资料，其中包括中国人对《孟子》的注解和已有的《孟子》外译本，如理雅各的英文版《孟子》、卫礼贤的德文版《孟子》以及顾赛芬的法文版《孟子》。

详尽、清晰的目录是兰雅译本的一大特色。与理雅各译本不同，兰雅译本的目录多达8页，详细列出了每篇每章节的主要内容，并标出了各章节在译本中的位置。兰雅拟定的章节标题通俗易懂而富有吸引力，如《离娄上》第十八章的篇名为“为什么君子不教育自己的儿子”，《公孙丑下》第三章篇名为“什么时候可以接受礼物”。此类标题符合英语读者的阅读心理和兴趣，容易激发读者的好奇心。

兰雅的《孟子》英译本的学术前言共12页。在前言中，兰雅介绍了孟子的生平、孟子思想产生的社会背景和当时较为流行的学说，并将孟子与孔子进行了对比。兰雅根据司马迁的记载，指出孟子“受业于子思之门人”，《孟子》一书由孟子和弟子共同完成。他还依据当时中国学校的通行教材，制定了孟子大事年表，将孟子受业、游历的时间等一一列举，以方便读者对孟子的生平有一个宏观把握。兰雅指出，在孟子是“从梁国去齐国”，还是“从齐国去梁国”上，司马迁的记载和他的年表有出入，但他的年表更准确，基本上已经得到了认同。兰雅还简要介绍了孟子的家世。他指出，通常观点认为孟子幼年丧父，由母亲抚养成人，但在孟子的著作中并未能找出依据。相反，《梁惠王下》表明，孟子在埋葬父亲的时候，已经是一个成年人了。兰雅在中国时，曾耳闻有些中国人，尤其是穷人，通常会把去世的亲人放在棺材里，直到家境好了，能举行体面的葬礼时再埋葬，因而他推测孟子葬父可能就是这样。兰雅相信在孟子的成长中，孟母发挥了重要作用，正是在她的教育下，孟子才能成为一位伟大的学者。他同时猜测，孟子成年后肯定很富有，因为在游历诸侯国时，有很多随从和马车。兰雅对于孟子生平的描述，是基于已有的权威资料和自己对中国社会的了解所做的一般性论证和推理甚至是猜测，而不是建立在严谨的学术考证基础之上，这也反映了兰雅译本的通俗性。

除孟子的生平外，兰雅还论及时代背景对孟子思想的影响。虽然孟子被公认为孔子思想的继承者，但是二人所处的时代不同，对周天子的态度也存在区别。在孔子生活的时代，周王仍掌握一些权力，孔子期望他能收回失去的王权，因而反对诸侯侵吞王权。孟子出生时，周王朝虽仍苟延残喘，但几乎失去了所有的权力。大诸侯国已经称王，他们彼此攻战，根本不考虑国家的统一。因而孟子不提周王，认为周朝的天命已尽，一个新的王朝必将取代它。至于究竟由哪个诸侯国统一中国，则由人民决定。兰雅推测，可能孟子认为，梁国和齐国的君主可以统一天下。同时兰雅还大胆推测，中国古代版图的扩大或许是通过和平渗透的方式实现的，即农民扩大耕种范围和商人扩大贸易区域。通过这一方法，土著居民被驱赶到多山的地区，而中国人却占领了富饶的山谷。与此同时，兰雅对当时比较流行的其他学说也进行了评述，他认为杨朱的思想虽然容易遭到谴责，但很难被驳倒，而墨子所崇尚的兼爱原则虽容易引起人们的共鸣，却建立于功利主义之上，因而孟子反对二人及其他类似的思想，坚决捍卫孔子所推崇的人伦关系。在对比孔子和孟子时，兰雅从普通人的视角来看两位圣人。兰雅提出孔子虽学识渊博，但也拥有和普通人同样的嗜好和习惯，如参加地方的射箭比赛、钓鱼等；孔子非常谦虚仁慈，也非常欣赏他人，对乡人态度恭敬，当别人指出他的缺点时虽辩护但不会说刻薄的话，不试图证明自己永远是对的。但孟子与孔子不同，孟子对运动或普通的娱乐丝毫不感兴趣，不谈自己的缺点，从来不承认自己错了，总是声称自己完全正确，在为自己辩护时对对手猛烈抨击，言辞犀利，毫不留情。兰雅还分析了孟子的优点，如头脑敏捷，想象力丰富，精通辩论，具有高超的语言运用能力等。兰雅对孟子思想的陈述也并非严谨的学术性探究，而是普及性的介绍。

兰雅译本也列有关键词语和专有名词索引。兰雅将《孟子》一书中出现的重要词语按英文字母的顺序排列，形成关键词语索引，标明字词在译文中的位置，并列出与之相关的句子。专有名词索引也按同样顺序排列。将关键词语索引和专有名词索引结合起来使用，则可发现《孟子》中包含的重要词语和专有名词。这两项索引还体现词语在文中出现的频率。

兰雅译本的这种编排体例单从结构来看是趋向于学术性的，但从宏观内容看，其学术性则不可与理雅各译本相提并论，其内容的通俗性更为明显。兰雅译本更多地考虑英语读者的接受度，从编排体例和宏观内容上都体现了通俗性这一特征。

从译本的正文看，兰译本的通俗性首先体现在用简单、生动的词语逐字直译《孟子》上。虽然理雅各和兰雅的译本都以直译为主，但前者喜用长句和书面体英文，兰雅则擅用短句，喜用口语，使译文呈现出生动活泼的一面，更符合普通读者的阅读习惯。兰译本的通俗性还体现在他对中国特有文化词语的翻译上。由于中西文化存在巨大差异，中国传统文化中的一些专有概念在英语中没有现成的对应词。为了减少西方读者的文化陌生感，拉近他们与原著的距离，兰雅总是试图在英语中寻找西方人熟悉的近似词语翻译中国特有的概念。例如，兰雅习惯用西方人耳熟能详的单词“mile（英里）”翻译中国特有的长度单位“里”。西化中国特有文化概念的翻译方法在兰雅的译本中不乏其例。兰雅的直译强调原文字词的本义，并试图在英文中找到与之对应的单词，而对字词的其他意义、字词随时间变化而产生的音、形、义上的演变和其在特定语境中的独特含义关注度不够。例如，在《尽心章句下》第三十七章有“君子反经而已矣”。“经”在古汉语中的本义是织物的纵线，与“纬”相对，因而兰雅选择将之译为“the warp”。如果从字面意义的对应看，“the warp”可以准确翻译出“经”的本义。但根据上下文，“君子反经而已矣”是孟子纠正“似而非者”的办法，因而朱熹的注解，“经，常也，万世不易之常道也”更符合文义。且“warp”在英语中的常用义是“偏见”，容易让读者误认为孟子“让人们返回偏见”。《孟子》中的不少字词和语句在语义方面存在不确定性，这就需要译者根据上下文以及所译对象的整体理论体系，来判断它们的含义。仅仅关注原文与译文在单个字词上的对应和句子结构上的一致，无法再现原文深刻的思想和哲学内涵。

兰雅《孟子》英译本的通俗性扩大了英语读者群，推动了《孟子》在英语世界的进一步传播。

### 4.3　刘殿爵译本——忠实于中国思想文化并兼顾读者接受性的译作

1970年由企鹅出版社出版的刘殿爵《孟子》英译本，共280页，包括了“前言”、“英译正文”、“原文注释”、“附录”和“人名、地名术语表”五大部分。刘殿爵译本编排与《孟子》定本相同，书首添了近40页的序言，书末加上长达59页的附录、精确的注解和完备的人名、地名检索。刘殿爵汉语功底深厚，所作《孟子》序言是众多《孟子》译本里最成功的序言之一。他深入阐释孟子本人的观点，《孟子》的核心理论，孟子与孔子、荀子思想的异同等，为读者对背景知识的了解提供了很大帮助。

理雅各译本和兰雅译本都将卷首序言或前言分别与作为学术论述的绪论或前言分开，刘殿爵则直接在其译本的“前言”里论述了《孟子》思想研究成果。与上述译本相同的是，刘殿爵译本里对《孟子》的研究也包括孟子的生平和哲学思想。刘殿爵通过比较孟子与荀子的思想来论述孟子的性善论，他指出不少学者通常会误解孟子和荀子在人性观上的真正分歧，认为这二人的学说是互相矛盾的。刘殿爵认为，这一误解产生的原因是人们忽视了孟荀二人都相信人皆可以为尧舜的事实。他花费大量笔墨论证了二者的实质区别：其一，二人对本性的定义不同，孟子认为本性是特异之处，而荀子认为本性指事物不可分离的部分；其二，孟子认为道义出于本性、出于天性，而荀子则认为道德纯粹是一种人为的、非出于自然的行为。前言中，刘殿爵也介绍了孟子的辩论技巧，特别强调了孟子譬喻方法的使用，并认为，在儒家历史上，孟子的影响力之所以能超过荀子，成为仅次于孔子的亚圣，部分应归因于孟子气势磅礴的辩论手法。除了在前言中提及孟子的辩论手法外，刘殿爵还专门在书后的附录五中专门论述这一方法。在前言的最后，刘殿爵集中论述了孟子的仁政思想，并将之概括为：坚信君主由上天任命，是为百姓谋福祉的，因而君主的存废取决于是否能够完成对百姓的义务；强调得民心、确保民有恒产的重要性，反对战争，认为这会造成土地荒芜，百姓丧命。刘殿爵认为，孟子的主要贡献在于，他不仅成功捍卫了孔子思想，使其免受其他邪说的侵袭，还增加了孔子学说的深度。刘殿爵译本的前言囊括了译者多年来对《孟子》研究的成果和对孟子思想的独到见解。

刘殿爵译本的附录分为五个部分，是译本的一大特色。附录一是孟子生平事迹年代考。刘殿爵援引了《竹书纪年》、《资治通鉴》和清朝学者的考证，将《史记·孟子荀卿列传》与《孟子》的记载进行对比研究，认为《史记》中弄错了孟子周游齐国和梁国的时间。附录二收录了孟母教育孟子的几个故事，故事选自《韩诗外传》、《列女传》等。附录三是刘殿爵对《孟子》文本作者的考据。他通过考证认为，《孟子》是由“编集者合若干弟子对孟子言论和问答的记录而成，并不仅限于编集者自己的笔记”。[1] 因为在《孟子》中有十几段文字重复出现过，如果本书出于孟子之手，他不会留下这些重复的段落。他同时指出，尽管《孟子》是由其学生依据笔记编写而成，但书中记载的毕竟是孟子的言论，与孟子亲自写作没有什么不同。在附录四中，刘殿爵将《孟子》中有关古史的内容集中在一起，按年代将之分别归纳在“五帝”、“三代”两个目录下，读者依此可以从整体上把握孟子对古代社会的认识，从而加深对《孟子》内容的理解。附录五是刘殿爵对孟子辩论中譬喻的研究。刘殿爵将《孟子》中广泛运用譬喻的章节集中在一起，逐个进行详细考察，并对亚瑟·韦利对孟子譬喻方法的指责进行了回应。他指出，人们对孟子譬喻的理解过于表面化，不能准确体会譬喻的暗含之义与精妙之处。他认为，“在孟子手中，譬喻的方法乃所以辨疑释惑。提出譬喻之后，再展示譬喻何以有时而穷。目的是要人看清真相，不一定是用来阐明对手所提出的譬喻不足说明问题。”[2]他对《孟子》中譬喻的使用和功能概括非常确切，使我们不得不承认，“孟子运用这些方法的技巧实在太出色了，从没有不能够把所讨论的哲学课题辨析明白的”。[3] 刘译本的前言和详尽的附录是刘殿爵作为译者同时也是严谨的学者的良好佐证。其内容不仅为英语读者了解和探索中国文化提供了很好的学术参考，同时也激发了英语读者对《孟子》和中国文化的兴趣。

刘殿爵译本的最后附有“人名、地名术语表”。术语表以英

---

① 樊善标(译):《孟子的文本》，见《採掇英华》编辑委员会编:《採掇英华:刘殿爵教授论著中译集》，香港:香港中文大学出版社，2004 年，第 185 页。

② 陈胜长(译):《孟子在辩论中运用劈喻的方法探讨》，见《探掇英华》编辑委员会编:《探掇英华:刘殿爵教授论著中译集》，香港:香港中文大学出版社，2004 年，第 151 页。

③ 陈胜长(译):《孟子在辩论中运用劈喻的方法探讨》，见《探掇英华》编辑委员会编:《探掇英华:刘殿爵教授论著中译集》，香港:香港中文大学出版社，2004 年，第 152 页。

文字母的顺序排列了《孟子》一书中出现的人名和地名，标出各人名、地名在原文中的位置，并对人物的身份、主要思想以及地名的具体位置等做了简要介绍，此外，还标出记载了这些人名、地名信息的其他史料，并注明相应页码。

与前言和详尽的附录信息相比，刘殿爵译文的注释则显得非常简洁，主要包含了四个方面的内容：一是注明《孟子》中引用的《论语》、《诗经》等古代典籍语句在原经典中的位置；二是标出原文中重复出现的句子或段落，以提醒读者注意；三是解释译文中用汉语拼音翻译的《孟子》中中国各代文化中特有的词语和习俗；四是简要介绍对理解原文宗旨至关重要的人物、地名。简要的注释一方面可以帮助英语读者了解必要的信息，又不打断读者阅读原文时的思路，充分考虑了英语读者的接受度；另一方面音译加注释的翻译方法保持了中国文化特色词语和习俗的原汁原味，又让读者了解到中国文化的特定表达和特殊含义。

刘殿爵在翻译《孟子》时，始终把准确再现孟子思想和《孟子》文本的本来面目作为首要任务。在翻译那些含义不明确、存在歧义的语句时，他运用自身对训诂资料良好的驾驭能力，将篇章宗旨和孟子思想体系结合起来理解。刘殿爵还了解国外学者的《孟子》研究情况，能借助最新研究成果指导自己的翻译。这就使他的《孟子》译本较之前代多有创见。例如，在《万章下》第七章有“周道如底，其直如矢”一句，理雅各和兰雅都按字面意思将“周道”直译为“The way to Chou”和“the Chou way”。如此翻译虽能体现原文的字面意思，但不能体现孟子引用《诗经》的目的。刘殿爵在翻译时，根据上下文，借助训诂资料，在孟子的整个思想体系下探求“周道”的含义。焦循指出：“按《毛诗》本意，‘周道’谓周家贡赋赏罚之道……然则孟子引《诗》以‘周道如底，其直如矢’，证义之为路，礼之为门，礼义即道也。”孟子本人也认为，“礼义”是“行天下之大道”，因而刘殿爵将“周道”翻译为“highway(大道)”。刘殿爵虽不主张音译,但为避免引起英语读者的误解和不必要的语义联想,所以放弃在英语中寻找与中国文化特色词语和习俗相似的所谓对等词语,而改用汉语拼音翻译,并在注释中用精确的语言解释这些音译的含义,力求忠实传递中国文化元素。所谓“中国特有的文化词语”,是指这些词语所体现的含义是中国文化所特有的,在西方语言文化中找不到对应词。例如,中国古代的国名、地名、计量单位、国家机构、税收制度、文化习俗等,在英语中找不到合适的词翻译,但它们对读者了解中国古代社会和文化又至关重要。刘殿爵在翻译时对传统的音译法做了优化和改进。例如,在翻译古代的赋税制度“贡”、“助”、“彻”时,他将之分别译为“the ‘*kung*’ method of taxation”、“the ‘*chu*’ method”和“the ‘*che*’ method”。为了便于读者理解,他在译文中用“method of taxation”对“贡”、“助”、“彻”作了进一步解释,指明它们都是赋税方法,并在索引中对此作了详细的介绍。

刘殿爵《孟子》译本正文同时也兼顾了普通读者的接受能力。译文多用单句翻译《孟子》,使译文朗朗上口,符合英文表达习惯,因而对英语普通读者同样具有较强的吸引力。为了使译文读起来流畅而又不失原文的意思,刘殿爵在翻译《孟子》文本时,灵活使用直译和意译。如果严格按照原文句序、句式翻译能准确传达原文的意思,并且符合英文的表达习惯,他就选择直译。如果保持与原文结构一致会丧失译文的流畅性,他就会选择意译。

无论是从编排体例还是译本正文都可以看出,刘殿爵不仅是《孟子》英译本的译者,同时也是《孟子》思想的研究者,对《孟子》有着自身独到的见解。其匠心独具的编排体例和翻译方法使得译文忠实于中国文化,卓越的英文表达能力使得英译文符合英文的表达习惯,优美准确,提高了译本在英语读者中的接受性。刘殿爵《孟子》英译本既适合普通读者阅读,又是学者研究《孟子》思想的宝贵资料。

## 第五节 《孟子》英译中核心概念的阐释

孟子是孔子的忠实信徒，孔子是他最崇敬的人。孟子盛赞孔子说："出乎其类，拔乎其萃，自生民以来，未有盛于孔子也。"孔子和大禹、周公是孟子心中最伟大的三位圣人。他给自己定下的目标是"正人心，息邪说，距诐行，放淫辞，以承三圣"，希望能和三位圣人一样有不朽的作为。为了实现他的理想，孟子带着他的"仁政"思想游历诸侯。据钱穆先生在《先秦诸子系年》中的考证，孟子于齐威王时由邹至齐，是首次游齐，后由齐至宋，由宋至薛，由薛归邹，由邹赴鲁，由鲁至滕，离滕赴魏，最后于齐宣王时期再次游齐。先后谒见过齐威王、宋君偃、滕文公、梁惠王、齐宣王等君主。在这个曲折不平、颠沛流离的游说过程中，孟子不断地丰富着从孔子那里继承下来的"仁"学思想，将其发展为"仁政"的社会政治主张并不断地进行完善和发展，同时孟子不断地探索，为"仁政"思想寻找哲学高度的理论依据，形成了其独特的人性理论主张——性善论，最终使得他的"仁政"思想形成一套完整的理论思想体系。本节对《孟子》核心思想在英语世界中的表达做一简要梳理，选取的译本主要为：百年经典理雅各的译本，中西方广为引用的刘殿爵译本，以及最新的杨伯峻今译、赵甄陶等英译的大中华文库版译本。

### 5.1 "仁政"

孟子从孔子的"仁"的思想出发，把它扩充发展成包括思想、政治、经济、文化等各个方面的施政纲领，就是"仁政"。"仁"是儒家学说的核心，对中华文化和社会的发展产生了重大影响。"仁"字始见于儒家经典《尚书·金滕》："予仁若考。"仁指好的道德。孔子首先把"仁"作为儒家最高道德规范，提出以

"仁"为核心的一套学说。"仁"的内容包含甚广,核心是爱人。"仁"字从人从二,也就是人们互存、互助、互爱的意思,故其基本含义是指对他人的尊重和友爱。早在邹国时,孟子就提出了"仁政"。当时邹国和鲁国发生了冲突,在冲突中邹国的官吏死了33个,而老百姓却没有一个去救护的。邹穆公对此很是不满,遂求教于孟子,孟子回答说:"君行仁政,斯民亲上,死其长矣。"这是孟子首次明确地提出了自己的政治主张——"仁政"。《滕文公下》、《梁惠王上》、《尽心下》等均提到"仁者无敌"的理念。"仁政"是孟子政治思想的核心,"仁政"的基本精神是对人民有深切的同情和爱心。孟子反对兼并战争,他认为战争太残酷,主张以"仁政"统一天下。在经济上,孟子主张"民有恒产",让农民有一定的土地使用权,并减轻赋税,保持小农生产的稳定性,实行保证小农一定土地的"制民之产"的井田制,因此"仁政必自经界始"。经界正,井地均,谷禄平,才能限制兼并,使民众对国家的负担均平合理。在政治上,孟子要求统治者实行"以德行仁"的"王道",反对"以力假仁"的"霸道"。孟子"仁政"学说的理论基础是"性善论"。孟子说"恻隐之心,人皆有之"。人都有不忍人之心,实行于政治方面,就是不忍人之政,即仁政,有时也称"王道"、"王政"等。

"仁政"一词在《孟子》书中出现的次数较多,其中译者对"仁"字的理解和译法是仁者见仁,智者见智,如魏鲁男译为"manhood-at-its-best",杜百胜和亨顿译为"humanity",理雅各的用词主要有"benevolence","virtue","virtuous"。刘殿爵一般把"仁"译为"benevolence"和"benevolent",赵甄陶等的译本中亦用"benevolence"一词。《孟子》现有各全译本中对孟子明确提出的"仁政"或"仁"的表达虽不尽相同,但对"benevolence"、"benevolent government"表现出了一定的趋同性。如《梁惠王上》中的"王如施仁政于民,省刑罚,薄税敛,深耕易耨,壮者以暇日,修其孝悌忠信,入以事其父兄,出以事其长上。可使制梃以挞秦、楚之坚甲利兵矣。”理雅各的译文为：



If your Majesty will [indeed] dispense a benevolent government to the people, being sparing in the use of punishments and fines, and making the taxes and levies of produce light, [so causing that] the fields shall be ploughed deep, and the weeding well attended to, and that the able-bodied, during their days of leisure, shall cultivate their filial piety, fraternal duty, faithfulness, and truth, serving thereby, at home, their fathers and elder brothers, and, abroad, their elders and superiors; you will then have a people who can be employed with sticks which they have prepared to oppose the strong buff-coats and sharp weapons of [the troops of] Ts'in and Ts'oo.

理雅各将“施仁政于民”中的核心概念“仁”译为“benevolent”，刘殿爵译本、赵甄陶等译本亦取了同一词。刘译为“If Your Majesty practices benevolent government towards the people”，赵译为“If Your Majesty runs a government benevolent to the people”。

再如《梁惠王上》中孟子说：“王发政施仁，使天下仕者皆欲立于王之朝……”

理雅各：Now if your Majesty will institute a government whose action shall all be **benevolent**, this will cause all the officers in the kingdom to wish to stand in your Majesty's court...

刘殿爵：Now if you should practice **benevolence** in the government of your state,...

赵甄陶等：Now if you practice **benevolence** in

your government, then all the officials in the world will want to find a place in your court...

在部分学术性著作中,"仁政"一词被英译为"humane government",如由国家汉办(孔子学院总部)推出、南京大学出版社出版的系列《中国思想家评传》简明读本之一的《孟子》(汉英对照)中,译者 David B. Honey 就将书中"仁政"一词译为"humane government"。[①]

另外,孟子谈及他的仁政时也不一定会用"仁政"或"仁"这样的字眼,如《滕文公章句下》中孟子与戴不胜之间的一段对话里就提到仁政,原文为:

孟子谓戴不胜曰:"子欲子王之善与? 我明告子。有楚大夫于此,欲其子之齐语也,则使齐人傅诸? 使楚人傅诸?"曰:"使齐人傅之。"曰:"一齐人傅之,众楚人咻之,虽日挞而求其齐也,不可得矣;引而置之庄岳之间数年,虽日挞而求其楚,亦不可得矣。"

理雅各此段的译文为:

Mencius said to Dai Busheng: "I see that you are desiring your king to be virtuous, and I will plainly tell you how he may be made so. Suppose there is a great officer of Chu here, who wishes his son to learn the speech of Qi. Will he in that case employ a man of Qi as his tutor, or a man of Chu?" "He will employ a man of Qi to teach him," said Dai Busheng. Mencius went on: "If but one man of Qi be teaching him, and there be a multitude of men of Chu continually shouting out about him, although his father beat him every day, wishing him to learn the

① Xu Xingwu, David B. Honey, trans. *Mencius* (Nanjing: Nanjing University Press, 2010), p. 156.

speech of Qi, it will be impossible for him to do so. But in the same way, if he were to be taken and placed for several years in Zhuang or Yue, though his father should beat him wishing him to speak the language of Chu, it would be impossible for him to do so."

此段话为孟子用楚大夫要其子学齐语做比喻,来说明要使宋王行仁政,即"之善",单靠善士薛居士一人在宋王左右,而其余都是奸佞之辈,是办不到的。原文中的"之善"即"行仁政",理雅各将此译为"be virtuous"。刘殿爵和赵甄陶等将其中的"善"理解为"good"。在《告子上》里,"告子曰:性无善无不善也","孟子曰:乃若其情,则可以为善矣,乃所谓善也",其中的"善"刘译和赵译也作了同样的处理,将"善"译为"good","为善"译为"becoming good"。

除上述"善"外,"仁政"的表达亦有"王道"、"王政"。如《梁惠王上》中孟子道,"养生丧死无憾,王道之始也。"其译文分别是:

理雅各:This condition, in which the people nourish their living and bury their dead without any feeling against any, is the first step of **royal government.**

刘殿爵:For the people not to have any regrets over anything left undone, whether in the support of their parents when alive or in the morning of them when dead, is the first step along the **Kingly way.**

赵甄陶等:It is the first step of the **benevolent government** that the people have no complaints about the support of their parents when they are alive and about the arrangement of the funerals upon their death。

理译和刘译都采用了直译的方法，将“王道”中的“王”分别译为“royal”和“Kingly”，但“王道”一词在理译与刘译中的方法并非相同，理雅各译为“royal government”，而刘殿爵则译为“the Kingly way”，赵甄陶等则意译为“benevolent government”。孟子说：“以力假仁者霸，霸必有大国。以德行仁者王，王不待大，汤以七十里，文王以百里。以力服人者，非心服也，力不赡也；以德服人者，中心悦而诚服也，如七十子之服孔子也。”(《公孙丑上》)可见，所谓“王道”即真正地实行他所讲的仁政，“霸道”即以仁义为标榜，但实际上是靠武力实行强权的政治。所以，孟子关于王道的思想，实际仍是其仁政学说的一个组成部分。从这个意义上来说，“王道”即施行仁政，因而理译“royal government”则显得有些拘泥于原文，有强调皇家正室的意味，“王道”的真正含义没有体现出来。刘译“the Kingly way”传达的是“王者之道”。赵译将“王道”等同于“仁政”，较为明确地传递了“王道”的意义，只是译文读者无法从中体味原文中用词的细微区别。

## 5.2 “性善”

孔子在论及人性时只是讲“性相近也，习相远也”。(《论语·阳货》)而相近的性是善是恶，孔子却没有明确论说。这是孔子留给后人的理论问题。孟子继孔子之后，对这一问题作了明确回答，并由此建立起了中国古代人性论中第一个系统的性善说。在孟子思想中，性善论是其伦理思想和政治思想的根基。《孟子》中论述“性善”最具代表性的段落是“人性之善也，犹水之就下也，人无有不善，水无有不下。”(《告子上》)

理雅各：The tendency of man's nature **to good** is like the tendency of water to flow downwards. There are none but have this **tendency to good**, just as all water flows downwards.

刘殿爵：Human nature is **good** just as water seeks low ground. There is no man who is not **good**; there is no water that does not flow downwards.

赵甄陶等：Human nature is always **good**, just as water always flows downwards. No human nature but is **good**, no water but flows downwards.

孟子所论及的“人性”，在现代相关英文学术讨论中普遍解释或翻译为“human nature”，如 Wikipedia，*Stanford Encyclopedia of Philosophy* 等介绍《孟子》的条目中提到孟子的人性论时均用“human nature”。刘殿爵曾在发表于 *Bulletin of School of Oriental and African Studies*（1953，Volume 15）上的“Theories of Human Nature in Mencius and Shyuntzy”一文中注释说，此文中的“human nature”是指“性”，也就是孟子所说的“人性”。孟子所认为的“善”，刘殿爵认为译为“good”不妥，但还不能找出更恰当的字来。[①]

对于孟子的“人性之善”，学者们的理解存在有“人性本善”和“人性向善”之争，这种理解的差异性同样反映在译文中。理雅各的解释为“The tendency of man's nature to good”，即“人性向善”，认为人性善只是一种趋向，而不是绝对的事实。另一位传教士谢卫楼（D. Z. Sheffield）却认为理雅各的翻译有误，正确的译文应是：“The goodness of man's nature is, like the flowing dawn of water; there is no man who is not good, there is no water that does not flow dawn.”分歧的关键在于对“人性之善”的“之”和“人无有不善”的“善”的理解上。理雅各认为，原文中“之”是动词，是“前往”与“趋向”的意思；认为原文中的“善”，也是动词，意思是“趋向

① 童元方：《可译与不可译——悼刘殿爵教授》，载《中国文化》，2010年第2期，第227—228页。

善”,这样孟子人性善的含义则应该是指人们都有追求善的愿望与行为。理雅各还认为孟子对人性的观点与 Bishop Butler 在 *Sermons on Human Nature* 中所表述的人性非常接近。谢卫楼则将“之”作为助词用,将“善”翻译成名词,用作宾语,意为“善的人”,如此人性善的意义应该是内在的善性。谢卫楼认为理雅各的翻译误解了孟子的人性论,孟子并不是主张人性向善,而是主张人性本善。刘译和赵译的“人性之善”为判断句“Human nature is good”和“Human nature is always good”,亦即“人性本善”。

孟子的“性善”观也有西方学者解释为“everyone is already fully moral by virtue of his or her natural endowment”[①]或“human nature is intrinsically benevolent”。[②] 维基百科(英文)有关孟子的条目中对孟子的人性论解释为“Mencius asserted the innate goodness of the individual”,孟子的“性善”英文表达为“the innate goodness of the individual”。

与孟子性善论思想相关的基本问题是孟子对“何为性”问题的理解。陈永革认为孟子与告子关于人性问题的辩论,至关重要的区别在于:孟子即心言性,主张“心之谓性”;而告子则即生言性,主张“生之谓性”。[③] 告子“生之谓性”的人性论主张,基本上是一种自然主义人性论。而孟子“心之谓性”则是一种儒家人文主义的人性论主张。按照孟子即心言性的基本理路,由向善之心不可能断然推出本善之性,孟子只有在人心本善的前提下才有可能以性善论。实际上,孟子性善论的确立在相当大的程度上依赖于人心本善论。若无人心本善论这一根基,孟子

---

① Alan K. L. Chan, *Mencius: Contexts and Interpretations*, (Honolulu: University of Hawaii Press, 2002), p. 73.

② “Mencius ' s View on Human Nature”, http://buddhas. net/mencius/human_nature. html. ,2011-7-10.

③ 陈永革:《人心向善与人性本善》,载《中国哲学史》,1996 年第 4 期,第 50 页。

性善论则无从确立。孟子认为,“恻隐之心,人皆有之;羞恶之心,人皆有之;恭敬之心,人皆有之;是非之心,人皆有之。恻隐之心,仁也;羞恶之心,义也;恭敬之心,礼也;是非之心,智也。仁义礼智,非由外铄我也,我固有之也。”(《告子上》)正如牟宗三所言,“此(人所固有之四心)亦自然而有也。惟此自然不同于动物性之自然,乃孟子所谓良知良能也。”[①]孟子所谓的“性善”是人生而具备,“不虑而知”、“不学而能”的“良知”、“良能”。(《尽心上》)更进一步说,四端之心所体现的道德本能,既是人类天赋的善恶判断能力的真实本原,同时又是不学而能、不教而成的人之为人的天赋性向。孟子对于性善论的最有力的论证,是通过人的心理活动来证明的。孟子认为,性善可以通过每一个人都具有的普遍的心理活动加以验证。既然这种心理活动是普遍的,因此性善就是有根据的,是出于人的本性、天性的,将“性善”理解为人性本善更准确。将“性善”翻译为“性向善”不妥。基督教强调人必须弃恶向善,理雅各试图证明二者有相通之处,故将孟子的“人性善”翻译为“人性向善”。与理译的“性向善”相比,刘译和赵译的“人性本善”更符合孟子的人性观。

### 5.3 “浩然之气”

“浩然之气”是反应孟子富有创新思维的一个重要哲学概念,它对两千多年来中华民族思想道德传统,产生了深远的影响。在《公孙丑上》中,孟子的弟子公孙丑和孟子之间有这样一段对话:

> “敢问夫子恶乎长?”曰:“我知言,我善养吾浩然之气。”“敢问何谓浩然之气?”曰:“难言也。其为气也,至大至刚,以直养而无害,则塞于天地之间。其为气也,配义与道;无是,馁也。是集义所生者,非义袭

① 牟宗三:《名家与荀子》,台北:学生书局,1994 年,第 224 页。

而取之也。行有不慊于心，则馁矣。我故曰，告子未尝知义，以其外之也。必有事焉，而勿正；心勿忘，勿助长也。无若宋人然：宋人有闵其苗之不长而揠之者，芒芒然归，谓其人曰：'今日病矣！予助苗长矣！'其子趋而往视之，苗则槁矣。天下之不助苗长者寡矣。以为无益而舍之者，不耘苗者也；助之长者，揠苗者也，非徒无益，而又害之。"①

杨伯峻将上述对话今译为：

公孙丑问道："请问老师长于哪一方面？"孟子说："我善于分析别人的言词，也善于培养我的浩然之气。"公孙丑又问道："请问什么叫做浩然之气呢？"孟子说："这就难说明白了。那一种气，最伟大，最刚强。用正当方法去培养它，一点不假伤害，就会充满上下四方，无所不在。那种气，必须与正义和圣道配合；缺乏它，就没有力量了。那一种气，是经常集正义行为所产生的，不是偶然的正义行为所能取得的。只要做一件于心有愧的事，那种气就疲萎了。所以我说，告子不曾懂得义，因为他把义看成心外之物。（我们必须把义看成心内之物，）一定要培养它，但不要有特定的目的；时时刻刻地记住它，但也不能违背客观规律去帮助它生长。不要学宋国人那样。宋国有一个担心禾苗不长而去把它拔高的人，他十分疲倦地回去，对家里人说：'今天累坏了！我帮助禾苗生长了！'他儿子赶快跑去一看，禾苗都枯槁了。其实天下不帮助禾苗生长的人是很少的。认为培养工作没有益处而放弃不干的，就等于是种庄稼不锄草的懒汉；违背客观规律地

① 赵甄陶、张文庭、周定之（英译）：《大中华文库英汉对照·孟子》（*Mencius*），长沙：湖南人民出版社，1999年，第62页。

去帮助它生长的就是拔苗的人。这种助长的行为，不但没有益处，反而是伤害了它。”①

由此我们不难理解，所谓浩然之气，就是刚正之气，就是人间正气，是大义大德造就的一身正气。孟子认为，一个人有了浩气长存的精神力量，面对外界一切巨大的诱惑也好，威胁也好，便都能处变不惊，镇定自若，达到“不动心”的境界。孟子的“浩然之气”是一种充溢着刚性的“力”，这种刚性之力并非来源于人体质的健壮和权势的显赫。身强力壮和位高权重固然有某种威慑力量，但若没有仁义礼智的信念做精神支柱，则不过是“匹夫之勇”和“妾妇之道”而已，因为它们只能让人口服，却达不到使人心服。“浩然之气”的刚性之力来源于人们对自我与宇宙合一的认知和对仁义礼智的信念和践履，也就是孟子曾经说过的富贵不能淫、贫贱不能移、威武不能屈的高尚情操。这种“气”是用正义和道德日积月累形成的，反之，如果没有正义和道德存诸其中，它也就消退无力了。这种“气”，是凝聚了正义和道德而从人的自身中产生出来的，是不能靠伪善或是挂上正义和道德的招牌而获取的。对孟子说的浩然正气，曾有一首长诗做出过生动的文学描绘，这就是民族英雄文天祥写的《正气歌》。诗中写道：“天地有正气，杂然赋流形。下则为河岳，上则为日星。于人曰浩然，沛乎塞苍冥。”浩然正气寄寓于宇宙间各种不断变化的形体之中。在大自然中，便是构成日、月、星辰、高山、大河的元气；在人间社会，天下太平、政治清明时，便表现为祥和之气，而在国家、民族处于危难关头时，便表现为仁人志士刚正不阿、宁死不屈的气节。社会秩序靠它维系而得以长存，道义是它产生的根本。

我知言，我善养吾浩然之气。

理雅各：I understand words; I am skillful in

---

① 赵甄陶、张文庭、周定之（英译）：《大中华文库英汉对照·孟子》(*Mencius*)，长沙：湖南人民出版社，1999 年，第 62 页。

nourishing my **vast flowing passion-nature.**

刘鼎爵：I have an insight into words. I am good at cultivating my **"flood-like ch'i"**.

赵甄陶等：I am strong in analyzing others' speech and in cultivating my **vast vital energy.**

"气"是中国哲学、道教和中医学中常见的概念，由于中国的言意观更具"经验"而非"抽象"的性质，"气"随其语境不同而有多重含义，或指有形的物质意义上的"气"，或指无形的超自然的精神层面的"气"。译者对应词的不同选择最直接地表现了译者对"气"的不同理解。

西方对"气"一词的理解也有几种不同观点。如汉学家葛瑞汉（Angus Charles Graham）认为："就其（指气）最大限度的纯洁度而言，我们能够把它思之为西方的纯能（pure energy）"。[①] 美国汉学家艾兰（Alan Kam-leung Chan）也对"气"这个中国哲学概念做过深入分析，她研究了铭文上"气"的书写形式以及《孟子》、《荀子》、《庄子》中有关"气"的论述材料，指出"气"的字义是指自然界水的循环往复，溪水下流，上升为雾，下降为雨，给植物以生机；作为人的呼吸，它给我们以活力；而作为心的动能，它控制思想与情欲，是我们道德感的源泉。艾兰将"气"翻译成"vitality"或汉语拼音"qi"。[②]

"气"字在《孟子》中出现频繁，《公孙丑上》的第二节出现了15次，《告子上》第8节出现了3次，《尽心上》第36节出现了1次。

理雅各将《公孙丑上》中出现的15处"气"都译为"passion-nature"，《告子上》中出现的3处译为"air"或"restorative

---

① Angus C. Graham, *Chuang-tzu: The Seven Inner Chapters and Other Writings from the Book Chuang-tzu* (London: George Allen & Unwin, 1981), p. 156.

② Alan K. L. Chan, *Mencius: Contexts and Interpretations* (Honolulu: University of Hawaii Press, 2002), p. 73.

influence”,《尽心上》出现的1处译为“air”。理雅各将将“浩然之气”译为“vast flowing passion-nature”,不能充分反映“浩然之气”所传达的“天地正气”之意。

赵译本将“浩然之气”表述为“vast vital energy”,其对“气”的理解与葛瑞汉一致,即一种能量。但看到“energy”一般读者自然会产生“strength”与“power”之类的联想。赵译本将《公孙丑上》中出现的15处“气”都译为“vital energy”,《告子上》中出现的3处译为“air”,《尽心上》出现的1处译为“bearing”。由于赵译本没有给出相应的注释,要让西方读者理解“气”在不同语境里传递的真正意义恐怕会比较困难。刘殿爵则将《公孙丑上》中出现的15处“气”都译为“Ch'i”,《告子上》中出现的3处和《尽心上》出现的1处均译为“air”。刘殿爵将“浩然之气”译为“flood-like ch'i”,“气”采用了威妥玛拼音译法,是典型的异化翻译,直接用拼音翻译的好处是比较直接、清楚,安乐哲也认为,“通过创造一个英文新词,来尽可能多地展示中文原文的几种内涵,……正是这些陌生的新词提醒我们,已经进入到另一个迥异的哲学世界。”① 从文义角度看,“vital breath”和“energy”有一个共同的特点,即两者都有比较具体的所指,因而读者可藉此产生比较具体的联想,而“qi”相对这两种英语表达,要更加抽象一些,留给读者的想象空间也更大一些,但采用音译的异化翻译策略不利于那些对中国文化背景知识不够了解的读者。刘殿爵在引言中对“气”进行了详细说明:宇宙万物由“气”构成,“气”处于不断变化中。浑浊沉重之“气”下沉为地,轻盈纯净之“气”上升为天。人类存在于天地之间,是由这两种“气”共同构成的。



① 安乐哲、罗思文:《〈论语〉的哲学阐释》,余瑾译,北京:中国社会科学出版社,2003年,第197页。

# 第四章　英语世界里的《荀子》

## 第一节　荀子与《荀子》

荀子是先秦时代最后一位大儒，也是一位以足够的学术自信对百家之学进行批判和比较的人物。荀子的思想学说以儒家为本，兼采道、法、名、墨诸家之长，在宇宙论、人性论、道德观、知识论、教育观、文学、政治学、经济学、逻辑学等各个方面，都有很大的建树。郭沫若说："荀子是先秦诸子中最后一位大师，他不仅集了儒家的大成，而且可以说是集了百家的大成的。"[①]侯外庐在《中国思想通史》中也评论说："荀子是后期儒家的伟大的代表。"[②]

---

① 郭沫若：《十批判书·荀子批判》，北京：东方出版社，1996年，第218页。

② 侯外庐：《中国思想通史》（第一卷），北京：人民出版社，1957年，第530页。

### 1.1 荀子其人

荀子(约公元前313—前238年),名况。战国时期的思想家、教育家、文学家、哲学家,时人尊称“荀卿”。据《史记》记载,荀子于50岁始游学于齐,至襄王时代,“最为老师”,“三为祭酒”。后来他离开齐国去了楚国,楚令尹春申君让他担任兰陵(今山东苍山县兰陵镇)令,春申君死后荀子被免去公职,这时,他年事已高,就在兰陵住了下来,最后老死于楚国。荀子曾经传道授业,战国末期两位最著名的思想家、政治家——韩非、李斯都是他的入室弟子。

荀子以孔子为圣人,但反对子思和孟子为首的“思孟学派”哲学思想,认为子贡与自己才是继承孔子思想的学者。因此,尽管同出于孔学,荀学与孟学有诸多的不同。如在人性论上,孟子主张性善论,强调统治者只要发扬善心就能得民心和治理好国家,荀子则主张性恶论,强调后天学习和修养(学习礼仪和知识)的重要性。荀子的《性恶》一文,就是驳斥孟子性善论的文章。孟子主张重义轻利,荀子则主张重义不轻利。孟子主张法先王,荀子则主张兼法后王。孟子专尚王道,荀子则兼称霸力。这一点明显地是受法家思想的影响。他的学生韩非和李斯,专就这一方面去发展,成了战国后期和秦代法家学派的代表人物。

荀子哲学思想中最杰出的方面是就天人关系问题提出的新见解,他在《天论》一文中详细阐述了自己的观点。荀子认为天是不以人的意志为转移的客观存在,有它自己的运行规律。社会的治乱决定于人为,而不受天的控制。人类不应该只是消极地顺应自然,而应发挥主观能动性去利用和改造自然,使之为人类服务。这种“天人相分”和“制天命而用之”的思想,在当时是很有进步意义的,是超出孔子“畏天命”传统思想的远见卓识。

荀子的教育思想同样影响深远。荀子从“人之性恶”出发，赋予教育以“化性”和“解蔽”的使命，即“人之性恶，必将待师法然后正”(《性恶》)。在有名的《劝学篇》中，荀子集中论述了他关于学习的见解。他特别强调“学”的重要性，认为人要博学并时常检查、反省自己，方能“知明而行无过”；同时荀子也强调学习必须联系实际，学以致用，学习态度应当精诚专一，坚持不懈。他非常重视教师在教学中的地位和作用，认为国家要兴旺，就必须看重教师，同时对教师提出严格要求，认为如果教师不给学生做出榜样，学生是不能躬行实践的。

### 1.2 《荀子》其书

荀子的著作，汉时称为《孙卿子》，33 篇。唐代杨倞为之作注，改称《荀子》。今存 32 篇，大部分是荀子自著。梁启超在《要籍解题及其读法》中，为清华学生开列了“读荀子法”，认为就“学术研究起见”，宜注重数篇：《劝学》观其大；《性恶》观其思想根核所在；《解蔽》、《正名》、《天论》观其所衍之理；《礼论》、《乐论》观其应用社会所操之工具；《正论》、《非十二子》观其对异派之攻难及辩护；《富国》、《君道》、《王制》、《荣辱》、《非相》了解其政治学及政术。[①] 可见《荀子》价值之多维性。概述之，《荀子》涉及哲学、伦理、政治、经济、教育、学术等诸多方面，且多独到见解和精辟之论，可以说是集各家学说之大成，为先秦一大思想宝库。在文学方面，它也同样独具特色。

首先，《荀子》标志着议论文体制的定型。荀子的论文，摆脱了前人语录式的体裁，采用一篇文章围绕一个中心展开论述的专题性学术论文的体制。《荀子》的文章多长篇大论，其文论点明确，论证周详，语言丰富，说理透辟。与战国中期《孟子》散文的雄辩滔滔、《庄子》散文的虚构无端相比，《荀子》是成熟的

---

① 易鑫鼎：《中国古代散文研究辩论》，南昌：百花洲文艺出版社，2006 年，第 118 页。

论说文。例如《劝学》，中心议题是鼓励学习，全文共分四部分，第一部分论述了学习的目的在于提高素质，全身远祸。第二部分论述了学习的根本态度应该是持恒专一。第三部分讲述了学习的方法、步骤和对待求教者的态度。第四部分进一步指出学习应该完全彻底，取得真正的成就。文章紧紧围绕中心论题，层层递进，次第展开，说理全面而又透彻，议论精辟而又生动，论据充分，气势雄宏，充分展现了荀子议论文的特色。



第二，使用譬喻，形象生动。荀子的文章，不仅以议论取胜，而且表达也富有特色。他继承了老庄孔孟惯用象喻性表达方法的传统，大量运用生活中常见的事物作为比喻，用来说明抽象高深的道理，深入浅出，辞理并茂，极大地增强了文章的生动性与说服力。例如：

> 南方有鸟焉，名曰蒙鸠，以羽为巢，而编之以发，系之苇苕，风至苕折，卵破子死。
>
> 巢非不完也，所系者然也。西方有木焉，名曰射干，茎长四寸，生于高山之上，而临百仞之渊，木茎非能长也，所立者然也。蓬生麻中，不扶而直；白沙在涅，与之俱黑。兰槐之根是为芷，其渐之滫，君子不近，庶人不服。其质非不美也，所渐者然也。故君子居必择乡，游必就士，所以防邪辟而近中正也。（《劝学》）

这段话旨在说明环境对于人的成长的重要性，但他不是单纯地用逻辑论证的方法来说明自己的观点，而是从自然界撷取了一连串的事例，借助生动丰满的形象来说理，把抽象的道理具体化、形象化，其效果远远胜过单纯的逻辑推理。

第三，大量地使用排比句、对偶句，以增强文章的气势。注意句子的音节结构，使得文章便于诵读；遣词用语更是千锤百炼，极具匠心。例如：

> 积土成山，风雨兴焉；积水成渊，蛟龙生焉；积善

成德，而神明自得，圣心备焉。故不积跬步，无以致千里；不积小流，无以成江海。骐骥一跃，不能十步；驽马十驾，功在不舍。锲而舍之，朽木不折；锲而不舍，金石可镂。螾无爪牙之利，筋骨之强，上食埃土，下饮黄泉，用心一也。蟹八跪而二螯，非蛇蟺之穴，无可寄托者，用心躁也。是故无冥冥之志者，无昭昭之明；无惛惛之事者，无赫赫之功。行衢道者不至，事两君者不容。目不能两视而明，耳不能两听而聪。螣蛇无足而飞，梧鼠五技而穷。诗曰："尸鸠在桑，其子七兮。淑人君子，其仪一兮。其仪一兮，心如结兮。"故君子结于一也。（《劝学》）

这段话气势磅礴，语句精练，排偶工整，形象生动，节奏明快，简直是诗一般的语言。

第四，除议论文外，《荀子》还含有 2 篇其他体裁的文章。其中一篇是《赋》，由 5 个独立的篇章构成，采用了谜语的形式。如：

有物于此，生于山阜，处于室堂。无知无巧，善治衣裳。不盗不窃，穿窬而行。日夜合离，以成文章。以能合从，又善连衡。下覆百姓，上饰帝王。功业甚博，不见贤良。时用则存，不用则亡。臣愚不识，敢请之王。

王曰：此夫始生钜，其成功小者邪？长其尾而锐其剽者邪？头銛达而尾赵缭者邪？一往一来，结尾以为事。无羽无翼，反复甚极。尾生而事起，尾邅而事已。簪以为父，管以为母。既以缝表，又以连里：夫是之谓箴理。——箴。（《赋》）

这类文章，虽然作为文学作品，其艺术水平不是很高，但它的体制，对于后来汉赋的形成和谜语的发展，具有一定影响。

另一篇是《成相》，系歌谣体，用以宣传他的学术思想。如：

请成相，道圣王，尧舜尚贤身辞让，许由善卷，重义轻利行显明。尧让贤，以为民，泛利兼爱德施均。辨治上下，贵贱有等明君臣。尧授能，舜遇时，尚贤推德天下治。（《成相》）

用歌谣体宣传某种思想学说，是后世常用的方法，这类作品很难算作文学，但荀子的《成相》出现较早，对于人们研究古代歌谣具有一定价值。其句式特点，表现出文章的骈偶化倾向，对后来的汉赋和骈文有一定的影响。

## 第二节 《荀子》英译的历时性描写

作为中国文化典籍之一，《荀子》一书并没有像《论语》、《孟子》、《老子》一样受到翻译家足够的重视。《荀子》的英译本不仅数量有限，同时由于《荀子》文集包罗万象，所涉及的层面纷繁复杂，所以古今中外的英译本中，选译的多而全译的少，翻译的篇幅有限。对于《荀子》在英语世界受到的冷遇，美国学者约翰·诺布洛克(John Knoblock)认为有以下几种原因：一是《荀子》论集缺乏吸引西方人的思想（比如战国思想家墨子所提倡的“兼爱”）；二是文字不如其他著作（如《老子》和《庄子》）一样流畅悦耳、细致缜密；而其蕴含的思想又中国味不足，无法引起西方读者浓厚的兴趣；更重要的一点是该论集叙述条理过于严密，使人无法对终极事物做出无穷的想象。[①] 本章在文献梳理基础上，把《荀子》在英语世界的译介大致分为三个时期：萌芽期、发展期和成熟期。

### 2.1 《荀子》英译的萌芽期(1893—1924)

早期的《荀子》英译本，多属西方世界的汉学家多方面译介

① John Knoblock, trans., *Xunzi: A Translation and Study of the Complete Works* (Stanford: Standford University Press, 1988), ix.

当中的一环，旨在向西方汉学界广泛介绍中国古典思想与历史背景。西方汉学界对于《荀子》的关注，最早可追溯到16世纪。根据张西平的研究，在16世纪末译成西班牙语的中国思想典籍《明心宝鉴》，选录了《荀子》的部分内容，这可视为《荀子》在欧洲流传的滥觞。① 但此后的欧洲学界并没有对《荀子》予以关注，直到19世纪后半叶，英国学者A. Wylie才在其论著《中国文学典籍注释》(*Notes on Chinese Literature*)中对荀子有所介绍和研究。②

最早的《荀子》英译本可追溯到1893年，雅理各翻译了《荀子》论集中的《性恶》("That the Nature is Evil")。这篇译文收录在《中国经典》(*Chinese Classics*)第二部中。③ 1924年荷兰汉学家戴闻达翻译了《荀子》论集中的《正名》。④

这个时期的两个译本，都是对《荀子》的单篇翻译。雅理各的翻译动机在其译本中并无直接的叙述，但相关的其他材料和文献可以提供一些有价值的佐证。例如雅理各翻译的《性恶》是他加在《孟子》译文之后的附录之一，"其用意或许是以荀子的性恶论作为孟子学说的对照参考"。⑤ 即，雅理各翻译《荀子》中的《性恶》篇的主要动机是作为他翻译《孟子》的对照，特别是形成与《孟子》的性善论的对照。此外值得注意的一点是，作为

---

① 张西平：《中国与欧洲早期宗教和哲学交流史》，北京：东方出版社，2001年，第289页。

② A. Wylie, *Notes on Chinese Literature, with Introductory Remarks on the Progressive Advancement of the Art, and a List of Translations from the Chinese into Various European Languages* (Shanghai: American Presbyterian Mission, 1867).

③ James Legge, "That the Nature is Evil", in *Chinese Classics*, Vol. II, Chapter 2, Appendix 1. (Oxford: Clarendon Press, 1893), pp. 79—88.

④ Jan J. L. Duyvendak, "Hsün-tze on the Rectification of Names", *T'oung Pao*, 1924(23), pp. 221—254.

⑤ 王灵康：《英语世界的荀子研究》，载《台湾政治大学学报》，2003年第11期，第3—8页。

来华传教士，雅理各翻译中国经典并不是为了在英语读者中广泛传播中国儒释道思想，而是希望他的传教士同行通过这些资料了解中国思想的方方面面，有利于传教事业在中国的进一步开展。因此对于雅理各来说，无论是翻译《孟子》还是对《荀子》的选译都是为服务于他在中国传教的目的。

不同于理雅各，戴闻达是荷兰汉学家，主要研究和介绍中国的历史、文化和文学。他译介《荀子》的一个重要目的是履行汉学家的职责，向西方特别是英语世界介绍中国文化和哲学思想。

### 2.2 《荀子》英译的发展期（1928—1963）

《荀子》在英语世界译介的发展期大致是从1928年到20世纪60年代中期。这个时期的译本大都出现在美国。主要的译本有1928年德效骞（Homer Dubs）翻译的《荀子选译》（*The Work of Hsün Tze*），[①]包括了《荀子》现存32篇中的19篇以及《尧问》的最后一段；从1952年起，梅贻宝陆续翻译并发表了《荀子》中的《正名》、《劝学》、《王制》；[②]1963年，华兹生翻译《荀子》32篇中的10篇，[③]同年，美籍华人学者陈荣捷（Wing-Tsit Chan）（1901—1994）翻译《荀子》论集中的《天论》、《正名》、《性恶》3篇，收录在他编著的《中国哲学资料书》（*A Source Book in*

---

① Homer Dubs, trans., *The Work of Hsün Tze* (London: Probsthain, 1928).

② Y. P. Mei, "Hsün Tzu on Terminology", in *Philosophy East and West*, 1952(1), pp. 51－66; "Hsün Tzu's Theory of Education, with an English Translation of the Hsün Tzu", Chapter 1, in *Ts'ing Hua Journal of Chinese Studies*, 1961(2/2), pp. 361－377; "Hsün Tzu's Theory of Government, with an English Translation of the Hsün Tzu", Chapter 9, in *Ts'ing Hua Journal of Chinese Studies*, 1970(8/1－2).

③ Burton Watson, trans., *Hsün Tzu: Basic Writings* (New York: Columbia University Press, 1963).

*Chinese Philosophy*）中。[①]

德效骞是美国著名的汉学家，一生致力于汉学的传播和研究。他于 1927 年和 1928 年分别出版了荀子研究专著《荀子——古代儒家的塑造者》和译著《荀子选译》。德效骞译本是对荀子思想最早的较为全面的译介。德效骞的翻译动机可以从他选译的篇章中得以管窥。德氏选译的《荀子》中的 19 篇分别是《劝学》、《修身》、《荣辱》、《非相》、《非十二子》、《仲尼》、《儒孝》、《王制》、《富国》、《君道》、《议兵》、《强国》、《天论》、《正论》、《礼论》、《乐论》、《解蔽》、《正名》和《性恶》。至于为什么选取《荀子》中的这 19 篇进行翻译，德效骞在《荀子选译》一书的序言中表示他选取的是《荀子》一书中"非后世伪作，而且是重要"的篇目。这里可以看出德氏之所以选译这些篇章是因为他认为这些篇章相比其他篇章更像是荀子本人的思想，而非其他人的伪作。德氏选择《荀子》进行翻译的另一个原因是他个人对荀子的推崇，如他将荀子看作是"古代儒家的塑造者"，这种对荀子的历史定位，很难在中国史学界发现与之相似的观点。[②]此外，德氏选译《荀子》的另一动机可能来自于他在荀子理论和西方的哲学家亚里士多德理论之间发现了一些相似点。例如在《荀子选译》中，德氏多次将荀子与亚里士多德进行比较。

这个阶段的第二个译本是美国学者梅贻宝自 1952 年起陆续翻译发表的《荀子》中的《正名》、《劝学》、《王制》。相比较德效骞的翻译动机，梅氏的翻译动机就显得更为学术化。梅氏翻译这几篇的目的，是帮助读者在阅读他自己关于荀子思想论文的时候能更好地理解他的观点，也就是用译文服务于读者对自

---

① Wing-tsit Chan, "Naturalistic Confucianism: Hsün Tzu", in *A Source Book in Chinese Philosophy* (Princeton: Princeton University Press, 1963), pp. 115—135.

② 王灵康:《英语世界的荀子研究》，载《台湾政治大学哲学学报》，2003 年第 11 期，第 3—8 页。

已学术思想的接受。

这个时期另外一个译本是1963年美国学者华兹生翻译的《荀子》中的10篇:《劝学》、《修身》、《王制》、《议兵》、《天论》、《礼论》、《乐论》、《解蔽》、《正名》、《性恶》。华兹生翻译《荀子》的动机与他汉学家的身份息息相关。作为知名的美国汉学家,在过去五十多年时间里,他翻译出大量与中国哲学、历史、文学有关的著作。在中国典籍方面,除了选译了《荀子》,他还翻译过《庄子》、《韩非子》以及《楚辞》等。华兹生在这个时期英译《荀子》就如他翻译其他中国典籍一样,是顺应了50—60年代美国主流文化意识形态,即二战后的美国读者对了解中国传统文化的渴望。

美籍华人学者陈荣捷翻译的《荀子》论集中的《天论》、《正名》、《性恶》三篇是这个时期另外一项《荀子》英译成果。陈荣捷之所以译介《荀子》中的三篇,是因为《天论》、《正名》、《性恶》这三篇所涉及的哲学思想,在陈荣捷看来,是所有哲学问题中最重要的三个。[1] 换言之,他选译《荀子》的动机服务于他对荀子哲学思想的研究和探讨。

### 2.3 《荀子》英译的成熟期(1988—)

1988—1994年美国迈阿密大学的哲学教授约翰·诺布洛克翻译出版了《荀子》全译本。[2] 该译本是英语世界第一部也是迄今为止唯一一部《荀子》全译本。全书共3卷,分别于1988、1990、1994年由美国斯坦福大学出版社出版发行。这个译本的问世一定程度上标志了《荀子》译介进入一个全新的时期,该

① 苏郁铭:《近十年来(1994—2003)美国的荀子研究》,载《台湾云林科技大学》,2005年,第74页。

② John Knoblock, trans., *Xunzi: A Translation and Study of the Complete Works* (Stanford: Stanford University Press, 1988—1994).

译本"被认为是英语世界《荀子》译作的新标杆"。[①] 诺布洛克的《荀子》全译本附录了详细的历史背景、考订说明以及众多的各国语言参考资料。诺布洛克英译《荀子》的动机包含了如下几个要素:第一是《荀子》长期以来在英语世界没有得到应有的重视,在诺布洛克《荀子》全译本出版之前,与《荀子》有关的译本只有寥寥数本,没有任何的全译本,这与《荀子》一书本身的价值和历史意义极其不相称。约翰·诺布洛克多年以来一直研究中国古典哲学,对《荀子》所蕴含的价值的认识比其他西方学者要更为深刻。从这个意义上说,英译《荀子》的动机来源于他对《荀子》历史价值和文学价值的深刻认知。诺布洛克全译《荀子》的第二个动机正如他自己在第二卷"前言"所说,"我尽量悉数查阅了用中文和日文撰写的批评文章和著作,且注意到了中国和西方研究中国哲学的最近动态,我的目的是拿出一个面向有文化教养的人的英译本,借以充分传达荀子哲学论点的含义。"从目的论的角度来说,诺布洛克在全译《荀子》之前,已经确立了文本的预期读者(target text addressee)——有教养、有一定知识层次的读者,以及文本的预期功能(text intended function)——充分传达荀子哲学论点的含义。可以说,和其他的译者相比,诺布洛克全译《荀子》的动机更为明确。诺布洛克的全译本在传达荀子思想方面功不可没,它为广大学者提供了更丰富的资源,推动了荀子在英语世界的研究。因此在他1999年逝世之后,2000年一本荀子哲学论集的献词就用《荀子·天论》中的"水行者表身,表不明则陷;治民者表道,表不明则乱"来表彰他对英语世界荀子研究的贡献。[②]

2001年,艾文贺、万白安(Philip J. Ivanhoe & Bryan W.

---

① 苏郁铭:《近十年来(1994—2003)美国的荀子研究》,载《台湾云林科技大学》,2005年,第75页。

② 王灵康:《英语世界的荀子研究》,载《台湾政治大学哲学学报》,2003年第11期,第3—8页。

Van Norden）主编的《中国古典哲学读本》(*Readings in Classical Chinese Philosophy*)收录了由斯坦福大学哲学的人教授 Eric L. Hutton 选译的《荀子》10 篇。[①] 译者本人并没有明确说明其译介《荀子》的动机，但该书主编艾文贺、万白安在书的序言中说道，他们编辑此书的目的是为学习中国古典哲学的人提供入门书籍和资料。Eric L. Hutton 选译的 10 个篇章是：《劝学》、《修身》、《非相》、《王制》、《天论》、《礼论》、《乐论》、《解蔽》、《正名》和《性恶》。

纵览各个时期的《荀子》英译，译者在选译或全译《荀子》时的动机不同，所选译的《荀子》中的篇章也不尽相同，但如果把戴闻达、德效骞、梅贻宝、伯顿·华兹生、陈荣捷以及 Eric L. Hutton 所译《荀子》的篇章进行比较，就会发现《正名》篇在所有的选译作品中都被包含或涉及。[②] 台湾研究者苏郁铭认为，之所以《正名》篇在几乎所有的选译本中都有所涉及，是因为"《正名》一篇所展现的名学理论，在中国的名学发展中占有相当重要的地位，而且其中的思维方式也相当近似于古代希腊思想中的逻辑观，很能引起美国学者对它进行研究探讨的兴趣"。[③] 这也是众多英美翻译家均选译《荀子》中的《正名》的一个重要动机。

## 第三节 《荀子》在英语世界的译介策略

翻译目的论将翻译看作是一种以文本为基础的文本处理过程，在此过程中译者可以根据翻译的目的决定原文中的哪些

---

① Philip J. Ivanhoe & Bryan W. Van Norden, edt., *Readings in Classical Chinese Philosophy* (New York : Seven Bridges Press, 2001).

② 除了《正名》篇被广泛翻译，《荀子》中的《天论》、《正名》、《性恶》三篇也被众多译者选择翻译。

③ 苏郁铭：《近十年来(1994—2003)美国的荀子研究》，载《台湾云林科技大学》，2005 年，第 77 页。

可以保留，哪些可以删除，甚至在表达方式和格式上都会有所调整和改变。正如诺德(Christiane Nord)所言，目的决定翻译行为过程和翻译方式，换言之，目的决定手段(The end justifies the means)。[①] 本部分对《荀子》主要英译本的翻译策略予以分析描写，为行文方便，同样从《荀子》在英语世界译介的三个时期切入。

### 3.1 萌芽期的《荀子》英译策略

如前所述，萌芽期《荀子》英译的代表译者是雅理各和戴闻达。雅理各翻译《荀子》的总体目的与他翻译其他中国典籍的目的是完全一致的，即服务于他在中国的传教。正如雅理各自己所言，一个西方来华传教士如果没有完全掌握中国经典，没有涉及中国圣贤们曾经涉足的领域的话，他就不适合担当传教士。雅理各英译的《中国经典》以忠实存真为第一要义，直译加注是他一以贯之的翻译策略，从而可以保留原文的信息和形式。在《性恶》的翻译中，虽然通篇没有一个注释，但其直译风格依然很明晰，不仅追求忠实地传达原文的意义，也尽量遵循原文的思维形式和句法结构。以《性恶》第一段的翻译为例：

> 人之性恶，其善者伪也。今人之性，生而有好利焉，顺是，故争夺生而辞让亡焉；生而有疾恶焉，顺是，故残贼生而忠信亡焉；生而有耳目之欲，有好声色焉，顺是，故淫乱生而礼义文理亡焉。然则从人之性，顺人之情，必出于争夺，合于犯分乱理，而归于暴。故必将有师法之化，礼义之道，然后出于辞让，合于文理，而归于治。用此观之，人之性恶明矣，其善者伪也。(《性恶》)

The nature of man is evil; the good which it

---

① Christiane Nord, *Translating As A Purposeful Activity*, (Shanghai: Shanghai Foreign Language Education Press, 2001), p. 29.

shows is factitious. There belongs to it ,even at this birth, the love of gain, and as actions are in accordance with this, contentions and robberies grow up, and self-denial and yielding to others are not to be found; there belong to it envy and dislike, and as actions are in accordance with these, violence and injuries spring up, and self-devotedness and faith are not to be found; there belong to it the desires of the ears and the eyes, leading to the love of sounds and beauty, and in accordance with these, lewdness and disorders spring up, and righteousness and propriety, with their various orderly displays, are not to be found. It thus appears, that to follow man's nature and yield obedience to its feelings will assuredly conduct to contentions and robberies, to the violation of the duties belonging to every one's lot, and the confounding of all distinctions and laws, till the issue will be in a state of savagism; and that there must be the influence of teachers and laws, and the guidance of propriety and righteousness, from which will spring self-denial, yielding to others, and an observance of the well-ordered regulations of conduct, till the issue will be a state of good government. From all this it is plain that the nature of man is evil; the good which it shows is factitious.

从篇章安排上看,理雅各译文几乎原封不动地复制了原文的句子顺序及结构,尤其是对"人之性……故淫乱生而礼义文理亡焉"的处理,理雅各没有遵从英语断句习惯,而是用了一个很长的并列句。从具体词语的翻译看,不少都是字面化的直译，如“争夺”译为“contentions”（争）、“robberies”（夺），“辞让”翻译为“self-denial”（辞）、“yielding to others”（让），“声色”翻译为“sound ”（声）、“ beauty”（色）。理雅各这篇译文影响最大的是对《性恶》篇名的翻译：“That the Nature is Evil”。此后所有对荀子人性论的讨论，都离不开对“性”、“恶”两个字字义的分析与阐释；理雅各所用“evil”一词不免使人联想到基督教对人性善恶的论述，而这也许正是译者用心所在。百年之后，诺布洛克的《荀子》全译本也将“性恶”翻译为“Man's Nature is Evil”。

该时期另一位代表人物荷兰汉学家戴闻达的翻译策略可以从他对《荀子》中《正名》标题的翻译中得以管窥。戴闻达将“正名”二字翻译为“rectification of names”，而对比原文中的“正名”的内涵，这个译文的表义则显得有些狭窄。“正名”二字在《荀子》中指的是各种事物名称确立的理据以及如何正确使用名称去指代事物和表达概念。而戴闻达所用的“rectification”一词表达的含义更多的是“纠正”和“改正”的意思，和原文意思有一定的出入。而他自己也在译文引言中说过，“正名”也许可以译成“the correct use of terminology”。诺布洛克译文《正名》篇标题即是“On the Correct Use of Names”。

与翻译策略有关的另外一个层面就是对原文材料的取舍。正如诺布洛克所言，《荀子》长期以来由于多种原因在西方所受重视程度不够，因此萌芽期甚至早中期的《荀子》英译方式主要是选译和节译。这个时期无论是雅理各还是戴闻达都只是选取了《荀子》中的一篇进行翻译和介绍，相对于《荀子》内容之丰富，这样的译介显然是很有限的。但即便如此，这二人所翻译的《性恶》与《正名》依然是最早介绍到西方的荀子哲学作品，其思想主旨至今依然为荀子哲学研究的两个焦点。

综上所述，不难看出，这个时期的《荀子》在西方的翻译方式是以选译为主，数量极其有限。由于受到不同翻译目的的影响，所以译者选择的翻译策略也各有不同。雅理各身负传教的目的，因此他在翻译策略上以直译为主，尽量传达原文的意思。而戴闻达作为荷兰汉学家，主要是为了向西方介绍荀子的思想，因此他的翻译方法比雅理各更为自由。



## 3.2 发展期的《荀子》英译策略

《荀子》译介发展期的代表译者有德效骞、华兹生、梅贻宝以及美籍华人学者陈荣捷。其中梅贻宝于 1952 年、1961 年以及 1970 年以每隔十年的时间对《荀子》中的《正名》、《劝学》以及《王制》等篇的内容进行翻译和研究，译文分别发表在 *Philosophy East and West* （1952 年第 1 期）和 *Ts'ing Hua Journal of Chinese Studies* （《清华学报》1961 年第 2 期、1970 年第 1 期）中。由于一手资料的缺乏，梅贻宝译本的翻译策略暂时搁置。下面分别讨论其他几位《荀子》译者的翻译策略。

### 3.2.1 德效骞的《荀子》翻译策略

德效骞对于荀子及其思想极为赞赏，他将荀子在中国思想界的地位定为中国儒家的塑造者。这种对荀子地位的极力推崇，一定程度上决定了他的翻译目标必然是最大程度上达到译文的精确，因此直译的翻译策略是他的首选。他在自己所著的译文序言中说道，要使译文更为精确，逐字直译、完全精确译出原文比保留原文的文学性更为重要。[①]德效骞认为直译的方式可以充分传达原文字句的真正意义，实现他的翻译目标，即最大程度和完整无损地传达荀子的思想。例如《荀子》的第二十二篇《正名》中提到了“后王之成名”。“后王”在该篇中指的是

① Homer H. Dubs, trans., *The Works of Hsun Tzu* (London: Arthur Probsthain, 1928), p. 5.

现代圣王。[①] 德效骞采取直译的方式将其直接译为"the later kings"。这个处理方式使得译文在形式上与原文做到了最大程度的等值,同时在意义上也基本符合原文的表述。德效骞用直译的翻译策略翻译《荀子》不仅体现在个别字词的选择上,也体现在句法结构的安排上。例如:

天行有常,不为尧存,不为桀亡。应之以治则吉,应之以乱则凶。强本而节用,则天不能贫;养备而动时,则天不能病;循道而不贰,则天不能祸。(《天论》)

Heaven has a constant regularity of action. Yao was not necessary to support its order, nor could Ch'ie destroy its order. Respond to it in governing a country and success will result; follow it in misgovernment, and calamity will result. If the fundamentals for life are plentiful and are economically used, then Heaven cannot impoverish the country; if the essentials of life are sufficient and the activities of man in preparing them are well timed, then Heaven cannot afflict the country; if the right way of life is cultivated and not opposed, then Heaven cannot send misfortune.

通过对比原文和译文可以看出,德效骞基本是采取直译的方式翻译原文。例如在翻译"应之以治则吉,应之以乱则凶"这段文字的时候明显是采取了和原文在表达方式和形式上相一致的策略。原文中的"应之以治则吉"和"应之以乱则凶"缺少主语,符合汉语的意合特点。汉语句子的特点是以意统形,强调逻辑关联与意义关联。因此即便是在句子主语缺失的情况下,也不影响意思的表达和读者的理解。而英语作为形合语

---

① "后王"的今译是依据中国学者张觉的现代译本。"后王之成名"今译为:现代圣王确定名称。

言，强调形式和功能，主语是不可缺少的，因此这种差异会在一定程度上影响翻译者的翻译方式。但德效骞在翻译这段文字的时候基本遵循了汉语的特点，没有添加主语，直接以动词开始一个句子。例如原文中的两个"应之"分别处理为两个动词"respond"和"follow"。此种译法虽然不符合英语的语法要求，但顺应了原文的语法，实现了形式上的最大等值。从这个例子不难看出，对于德效骞来说原文的形式和意义同等重要，在能保持原文基本意思的前提下，他尽可能用直译的方式翻译出原文的形式。此外，德效骞对"天行有常"四个字的处理也基本是按照原文的行文方式，翻译成"Heaven has a constant regularity of action"。在这两处的处理上，其他译者的翻译方式则明显和德效骞不同，例如诺布洛克将"天行有常"处理为"The course of Nature is constant"，这是一种比较意译的方式；在"应之以治则吉，应之以乱则凶"这段文字的翻译上，两个译本在翻译策略上的差异则更为明显：

> 德效骞：Respond to it in governing a country and success will result; follow it in misgovernment, and calamity will result.
>
> 诺布洛克：If you respond to the constancy of Nature's course with good government, there will be good fortune; if you respond to it with disorder, there will be misfortune.

通过对比不难发现，诺布洛克译文打破了原文的形式，不仅添加了原文没有的主语"you"，而且在理解原文的基础上增加了连词"if"，此种译法遵循了英文形合的特点。此外，诺布洛克译本还采取了解释性的翻译方法，对"应之以治"中的"之"予以说明（"the constancy of Nature's course"）。对比之下，德效骞在传达原文意思的基础上，更注重原文形式和字面意思的传达，采用了汉语中常见的非主谓句式。

为了全面、系统地介绍东方思想和智慧，德效骞在其译本中还做了一些适当的信息添加。比如，在译本目录中的各篇篇名下对该篇做一小段简介，并在译文前按上一段前言，介绍荀子之前的中国历史。此外，就荀子的一些哲学思想，德效骞还进行了一些具有思辨性质的讨论。比如德效骞认为荀子文中多次提到的“义”是个很难翻译的字，因为“义”在当时的中国文化和社会语境下代表的是不平等的社会氛围中应当做的事情，但西方社会的社会背景是法制和平等，没有这个含义存在的空间。因此，即便用英语中最接近这个含义的单词“virtue”也很难如实翻译出原字的内涵。根据他自己对荀子思想的把握和理解，德效骞的《荀子》译本也有多处的省译：译本的《富国》篇省去了荀子对墨家学说的批评，《非十二子》篇中，少了荀子批评子思和孟子的部分，篇名也变为“Against the Ten Philosophers”。

### 3.2.2 伯顿·华兹生的《荀子》翻译策略

与德效骞类似，伯顿·华兹生也是美国著名的中国典籍翻译家。过去半个多世纪以来，他翻译了包括《荀子》在内的诸多典籍，涵盖了历史、哲学、宗教和诗歌等领域。华兹生翻译了《荀子》32 篇中的 10 篇，翻译数量仅次于德效骞。同是向英语世界的读者传递东方思想和智慧，和德效骞照字直译的策略比起来，华兹生以接近意译的方式向美国普通读者引介荀子，他更看重用语的通俗性和译文的可读性。例如：

古之学者为己，今之学者为人。君子之学也，以美其身；小人之学也，以为禽犊。（《劝学》）

华兹生：In old times men studied for their own sake; nowadays men study with an eye to others. The gentleman uses learning to ennoble himself; the petty man uses learning as a bribe to win attention from others.

德效骞：In antiquity men undertook learning for the sake of self-improvement; today people undertake learning for the sake of others. The learning of the gentleman is used to refine his character. The learning of the petty man is used like ceremonial offerings of birds and calves.

从用词上看，华兹生选用的“in old times”、“study”、“with an eye to others”较之于德效骞的“in antiquity”、“undertake learning”、“for the sake of others” 更为大众化一些；“禽犊”则意译为“a bribe to win attention from others”，较准确且清楚地表达了原意，德效骞的直译“ceremonial offerings of birds and calves”，倒是与原文有了出入。根据张觉的《荀子译注》，“以为禽犊”意为“把学问当作家禽、小牛之类的礼物去讨好别人”，而不是德效骞所说的“仪式上作祭品的鸟儿和小牛”。

思物而物之，孰与理物而勿失之也？（《天论》）

华兹生：It's better to think of things but regard them as outside you. Or to control things and not let them slip your grasp?

德效骞：How can thinking of things and comparing them be as good as looking after things and not losing them?

德效骞的译文还是比较拘泥于原文的形式，一句到底，没有太多的调整，句式比较笨重，原文的韵味有所缺失。相比之下，华兹生的译文打破了原文的形式，读起来更为简洁，表达更为流畅。

在传递东方的思想和智慧方面，意思的准确也是华兹生所密切关注的，试看下面一例：

司徒知百宗城郭立器之数。（《王制》）

华兹生：The minister of interior should have

charge of matters pertaining to clan regulations, the walling of cities, the standardization of utensils.

德效骞: The Minister of the interior should know the number of all the clans, of inner and outer city walls, and of the established utensils.

上述例子中,"知"是个较有迷惑性的字,在此句的意思是"掌管"。德效骞由于注重翻译字面意思,将其译成"should know",造成了意义上的错位。相比之下,华兹生的理解与翻译更为准确。

华兹生译文通俗性与准确性并重的特点在其《荀子》首篇《劝学》的翻译中有典型的体现,以其中的一段为例:

故不登高山,不知天之高也;不临深溪,不知地之厚也;不闻先王之遗言,不知学问之大也。干、越、夷、貉之子,生而同声,长而异俗,教使之然也。诗曰:"嗟尔君子,无恒安息。靖共尔位,好是正直。神之听之,介尔景福。"神莫大于化道,福莫长于无祸。

If you do not climb a high mountain, you will not comprehend the highness of the heaven; if you do not look down into a deep valley, you will not know the depth of the earth; and if you do not hear the words handed down from ancient kings, you will not understand the greatness of learning. Children born among the Han or Yüeh people of the south and among the Mo barbarians of the north cry with the same voice at birth, but as they grow older they follow different customs. Education causes them to differ. The Odes says:

Oh, you gentlemen,

Do not be constantly at ease and rest.

Quietly respectful in your posts,
Love those who are correct and upright.
And the gods will hearken to you,
And aid you with great blessing.

There is no greater godliness than to transform yourself with the Way, no greater blessing than to escape misfortune.

除了总体上运用大众化词汇外，华兹生把“干、越、夷、貉之子”译为“the Han or Yüeh people of the south and among the Mo barbarians of the north”，清晰地表达了原文的“不同地区、不同民族”的意义，同时也传递出历史上中原文化对待其他民族的态度。华兹生还注意到，荀子在引用《诗经》中“神”时，是赋予其以人性色彩的，类似于“德性”，为了准确传达这样的用意，他将“神莫大于化道”中的“神”译为“godliness”，而不是“god”。

### 3.2.3 陈荣捷的《荀子》翻译策略

陈荣捷一共翻译了《荀子》中的《天论》、《正名》、《性恶》三篇。这其中，陈荣捷对《正名》、《性恶》两篇的处理是以节译的方式，《天论》为全译。在翻译策略上，与德效骞的直译方式和注重字面意思的翻译方式不同，陈荣捷以传达原文的思想和内容为主要目标，因为他翻译《荀子》的一个重要目标就是服务于他对荀子哲学思想的研究和探讨。因此，总的来说，他的翻译大抵是以接近意译的方式处理。陈荣捷的意译主要体现在两个层面上：一是对原文字、词的处理，二是对原文中特殊汉语句子结构的处理。

《荀子》中有大量涉及中国文化概念的词语，在翻译此类词语的时候，陈氏尽量采取意译和释意的方法，便于英语读者的理解，例如：

(1)天行有常 Nature operates with constant

regularity

(2)不为尧存 not exist for the sake of (sage-emperor) Yao

(3)应之以治则吉 Respond to it with peace and order, and good fortune will result

(4)强本而节用 If the foundations of living are strengthened and are economically used

(5)故王者之制名,名定而实辨 When sage-king instituted names, the names were fixed and actualities distinguished.

(6) 道行而志通 The sage-king principles were carried out and their wills understood

(7) 守法之吏,诵数之儒,亦皆乱也 Even the guardians of law and the teachers of natural principles are in a state of confusion

上述七个例子均来自陈氏英译的《荀子》。其中例(1)到例(4)选自《天论》,例(5)到例(7)选自《正名》。例(1)中的"行",陈氏在理解原意的基础上翻译为"operate"。在例(2)中的"不为尧存"中"为"的翻译中,陈氏没有简单地将其翻译成介词"for",而是用了一个具体的介词短语"for the sake of",更为具体地翻译出原文所表达的内涵。例(4)中有一个比较抽象的字"治"。"治"在原文的字面意思是"治理"和"管理",但陈荣捷在自己理解的基础上把它处理为两个词"peace"和"order"。例(4)中的"本"同样是一个意思较为抽象的词。陈荣捷根据语境对该词进行释意,将其翻译成一个介词词组"the foundations of living"。在例(5)、例(6)和例(7)的文字中共计有五个文化词。例(5)中的"王者"是一个看似简单却棘手的文化词。在德效骞的译本中"王"均被以直译的方式处理为"king"。而在陈氏的译本中,"王者"被处理为一个复合词"sage-king"。从这个翻译中就不难看出陈氏对原文“王者”的理解是古代圣贤的君主。在陈氏的理解中，这些古代的君主，例如尧、舜、禹不仅是君主，更是圣贤，因此在英文中，必须选用最合适的词去体现原词的真正内涵。而“sage-king”对于陈氏来说是最好的选择。例(6)中的“道”是较为典型的中国文化词。由于“道”作为文化词已经被以多种方式介绍到西方英语世界中，因此在英语中“道”一般被翻译为“Tao”。但陈荣捷在翻译中充分考虑到语境的因素，采取释意的方法把“道”处理为“sage-king principles”，使其意思更为具体化，从而便于读者的理解以及原文内在意思的传达。在例(7)当中，“吏”和“儒”被陈荣捷处理为“guardians of law”和“the teachers of natural principles”两个介词短语，便于英语读者的理解。

在处理原文结构方面，陈氏的译文总的来说是打破了原文汉语的形式，采取了比较地道的英语表达方式和句子结构。在翻译汉语中一些特有的意合句子时，译者将这些句子利用英语中各种衔接手段处理为形合的结构。此外，《荀子》中很多缺乏主语的句子也被陈氏通过使用被动语态的方式得以在英语中进行传达，例如：

(1) 顺是，故争夺生而辞让亡焉。

译文：If this tendency is followed, strife and rapacity result and deference and compliance disappear.

(2) 顺是，故残贼生而忠信亡焉。

译文：If these tendencies are followed, injury and destruction result and loyalty and faithfulness disappear.

(3) 生而有耳目之欲，有好色焉。

译文：By inborn nature one possesses the desires of ear and eye.

(4)今之人，化师法、积文学、道礼义者为君子，纵性情、安恣睢而违礼义者为小人。

译文：Now people who are influenced by teachers and laws，accumulate literature and knowledge，and follow propriety and righteousness are superior to men，whereas those who give rein to their feelings，enjoy indulgence，and violate propriety and righteousness are inferior men.

(5) 故枸木必将待檃栝、烝矫然后直；钝金必将待砻厉然后利。

译文：Crooked wood must be heated and bent before it becomes straight. Blunt metal must be ground and whetted before it becomes sharp.

上述的5个例子均选自《荀子》中的《性恶》篇。前2个例子是典型的汉语句型，体现了汉语意合的特质，即主句与分句之间所存在的条件关系隐含在句子含义当中。陈荣捷在翻译过程中通过添加了连词“if”，把汉语的意合转换成英语的形合，把主从句紧密联系在一起。在第3个例子中，陈荣捷在译文中添加了原文中缺乏的主语“one”，从而使译文符合英语的语法要求。第4个例子是个较长的汉语句子。在翻译此句时，译者采取英语中各种衔接手段，如定语从句和连词(whereas)，进行了从意合到形合的转换，从而把原句的意思完整传达出来。在最后1个例子当中，译者则使用英语中常用的被动语态处理了原文中主语缺失的这一现象。

除了用意译的方式对原文的字、词、句进行处理，陈的译本还有其他一些特色，比如大量使用脚注以及每隔几段译文就对以上的译文中所反映的思想和概念进行总结和评论，便于读者进一步了解原作。在脚注方面，陈氏主要是针对一些中国文化词和文化概念以及无法在英语中找到对应词的词语进行进一步阐释和注释。例如在《荀子》第十七篇中的《天论》中，核心词语"天"的翻译需要译者仔细地考量。陈荣捷除了采取意译的方法把其翻译为"Nature"外，还在其后采取注释的方法给出了其他常见的译法，如直译的"Heaven"和音译的"Tien"。在翻译中国哲学概念"阴"和"阳"时，除了采取音译的方法外，陈氏亦采取了注释的方法，用"passive cosmic force"和"active cosmic force"分别对这两个中国独有的哲学概念进行阐释。除了注释之外，另外一个重要特色就是译文中陈氏的评论部分。例如在翻译完《天论》中的第一节后，陈荣捷就对这一节中的核心概念"天"进行了评论并阐明了他的翻译之道，他写道：

> Hsün Tzu's concept of Heaven is obviously closer to the Tao of the Taoists than to the Tien (Heaven) of Confucius and Mencius. Their Tien is still purposive, and the source and ultimate control of man's destiny, but Hsün Tzu's Tien is purely Nature so that in most cases the word has to be translated as Nature rather Heaven. The marvelous thing is that while he accepted the Taoist's naturalistic view, he was not influenced by their intuitionism and mysticism. In *Hsün Tzu*, we have rationalism and empiricism instead. ①

在上述评论中，陈荣捷就指出对于荀子来说"天"更接近于道家的"道"而不是孔子和墨子所理解的"天"。对于孔子和墨子来说，天是具有很强的目的性的东西，它可以最终决定人的命运。但是对于荀子来说，"天"就意味着自然，因此陈氏认为荀子口中的"天"应该翻译为"Nature"而非"Heaven"。陈荣捷

---

① Wing-tsit Chan, "Naturalistic Confucianism: Hsün Tzu", in *A Source Book in Chinese Philosophy* (Princeton: Princeton University Press, 1963), p. 116.

随后还指出荀子虽然接受了道家的自然主义的观点，但是他并没有受到道家其他观点（如直觉主义和神秘主义观点）的影响和左右。对于荀子来说，他遵循的是理性主义和经验主义。

总结发展期的《荀子》英译，从翻译的充分性和忠实性来看，相比前一时期，这一时期《荀子》译本有了明显的进步和提高。在对原文本的取舍层面，相比第一时期的有限选译，这一时期的译者选取《荀子》章节进行翻译的数量有明显的增加，因而《荀子》英译呈现出更为丰富的面貌和风格，极大促进了《荀子》思想在英语世界的传播。简表表述如下：

**发展期的《荀子》英译文本及其翻译策略**

| 译者 | 德效骞 | 伯顿·华兹生 | 陈荣捷 | 梅贻宝 |
|---|---|---|---|---|
| 所译章节数量 | 19 篇 | 10 篇 | 3 篇 | 3 篇 |
| 所译章节的名称 | 《劝学》《修身》<br>《荣辱》《非相》<br>《非十二子》<br>《仲尼》《儒效》<br>《王制》《富国》<br>《君道》《议兵》<br>《彊国》《天论》<br>《正论》《礼论》<br>《乐论》《解蔽》<br>《正名》《性恶》 | 《劝学》《修身》<br>《王制》《议兵》<br>《天论》《礼论》<br>《礼论》《解蔽》<br>《正名》《性恶》 | 《天论》<br>《正名》<br>《性恶》 | 《正名》<br>《劝学》<br>《王制》 |
| 翻译策略 | 逐字直译 | 接近意译的方式 | 意译、加注和评注 | |

## 3.3 成熟期的《荀子》英译策略

如前所述，《荀子》在英语世界译介的成熟期标志是1988年美国迈阿密大学的哲学教授约翰·诺布洛克翻译的《荀子》英译本。本节集中讨论诺布洛克的翻译策略。

### 3.3.1 诺氏译本的形态描述

诺氏译本的全称是《荀子:著作全译与研究》(*Xunzi: A Translation and Study of the Complete Works*),从此书名不难看出,约翰·诺布洛克的《荀子》不仅是译本,更是一部对《荀子》一书中所蕴含的各类思想进行系统研究的著作。全书共3卷,由斯坦福德大学出版社分别于1988年、1990年和1994年出版。其中,译本的第一卷包括了《荀子》的一至六章;第二卷包括了《荀子》的七至十六章;最后一卷涵盖了《荀子》的十七至三十二章。这种对章节进行分组的依据来自于诺布洛克对《荀子》各类思想的研究和探讨。根据诺布洛克的分类,《荀子》的一至六章主要论述了作为个体的人如何自我完善、学习和教育。而《荀子》的七至十六章主要探讨了政治理论、道德、君子的内涵以及从历史中得出的经验教训。《荀子》的十七至三十二章讨论了一些与知识、语言和逻辑有关的问题。在这些章节中,荀子还讨论了世界的本质、音乐和仪式的重要性,以及他的史学理念和各种历史轶事。该译本之所以被认为是《荀子》在英语世界译介的成熟标志,是因为与以往译本相比,它有许多显著的特点和不同。以诺氏译本的第一卷的体例为例,它有如下特点:一是序言(preface)的使用,在序言中诺氏从总体上对荀子的生平和思想进行介绍,为了引起西方读者的兴趣,诺氏还在序言中将荀子与古希腊哲学家亚里士多德进行各个层面的比较,此外,诺氏还详细介绍了他的全译本与以往译本的不同;二是在正式译文前专辟一章对历史背景和荀子生平以及荀子的一些哲学思想进行总括式的介绍(General Introduction),为读者提供较为具体的阅读背景;三是在每章的译文前,诺氏对该章涉及的内容用导言的形式进行介绍,概述全篇的哲学观点及其与其他哲学家思想的联系。例如在翻译《荀子》的第一章《劝学》前,诺氏就花费了大量笔墨介绍"学"在荀子身处的那个时代的作用和意义,他写道:

> A love of learning characterized most Ru thinkers, but for Xunzi, learning was a matter of crucial importance; only through learning, involving conscious effort, could the original nature of man be overcome...
>
> Learning transforms our horizons and sense of perspective. The process of education effects changes in us so that though as children we are born much the same, we grow up to be very different people. Though Xunzi held that the process of learning should never cease, he realized that the program of learning must have a beginning and an end. Its immediate end is to create a scholar, its final end is to produce a sage. ①

诺氏指出热爱学习是儒学家的特点,但是对于荀子来说学习更是意义重大。只有通过学习和不断的努力,一个人才可以克服(摆脱)他/她的天性(即邪恶的天性)。在第二段文字当中,诺氏则阐述了学习的作用,比如开阔学习者的视野。尽管人生而相同,但学习与否可以造成人后天各异。在第三段文字当中,诺氏指出虽然荀子认为学习应该永不停止,但他也认识到学习必须有始有终。学习的短期作用可能是塑造一个学者,但长远来看,学习可以帮助塑造一个圣人。可以说诺氏在每章译文前都对该章核心概念进行了系统的介绍,为英语读者提供较强的文化背景,从而方便英语读者对《荀子》文本的阅读和对荀子思想内涵的理解。

诺氏译本第一卷的第四个特点是附有大量的注释,有些地方出于学术的严谨性和表达的准确性,诺氏还列上了汉字。正

---

① John Knobblock, trans., *Xunzi: A Translation and Study of the Complete Works*, I (Stanford : Stanford University Press, 1988), p. 131.

因为拥有以上特点，诺氏的这个译本是一个“融资料、考据、研究、翻译为一炉的学术性的译本，在中国典籍的英译方面独树一帜”。[①]

### 3.3.2 诺氏译本的翻译策略

《荀子》作为中国典籍，涵盖了哲学、伦理、政治、经济、军事、教育学和文学等多个方面的内容。对于约翰·诺布洛克来说，《荀子》首先是一个哲学文本，他在译本序言中写道：“我的目的是提供一个可以充分传达荀子哲学含义的译本。”[②]为了改变《荀子》在英语世界遭受冷落这一窘境，诺氏力图拿出一个集研究和翻译为一体的、对荀子思想进行全面研究和介绍的、面向有文化教养的人的译本。而这样的读者群又使得诺氏在翻译时不得不注重对原文文学风格的传递。因此，诺布洛克的翻译策略主要体现在各种翻译方法的灵活运用上。

具体而言，在翻译过程中，约翰·诺布洛克主要使用了如下的翻译方法：[③]一是直译；二是直译加注；三是直译加汉字注释；四是直译、意译的灵活结合。

**1. 直译**

作为中国典籍，《荀子》一书蕴含大量的文化信息和比喻形象。在翻译过程中，诺布洛克为了保存原文的文化信息和比喻形象，在很多地方采取了直译的方法，例如：

(1)故不登高山，不知天之高；不临深溪，不知地之厚也；不闻先王之遗言，不知学问之大也。干、越、夷、貉之子，生而同声，长而异俗，教使之然也(《劝

---

① 蒋坚松：《文本与文化——评诺布洛克英译本〈荀子〉》，载《外语与外语教学》，1999 年第 1 期，第 40—43 页。

② John Knoblock, trans., *Xunzi*: *A Translation and Study of the Complete Works*, II (Stanford : Stanford University Press 1990), vii.

③ 蒋坚松：《文本与文化——评诺布洛克英译本〈荀子〉》，载《外语与外语教学》，1999 年第 1 期，第 40—43 页。

学》)

译文:Truly if you do not climb a high mountain, you will be unaware of the height of the sky. If you do not look down into a deep gorge, you will be unaware of the thickness of the earth. If you have not heard the words inherited from the Ancient Kings, you will be unaware of the greatness of learning and inquiry. The Children of Han and Yue and of the tribes of Yi and Mo are all born making the same sounds, but they grow up having different customs because the process of education has effected such changes in them.

(2)南方有鸟焉,名曰蒙鸠,以羽为巢,而编之以发。系之苇苕,风至苕折,卵破子死。巢非不完也,所系者然也。(《劝学》)

译文:In the southern regions, there is a bird called the "dunce dove" that builds its nest out of feathers woven together with hair and attaches the nest to the flowering tassels of reeds. The winds come, the tassels snap off, the eggs break, and the baby birds are killed. It is not that the nest was not well made; rather, it resulted from what it was attached to.

《荀子》一书的特点之一就是以物言志,以物喻人喻理。因此在《荀子》一书中有大量的文化意象,比如上述文字中的高山、天、深溪、先王、蒙鸠、苇苕等。在译文中,诺氏基本是照字直译,传达了原文的意思和文化特色,使读者产生一种新鲜感。

**2. 直译加注**

为了充分传达《荀子》的内涵和真正含义,除了直译的方法之外，诺氏还采取直译加注的方法去弥补直译方法的不足。例如：

(1)积土成山，风雨兴焉；积水成渊，蛟龙生焉；积善成德，而神明自得，圣心备焉。(《劝学》)

译文：If you accumulate enough earth to build up a high hill, rain and wind will flourish because of it. If you accumulate enough water to fill a chasm, dragons and scaly dragons will be born within it. If you accumulate enough good to make whole of your inner power, a divine clarity of intelligence will be naturally acquired and a sagelike mind will be fully realized.

在翻译“神明”一词的时候，诺氏除了用直译的方法将其翻译为“a divine clarity of intelligence”(回译为对“智慧神圣的明了”)，还采取如下注释的方法对其内涵进行解释：“The divine clarity of intelligence is characteristics of those whose vivid and sharp awareness enables them to discern the minute and subtle distinctions that others habitually miss.”①

在处理一些中国文化负荷词时，诺氏有时也用直译加注的方式，既达到异化效果，同时也使读者更充分地了解中国文化。

(2) 螾无爪牙之利，筋骨之强，上食埃土，下饮黄泉，用心一也。

译文：Though the earthworm has neither the advantage of claws and teeth nor the strength of muscles and bones, it can eat dust and dirt above ground and drink from the waters of the Yellow Springs below, because its mind is fixed on a

① John Knoblock, trans., *Xunzi*: *A Translation and study of the Complete Works*, I (Stanford: Stanford University Press, 1988), p. 269.

constant end.

在上例中,"黄泉"是一个汉语的文化词,指的是另外一个世界,阴间,或者地下。但在处理这个词语的时候,诺氏没有采取归化的策略将其翻译成"underworld",而是采取了异化的策略,将其处理为"Yellow Springs"并加注解释其意。通过此种方法,诺氏完好地保存了中国文化风貌。

**3. 直译加汉字注释**

诺氏译本和以往《荀子》译本的最大不同可能是诺氏大量使用汉字进行注释。而之所以在译文中大量使用汉字,是因为有时候在英语中找不到在内涵和外延上与中文完全吻合的词语或者概念。慎重起见,诺氏在直译的基础上加注原文汉字。[①] 例如在《王制》篇中,诺氏大量使用此种方法,力求意思的充分传达。如以下表格所示:

| 原词 | 译文 |
|---|---|
| 宰爵 | intendant of the noble ranks 宰爵 |
| 司徒 | director of multitude 司徒 |
| 百宗 | hundred lineages 百宗 |
| 司马 | director of horse 司马 |
| 大师 | grand master 大师 |
| 司空 | director of public works 司空 |
| 治用 | director of fields 治用 |
| 乡师 | master of communities 乡师 |
| 治市 | director of the marketplace 治市 |
| 司寇 | director of crime 司寇 |

**4. 直译和意译的灵活结合**

在诺氏的译本中,出于达意的需要,在使用直译的同时,有些地方如用词和结构方面诺氏同样是采取意译的方式,比如:

① 蒋坚松:《文本与文化——评诺布洛克英译本〈荀子〉》,载《外语与外语教学》,1999 年第 1 期,第 40—43 页。

(1) 得道以持之，则大安也，大荣也，积美之源也；

译文：If a ruler employs the Way to maintain these two—the state and his position—then there will be the greatest peace and security, the greatest honor and prosperity, and the wellspring for accumulating what is beautiful and fine.

在结构方面，通过对比原文和译文，可以看到，诺氏通过添加连词如“if”、“and”把原文的意合句转换成英语常用的形合句。在用词方面，“道”没有被翻译成约定俗成的“Taoism”，而是用了意译的方式处理为“Way”。而“荣”除了被以直译的方式处理为“honor”，诺氏还根据个人理解添加了“prosperity”一词。

## 第四节 《荀子》文学风格的跨语际书写

如前所述，《荀子》标志着议论文体制的定型，但《荀子》不仅以议论取胜，在表达上也很富有文采，其语言风格鲜明：一是词约义丰，言简意明；二是语言朴实，说理明白，比喻生动，具有很强的感染力；三是荀子在此书中熟练使用对偶、排比、层递、重叠、设问和比喻等修辞手法，使得文字生动、说理透彻。本节以诺布洛克译本为分析对象，探讨《荀子》文学性在英语世界的表现形式。

### 4.1 诗体形式的再现

在《荀子》一文中，荀子大量使用了先秦的《诗经》内容。作为一部诗歌的集合，《诗经》的特点之一就是以四言为基本句式，其节奏鲜明，音韵和谐，讲究用典。因此在翻译过程中，对这些诗句进行翻译就显得举足轻重。在诺氏的译本中，为了体现《诗经》的诗歌体特点，将其处理为类似英语诗歌的形式。例如：

(1) 嗟尔君子，无恒安息。靖共尔位，好事正直。神之听之，介尔景福。(《劝学》)

译文：O you gentlemen,

Be not constantly at ease and at rest.

Be thoughtful and respectful in your official position.

Love those who are upright and correct.

And the spirits will heed you,

And will increase your bright blessings.

(2)匪交匪舒，天子所予。(《劝学》)

译文：They are not rude, not remiss,

They are rewarded by the Son of Heaven.

例(1)原诗为四言体，三组六句，对仗整齐。诺氏在翻译过程中，采取直译的方法，将其处理为英语的六行诗体。例(2)原诗为二行的四言体，诺氏依样将其处理为二行的英语诗体。

此外，除了对原文中明确说明是引用自《诗经》的内容进行相应的诗化处理，诺氏还把《荀子》一文中一些具有诗歌体特征的句子处理为英语的诗体形式。例如：

(3)然而君子不贵者，非礼义之中也。山渊平，天地比，齐、秦袭，[入乎耳，出乎口][①]，钩有须，卵有毛，是说之难持者也。(《不苟》)

译文：Nonetheless, the gentleman does not

① 梁启超在《荀子简释》上指出"入乎耳，出乎口"六字必有误。是传抄者不解其意造成的。正确的原文据推断应该是"山出口"和"藏三耳"。"藏三耳"是战国时期名家公孙龙辩题之一，意思是人类不同感官认识能力有限，因此对事物的综合性属性认识有局限。学者认为这可能是荀子本人不解其意，将其改动应用于《荀子》一文。这显示了荀子对名家学说认识和理解的局限性。

esteem his feat because it is contrary to the mean of behavior prescribed by ritual principles and by a sense of what is right.

Mountains and abysses are level.

Heaven and Earth are comparable.

Qi and Qin are adjacent.

[Mountains issue out of mouths][①]

Old women have whiskers.

Eggs have feathers.

All these are theories that are difficult to uphold.

原文具有诗歌的特征，因此，诺氏以诗译诗，将其处理为相近的英语六行诗，从而大体实现了文体上的等值。

## 4.2 修辞手段的再现

《荀子》使用了大量的修辞手段，比如对偶、排比、用典等。为了展现原文这些修辞特色，诺氏采取以直译为主、辅之以其他翻译策略的手段，基本再现了原文的修辞。

（1）知则明通而类，愚则端悫而法。（《不苟》）

译文：When knowledgeable, he understands the interconnections between phenomena and can assign them to their proper logical category. When ignorant, he is honest and diligent and can follow the model.

在这句话中，荀子运用了对偶的修辞手法。所谓对偶就是运用一对语法结构相同或相似、字数相等或者基本相等的词句来表达两个相反或相对的意思。为了再现原文的修辞手法，诺

① 荀子的原文可能有误，因此诺氏依据的是“山出口”这一版本，将其翻译为“Mountains issue out of mouths”。

氏采用了在英语中和汉语对偶最相近的修辞手法 antithesis 去翻译原句。比较原文和译文，可以看出，译文和原文一样，工整匀称，节奏鲜明，互相映衬，语言凝练，对比强烈。

(2)君子行不贵苟难，说不贵苟察，名不贵苟传。(《不苟》)

译文：In matter of conduct the gentleman does not esteem indecorous, though difficult, feats; in his explanation he does not prize improper investigations; in matters of reputation he does not value unsuitable traditions.

(3) 积土成山，风雨兴焉；积水成渊，蛟龙生焉；积善成德，而神明自得，圣心备焉。(《劝学》)

译文：If you accumulate enough earth to build up a high hill, rain and wind will flourish because of it. If you accumulate enough water to fill a chasm, dragons and scaly dragons will be born within it. If you can accumulate enough good to make whole your inner power, a divine clarity of intelligence will be naturally acquired and a sagelike mind will be fully realized.

在以上的两个例子中，荀子使用了排比的修辞手段。如例(2)中的“行不贵”、“说不贵”和“名不贵”和例(3)中的由“积”引导的四个结构相同的四字格。在诸氏的译本中，他将其处理为英语的平行结构(parallelism)。比如连续重复使用由“in matter of ”引导的句式和动词“accumulate”，从而实现原文和译文在结构层面上的等值。

(4)浅不足与深测，愚不足与谋知，坎井之蛙不可与语东海之乐。(《正论》)

译文：The shallow are inadequate to participate

in fathoming the depths; the stupid are unable to join in dealing with the wise. It is impossible for a frog from the well pit to join in discussing the happiness of the Eastern Sea.

上例中的"坎井之蛙"有其典故,来自于《庄子》第十七篇《秋水》:"北海若曰:'井蛙不可以语于海者,拘于虚也。'"诺氏在翻译中采取加注的形式,具体解释这个典故的出处:"This is an allusion to the famous allegory preserved in the Zhuangzi, 17,'Qiushui'秋水。[the god of] the North Sea said:'one cannot discuss the sea with a well frog, for he is too confined by the space in which he lives.'"[①]此外,为了进一步解释这个典故的寓意和内涵,诺氏还在注释中使用了另外两个类似的比喻以方便读者的理解。[②]

无论是从思想史的角度还是从文学研究的角度看,诺氏的《荀子》译本都是里程碑性质的。其问世,至少在三个层面具有重大意义:一是帮助英语读者充分了解了荀子的思想;二是通过诺氏以直译和异化为主的翻译方式进一步了解到《荀子》作为中国典籍独立存在的文学价值;更重要的一点是西方的荀子研究者通过此译本可以加深对荀子乃至先秦思想、先秦文学的研究。

① John Knoblock, *Xunzi: A Translation and study of the Complete Works*, Ⅲ (Stanford: Stanford University Press 1990), p. 309.

② 另两个比喻是:One cannot discuss ice with a summer insect, for he is bound by the season he lives in. One cannot discuss the Way with a scholar who deals with trifles, for he is shackled by his beliefs.(一个人不能和夏虫谈冰,因为它受限于他生活的季节;就如一个人不能和一个专注琐事的学者谈道,因为他受制于他的信念。)

# 第五章 英语世界里的《道德经》

## 第一节 老子与《道德经》

在先秦诸子中,老子和孔子是最早敏感认识到"礼崩乐坏"的底蕴并试图对所面临的文化危机做某种终极性思考与回应的人。孔子重"人道",老子重"天道"。但从历史上看,老子是第一个把"道"作为一个有着深刻哲理内涵范畴提出来的人,由老子创始的道家成为诸子百家中影响力不逊于儒家而哲理思辨力远胜于儒家的一派,载涵着老子学术思想的著作是《老子》或《道德经》。

### 1.1 老子其人

据《史记·老子韩非列传》,老子,姓李,名耳,又名老聃,楚国苦县(今鹿邑县)人,约生活于公元前 571 年至前 471 年之间,曾做过周朝的守藏史。老子幼年牧牛耕读,聪颖勤快。晚年在故里陈国居住,后出关赴秦讲学,死于扶风。老子约与孔子同时，但年长于孔子，孔子曾向他请教过周礼。老子平素“修道德，其学以自隐无名为务”，后来看到周室衰落，就离周西去。出函谷关的时候，在关令尹喜的强求下，“乃著书上下篇，言道德之意五千余言，而去，莫知所终”。老子是隐士一类的人物，汉代时人们对他的情况就不大清楚了，所以谨慎的司马迁在《史记》的同一篇文中还提到了有关老子的一些其他传闻，例如，有人说老子是“著书十五篇，言道家之用，与孔子同时”的楚国人老莱子，又有人说老子是在孔子死后一百多年拜见过秦献公的周太史儋。由于“莫知所终”，关于老子就有很多的神话，有的说他活了二百余岁，有的说他出关仙去。于是便有《老子化胡经》、《老子七十二变化图》之作，道教也以他为其宗教始祖，他便成了与释迦牟尼的三身如来佛相配当的“三清”（老子一气化三清）。

《史记》、《庄子》、《吕氏春秋》、《礼记》等都有孔子向老子问礼的记载。常为人们所引述的如《史记·老子韩非列传》的一段：“孔子适周，将问礼于老子。老子曰：‘子所言者，其人与骨皆已朽矣，独其言在耳。君子得其时则驾，不得其时则蓬累而行。吾闻之，良贾深藏若虚，君子盛德，容貌若愚。去子之骄气与多欲、态色与淫志，是皆无益于子之身。吾所以告子者，若是而已。’”孔子问礼于老子后，对老子有很高的评价。“孔子去，谓弟子曰：‘鸟，吾知其能飞；兽，吾知其能走；走者可以为罔，游者可以为纶，飞者可以为知矰。至于龙，吾不能知其乘风云而上天。吾今日见老子，其犹龙邪！’”

关于孔子向老子问礼的次数，学界存在很大分歧，有学者考证孔子至少三次专程向老子问礼，也有学者认为是四次或五次，有的则认为有七八次之多。无论是多少次，有一点是确定的，孔子问礼于老子是中国学术史上的一件大事，“儒家之学，其渊源似乎亦得之于道家。大概道家之言，虽然涉于玄虚，而其学却征之于实际……儒家以践实为本，以身体力行为归，其意即本于道家。况孔子曾问礼于老聃，奉聃为严师，是儒家脱胎于道家，更无可讳言。”[①]顾荩臣所言为我们揭示了儒道思想的内在历史关联性。

### 1.2 《道德经》其书

《道德经》，汉代以前称为《老子》，是道家的代表作。它是中国历史上第一部以个人名义写出的理论著作，是中国哲学史上第一部具有完整哲学体系和辨证思想的著作。今本《道德经》81 章，上篇《道经》37 章，下篇《德经》44 章，全书仅五千多字。

“道”和“德”是老子哲学思想的理论基础。“道”是由人生观、社会论和政治论上升到本体论的高度概括，“德”则是道德显现、展开，以及在人生、社会和政治生活中具体的指导和应用。“道”和“德”之间是体与用的关系。道是指未曾深入一丝一毫人为的自然状态，即形而上学的道，落实到人生的层面上，其所显现的特征为人类所体验、所取法，都可以说是德的范围。《老子》深刻的哲理对中华民族的思想文化产生了深远的影响。

老子学说的精髓还在于它的辩证法思想。老子认为天地间万事万物都存在着互相矛盾、又互相依存的两个方面，任何事物都是正与反、肯定与否定的对立统一体。在《道德经》一书中，有许多这方面的精辟语言。如“有无相生，难易相成，长短相形，高下相倾，音声相和，前后相随，恒也”（第二章）以及“祸兮福所倚，福兮祸所伏”（第五十八章）等。

从诸子散文的发展进程看，《道德经》仍属于广义的语录体。但与《论语》不同的是，它经过了较为严格的加工润饰，其中已没有了“子曰”一类的提示，没有人物对话和简单的背景交代，完全是对思想主旨的直接阐发。书中每章都围绕一个中

---

① 顾荩臣：《经史子集概要》，北京：中国书店，1990 年据世界书局 1930 年版影印，“子部”第 148 页。

心，加以简略的论述。它的突出特点是精警凝练，言简意赅，如“功遂身退”（第九章）、“物壮则老”（第三十章、第五十五章）、“大器晚成”（第四十一章）、“知人者智，自知者明”（第三十三章）、“大辩若讷”（第四十五章）、“知者不言，言者不知”（第五十六章）、“千里之行，始于足下”（第六十四章）、“柔弱胜刚强”（第三十六章）、“天网恢恢，疏而不失”（第七十三章）等。这些哲理性短语浅显易懂又准确深刻，对后世影响深远，几千年以来依然活跃在人们日常用语当中。

和其他诸子散文一样，作者善于运用比喻来说明深奥的哲理。这些比喻取材广泛，从自然现象、社会生活，到形形色色的人和物，无所不有。例如第二十三章，“飘风不终朝，骤雨不终日，孰为此者？天地。天地尚不能久，而况于人乎？”用狂风暴雨的短暂说明人事的转瞬即逝、暴政的难以持久，言简意赅，蕴含了很深的哲理，又带有很浓的文学意味，使人能从鲜明的自然景象中产生联想。

《道德经》的另一个文学特点是文多用韵，句多排比对偶，兼具诗歌和散文两种特征，是诗的某些表现性元素与散文的某些再现性元素的巧妙融合。其文句大体整齐而又富于变化，或两两相对，或层层排比，或首尾相接，或回环往复。用韵也不拘一格，有的整章用韵，有的韵散相间，有的一章一韵，有的一章数韵，或句尾用韵，或句首、句中用韵，或两韵隔协，或数韵互协，或叠字为韵，或虚字为韵，大都错落有致，流畅自如。《道德经》的主导价值取向在于“朴”，批评“美言不信”，但其自身却又很讲究文采，并对后代各种骈偶和押韵散文产生了不小的影响。这一现象颇耐人寻味。

## 第二节 《道德经》英译的历时性描写

《道德经》作为道家经典，很早就为世界所注目。从 16 世纪开始,《道德经》就被翻译成多种文字,现在已居外译汉籍之首。据联合国教科文组织统计,被译成外国文字发行量最多的世界文化名著,除《圣经》以外就是《道德经》。但对《道德经》西方语言译本的统计是一件极其艰难的工作,首先是早期译本现在保存的情况不佳,有的已经绝迹;其次选译本、节译本、变译本等是算作译本还是研究论文,尺寸难以把握;还有,与其他著作的合译本、刊发本、修改后重版本等处理起来也很困难。德裔荷兰学者克努特·沃尔夫(Knut Walf)教授积极致力于《西方道教书目》研究,2010 年,沃尔夫教授出版了第六版的《西方道教书目》,依据沃尔夫的最新统计,《道德经》西译文本有 643 种之多,其中英译本有 206 种。①

就《道德经》英译的历史分期而言,学者的分期界限说法不一。辛红娟以三次高峰期大体划分《道德经》英译历史,三次高峰期分别是 1868—1905 年、1934—1963 年和 1972—2004 年;②冯晓黎则将历史上的《道德经》英译分为三个时期,第一个时期为 18 至 19 世纪,第二个时期为 1915 年至 20 世纪 70 年代末期,其后为第三个时期。③ 本章在借鉴上述研究成果的基础上,以不同时期《道德经》翻译主流特征为划分标准,同时考虑历史分期的连续性,将《道德经》英译历史分期如下:第一个时期为 1868—1905 年,开始于 1868 年《道德经》第一个英译本出版,结束于汉学家翟林奈的《老子语录》(*The Sayings of Lao Tzu*,1905),这个阶段主要将《老子》与基督教教义进行对比,旨在传扬福音信息,翟林奈译本则标示着《道德经》翻译向着非

---

① Knut Walf, *Westliche Taoismus—Bibliographie* (*WTB*), *Verlag DIE BLAUE EULE Essen Germany*, 2010 *Sechste Verbesserto und Erweiterte Auflage*.

② 辛红娟:《〈道德经〉在英语世界:文本旅行与世界想象》,上海:上海译文出版社,2008 年,第 24—25 页。

③ 冯晓黎:《帛书本〈老子〉四英译本的三维审视》,上海:上海外国语大学,2007 年,第 15—16 页。

宗教化方向的迈进；第二个时期可称为顺应西方时期，始自1906年，延伸至1972年第一个女性译者合作译本的问世，这一时期的显著倾向是将《道德经》用作批评西方思想和价值的工具，尽力使之符合西方当时的需求；第三个时期开始于1973年，帛书《老子》的出土在海内外掀起老子研究热潮，《道德经》英译也自此形成一个新的高峰，并延绵至今，这个时期的《道德经》翻译转型为文化阐释，注重文本意义的探寻。下面就三个英译时期的基本概况及其特征做简要描述。

### 2.1　第一时期：基督教化时期（1868—1905）

对于《道德经》的翻译，英语国家起步较晚，其他欧洲国家早前业已开始译介活动。由于早先的译者大都来自罗马教廷的传教士，而当时教会的工作语言为拉丁语，因此，在《道德经》西方译介历史上，最早出现的是拉丁文译本。而《道德经》在英语世界的早期传播，较多的是来自法语、德语、拉丁语等语种的转译。但在19世纪，当中国大门被英国首次用武力打开后，英国新教传教士陆续来华传教，各种英语译本开始出现。当时美国还是一个文化比较落后的国家，所以很少有美国译者关注《道德经》的译介。1868年，湛约翰在伦敦翻译出版第一本英译《道德经》，名为《老子玄学、政治与道德律之思辨》（*The Speculations on Metaphysics, Polity and Morality of "The Old Philosopher", Lau-tsze*），《道德经》正式开始了它在英语世界的旅行。

第一时期《道德经》英译可大略地称之为传教士翻译时期，因为这一时期《道德经》翻译的主体大多是来华的西方传教士。他们一开始将目光转向中国的儒家学说，为传教寻求本土文化的支持，但很快发现儒学是一种封闭的注重处世智慧的哲学，与基督教重视天国追求的出世教义大异其趣。17至18世纪，清政府与天主教耶稣会士之间发生了著名的“礼仪之争”，儒家学说受到质疑，一些传教士开始转向重玄学和超验的《道德经》，试图通过《道德经》的翻译与阐释，建立与《圣经》教义的比附与关联，推动在华传教事业。据王剑凡统计，[①]在此期间共有14个英译本出版，其中6本在伦敦出版，3本在上海出版，1本在香港出版，1本在印度的马德拉斯出版，大都是在当时的英帝国殖民地范围内刊行。这14个译者中，有13个是英国人，1个是美国哲学家保罗·卡鲁斯(Paul Carus，1852—1919)。在这14个译本中，有8个从基督教立场去诠释《道德经》，运用了大量基督教的概念与术语来翻译；其余6个译本中，虽无明显的基督教意识形态倾向，但有些章节依然会隐含基督教思想的痕迹。

在此时期，《道德经》翻译的显著特色就是与《圣经》的汉译事业互相呼应，互相阐释，具有明显的社会政治功能，以襄助基督教在华传教事业。大部分传教士译者往往根据自己的理解，选取对在华传教有利的章节以迎合当时的主流意识形态，译本中流露出较为明显的基督教文化痕迹，这主要表现为对富含中国文化信息的“道”、“圣人”等概念的拒斥以及把基督教术语同道家哲学概念进行牵强比附。如《道德经》英译者通过将“道”与基督教“上帝”做等值处理，以此宣扬“上帝”是东西方公认的唯一神这一思想主张。出于文化固守立场，译者在他者文化中的主要目标并非获异，而是求同。于是借助语言操纵策略，译者不仅固守了基督教信仰，而且通过翻译这样的交际活动，强化了其教义的世界普适性，为基督福音的传播进入中国提供了经典性的支持。这一时期的主要翻译策略以本色化、归化法为主，注重内容翻译，忽视原文的语言诗性美的传达。该时期的译者主体全部是男性，职业大多为传教士或神职人员。其翻译依据版本多为世传本，译本刊行地主要在英国或当时的英帝国

---

① 王剑凡：《中心与边缘——初探〈道德经〉早期英译概况》，载《中外文学》，2001年第3期，第114—115页。

殖民地区。

需要指出的是，尽管以基督教解读《道德经》是该时期英语世界老学译介的突出特点，作为汉学家的传教士理雅各在翻译《道德经》时却表现出了对基督教前见的偏离。在对老子哲学的核心概念"道"的分析中，理雅各并没有盲目地将"道"与基督教中的"God"混为一谈，而是积极正视老子之"道"与基督教上帝"God"的不同，详细辨析了老子的"道"、"天"与"God"的不同。在理雅各看来，老子的"道"作为最高的概念（supreme concept）取代了其他一切存在。老子之"道"是指现象，是一种存在的模式而不是一种终极意义上的存在，从而肯定了"道"的客观性。这种尊重《道德经》文本和中国文化客观性的精神，在当时的基督教背景下实为难能可贵。

而同样值得注意的是，由于基督教文化在英语世界广泛而深远的影响，带有以基督教诠释特征的《道德经》英译本在此后各个阶段都有出现，只是不占主流。比如，1985 年，约翰·海德（John Heider）以《领导之道》（*The Tao of Leadership*）为名翻译了《道德经》，虽然其中心思想是对老子的管理思想进行发挥，以挖掘《道德经》中的领导智慧，但其中基督教痕迹很明显。"God"一词在海德的译本中共出现了 18 次，海德对《道德经》第一章的翻译是："Tao is the single principle underlying all creation. Tao is God... This means that I can know Tao. I can know God." 再如，1994 年，马拜（John R. Mabry）的《道德经的基督教阅读》（*God, as Nature Sees God: A Christian Reading of the Tao Te Ching*），马拜尝试将基督教与老子思想进行比较，从译本的标题便可以看出译者鲜明的基督教倾向。

### 2.2 第二时期：顺应西方时期（1906—1972）

时间到了 20 世纪，第一次世界大战的爆发并没有阻挡《道德经》在英语世界的传播。相反，战争带来的深重灾难和宗教面对灾难的无能为力，迫使西方学者开始严肃检讨自身文化的缺陷，他们将寻求救世良方的目光投向了东方。老子哲学中反对战争（“夫兵者，不祥之器”、“大军之后，必有凶年”）、主张天人合一的自然与人类和谐相处的观点，引起西方学者的共鸣，《道德经》成了批判西方思想和价值观的有力工具，《道德经》英译也因此进入了顺应西方文化需要的时期。根据蔡志鸿统计，在 1906 至 1972 年间，能够明确判定出版时间的译本共有 43 个。[①]

这一时期的标志性成果为 1934 年伦敦出版的亚瑟·韦利英译本《道和德：〈道德经〉及其在中国思想中的地位研究》（*The Way and Its Power: A Study of the Tao Te Ching and Its Place in Chinese Thought*）。该书比较系统地叙述了中国先秦哲学和老子思想的地位，译文注重表达老子的哲学思想。此译本在英语世界影响极大，至 1968 年已经再版 8 次。同亚瑟·韦利一样，这一时期的译者大多采取了一种文化比较的态度，不再对《道德经》原本进行随意的操纵处理，且逐渐去除了亦步亦趋的字译现象，努力追求与原文的对等效果。

本时期也出现了众多华人译者，从而打破了《道德经》英译为西方人所垄断的状况。华人译者主要包括胡子霖、初大告、吴经熊、林语堂、陈荣捷等。其中胡子霖 1936 年英译的《老子道德经》（*Lao Tsu Tao Teh Ching*）被认为是华人第一个译本。吴经熊译本《老子〈道德经〉》（*Lao Tzu's The Too and Its Virtue*）于 1939 至 1940 年发表在《天下》月刊第 9、10 两期上。吴因其天主教背景，译本含《圣经》比附痕迹，他一面用基督宗教观念重新解释华夏文明，一面也有意识地选择“道”来表达《若望福音》第一章的“圣言”一词。初大告 1937 年伦敦出版并

① 蔡志鸿：《〈老子〉英译之问题研究——以首章、第二十章为核心，并旁及其他章节》，台湾：台湾师范大学，2008 年，第 17 页。

多次再版的《道德经》(*Tao Te Ching*)译本和林语堂1948年纽约出版的《老子智慧》(*The Wisdom of Laotse*)在西方也有一定的影响。这些华人译者的加入,为中华典籍和古代中国哲学思想体系在西方的传播立下了不朽的功勋,改变了英语世界对于《道德经》独白言说的文化局面。

20世纪60年代中后期,西方的民权和妇女解放运动蓬勃发展,女性主义时代开始到来,性别研究备受关注。1972年冯家富(Gia-fu Feng)与简·英格里斯(Jane English)合译的《道德经》,成为了第一个由女性译者合作产生的译本,《道德经》英译中译者性别单一化的历史就此结束。

### 2.3 第三时期:多元化阐释时期(1973—)

1973年长沙马王堆汉墓出土帛书《老子》甲、乙本,海外随之掀起老子研究热、东方文化研究热。1993年湖北省荆门郭店村一座古墓中出土楚墓竹简《老子》,更是大大增加了西方人的研究热情,《道德经》英译进入新的高峰期。同时,全球化趋势加快,东西方文化交流方式发生变化。西方对于《道德经》的译介从宗教学和欧洲中心主义逐渐转向汉学和中国中心范式,《道德经》更多的是作为东方哲学智慧的启示被加以研究与译介。这一时期,《道德经》书名和关键词翻译基本采取音译方法,以传达"他者"文化信息,显示对概念深层意义的关注、意义转换的难度以及对中国传统文化的尊重态度,尽力避免任何的调适与操纵。

这一时期的主要译本情况归纳如下:1977年密执根大学出版林保罗(Paul J. Lin,汉语名字又称为林振述)的《老子道德经及王弼注英译》(*A Translation* of Lao Tzu's *Tao Te Ching and Wang Pi's Commentary*);1977年台湾出版杨有维(Rhett W. Young)与安乐哲的《老子注译及评介》(*Laozi: Text, Notes, and Comments*);1982年刘殿爵在国外出版帛书

《中国经典：道德经》(*Chinese Classics*: *Tao Te Ching*)；1989年麦克米兰公司出版韩禄伯(Robert G. Henricks)的《老子德道经：根据新出马王堆帛书的新译本》(*Lao-tzu Te-tao Ching*: *A New Translation Based on the Recently Discovered Ma-wang-tui Texts*)，该译本的重要特点是每章下面附有长篇脚注，有助于读者更全面地理解译文和接受原文；1990 年梅维恒出版的《道德经：道与德之经典》(*Tao Te Ching*: *The Classic Book of Integrity and the Way*)，该译本的一个与众不同之处是它的格式，为了体现古汉语文本的语言结构，梅维恒在文字的编排上做了精心的设计；1991 年汪榕培和 Puffenberger 合作出版《英译老子》；此外还有 1992 年迈克尔·拉法格(Michael Lafargue)的译本《道德经之道》(*The Tao of the Tao Te Ching*)、1997 年娥苏拉·勒瑰恩(Ursula K. Le Guin)的译本《老子的道德经》(*Lao Tzu Tao Te Ching*)等。

进入 21 世纪以来，新的《道德经》英译本还在不断增加，其中有 3 个译本引起了较多的关注：罗伯茨(Moss Roberts)2001 年出版的《道德经》(*Dao De Jing*: *The Book of the Way*, *Laozi*)、艾文贺 2002 年出版的《老子道德经》(*The Daodejing of Laozi*)和安乐哲、郝大维(David L. Hall) 2003 年合作出版的《道不远人：比较哲学视域中的〈老子〉》(*Daodejing*"*Making This Life Significant*": *A Philosophical Translation*)。

第三个时期的《道德经》英译具有如下一些明显的特色。其一是异化翻译趋势明显。由于翻译研究出现了后殖民主义、女性主义、解构主义等潮流的文化转向，尊重原文、原文化的译本不断增多。从上述列举的译本名即可看出，很多书名采用联合国认可的汉语音标音译法处理。其二是版本选择多元化，世传本、帛书本和竹简本成为译者的不同选择。如辜正坤(1995)、弗雷克(Freke,1999) 以及亨顿(2000)等以世传本作源本，而不考虑帛书本；拉法格(1992)、阿迪斯与隆巴度(Stephen

Addis & Stanley Lombardo,1993)、王柯平（1998)、女性主义作家娥苏拉·勒瑰恩(1997)以世传本作为源本,参考帛书本;刘殿爵（1982)、韩禄伯(1959)、梅维恒（1990）以及汪榕培与Puffenberge（1991）以帛书本作为源本,参考世传本;罗伯茨(2001)译本更为复杂,他没有直接翻译马王堆帛书本和郭店简本《老子》,而是将出土文献中的一些优点带进了对世传本的翻译之中。其三是译者身份趋于多元化,除大部分仍然为男性译者外,有五名女性译者加入其中,并开始出现中外译者合作、不同学科译者交叉合作的情况。



## 第三节 《道德经》在英语世界的译介策略

《道德经》英译历时一百多年,译者众多,译者的文化背景、文化立场、对文本接受的期望等方面的不同,导致了他们在翻译过程中采用翻译策略时各有所好。本章主要从归化、异化与改写三个方面对《道德经》英译中的翻译策略予以宏观描述。

归化、异化之辩的源头可追溯到直译与意译。王东风认为,"归化和异化之争,是直译与意译的概念延伸,但并不完全等同于直译与意译。作为文化转向的产物,归化和异化必然包含了深刻的文化、文学乃至政治的内涵。如果说直译和意译只是语言层次的讨论,那么归化和异化则是将语言层次的讨论延续升格至文化、诗学和政治层面。也就是说,直译和意译之争的靶心是意义和形式的得失问题,而归化和异化之争的靶心则是处在意义和形式漩涡中的文化身份、文学性乃至话语权力的得失问题。"[①]本章正是在这个意义上讨论归化与异化。

无论是归化还是异化,目标文本与源语文本间都有着较为明确的对应关系。改写则意味着在原文基础上对原文所进行

---

① 王东风:《归化与异化:矛盾的交锋?》,载《中国翻译》,2002 年第 5 期,第 24—26 页。

的修改，在目标文本中能看得见源语文本的影子，但两者间又没有明确的对应关系。或者说，经由“改写”过的目标文本，是换一套标准来阐释的源语文本，而这个标准随着“改写”者的意念而有所不同，翻译与创作的界限在此变得模糊起来。

当然，“归化”、“异化”或“改写”并不是绝对地非此即彼、互相对立的，它们所代表的是译者的总体倾向。正如吉登·图里(Gideon Toury)所说，“译者的行为不见得就一定是系统性的。他可能在不同的问题上有不同的处理，而在同一个问题同一个文本中又有不一样的处理方式。翻译行为的一致性是一种有层次的概念，既不是0（完全没有规律），也不是1（完全按照规律）。”①

### 3.1 《道德经》英译中的归化

谈起《道德经》英译中的归化，自然就会联系到《道德经》英译的第一个阶段。由于早期译者大多是西方传教士，他们肩负来华传播基督教福音的使命，所以他们翻译中国典籍的目的不是纯粹的学术研究，而是希望在中国古典文献中找到上帝存在的证据，找到与基督教教义相似的思想观点，以襄助在华的传教事业。在这样的翻译背景下，《道德经》翻译呈现出典型的宗教性归化的特点。

这首先体现在译者将《道德经》里的重要概念与基督教概念相比附。早期英国传教士大多依据前期的拉丁文译本来进行《道德经》英译，而拉丁文译本主要为天主教耶稣会传教士所译，他们倾向于认为老子所说的“夷”、“希”、“微”就是三位一体上帝存在的三个方面，合在一起就构成了 Jehovah（耶和华）的名字。而“God”及其相关表达成为诸多《道德经》早期译本中的重要词汇。“God”与“帝”相对应，如在翻译《道德经》第四章

---

① Gideon Toury, *Descriptive Translation Studies and Beyond* (Shanghai: Shanghai Foreign Language Education Press, 2001), p. 67.

“吾不知谁之子，象帝之先”时，湛约翰的翻译是：“I know not whose son it is. It appears to have been before God.”保罗·卡鲁斯的翻译为：“I know not whose son it is. Apparently even the Lord it precedes.”亚历山大（George Gardiner Alexander）1895年出版的《道德经》英译本则更是直接将“God”与“道”对应起来，亚历山大的书名为 *Lao-Tsze, The Great Thinker with a Translation of His Thoughts on the Nature and Manifestation of God*。《道德经》的第一章说：“道可道，非常道。名可名，非常名。无名，天地之始；有名，万物之母”，其译如下：

> God (the great everlasting infinite First Cause from whom all things in heaven and earth proceed) can neither be defined nor named.
>
> For the God which can be defined or named is but the Creator; the Great Mother of those things of which our senses have cognizance.

除了把“道”译作“God”以外，亚历山大还把“God”解释为天地万物来源的“第一因”（the First Cause）——即中世纪著名基督教神学家托马斯·阿奎那证明上帝存在的观点。此外，亚历山大把“无名，天地之始”的“始”译为“Creator”（造物主）。亚瑟·韦利虽然在其译本中不走宗教性比附路径，但在个别地方也有宗教文化成分。如他总是将“天下”译为“under heaven”，以及“creatures”的译法明显受到基督教文化预设的影响，因为这两个词都是基督教色彩浓厚的词语。

除了将《道德经》的主要概念转换成《圣经》与基督教教义术语，传教士们在从事《道德经》翻译时，也预设其中隐含了《圣经》的教义，把老子的思想予以归化，使其与基督教思想相吻合。学界一般认为，在传教士翻译时期，理雅各的翻译体例严谨，附有大量注释，翻译过程中尊重中国的学术传统，从而保证了翻译质量。他的翻译文本成为19世纪英语世界最杰出的汉学成果之一，时至今日仍然没有过时。但在翻译《道德经》第四章"吾不知谁之子，象帝之先"时，他感到与基督教教义有冲突。因为根据《圣经》教导：上帝是万物的创始者，没有天地之前上帝就存在了。理氏将这句译为："I do not know whose son it is: It might appear to have been before God."根据英语语法含义，"might have been"是对已发生事情的可能性的最低推测。由此，理雅各试图从语法修辞的角度否认"道"在"帝"之先的可能性，从深层心理角度体现了其基督教义立场。保罗·卡鲁斯的翻译也同样在努力凸显《道德经》思想与基督教的相似性。第六十三章"报怨以德"，卡鲁斯译为"Requite hatred with virtue"，意思是说要用正义和善意来对待对我们有敌意的人，这很容易让人想到基督教中的"Love your enemies"，"爱你的敌人"；第七十章"言有宗，事有君"，卡鲁斯翻译为"Words have an ancestor, deeds have a master"，他认为"宗"和"君"是老子将"道"拟人化。在卡鲁斯看来，尽管"道"有许多抽象的特征，但是不可否认这种充满抽象思维的概念如"父"、"主"、"宗"是一种有意为之的譬喻性表达，它使得"道"和基督教中"上帝"这个有位格的神非常类似，从而使得老子思想投射到基督教一神论观念上来。

《道德经》英译中的宗教性归化在主观上存有很强的政治意图，但在民族接触之初，这一策略也在客观上推动了西方读者对《道德经》的接受。随着时代的推移，宗教性的归化翻译逐渐淡化，但又出现了另一种较为特殊的归化现象——译者在考虑大众接受的时代性情况下，对原文进行现代化的转换，将那些远古而陌生的物象或文化意象置换成现代西方大众熟悉的事物。这种现象不妨称为现代性的归化。

这首推史蒂芬·米歇尔(Stephen Mitchell)的译本。史蒂芬·米歇尔对《道德经》的翻译源于他十四年的禅宗修行经历，在他看来,《道德经》是关于生活艺术的手册,文本简洁,充满幽默、典雅、宽容和智慧,是世界上的一大奇迹。作为文学家和畅销书作家,米歇尔意识到《道德经》的语言魅力,因而在翻译的时候,以诗性的话语传递《道德经》的智慧。为了让现代读者理解和接受老子的思想,米歇尔不惜大量改变了原文中的意象,以通俗易懂的语言传递老子的精髓,以期更有效地与现代读者沟通。在《道德经》译者前言里,他指出,"如果我没能翻译老子的言辞,我的目的总是去翻译他的思想。"[①]为了将玄妙的《道德经》文本内涵传达给普通读者,他不仅在文体上做简易化的变通,在涉及中国古代文化的物象上也进行大胆的现代性替换。他把那些西方现代读者难以理解的中国古代的文化负载词汇转化为现代日常生活中常见的物象词汇。如,第四十六章"天下有道,却走马以粪,天下无道,戎马生于郊。"米歇尔译为"When a country is in harmony with the Tao, / factories make trucks and tractors, / and when a country goes counter to the Tao, / warheads are stockpiled outside the cities. "这句话再回译过来就是:当国家与道和谐,工厂制造卡车和拖拉机,当国家与道对立,炮弹在城外囤积。马背作战的古代生活意象被转化为现代工业社会的物象,如工厂(factories)、卡车(trucks)、拖拉机(tractors)和城市(cities),使得两千多年前的古代中国生活场景与社会图像一下子跳跃到现代科技工业社会时代,其图景转换之突兀召唤了趣味性的阅读动向。又如,针对老子所言"甘其食,美其服,安其居,乐其俗"(第八十章)中所营造的"小国寡民"式美好田园生活,米歇尔做了大跨度的现代性改写,其译文如下:"People enjoy their food, / take pleasure in being with their families, / spend weekends working in their gardens, / delight in the doings of the neighborhood. "令人读

① Stephen Mitchell, trans., *Tao Te Ching* (New York: Harper Colins Publishers. 1988), p. x.

后感觉是现代英美社区人群的周末休闲生活写照。虽然内容对应相差甚远，但其旨趣或许具备功能对等之妙。此外比较典型的现代性转换还如第三十二章“道常无名，朴虽小，天下莫能臣”：“The Tao can't be perceived. /Smaller than an electron, / it contains uncountable galaxies.”译者用一个现代科学术语“电子”来解释《道德经》里的重要哲学概念“朴”，并以“无数的星系”表达原文的“天下莫能臣”。对于米歇尔《道德经》译作，有人评价说，“这篇译文也许在有些地方看起来有些现代化了，但如果这些思想是为了有效地与现代读者沟通，这是唯一正确的做法。如果老子活在当世，他的语言也会改变的。”[①]

在中国典籍外传事业中，刘殿爵一向以学术性翻译闻名。在他的《中国经典：道德经》译本中也同样出现了现代性归化处理。以他对“士”的阐释为例。在翻译第四十一章“上士闻道，勤而行之；中士闻道，若存若亡；下士闻道，大笑之”时，刘是这样翻译的：“When the best student hears about the way, / He practices it assiduously;/ When the average student hears about the way, / It seems to him one moment there and gone the next. / When the worst student hears about the way, / He laughs about it.”刘殿爵把“上士”、“中士”、“下士”分别译为：“the best student”，“the average student”和“the worst student”。“士”本是我国古代社会阶层的名称，是先秦时期贵族的最低等级，刘殿爵认为没有必要花费大量笔墨解释这一社会阶层的区分，他把古代的“士”化为现代的“学生”，以适合当代英美读者的理解与认同。再如第二十章：“唯与诃，其相去几何？美与恶，其相去何若？”刘氏翻译为：“Between yea and nay, / How much difference is there? /Between beautiful and ugly, / How much difference is there?” 原文中“唯与诃”（应诺和呵

① 辛红娟：《〈道德经〉在英语世界：文本履行与世界想象》，上海：上海译文出版社，2008 年，第 293 页。

声)译为现代语境下人们表达意见或投票时常用的“yea and nay”。

《道德经》英译的现代性归化同样出现在迈克尔·拉法格的译本和阿迪斯、隆巴度合译本中。实际上,现代性归化涉及的是翻译的历史距离问题。杨宪益曾说:“若要翻译几百年前的作品,译者就得把自己置身于那一时期,设法体会当时人们所要表达的意思;然后,在翻译成英文时,再把自己放在今天读者的地位,这样才能使读者懂得那时人们的思想。”[①]上述译者们正是在历史与现实的穿梭中,将来自异国文化的远古信息带给当代英语世界的读者。

### 3.2 《道德经》英译中的异化

如果说归化策略是以尽量降低原文的异质性为导向,那么,异化策略则正相反,它把译者可能进行的干预和操纵降至最低,从而促成译文读者“直接地”体验原作的“真实”形态。

《道德经》英译中的异化可追溯到理雅各以及与他同时代的麦克甘(Patrick Johnston Maclagan)。尽管身为传教士的理雅各在翻译中国经典时难以摆脱其基督教的思维框架,但他在晚年翻译《道德经》时少了传教士惯用的宗教比附,而是以尊重中国文化和《道德经》原作为基础,对老子其人其书其思想进行了客观的解读,在传教士时代展现了《道德经》诠释特有的价值取向。1880 年在他的《中国的宗教》一书中,理雅各第一次以“Tao”来翻译“道”,以“Taoism”翻译“道家”和“道教”。现在的通行译法将《道德经》译为 *The Tao Te King* 也是始于理雅各。麦克甘译本的最大特色是极度贴近原文,几乎逐字逐句按照原文句法结构翻译,且多以音译法处理关键字。例如,他对《道德经》首句的“道可道,非常道;名可名,非常名”的翻译如下:“A

① 姜治文、文军:《翻译批评论》,重庆:重庆大学出版社,1999 年,第 289 页。

Tao that can be tao-ed is not lasting Tao; A name that can be named is not lasting name."又如针对第三十八章"上德不德,是以有德,下德不失德,是以无德"一句,麦译如下:"The highest Teh was (as if) no teh, and there was teh. The lowest Teh would not resign teh, and so there was no teh."再如对第五十章中"出生入死",麦译为:"Exit, Life; Enter, Death."值得考究的是,理雅各译本成为该时期西方《道德经》诠释的一个亮点,而麦克甘译本却未能得到当时读者的认同。

20世纪中后期以来,随着国际文化交流的加深,读者对异质文化的接受和消化能力日益提高。具体到《道德经》英译,表现就是越来越多的译者有意识地选择异化策略,为异域的读者提供新鲜的文化因子,这其中较为典型的当数汉学家陈张婉莘(Ellen Marie Chen)和安乐哲、郝大维。

陈张婉莘,纽约圣约翰大学哲学教授,对《道德经》颇有研究,著有《道·自然·人:道德经中思想研究的关键》,[①]1989年翻译出版了《道德经》。[②] 该译本用同构性句法翻译《道德经》,对其中的文化词语采用意译附加汉语拼音的方法传达他者的文化信息。译本受到广大读者,尤其是研究哲学、宗教学的读者的好评。

试看陈张婉莘对第十六章的翻译:

> 致虚极,守静笃;万物并作,吾以观复。夫物芸芸,各复归其根。归根曰静,静曰复命。复命曰常,知常曰明。不知常,妄作凶。知常容,容乃公,公乃王,王乃天,天乃道,道乃久,没身不殆。
>
> Reach the pole of emptiness (hsü-chi),

---

① Ellen Marie Chen, *Tao, Nature, Man: A Study of the Key Ideas in the Tao Te Ching* (Fordham University Thesis, 1966).

② Ellen Marie Chen, trans., *The Tao Te Ching: A New Translation with Commentary* (New York: Paragon House, 1989).

Abide in genuine quietude (ching).
Ten thousand beings flourish together,
I am to contemplate (kuan) their return (fu).

Now things grow profusely,
Each again returns (kuei) to its root.
To return to the root is to attain quietude (ching),
It is called to recover life (Ming).
To recover life is to attain the Everlasting (ch'ang),
To know the Everlasting (ch'ang) is to be illumined (ming).

Not knowing (chih) the Everlasting (ch'ang),
One commits evils wantonly.
Knowing the Everlasting one becomes all containing (yung).
To be all containing is to be public (kung).
To be public is to be kingly (wang).
To be kingly is to be like heaven.
To be like heaven is to be like Tao.
To be like Tao is to last long.
This is to lose the body without becoming exhausted (pu tai).

从以上翻译可看出，陈张婉莘基本按照汉语的句序进行翻译，保持了原文语言简洁、富于诗性的特色。在对《道德经》概念的表达上，她用一个固定的英语概念替换，并以威妥玛—翟里斯拼音方法给以明确标示，以提示作者对异质文化因素的注意。在本段翻译中，还有一个值得注意的地方，即将“万物并作"译为"Ten thousand beings flourish together"。原文的"万物"指宇宙间的一切事物,而非确切的一万个事物。以译者的汉文化背景及研究功底,应该具备这样的常识性理解,但她却用了"ten thousand things"这样一个确指性翻译,其对原文的贴近由此可见一斑。

安乐哲、郝大维的合译本《道不远人》,是《道德经》"西行"历史上首次宣称"用中国哲学自己的眼睛"来解读这部中国哲学经典的译作,译者在"序言"中说,"《道德经》是一部具有深远哲学意义的著作,而迄今为止在西方它却并未受到如此对待"。[①] 因此,该译本承担起了长期以来形成的对《道德经》的"西方化"解读(基督教化、东方主义等)除魅的任务。这一翻译初衷在很大程度上决定了译本的异化形态。该译本除了正文"翻译与评论"外,还包括"历史的导言"、"哲学的导言"、"关键术语词典"和一个附录"太一生水"等内容。在"关键术语词典"部分,安乐哲、郝大维给出了道、德、和、气、天、自然等概念的翻译,并对此作出了必要的解释。在翻译这些概念时,译者摒弃了传统的英译用词,主张使用在他看来达意更为准确,然而在学者们看来时常比较怪异的英文翻译(在更多的时候是多个英文单词的拼合)。如"道"(dao)译为动态的"way-making";"德"(de)译为"efficacy",有时又译为"virtuality"等;"自然"(ziran)译为"spontaneously so"。再看安乐哲、郝大维的翻译正文,以第四十二章为例:

> 道生一,一生二,二生三,三生万物。万物负阴而抱阳,冲气以为和。

> Way-making (*dao*) gives rise to continuity,
> Continuity gives rise to difference;

---

① Roger T. Ames & David L. Hall, trans., *Daodejing "Making This Life Significant": A Philosophical Translation* (New York: The Ballantine Publishing Group, 2003), Preface.

Difference gives rise to plurality,

And plurality gives rise to the manifold of everything that is happening (*wanwu*).

Everything carries yin on its shoulders and yang in its arms

And blend these vital energies (*qi*) together to make them harmonious (*he*).

译文对《道德经》中主要概念除了做一般的翻译外，还以拼音标注出来，提示读者对这些基本概念的注意。同时，译者也对汉语高语境性给予了充分关注，同一个概念在不同上下文中有时会有不同的英文翻译，同时以汉语拼音形式标示出来。如“德”的翻译，尽管译者在《关键术语词典》部分对这一概念有详细的阐说，在具体行文中又有不同表达：

为天下谷，怀德不离。怀德不离，复归婴儿。（第二十八章）

As a river gorge to the world,

You will not lose your real potency (*de*),

Ant not losing your real potency,

Your return to the state of the newborn baby.

道生之，而德畜之，物形之，而器成之。（第五十一章）

Way-making (*dao*) gives things their life,

And their particular efficacy (*de*) is what nurtures them.

Events shape them,

And having a function consummates them.

含德之厚，比于赤子。（第五十五章）

One who is vital in character (*de*)

Can be compared with a newborn baby.

20世纪中后期以来，一批有影响的《道德经》译本，如林振述译本、陈荣捷译本、彭马田（Martin Palmer）译本、韩禄伯译本等，都体现出异化翻译倾向，译者们力图将汉语文法及思维的精妙传递给英语读者。如中国学者邢文评论韩禄伯《老子德道经：根据新出马王堆帛书的新译本》的特点是：尽可能地直译经文，避免增字译经；恰到好处的直译，每多妙趣；对于众说不一的经文，进行了广泛的研究；对于今本与帛书本的不同，在译注中作了校勘；尽量不改经文；对于有争议的文字，按传统理解、从传本文字而译，以求稳妥；某些语句的翻译，颇得原文三昧；对于某些英译本中没有说清的一些文字，可以清楚说明；在对于经文的理解上，也见有独到之处。[①]

## 3.3 《道德经》英译中的改写

根据辛红娟的研究，《道德经》英译本超过200本，但真正算得上是严格翻译作品的只有130本左右。[②] 在很多译本中，译者在语言与文本阐释中模糊了翻译与创作的界限，在内容上不是追求与原文相符，而是以《道德经》文本为媒介，对老子思想进行发挥，在翻译中融入了个性化的阐发。读者可以在目标文本里看到原文文本的踪迹，但两种文本在文义上又有落差。笔者将这样的“翻译”称之为“改写”。

翟林奈出版于1909年的《老子语录》(*The Sayings of Lao Tzu*)是一部较早的对《道德经》的改写式翻译文本。在融通道家思想与西方宗教哲学概念的基础上，翟林奈对《道德经》进行了大幅度的改写，将《道德经》原有81章改编为9篇各自独立的格言集，分别为：超验之道与现实之道（Tao in its

---

① 中国国家图书馆，汉学家资源库：http://form.nlc.gov.cn/sino/show.php.，2011-11-10。

② 辛红娟：《〈道德经〉在英语世界：文本履行与世界想象》，上海：上海译文出版社，2008年，第294页。

transcendental aspect, and in its physical manifestation);伦理之道或“德”(Tao as a moral principle, or“virtue”);论无为(The doctrine of inaction);处下与谦卑(Lowliness and humility);政府(Government);论战争(War);正言若反(Paradoxes);其他(Miscellaneous sayings and precepts);老子论自己(Lao Tzu on himself)。在具体翻译中,翟林奈把道家宇宙生成论译成关于上帝“三位一体”(Trinity)的创生论。如《道德经》第四十二章有论:“道生一,一生二,二生三,三生万物”。翟林奈转换成“Tao produced Unity; /Unity produced Duality; /Duality produced Trinity; /and Trinity produced all existing objects.”“天下有道”译为“The World has a First Cause”。

在形式上就直接对《道德经》进行改写的还有美国畅销书作家本杰明·霍夫(Benjamin Hoff)。1981年霍夫出版了《生命之道——〈道德经〉的核心》(*The Way to Life: At the Heart of Tao Te Jing*),以“生命之道”为中心对《道德经》进行了翻译。不过他并没有对《道德经》81章逐章进行翻译,而是选取了其中的37个章节进行了节译,并将他选译的37个章节重新排序。所以,霍夫的《生命之道》不能算作完整的和严格意义上的翻译,从形式上来说,这是一种选译;从内容上而言,这是一种演绎。霍夫认为,英语世界不乏从专业角度对《道德经》充满学术性的英语译本,但是这些译本都缺乏道家之“朴”所倡导的简单、清晰、统一的特点。因此,他自己的翻译不是从专业学者的角度,而是以一个“道”的实践者的眼光来诠释老子思想。而且,之所以用“诠释”这个词,是因为尽管有几种不同版本的《道德经》古本存在,但是没有人确切知道它最原始的状态。所以他认为,我们习惯称之的“翻译”事实上是“诠释”。[①]

① Benjamin Hoff, trans., *The Way to Life: At the Heart of the Tao Te Jing* (New York and Tokyo: John Weatherhill Inc. 1981), p. 81.

霍夫对《道德经》的翻译就充满了他个人的创造性发挥。比如“道生一,一生二,二生三,三生万物”,霍夫将其翻译为“From Tao came unity. /From this one thing came the dark and the light. /From these two things came energy, form, and substance. /The ten thousand form the three, /The three form the two, /The two form the one.”这里,霍夫把“一”翻译为unity,“统一,和谐;”“二”理解为“黑暗”和“光明”或者“阴”和“阳”,体现了译者的二元对立的哲学观照;“三”解释为“能量”、“形式”和“物质”,又体现了作者物理学世界观的解读。

除了《生命之道》本杰明·霍夫还有一本关于《道德经》的儿童文学著作在美国非常畅销,那就是1989年出版的《璞璞熊的无为之道》(又译作《小小猪的谦弱哲学》,*The Tao of Pooh*),书中有不少《道德经》的内容,但也不算是真正意义上的翻译。

同样以“生命之道”为主题改写《道德经》的还有美国诗人威特·宾纳(Witter Bynner)。1944年,宾纳以《生命之道》(*The Way to Life According to LaoTzu*)为题翻译了《道德经》,宾纳译本不是以中文版《道德经》为底本,而是由英文译本转译而来。宾纳认为,尽管英语世界《道德经》译本有很多种,但是大多数英文译本僵硬而枯燥,夸张又令人费解。所以,他明确指出,他将以宁静的境界、开放而简单、既不武断也不陈旧的方式来翻译《道德经》,使其明朗、易懂。宾纳对老子的“生命之道”充满诗意的阐发成为译本的主题,《道德经》绝大部分的“道”都被他翻译为“the way of life”(生命之道),部分章节中的“道”被翻译为“existence”(存在,生存,生活)。我们来看看宾纳对《道德经》第二十五章的翻译:

> 有物混成,先天地生。寂兮寥兮,独立而不改,周行而不殆,可以为天地母。吾不知其名,强字之曰“道”,强为之名曰“大”。大曰逝,逝曰远,远曰反。故

道大，天大，地大，人亦大。域中有四大，而人居其一焉。人法地，地法天，天法道，道法自然。

Before creation a presciene existed,
Self-contained, complete,
Formless, voiceless, mateless,
Changeless,
Which yet pervaded itself
With unending motherhood.
Though there can be no name for it,
I have called it "the way of life".
Perhaps I should have called it "the fullness of life"
Since fullness implies widening into space,
Implies still further widening,
Implies widening until their circle is whole.
In this sense
The way of life is fulfilled,
Heaven is fulfilled,
Earth fulfilled
And a fit man also is fulfilled:
These are the four amplitudes of the universe
And a fit man is one of them:
Man rounding the way of earth,
Earth rounding the way of heaven,
Heaven rounding the way of life,
Till the circle is full.

从这段翻译可以看出，宾纳完全是从“生命”的角度来诠释原文，将“道”译为“the way of life”，将“大”译为“the fullness of life ”(生命的圆满)。在宾纳眼里“大”就是生命的完满，是生命意义的实现;"人法地,地法天,天法道,道法自然"就是"人遵循地之道,地遵循天之道,天遵循生命之道,直到生命之道充盈、圆满"。在这样一种相互联系的动态运动中,"生命之道"得以实现。

如果说宾纳和本杰明·霍夫的翻译是对《道德经》的主题性改写,那么,还有一批译者则是以女性主义的视角对《道德经》进行改写。

自西方女权主义在20世纪中期风行以来,在《道德经》翻译历史进程中,不断有译者对《道德经》中传统的男性形象进行解构颠覆。女性主义者认为,传统的语言是男性定制的,反映男性的观念,使女性的世界隐而不现。对此,其出路就是全面改进语言,使语言体现对女性世界的关怀。女性主义翻译实践是一项政治活动,是"使语言替女人说话","使女人在语言中清晰可见"。① 20世纪后期,英语世界中的韩禄伯、米歇尔、勒瑰恩、梅维恒、陈张婉莘等译本都不同程度上呈现了女性主义的解读视角。汉学家韩禄伯认为:道,在本质上是一种女性的真实与母性的真实。陈张婉莘则说,"我们强烈地感觉到《道德经》的思想形式来源于母系社会存在的启示。"她说:"根据宗教与早期哲学的联系,我们相信'无'、'弱'、'玄'、'虚'等观念本来是与生殖力崇拜相联系的。"②具体到语言层面,在陈张婉莘的译本中,她往往将人称物主代词 her 与 his 并置处理,译文体现了女性主义的色彩,但仍是较为中立的姿态。如对于《道德经》第八章中的文句"居善地,心善渊,与善仁,言善信,政善治,事善能,动善时",陈张婉莘译为:

---

① L. Gauvin, *Letters from an Other*, translated by S. de Lotbiniere-Harwood (Toronto: Women's Press, 1989), p. 9.

② Chen Ellen Marie, "Nothingness and the Mother Principle in Early Chinese Taoism", in *International Philosophy Quarterly*, 1969(9), pp. 401—403.

(Such a person's) dwelling is the good earth,

(His/ her) mind (hsin) is the good deep water (yuan),

(His /her) associates are good kind people (jen),

(His /her) speech shows good trust (hsin),

(His/her) governing is the good order,

(His/her) projects (shih) are carried out by good talents,

(His/her) activities (tung) are good in timing.

在米歇尔译本中,"圣人"被译为"master",共出现 33 次。其中 16 处"master"与阴性指代"she"联合使用;14 处"master"与阳性指代词"he"联合使用。通过对女性指代词语的运用,米歇尔一反传统的男性英雄主义价值观的解读,体现了其反传统的姿态和对女性主义的认同。如《道德经》第二章:

是以圣人居无为之事,行不言之教,万物作而弗始也,为而弗志也,功成而弗居也。夫唯弗居,是以弗去。

Therefore the Master
acts without doing anything
and teaches without saying anything.
Things arise and she lets them come;
Things disappear and she lets them go.
She has but doesn't possess,
acts but doesn't expect.
When her work is done, she forgets it.
That is way it lasts forever.

根据英语语法,人称代词必须有性别选择。为了避免过于强调男性,在使用第三人称单数时,梅维恒常用无人称代词"it"

或阴性代词，如《道德经》第七十五章："夫虽无以生为者，是贤于贵生。"其意为：只有清静恬淡的人，才胜于奉养奢厚的人。对此箴言性论断，梅维恒译作"Only she who acts not for the sake of life ,/ Is wiser than those who value life highly."更多人称指代的翻译，译者以"it"来回避性别选择。但梅维恒译本中对"圣人"一词一律用阳性第三人称翻译，因为他认为古代中国的"圣人"总是指男性。

娥苏拉·勒瑰恩是美国著名女性主义作家，在翻译《道德经》时，[①]凡指涉圣人、君子的地方，她都进行了中性处理，以"the wise soul"，"the wise souls"和"the wise" 进行翻译，较少出现代词阴阳性指涉，特定情况下用无性别的"they"代替。通过大量使用无性别差异的表述，勒瑰恩使男性在她的译文中隐迹。对于传统译本中译作"sage"、"wise man"、"saint"、"great man"等具有明显男性特征的圣人形象，译者一律使用"wise soul" 或"the wise"，旨在解构传统认为智慧仅仅限于男性的定见。上述这些女性主义改写为英语世界读者开启了另一扇《道德经》的阅读之窗。

## 第四节 《道德经》英译中核心概念的阐释

《道德经》短短五千言，其思想却博大精深，内涵丰富而深刻。后世以《道篇》和《德篇》对《道德经》分篇，可见"道"与"德"的重要。而这两个核心概念的英文表达则涉及到译者及英语世界读者对老子核心思想的理解。本节即探讨《道德经》中"道"与"德"在英语世界中的表述。

---

① Ursula K. Le Guin, trans., *Lao Tzu*: *Tao Te Ching*: *A Book about the Way and the Power of the Way* (Boston: Shambhala Publications, Inc., 1997).

## 4.1 “道”的多元阐释

“道”是《道德经》一书的中心概念和最高范畴，老子学说辐辏于“道”，一切从这里说开去，一切又归结于此。在《道德经》总文81章中就有37章专门论“道”，“道”字前后共出现了73次（不同版本统计数略有不同），是使用频率最高的一个关键词。老子之“道”首先是其宇宙论和本体论的根基，其次是其认识论和辨证论得以展开的基础，同时也是其人生论和政治论、语言论和审美论的重要理论支柱。“道”这个词在老子之前就已经使用，它的主要意义是指行走之“道路”或行为之“道理”，如《左传》就有“天道远，人道迩”的说法。而老子通过“道”的阐述提出了关于世界本源的命题。认为“道”比“天”更根本，“天”出于道，即“有物混成，先天地生……吾不知其名，字之曰‘道’”。这些“道”字，虽具同一符号形式，但其意义却不尽相同。老子之“道”涵盖了从宇宙本源到现实生活的各个层面的哲学思考。“道”飘忽不定、无法体认，老子本人也无法给出确切的界定，所以他无奈地感叹：“道可道，非常道”。作为老子哲学中的最高范畴的“道”，如何翻译无疑是非常关键的。对“道”的恰当翻译源于对这个核心哲学概念的正确理解。“道”既是精神的，是万物生成的源泉；也是物质的，是构成宇宙万物的基本元素。对“道”比较一致的看法是其以下几个方面的意义：一是构成世界的本体；二是促使万物运转的规律；三是作为人类行为的准则。[①] 此外“道”除了道路、规律、终极本体的意义之外，还有言语、语言之类的次要意思。

从“道可道，非常道”这句话中分析，“道可道”，即可以说的道，如此老子将道与语言紧密联系了起来。在中国哲学史上，老子最早洞悉了哲学本体论与语言本体论或道与言之间的关

---

① 熊铁基、马良怀、刘少军：《中国老学史》，福州：福建人民出版社，1995年，第29页。

系，强调人类的语言是有限的，无法完全描述宇宙的本体和规律。语言的悖论在于，语言不能穷尽事物的本体，但无奈的是，人只能借助语言去“道”出本体。“道”不可言，而不可言之言正好可以指涉那个不可道之“道”。因此，老子在第五十七章中说：“知者不言，言者不知”，揭示了人类无法用语言描述真理本体之无奈窘境。

在对“道”的理解与翻译方面，不同的译者有不同的解读。在《道德经》英译的早期阶段，由于传教士译者的宗教比附性理解，“道”常常与基督教的上帝发生关联。如亚历山大于1895年出版的《道德经》英译本中将“道”译为“God”、“Creator”，或者是“He”这个人称代词，并阐释为宇宙生成的“第一因”，将老子的形而上之“道”转变为西方文化传统中的有意志和位格的造物主。亚历山大这种概念归化处理，是译者的基督教民族文化在翻译中的投射，译者固守了基督教文化基因，容易获得西方读者的认同。

时至20世纪早期，亚瑟·韦利等一些西方译者用首字母大写的“Way”来翻译“道”，意为“道”与路有关。“Way”成为一个专有名词，在地位上与老子的独一之“道”对等。韦利的“道”，所指是天地万物行动、运行的方式。参照《圣经·约翰福音》第十四章第六节的经文：“耶稣说，‘我就是道路、真理、生命。’”(Jesus said, “I am the way, and the truth, and the life.”)可以发现，韦利以“Way”译“道”，一方面是出于对异质中国文化的认同，另一方面也是对自身文化的东方式反观，其文化固守立场有所松动，实质上是一种在异质文化中寻求双重文化认证的举措。“The Way”、“way”有方法、方式、惯例等转义，与“道”的转义也相通。但另一方面，韦利译“道”为“The Way”，也容易造成误解，这样翻译可能对老子“道”的本体与终极意义指涉作出降格化与狭隘化的认知。这是因为“The Way”更多具有“经验”与“形而下”的语义指涉，而老子的“道”

在语义上主要指向“超验”与“形而上”的内涵。

汉学家艾兰则从另一个角度解释了“Way”与“道”的相通之处，她认为中文语境中哲学意义上作为自然规律的“道”，是基于水之溪流的本喻，而水的特性之一便是循道而行。“道”与“Way”一样，能在“通道”这一专门意义上使用，如道路、水道，并且具有引申意义，即做某件事的道理，或者某件事发生的原理。把“道”译为“Way”，比较容易使西方读者产生形而上的联想。在艾兰看来，“道”被译成“Way”是一种“幸运之举”。[①] 但在她自己的著作《水之道与德之端》(*The Way of Water and Sprouts of Virtue*)中，艾兰对不同语境下的“道”有不同的翻译。《道德经》第八章的“上善若水。水善利万物而不争，处众人之所恶，故几于道”，艾兰翻译是：“The highest good is like water. Water's goodness is that it benefits the myriad living things, yet does not contend and dwells in places which the multitude detests. Thus, it approximates the way.”艾兰认为此处的“道”为一般术语，而不是专指天道，它被直接比作水，因此用了“way”来翻译。而在翻译作为万物之源或天地之母的“道”时，艾兰用的是“dao”，“‘道’冲，而用之或不盈”(第四章)被译为：“The dao is empty, yet using it, it does not need to be refilled.”“吾不知其名，强字之曰‘道’”被译为：“Not knowing its name, I call it ‘dao’.”

把“道”音译为“Tao”，早在理雅各 1880 年的《中国的宗教》一书中已有出现，现在的通行译法将《道德经》译为 The Tao Te King 便是始于理雅各。20 世纪中后期至今，越来越多的译者把“道”音译为“Tao”，目前，“Tao”已经作为英语语言的一个

① Sarah Allan, *The Way of Water and Sprouts of Virtue: Root?? Metaphor in Early Chinese Philosophical Thought* (Albany: State University of New York Press, 1997), p. 70.

词条收入词典，专指老子的“道”。[①] 译“道”为“Tao”，其优势是提出一个有汉语文化特色的全新概念，其意义可以通过关联文本的阐释得到理解。但其不足之处在于此概念在目标语境中的陌生化，从翻译接受学角度看不易传播，对其理解必须建立在通读全篇后的对“道”的一种模糊性的、多维的意义感悟当中。

此外“道”的其他次要性译法如下：许渊冲译“道”为“the divine law”，即神圣的天律，指涉先验、超验的形而上之道；刘殿爵、梅维恒译“道”为小写的“way”，此译降解了“道”的地位；宾纳译“道”作“Existence”，此译比较片面，难以描述其抽象本体性内涵；“道”的翻译还包括“Nature”、“Logos”、“the Road”、“The path”、“The spirit”、“The guiding”、“Direction”、“reason”等。

“道”因其含义的模糊性，从而形成了翻译选择的多样性。如果宽泛地划分，这些翻译大抵分为有神论与无神论两类翻译倾向。无神论的“道”的译文一般有“tao /Tao”、“tau /Tau”、“path”、“road”和“way / Way”等。严格有神论的翻译有将“道”直接译为“God”（上帝）、“Spirit”（圣灵）、“The Providence”（天佑）；泛神论者间接地将“道”译为“Name”、“Nature”、“Existence”、“Principle of Reason”、“The Flow of the Universe”等。其中，“tao”或“way”的译法（不区分大小写）又是无神论和有神论译者所共用的选词。从语义学角度看，这些词语符号具有很大的模糊性，其内涵与外延难以确定。

## 4.2 “德”的多元阐释

老子第一个把“道”提升为哲学概念，同时明晰地阐述了

---

① 如美国 *Webster's Ninth New Collegiate Dictionary*（1983 年 Merrian Webster Inc. 出版）和英国 *Chambers 20th Century Dictionary*（1983 年剑桥大学出版社出版）词典等。

“道”与“德 ”的辩证关系 ,并对“德”给予了多角度的描述:如“玄德”、“上德”、“有德”、“无德”、“失德”、“广德”、“建德”、“贵德”、“ 尊德”。“德”字在《道德经》中出现了 43 次(不同版本统计数略有不同)。

“德”在老子哲学中一方面表现为“道”的功用,是彰显“道”之“德”,另一方面表现为现实层面的“德”。《道德经》第二十一章曰:“孔德之容,惟道是从。” 意谓“德”是与“道”紧密联系在一起的,是从属于“道”的。“道”是无形的,内化于万物的过程中,必须通过一定的媒介(即“德”)来体现,才能层层落实。第五十一章中把“道”与“德”的关系做了明确的定格:“道生之,德畜之,物形之,势成之。是以万物莫不尊道而贵德。道之尊,德之贵。夫莫之命而常自然。故道生之,德畜之。长之、育之、亭之、毒之、养之、覆之。生而不有,为而不恃,长而不宰,是谓玄德。”此处从宇宙生成论的角度,对于“道” 与“德” 生成万物的作用给予了明确的解说。“道” 生成万物,“德”畜养万物,“道”、“德” 虽然内化于万物,但从不干涉万物的生长。万物依存于自身的环境得以生化,万物从“道”得到的属于自身本性的东西就是“德” 。可见“道”与“德” 本身就是二而一的 ,都是常自然的,万物由“道”而生,依“德”而长,两者对于万物从来都是“生而不有 ,为而不恃,长而不宰。”而“玄德”正是“道”此种方式的体现和表达 。可见,老子的“德”是“道”与万物发生关系的一个极为重要的介质,“德”既是从“道”得来的,属于自身的本性 ,又是与“道”不可分割的概念。另一方面,老子哲学的支撑点虽是道论,其落脚点始终是人世的关怀,对人生、国家的关切亦是老子哲学的一个重要的部分。老子是中国最早意识到异化现象的哲人之一。他深知社会历史的发展,虽给人类带来了些许的慰藉,但更多的是隐患。面对现实,老子强调了修身治天下的过程中修“德”的重要性:“善建者不拔,善抱者不脱,子孙以祭祀不辍。修之于身,其德乃真;修之于家,其德乃馀;

修之于乡，其德乃长；修之于国，其德乃丰；修之于天下，其德乃普。”（第五十四章）以“善建者不拔，善抱者不脱”的原则去修“德”，无论是小到个人，还是大到天下，只要依此道理去为，天下万物就能各安其位，友好地相处，和平地生存。显然，此处的“德 ”是指美好的道德、德性、品德。

“德”的丰富蕴含也使得其英译表现出多元化特征。以第三十八章的首句“上德不德，是以有德”为例，不同历史时期的代表性译本对其翻译如下：

巴尔弗（1884）：Virtue，in those of supreme authority，does not itself claim to be virtue；and that is why [virtuous rulers] are possessed of [true] virtue.

理雅各（1891）：（Those who） possessed in highest degree the attributes （of the Tao） did not （seek） to show them，and therefore they possessed them （in fullest measure）.

韦 利（1934）：The man of highest power does not reveal himself as a possessor of power? Therefore he keeps his power.

宾　纳（1944）：A man of sure fitness，without making a point of his fitness，stays fit.

林语堂（1948）：The man of superior character is not （conscious of his） character. Hence he has character.

刘殿爵（1963）：A man of the highest virtue does not keep to virtue and that is why he has virtue.

米歇尔（1988）：The Master doesn't try to be powerful；thus he is truly powerful.

韩禄伯（1989）：The highest virtue is not

virtuous; therefore it truly has virtue.

阿迪斯与隆巴度(1993): High Te? No Te! That's what Te is.

早期的巴尔弗译本和20世纪的刘殿爵译本把"德"译为"virtue",巴尔弗此译是否具有宗教倾向现已难以考证,刘殿爵译"德"为"virtue",源于这样的认识:"德(Te)意味着'virtue'……在道家的用法中,德(Te)指事物之德(virtue)(指从道获得的东西)。换一句话说,德(Te)是一物的本性,因为正是由于它的德(Te),一物方才是其所是的。但是在《道德经》中,这个术语……时常在一个更为习俗的意义上被使用。"[①]陈荣捷、韩禄伯与刘殿爵相同,也以"virtue"翻译"德"。理雅各将"德"翻译为"attributes",并说:"比起'virtue'来,使用任何其他的英语术语,在这儿都是不容易翻译它的,不过若用此解释将会有一个如此误导我们的危险。"[②]亚瑟·韦利将"德"翻译成"power",强调了含德的人有影响或有道德力量(moral force)的一面;宾纳的"德"是身心的健全(fitness),林语堂的"德"指向一种人格涵养,阿迪斯与隆巴度则以异化方式,用音译的"Te"让读者自己在阅读中去体悟。

进入本世纪以来,艾文贺和安乐哲都从中西比较哲学角度研究《道德经》,他们对"德"的研究就直接体现在各自新近译本中。艾文贺也将"德"翻译为"virtue",但他不同意刘殿爵所谓"德"的概念在《道德经》中"不是特别重要"的断言,他在《〈老子〉"德"的概念》一文中,指出"德"的理解对于《老子》哲学的全

① D. C. Lau, trans., *Lao Tzu*: *Tao Te Ching* (Middlesex: Penguin Book, 1963), p. 42.

② James Legge, trans., "The Tao The King", in *The Sacred Books of China*: *The Texts of Taoism*, Part One (New York: Dover Publications, 1962), pp. 80—81.

面理解是必不可少的。[①] 艾文贺认为道家是一特殊形态的伦理实在主义者(ethical realist)。道家的视角是"以真实而正确的价值判断反映了世界的客观特征,而他们(道家)毫不犹豫地批评了那些不能够与适宜的东西相协调的人"。[②]艾氏还认为《道德经》的"德"与早期儒家具有一些共同的特性。第一是"德"的吸引力,第二是"德"对于其他人和本性自身的影响,第三是"德"与"无为"在治理民众上具有紧密的关系。[③]由于道家"德"的概念与早期儒家的同一概念都呈现出"一个真正的伦理的意义";对于儒道两个传统而言,"德"都应该翻译为"virtue",这个概念的合适应用都是在道德哲学的领域。在《将"德"放回道家》一文中,安乐哲也驳斥了刘氏的断言,认为道家"德"的概念在后来的传评和目前对道家的理解中已被"严重低估了"。[④]但安乐哲虽然承认儒家和道家的"德"有一定的关系,但是他突出了二者的区别,认为道家"德"的含义主要体现在社会和政治的方面,而伦理方面的含义应该被抽除掉。在《道不远人》的"《道德经》主要术语"一章里,安乐哲、郝大伟认为《道德经》为"德"提供了政治和宇宙的维度,在政治领域使用时,"德"表述了统治者和其臣民间最恰当的关系,即,"德"既是在对待民众时体现的"慈善",又是民众对一个好君王的慷慨表达的"感激"。"德"同时包括统治手段及其效果。它是社会体制的品格和精神特质。在安乐哲、郝大伟合译本里,"德"主要被翻译为

---

① Philip J. Ivanhoe, "The Concept of De (Virtue) in the Laozi", in *Religious and Philosophical Aspects of the Laozi*, edited by Mark Csikszentmihalyi and Philip J. Ivanhoe (Albany: SUNY Press, 1999), p. 239.

② Philip J. Ivanhoe, trans. *The Daodejing of Laozi* (New York and London: Seven Bridges Press, 2002), p. xx.

③ Philip J. Ivanhoe, trans. *The Daodejing of Laozi* (New York and London: Seven Bridges Press, 2002), pp. 242—249.

④ Roger T. Ames, "Putting the *Te* Back into Taoism", in *Nature in Asian Traditions of Thought*, edited by J. Baird Callicott and Roger T (Ames, Albany: SUNY Press, 1989), p. 123.

“efficacy”，同时，作为“德”的一种可能译法，安乐哲、郝大伟提出了“virtuality”一词，意为“产生结果的固有美德和力量”(having inherent virtue or power to produce effects)。[1]

## 第五节 《道德经》文学风格的跨语际书写

作为道家经典的《道德经》，不仅哲学思想深邃玄奥，同时也是一本文学经典。《道德经》在文体上，采用了整散相间、音调和谐、节奏分明、形态精美的哲理诗体结构，诗味浓郁。它是一部哲理诗。陈鼓应先生说“老子五千言，确是一部辞意锤炼的哲学诗，其中充满了对人生体验富有启发性的观念”，[2]张正明说“《老子》是以述‘道’为中心的结构完整、体制宏大的长篇哲理散文诗”。[3] 在言说方式上，为了“道”那不可道的“道”，老子运用“正言若反”的辩证思维策略，在逆向思维中以反向的语言——一些不合常理、不合常态、不合世俗的语言，去达到正面的目的和正面的意义。正义反取使得《道德经》充满了悖论性的表达，它们因打破日常用语的经验性而赋予了文本独特的语言魅力。本节从《道德经》诗性特征和言说方式两个方面分析《道德经》的文学性在英语世界的传译。

### 5.1 《道德经》诗性特征的翻译

在《道德经》英译的第一阶段，传教士译者往往侧重传译《道德经》中他们认为有用的信息，他们较少重视文本的完整性，对其文本的诗性哲理文体结构与特色也未能给以足够的关

---

① Roger T. Ames & David L. Hall, trans., *Daodejing Making This Life Significant: A Philosophical Translation* (New York: the Ballantine Publishing Group, 2003), p. 60.

② 陈鼓应:《老子注译及评介》,北京:中华书局,1984 年,第 7 页。

③ 张正明:《楚文化志》,武汉:湖北人民出版社,1988 年,第 355 页。

注。如当时的亚历山大译本，首先对《道德经》的译名，取用冗长的阐释性译法：*Lao-Tsze，The Great Thinker with a Translation of His Thoughts on the Nature and Manifestations of God*。他在翻译中，把原文的意思放在首位，对于《道德经》中汉语的独特的诗性美韵，则置之不理。比如，《道德经》第一章中的"故常无欲以观其妙，常有欲以观其徼"一句，对仗工整，字数相当，只有十五个字，诗味浓郁，读来朗朗上口。亚历山大译为："Now he who would gain a knowledge of the nature and attributes of the nameless and indefinable God，must first set himself free from all earthly desires，for unless he can do this，he will be unable to penetrate the material veil which interposes between him and those spiritual conditions into which he would obtain insight."其英语对译用了56个单词，且句法层层包孕，译者作了大量的信息扩充，其内容准确度姑且不论，这样一种论说体式翻译，使原文言简意赅的诗性文体特色荡然无存。理雅各从语言学的角度意识到在翻译中内容与文体都忠实对应很难两全。对此，他选择传达原文的意思作为翻译的主要目的。所以，他把经典翻译的文学性、可欣赏性放在次要的地位，反对"以诗译诗"的做法，在翻译《道德经》这种诗体文本中不追求诗韵美。亚瑟·韦利认为，《道德经》译本不应该是文学性翻译，原文的重要性在于它所要表达的哲理，而不在于它的文学形式。因而，在翻译中韦利将有些章节简洁的汉语译成了详论，而其文本形态更多是政治性而非诗性的。

早期译者对《道德经》文体形态式的忽视，在Walter R. Old那里得到了一定程度的弥补。1894年，Walter R. Old翻译了《道德经》，书名为*The Book of Path of Virtue or The Tao-Teh-King of Lao-Tze，the Chinese Mystic and Philosopher*，从书名便可以看出译者对老子的基本定位——神秘主义者和哲

学家。该译本没有对《道德经》原意进行发挥，而是以尊重文本为基础，细致传达《道德经》原文的精髓。译者在翻译的过程中十分注意原文的韵律美，译文形式工整，多用排比、押韵，译笔细腻，即便从英语表达角度来看也是难得的美文。从内容上来看，Walter R. Old 对《道德经》文意的把握非常准确，抓住了古代汉语的特征，译文恰到好处，可谓 19 世纪末难得的佳本。[①]为节约篇幅，我们仅以他对《道德经》第二十五章后半部分的翻译为例：

大曰逝，逝曰远，远曰反。故道大，天大，地大，人(王)亦大。域中有四大，而人(王)居其一焉。人法地，地法天，天法道，道法自然。

Being boundless, I say it "inscrutable."
Being inscrutable, I say it "inaccessible."
Being inaccessible, I call it the "Ever-present."
Tao, then, is supreme.
Heaven is supreme.
Earth is supreme.
The king is supreme.
There are in the universe four kinds of supremacy, and rulership is one.
Man is ruled by the Earth.
Earth is ruled by Heaven.
Heaven is ruled by Tao.
And Tao is ruled by itself.

译文保持了原文的排比、回环结构，以简洁的语言传递原文的思想，以明快的句式再现原文的韵律。

随着时代的推移，越来越多的译者开始重视对原文文学特

① 吴雪盟：《英语世界老学研究》，武汉：华中师范大学，2011 年，第 17 页。

征的再现。刘殿爵《道德经》(1963)译本堪称其中的代表。刘译力图保持原作结构及音律美感，基本上可以说是既信且美。有时为避免译文呆板凝滞，刘译也从句子的构造、行文的语气方面做出一些变化。刘译遵循了以目的语文化为归宿的原则，即大多采用“归化”的方法，能够为一般的英美读者所接受。其译文明白晓畅，内容忠实于原文，文字表达凝练，风格鲜明传神，读起来让人觉得是一种享受。在翻译时，刘殿爵意识到经文大半属韵体，所以他将这些韵体部分单独成行，缩格排版。出版商企鹅公司评价刘殿爵译本“语言明晰，诗意盎然”。有学者研究认为刘译本最大特色是“从美”，译出了原作的音韵之美，弥补了“韦本”之不足，忠实于原本的诗体特色与诗性美，体现“既信且美，整中有散”的特征①。例如第四十五章：“大成若缺，其用不弊。大盈若冲，其用不穷。大直若屈，大巧若拙。大辩若讷。燥胜寒，静胜热。清静为天下正。”刘殿爵译文如下：

Great perfection seems chipped,
Yet use will not wear it out;
Great fullness seems empty,
Yet use will not drain it;
Great straightness seems bent;
Great skill seems awkward;
Great eloquence seems tongue-tied.
Restless overcomes cold;
Stillness overcomes heat.
Limpid and still,
One can be a leader in the empire.

第四十五章比较典型地体现了《道德经》的诗体特色：本章共计 10 句，40 个字，而刘殿爵以 50 个单词译出。对于原文的

① 李贻萌、金百林：《D. C. Lau 妙译〈道德经〉》，载《外语研究》，1995 年第 2 期，第 42—46 页。

对仗工整，句式紧凑，以及朗朗上口的四字句、三字句，他尽量以整齐的尾韵译出，且多用柔和的/s/音词，使英译本读来也诗味盎然，最大程度上实现了翻译文体对应效果，实为上乘译作。值得一提的是，刘殿爵以"Restless overcomes cold; /Stillness overcomes heat"对译"燥胜寒，静胜热"，传义传神，可谓达到钱钟书先生所倡导的翻译之"化境"。

自刘殿爵译作出版至20世纪末期，《道德经》的诗性翻译成为更多译者的自觉追求，他们尽量在语言规则许可的范畴内进行风格移植。在这方面做出努力且比较出色的译者有阿迪斯与隆巴度、米歇尔、梅维恒等人。关于梅维恒译本的诗性特色已有较为详细的分析，[①]这里主要讨论阿迪斯、隆巴度合译本和米歇尔译本。阿迪斯、隆巴度二人声称要"努力再现古汉语精练的语言和优美的节奏"，[②]他们也的确做到了。以第四章翻译为例：

> 道冲，而用之有弗盈也。渊兮似万物之宗。挫其锐，解其纷，和其光，同其尘。湛兮似或存。吾不知其谁之子，象帝之先。

> Tao is empty—
> Its use never exhausted.
> Bottomless—
> The origin of all things.
> It blunts sharp edges,
> Unites knots,
> Soften glares,
> Becomes one with the dusty world.

---

① 辛红娟：《〈道德经〉在英语世界：文本履行与世界想象》，上海：上海译文出版社，2008年，第344－345页。

② Stephen Addis & Stanley Lombardo, trans., *Lao-tzu*, *Tao Te Ching* (Indianapolis: Hacket Publishing 1993), p. 16.

Deeply subsistent—

I don't know whose child it is,

It is older than the Ancester.

译文句式简洁,气韵生动,原文 44 个汉字,译文只用了 42 个英语词汇来表达。一般而言,由于英汉语言间的差异,表达相同的意思,英语句子都比汉语句子长。尤其是古汉语,比现代汉语更加精练,一个词语蕴含着丰富的语义信息。阿迪斯、隆巴度能够越过这样的语言限制,其翻译可谓紧扣了原作思想、文体特色之精髓。

米歇尔的译本尽管有现代性归化的痕迹,也存在增补和删减,但作为文学家,他对《道德经》的文学美非常重视,认为"《道德经》是关于生活艺术的文献,语言明晰,富含幽默,言辞优美,是世界上一大奇迹。"[①]因此,他的译本主要想以诗性的美文引发读者对老子思想的体悟。试看米歇尔的一段译文:

有无之相生也,难易之相成也,长短之相形也,高下之相盈也,音声之相和也,先后之相随,恒也。(第二章)

Being and non-being create each other.

Difficult and easy support each other.

Long and short define each other.

High and low depend on each other.

Before and after follow each other.

译文以大众化的词汇表达深奥的哲学思想,用排比句式和重复修辞法再现原文的韵律和节奏。

## 5.2 《道德经》言说方式的翻译

如前所述,《道德经》浓厚的文学性在很大程度上得力于其

---

① Stephen Mitchell, trans., *Tao Te Ching* (New York: Harper Colins Publishers, 1988), p. vii.

“正言若反”的言说方式。“将欲翕之，必固张之；将欲弱之，必固强之；将欲废之，必固兴之；将欲取之，必固与之。”（第三十六章）“大白若辱；大方无隅；大器晚成；大音希声；大象无形。”（第四十一章）“大成若缺，其用不弊。大盈若冲，其用不穷。大直若屈，大巧若拙，大辩若讷。”（第四十五章）类似的悖论式的表达是理解《道德经》的一把钥匙。在某种程度上，可能正是老子这种独特的论辩与言说方式吸引了西方译者的思维兴趣。考察西方的言说策略，类似的反合性表达（paradoxical expression）是一种自苏格拉底以降广泛使用的思辨与修辞传统。苏格拉底就曾说过这样吊诡的话：我所知道的就是我什么也不知道。那么，译者们是如何在英语世界里构造出《道德经》“正言若反”的语言空间的呢？

“道可道，非常道”，《道德经》开篇便道出了语言在表达上的有限性。有一种纯本体的存在是语言所无法表达的，这种无法言说而又确实存在的东西，同语言存在着间离。当“道”一旦试图表达自己时，就发现语言对自己的背叛。译者们对这句名言各有表述：

刘殿爵(1963)：The way that can be spoken of is not the constant way.

韦　利：The Way that can be told of is not the Unvaring Way.

米歇尔：The tao that can be told is not the eternal tao.

拉法格：The Tao that can be told is not the Invariant Tao.

安乐哲：Way-making(dao) that can be put into words is not really way-making.

根据考察，大多数译文运用了上述英语定语从句的结构，回译过来，就是“可以说的道不是常道”，原文前半部分“道是可以说的”在英文中被隐去了。有译者意识到了这样的问题，于是出现了如下的译文：

Thomas Z. Zhang：If Tao can be described, then it is not general Tao.

Herrymon Maurer：If Tao can be Taoed, it is not Tao.

刘殿爵(1982)：The Way can be spoken of, but it will not be the constant way.

Maurer 以“条件句＋主句”结构翻译原文的并列句，但“如果道是可以说的”与原文肯定说法“道是可以说的”意义上依然有落差。刘殿爵 1982 年的改译是一个并列句，但根据韩禄伯的阐释，前一小句的“the Way”与后一小句“it”等同，就会产生“The way will not be the constant way”的逻辑混乱。以用语简练著称的阿迪斯、隆巴度将其译为“TAO called TAO is not TAO”，这是否可开启更大的思维空间呢？

意蕴无限的“道可道，非常道”如何英译，人们莫衷一是。《道德经》还有很多矛盾表达法，其英译也是各显风采。我们在前面讨论过米歇尔对第二章“有无相生”部分的翻译，这段原文从修辞上看就是典型的矛盾修辞，而译本也很好地再现了“有无”、“难易”等矛盾概念间的关系。其他译本则在选词造句上有所不同，如安乐哲译本里“有无”为“determinacy”和“indeterminacy”，“音声”为“refined notes”和“raw sounds”，但从对矛盾修辞的体现来说，各个译本都是予以了重视的。

再重点关注一下第三十三章“死而不亡者寿”一句的翻译。就“死而不亡”来说，字面上的叙述看起来是矛盾的，若“死”的解释为生命或事物的终止，那又如何说“不亡”，且达到“寿”的境界？这一悖论式话语留给了后人广阔的阐发空间，以下选出河上公《老子注》、王弼《老子注》、李荣《道德真经注》、苏辙《老子解》及憨山《老子道德经憨山注》等五位学者对“死而不亡者寿"的解释：

| 注本 | "死而不亡者寿"的诠释 |
|---|---|
| 汉《老子河上公注》 | 目不妄视，耳不妄听，口不妄言，则无怨恶于天下，故长寿。① |
| 魏晋《老子王弼注》 | 虽死而以为生之，道不亡乃得全其寿。身没而道犹存，况身存而道不卒乎。② |
| 唐 李荣《道德真经注》 | 国王有道，天清地静，人安神泰，无复倾危。设令时遇灾衰，运逢屯否，居危而得安，处否而常泰，以保于万寿，故言死而不亡者寿。修道者以百年将尽之身，获万劫无期之寿，此亦死而不亡也。然物则百生有死，人则有存有亡者，皆为天也。道则不生而能示生，虽生而不存。不死而能示死，虽死而不亡。不存不亡，故云寿也。但存亡既泯，夭寿亦遣。③ |
| 宋 苏辙《老子解》 | 死生之变亦大矣；而其性湛然不亡，此古之至人，能不生不死者也。④ |
| 明 憨山大师《老子道德经憨山注》 | 世人嗜味养生，以希寿考，殊不知厚味腐肠，气惫速死，谁见其寿哉。惟养性复真，形化而性常存，入于不死不生，此所谓死而不亡者寿也。⑤ |

从五家对"死而不亡者寿"的看法来说，除了河上公对"死亡"议题表现出避谈的态度外，其他四家对于生命中"自然死亡"的说法皆予以肯定，在这样的立场下，关于"寿"永恒意义的诠释，就个体而言，河上公倾向追求形躯的长存，王弼、苏辙、李

① 河上公：《老子河上公注》，见《老子四种》，台北：大安出版社，1999年，第41页。

② 楼宇烈：《王弼集校释》，台北：华正书局，2006年，第85页。

③ 张继禹：《道德真经注》，见《中华道藏》，北京：华夏出版社，2004年，第312页。

④ 曾枣庄、舒大刚：《老子解》，见《三苏全书》，北京：语文出版社，2001年，第438页。

⑤ 憨山大师：《老子道德经憨山注》，台南：和裕出版社，1998年，第95页。

荣与憨山则是皆期待心灵境界提升后生命价值意义的豁显与实践，而更是力求调和本身立场与其他学说（儒、释、道）。只是，由于四家思考问题的起点不同，也因此产生处理方向的歧异。王弼与苏辙透过直接面对生命中的永恒价值，取代人对生死问题的执着；李荣则提出身心安泰的理想，引导人们追求无执的心灵；憨山在指出沉迷形躯所导致的灾祸后，点出一个无所执取的境界；就群体而言，李荣与憨山则是藉此提醒在上位者忘却本身的执着，进而重视群体延续的概念。

如果说本土学者对老子"死而不亡者寿"的诠释都难以一致，那么，这句话在英语世界里的多样性也就不足为奇了。以下是其中的一些：

(1) He who dies and yet does not perish, has longevity.（理雅各）

理雅各译文倾向于河上公的理解，更注重形躯的长存。

(2) The one who dies but does not really perish enjoys long life. He who dies yet (his power) remains has long life.（林语堂）

林语堂用两句英文来翻译原文的六个字，第二句话中的 his power 可看作是译者自己对"不亡"主体的理解。但这个 power 到底指的是什么，还是有待读者去思考了。

(3) When one dies one is not lost, there is no other longevity.（韦利）

韦利在做作了上述翻译后，又引用《庄子》里的话对此予以说明：One's left arm may become a cock; one's right arm a bow; one's buttocks wheels. In any case, no part of one will be lost. 可见，韦利理解的"不亡"也是形躯的存在，这个形躯以化作他物的方式达到"不亡"。

(4) Die and yet not be forgotten is to be long-lived.（安乐哲）

To die but not be forgotten is longevity.（梅维恒）

安乐哲、梅维恒的译文比较相似，两者都认为“不亡”应通假为“不忘”，其主体具有精神的向度。安乐哲认为，在一个祖先崇拜的传统里，被遗忘才是真正的死亡。

（5）Those who die a natural death are long-lived.（艾文贺）

艾文贺的翻译与上述皆不同，他认为“自然死亡”（die a natural death）就是“寿”。“死”在《道德经》里出现了 9 次，“死得其所”与“善终”是老子思想中对“死亡”的要求，亦即“重死”的意义所在，而任意使自己暴露在外力的干涉下而招致死亡，则为“轻死”，故“死而不亡”的“死”可定义为自然（非人为造作的）终止、消散的状态。可以说，艾文贺的翻译把握住了《道德经》中“死”的意蕴，但未能把“死”与“不亡”的关系说清楚。

《道德经》五千言，讲述的不管是“无状之状，无物之象”（第十四章）的宇宙本原的“道”，还是事物运行变化的矛盾统一规律（如第二章），都是在试图通过纷杂的事物表面洞察事物深层而隐秘的本质。表面的东西实实在在、有形有质，深层的东西恍恍惚惚、虚无缥缈，而这二者均为同一来源。如何把这种微言大义传达给芸芸众生，用通常的逻辑推论式的正面表述显然有太大的难度。所以，老子就从反向考虑，即逆向思维，用一些看似不合常情常理、背离常形常态的语言，突破人们思维中那种惯常用语的经验性。因此，“正言若反”是《道德经》中运用最多的一种语言修辞手段，但这种有违世俗认识、形似矛盾的悖异形式，又因其表达的含蓄朦胧、用语的殊异独特而产生多重的解读。在英语世界里，不同的解读也就有了不同的表述方式。

# 第六章　英语世界里的《庄子》

## 第一节　庄子与《庄子》

在先秦诸子中，第一个凭着自然之“道”评说“儒墨之是非”的人物是庄子。他的名篇《齐物论》有这样一段话：“道隐于小成，言隐于荣华。故有儒、墨之是非，以是其所非，而非其所是。欲是其所非，而非其所是，则莫若以明。”这种以自然之“道”超然于儒墨以至百家之争的姿态，使道家在庄子这里接续上了老子的学脉。后世学人以老庄并称，指示出了道家学说的主流，而若论到哲学论题的深度、广度及其繁复性，庄子则又超过了老子。“庄子是中国历史上的不二奇才。《庄子》一书，是世界上独一无二的奇书。”[①]这是作家王蒙在其著作《庄子的享受》前言中对庄子及其《庄子》的高度评价。那么，到底庄子为何人，《庄子》为何书呢？

---

① 王蒙：《庄子的享受》，合肥：安徽教育出版社，2010 年，前言 001。

## 1.1 庄子其人

庄子（约前 369—前 286），姓庄，名周，字子休，宋国蒙邑（一说今安徽蒙城，一说今河南商丘市东北）人，是战国时代著名的哲学家和散文家，是继老子之后道家学派的主要代表。他的活动年代跟孟子大体相同，处于战国的中期。关于他的生卒年月，学者有多种说法。《辞海》、《辞源》据前人的研究，认为约在公元前 369 到公元前 286 年，庄子活了 80 多岁。《史记·老子韩非列传》有一段 200 多字的简要记载：[1]

> 庄子者，蒙人也，名周。周尝为蒙漆园吏，与梁惠王、齐宣王同时。其学无所不窥，然其要本归于老子之言。故其著书十余万言，大抵率寓言也。

据《庄子》书中的描写，庄子一生穷困潦倒。他住在穷街陋巷，靠打草鞋维持生活，饿得面黄肌瘦；他身穿打着补丁的衣服，鞋子磨出了洞，用绳子绑在脚上；他曾因家贫向监河侯借粮。但贫困的庄子从来就活得很有气量与智慧，他厌弃官场，蔑视权势，不愿为富贵利禄而苟且营求。宋国有个叫曹商的人，出使秦国，秦王赏给他百辆车子，他在庄子面前炫耀，庄子轻蔑地说："秦王有病召医，破痈溃痤者得车一乘，舐痔者得车五乘，所治愈下，得车愈多。子岂治其痔邪，何得车之多也？子行矣！"他把为统治者效力而获得赏赐比作舐痔吮痈，不愿与这种人为伍。庄子不愿做官，还由于他不堪忍受官位的束缚。相传楚王曾以千金聘庄子为相，但被他拒绝。庄子描述当时的社会现实是"福轻于羽，祸重于地"，"仅免于刑"。所以他厌恶世俗生活，追求不受世俗羁绊的精神自由；他理想中的圣人、真人，是吸风饮露、秉持天地之正气，"无所待"的逍遥自由人；对于孜孜于世俗名利的人，庄子讥之为麻雀与蝉，不识鲲鹏的广

---

① 颜世安：《庄子评传》，南京：南京大学出版社，1999 年，第 1 页。

阔天地和宏大志愿;他把生死看作有如春夏秋冬的转换,纯属自然,不知悦生,不知恶死,甚至认为死是摆脱了世俗烦恼而"反其真",因此,在其妻子死后"鼓盆而歌";庄子向往的是人的自然天性能自由发展的境界,为达到这种理想境界,他提出"心斋"、"坐忘"等修养方法。庄子的人生就是体认"道"的人生。"天地与我并生,而万物与我为一。"(《齐物论》)精神上冲出渺小的个体,短暂的生命融入宇宙万物之间,翱翔于"无何有之乡"(《逍遥游》),穿越时空的局限,进入无古今、无死生、超越感知的"坐忘"境界(《大宗师》)。

## 1.2 《庄子》其书

如果说,庄子的生命情调在于他对了悟中的自然之"道"的践履,他的著述就可以看作对这被觉悟到的自然之"道"的言说。《史记》所载的"故其著书十余万言,大抵率寓言也"指的就是庄子学派的著述总集、道家的重要典籍《庄子》,亦称《南华经》(*The Holy Canon of Nanhua*),只不过《史记》中提到的《庄子》不止今本《庄子》的33篇。我们现今能看到的最早《庄子》注本为晋人郭象所作,共33篇,分为内篇7篇,外篇15篇,杂篇11篇。现在,通行的《庄子》各篇分类情况如下:

**《庄子》各篇文章分类**

| 内篇 | 外篇 | 杂篇 |
|---|---|---|
| 逍遥游第一<br>齐物论第二<br>养生主第三<br>人间世第四<br>德充符第五<br>大宗师第六<br>应帝王第七 | 骈拇第八<br>马蹄第九<br>胠箧第十<br>在宥第十一<br>天地第十二<br>天道第十三<br>天运第十四<br>刻意第十五<br>缮性第十六<br>秋水第十七<br>至乐第十八<br>达生第十九<br>山木第二十<br>田子方第二十一<br>知北游第二十二 | 庚桑楚第二十三<br>徐无鬼第二十四<br>则阳第二十五<br>外物第二十六<br>寓言第二十七<br>让王第二十八<br>盗跖第二十九<br>说剑第三十<br>渔父第三十一<br>列御寇第三十二<br>天下第三十三 |

一般认为,"内篇"为庄子自著,"外篇"和"杂篇"为庄子的弟子们或者后来的学者所写,"内篇"中最集中表现庄子哲学的是《齐物论》、《逍遥游》和《大宗师》等。

《庄子》哲学思想源于老子,而又发展了老子的思想。"道"也是其哲学的基础和最高范畴,既是关于世界起源和本质的观念,又是至人的认识境界。庄子提出万物一体的思想,认为宇宙万物都是一气之化,虽千姿百态,各不相同,却又同是气聚所成,同为一体。从此出发,他认为大小、寿夭、生死、是非等的差别都是相对的,从万物一体的观点来看,这一切区别都失去了意义。庄子的万物一体思想,是对世界认识的一个进步;依据主观标准无法判断是非,世界无限而个人的认识能力有限,无法尽知世界,庄子实际上提出了认识领域的两个根本性问题。

在先秦说理文中,《庄子》被认为最具有文学价值。它常以寓言代替哲学观点的阐述,用比喻、象征的手法代替逻辑推理的论述,较少直接发表自己的观点,表明自己的态度,而是让读者从奇特荒诞、生动形象的寓言故事中,去领悟其中的哲理。而《庄子》中一些比较纯粹的议论文字,虽注重逻辑推理,常运用演绎归纳等逻辑方法,层层推论,但若仔细考察其推论过程,在逻辑上并非十分严密。如《马蹄》、《骈拇》、《胠箧》等篇,都以一个假言前提为基础开始论述,但这些假言前提与推导出的结论,事实上并无必然的联系。《庄子》的论辩,与其说读者是被其逻辑推理所征服,不如说是被奇诡的艺术境界、充沛的情感所感染。

《庄子》的语言如行云流水,汪洋恣肆,跌宕跳跃,节奏鲜明,音调和谐,具有诗歌语言的特点。《庄子》一书的出现,标志着我国的哲学思想和文学语言在战国时代就已经发展到非常玄远、高深的水平,是我国古代典籍中的瑰宝。这部文献在哲学和文学上都有着很高的研究价值,而这正是为什么一百多年来诸多中外学者致力于翻译《庄子》的原因所在。

## 第二节 《庄子》英译的历时性描写

中国文化博大精深，而儒家思想在中国一直占据着正统的地位。因此，当西方开始介绍中国文化时，首推儒家经典《论语》，且译本达几十种之多。与之相比，作为道家经典《庄子》的英译则要晚将近两百年，译本数量也少得多。“从 1881 年的第一个译本到 20 世纪末，共有全译本和节译本共 10 余种，在时间上覆盖了 19 世纪末，20 世纪上半期、中期、下半期、末期等各个阶段；译者来自中、英、美各国，其中有外交家、汉学家，也有哲学家。”①

《庄子》最早的英文译本问世于 1881 年，英国汉学者巴尔弗在伦敦和上海出版了《南华真经——道家哲学家庄子的著作》（*The Divine Classic of Nan-hua, being the Works of Chuang Tsze, Taoist Philosopher*）。但是巴尔弗只是译出了《庄子》的部分内容，而且根据翟理思和理雅各的评价，这个译本的质量很差，难以值得信任。

因此，汉学家翟理思花费了整整两年时间翻译《庄子》，于 1889 年 1 月由夸理奇（B. Quaritch）出版公司出版了第一个《庄子》全译本《庄子：神秘主义者、道德家和社会改革家》（*ChuangTzu: Mystic, Moralist, and Social Reformer*），1926 年修订再版，书名更名为《庄子——道德哲学家和中国的神秘主义者》（*Chuang Tzu: Taoist Philosopher and Chinese Mystic*）。翟理思的《庄子》译本分为三大部分：引言、庄子哲学札记、译文。在引言中，翟理思称，在翻译时，他会根据“中国的传统作法，将自己的评论也夹杂在译文之中。希望这样能够帮助大家理解庄子引用的典故，以及庄子所传达的微妙的，时常

---

① 徐来：《英译〈庄子〉研究》，上海：复旦大学，2005 年，第 8 页。

又是隐晦的意思。”[①]该译本出版后，引起了极大的关注。翟理思的译笔流畅，虽然传译并不十分严密，但却将庄子哲学之精华传递给了英国读者，对于西方了解中国与中国人是大有裨益的。翟理思邀请 Aubrey Moore 给《庄子》内七篇做的哲学导读，基本上定下了英语世界后来的译者和研究者对庄子哲学的认识基调。此后西方译者或学者谈到庄子，往往将其思想归纳为寂静主义、神秘主义、相对主义等特点，或者将庄子与赫拉克利特等西方哲学家进行比较。[②] 有评论者认为，在翟理思的笔下，庄子的“形象和智慧都充满了魅力”。但也有人认为，翟理思在译本中加入的主观臆断太多，使得译文在一定程度上偏离了《庄子》原义。

两年后，即 1891 年，著名汉学家理雅各出版了《庄子》的第三个版本：《庄子文集》(*The Writings of Kwang-tsze*)，该译本是与《道德经》(*The Texts of Taoism*)的译文一起发表在由英国语言学家缪勒(Max Müller)主编的《东方圣书》(*The Sacred Books of the East*)中，分别为第三十九和第四十卷。该版本除译文外还包含前言、详细的注释、八项附录和专有名词的索引等，是西方人研究道家著作的重要参考资料。与翟理思译本的行文较为流畅相比，理雅各的《庄子》译本更注重文本内容的忠实传达，因此文句较为累赘冗长。但由于理雅各本人作为近代英国第一位著名汉学家所具有的崇高威望，以及素来严谨的治学态度，所以该译本成为《庄子》英译本的权威译作，具有很高的学术价值。

当代中国著名哲学家、哲学史家冯友兰于 1933 年在上海商务印书馆出版《庄子》译本《庄子内篇》(*Chuang-Tzu: A Selected Translation with an Exposition of the Philosophy of Kuo Hsiang*)，这是第一本由中国本土学者翻译的译作，具有

---

① 翟理思，baike. baidu. com/view/973666. htm 2011-8-4。

② 徐来，：《英译〈庄子〉研究》，上海：复旦大学，2005 年，第 27 页。

里程碑式的意义。1989年由北京的外文出版社重新出版。该译本不仅译出了全部内篇，还加译了晋人郭象的注疏，很好地传达了《庄子》的哲学思想。由于冯友兰有着赴美留学和讲学的经历，因此他的译本在英语世界里亦颇受欢迎。

关于庄子思想在西方的传播不能忽略的一个名字是亚瑟·韦利。韦利是20世纪罕见的具有文学天才的汉学家，他的主要汉学成果集中于文学领域，但同时也是有影响的中国思想经典的译者与研究者，他的《论语》译本与《道德经》译本是目前英语世界比较通行的译本。1939年11月，韦利的著作《中国古代的三种思维方式》由George Allen & Unwind Ltd.出版，对先秦时期三种较有影响的学派（儒家、道家、法家）进行了讨论，他在书中译出了《庄子》部分轶事和论辩，借此说明庄子的思想。韦利译本是最早将庄子思想与先秦时代背景联系起来的版本。该版本从社会、政治、生活、精神等多方面对庄子道家思想进行了分析，既不同于Moore纯粹的哲学分析，也不同于理雅各的宗教认识。韦利译本以开阔的视野服务于普通读者，因通晓流畅的文字和深入浅出的内容成为英语世界中国先秦思想史的一部普及型名著。

1942年，另一位《庄子》的本土译者，中国当代著名学者、文学家、语言学家林语堂在《中国与印度的智慧》（*The Wisdom of China and India*）一书中的"庄子——玄学家和幽默大师"（"Chuangtse, Mystic and Humorist"）部分，译出了《庄子》内篇中除"应帝王"之外的其余6篇，以及外篇中的《骈拇》、《马蹄》、《胠箧》、《在宥》和《秋水》5篇，共11篇。林语堂坦言自己的译本是以翟理思的译本为基础，他认为翟的译本过于随意，但也承认在很多章节的翻译上翟理思做得很成功，对他自己的译本借鉴意义很大。此外，他对翻译章节的选择也是有一定依据的，对各个章节或某些章节分别从哲学意义、文学价值、思想流派或写作风格等方面做出了自己的评判。

同年，英国传教士休斯（Ernest Richard Hughes，1883—1956）在伦敦出版了著作《古典时代的中国哲学》（*Chinese Philosophy in Classical Times*），书中翻译了《庄子》内篇中除第五篇（《德充符》）外的其他篇目的大部分内容，并题名《自由诗人庄周》（*Chuang Chou，The Poet of Freedom*）。

1963 年，美籍华裔学者陈荣捷在普林斯顿大学出版社出版了《中国哲学资料书》，其中《庄子》部分收录的是他自己的译文。

1963 年，美国汉学家詹姆斯·魏鲁男在纽约由新美国图书馆出版社出版了《庄子语录》（*The Sayings of Chuang Chou*），这是 20 世纪的第一个英文全译本。台湾的文致出版社据此版本于 1970 年以中英对照的形式出版。直到 1994 年末，台湾书店里唯一有售的《庄子》英语全译本就是这一种。但华兹生对此译本评价不高，认为该译文使用了许多生涩的词语，跟前几个译本相比，这个译本没有长篇的导论，也没有注释和索引，因此没有多少学术价值。

1964 年，著名汉学家伯顿·华兹生翻译出版了《庄子入门》（*Chuang Tzu：Basic Writings*），主要包括内篇的翻译；后在此基础上于 1968 年由哥伦比亚大学出版社出版了《庄子全书》（*The Complete Works of Chuang Tzu*）。对当代的读者来说，翟理思和理雅各的译文所用的维多利亚时代英语未免有点过时，而华兹生译本用的是流畅的当代英语，译文中甚至用了不少口语词和俚语，还用了不少成对词跟汉语原文的联绵词相对应，读起来朗朗上口，通俗易懂。华兹生的译本是到目前为止公认的较好译本，已经被收入《联合国教科文组织各国代表作品丛书》。

1965 年，法裔美国作家托马斯·莫顿完成了一部完整的译作《庄子之道》（*The Way of Chuang Tzu*）。莫顿十分喜爱中国的古典作品，他有关中国典籍的著作和译作所显示出的才华为多位留美的中国学者所公认,他们认为莫顿对儒家和道家的思想做了既深入又明畅的介绍,不但发人深思,而且引人入胜。

1974年,美籍华裔学者冯家富与英格里斯合译的《〈庄子〉内篇》(*Chuang Tzu: Inner Chapters*)由纽约蓝登书屋(Random House)分店古典书局(Vintage Books)出版,该译本以简朴的英语和精美的设计吸引了普通的读者。

1981年,英国汉学家葛瑞汉在伦敦出版了译作《庄子·内七篇和外篇选》(*Chuang-tzu: The Seven Inner Chapters and Other Writings from the Book Chuang-tzu*)。译者按照自己的理解重新安排了译本中篇目、段落的顺序,并删除了部分内容。这个包含原文近五分之四内容的"全译本"尤其注重《庄子》哲学思想的分析和呈现,对研究中国哲学十分有益。

1991年,当代知名的美国汉学家和典籍译家托马斯·克利瑞(Thomas Cleary,1949—)在哈泼出版社旧金山分社出版了《道之精华》(*The Essential Tao*)一书,包括《道德经》、《庄子》内篇,译文通畅,但不完全忠实于原文。后附《论道家、〈道德经〉和〈庄子〉的历史背景》,对道家学派的形成过程和《老子》、《庄子》的成书过程进行介绍,注解有一定特色。

1994年,著名美国汉学家梅维恒出版了《逍遥于道:庄子的早期道家寓言故事》(*Wandering on the Way: Early Taoist Tales and Parables of Chuang Tzu*)。该译本附有序言和注释,其出版商对此版本评价很高,认为它肯定会成为庄子著作在当代的权威版本。

1997年,美国当代诗人和译者大卫·亨顿出版了《庄子》内篇的翻译(*Chuang Tzu: The Inner Chapters*)。其译本多作意译,具有一定特色。

1998年,美国诗人萨姆·哈米尔(Sam Hamill)与西顿(J. P. Seaton)编译出版了《庄子精华》(*The Essential Chuang*

Tzu)。

1999年湖南人民出版社出版了汪榕培英译《庄子》(*Zhuangzi*),该译本为"大中华文库"出版书目之一。汪译《庄子》借鉴了现有的各种英文全译本和选译本,是目前最新的《庄子》英文全译本。汪榕培是我国著名的典籍英译翻译家,先后完成了《老子》、《易经》、《诗经》、《庄子》、《汉魏六朝诗三百首》、《陶渊明集》、《牡丹亭》、《邯郸记》、《墨子》、《评弹精华》、《昆曲精华》等译著,国文修养深厚,外语水平过硬,治学态度严谨,因此,该译本出版后得到了国内学者的好评。但是由于没有在国外出版,因此在海外的汉学界及普通读者中的影响力尚有待观察。

2001年,由艾文贺、万白安主编的《中国古典哲学读本》出版,该书收录了美国学者 Paul Kjellberg 的《庄子》选译,包括第一至七篇、第十二至十四篇、第十七至二十篇、第二十二至二十四篇、第二十六篇和第三十二篇。

以上是对一百多年来《庄子》英译的概况梳理,可以看出,英、美译者和华人译者几乎三分天下。在这些译本当中,节译本多于全译本,而节译本中又多为内篇的翻译。由于时代和目的的不同,以及译者自身学术涵养的差异,故各个译本都展示出了各自不同的特点,为《庄子》在英语世界的传播发挥了不同程度的促进作用。

## 第三节 《庄子》在英语世界里的文本形态

从《庄子》在英语世界的译介与传播中可以看出,绝大多数译本都出自英美译者之手,只有小部分由美籍华人或中国本土学者翻译。那么,这些不同的译本到底有何特点呢?他们之间有优劣之分吗?广而言之,中国典籍是由外国的汉学家来翻译比较好,还是由中国本国的学者翻译比较好呢?关于这一点,译界一直难以达成一致意见。一种观点认为，典籍英译应由以英语为母语的人士来完成，如葛瑞汉认为，“我们几乎不能放手给中国人，因为按照一般规律，翻译都是从外语译成母语，而不是从母语译成外语的，这一规律很少例外。”[①]与之相反的观点是：“西方汉学家再怎样对中国文化进行研究，他们对中国文字中的内蕴理解总很难透彻。他们用西方人的习惯思维考察中国古典文化中的哲学和伦理，就可能有误解。因此，今天为了使中国文化让西方读者分享，就得有新的译本，最好新的译者是中国人，而且应当是学贯中西的中国译者。”[②]事实上，典籍英译者的“国籍”与译文的好坏并不存在必然的因果关系。纵观《庄子》十余种译本，无论是外国的汉学家还是中国的学者，他们的译作都各有千秋，各具价值。译者的目的不同、侧重点不同、采取的翻译策略不同，就会产生不同的译本，同样，读者的阅读目的不同、欣赏习惯不同等因素也会对译文质量做出不同的评价。下面将就几个重要的《庄子》英译本进行简要介绍。

### 3.1 以忠实于原典为目的的《庄子》(理雅各译本)

理雅各是第一个系统研究、翻译中国古代经典的人。从1861年到1886年的25年间，将“四书”、“五经”等中国主要典籍全部译出，共计28卷。1891年，理雅各76岁高龄之际，翻译出版了《庄子文集》，与《道德经》的译文一起发表在由英国语言学家缪勒主编的《东方圣书》丛刊中，分别为第三十九和第四十卷。理雅各在翻译中国经典的过程中，始终贯彻着严谨的治学态度，力求做到“忠实、准确”，译本在西方受到广泛好评。

理雅各的《庄子》译本除英译正文外，还有长篇前言、研究

---

① 潘文国：《谈中国译者从事汉籍英译的意义》，载《中国翻译》，2004年第3期，第40—43页。

② 罗志野：《读〈庄子〉新译》，载《外语与外语教学》，1998年第10期，第49—50页。

导论、各章提要、脚注、附录和索引等。其中值得一提的是，理雅各在翻译《庄子》时，不辞辛劳、不厌其烦地查阅相关资料，以历朝历代的多家注释本作为参考，综合各家所言，再加以研读，最终提出自己的看法。因此，该译本的脚注极其详尽，全文脚注多达 1141 处，用以解释《庄子》中出现的众多中国传统哲学思想术语，以及大量的人名、地名、动植物名称等。因此，理雅各译本的注释几乎是无所不包。而在翻译这些人名、物名和地名及篇名时，更多使用的是音译加直译的方法，以体现对原著的忠实性。此外，该译本是对各章题旨进行解读且解读得最为详细的一个版本，长达 36 页，共计一万多字，不仅指出了篇名的本义，还整理了各篇的思想要点和论证过程，成为该译本的一大特色。为了说明当时中国思想界的总体概况，以帮助读者更好地理解《庄子》，理雅各参照《史记》对庄子以及老子、孔子、孟子、惠施、墨子等人进行了尽可能的介绍。可以说，理雅各通过翻译《庄子》以及其他中国典籍，使西方人对中国哲学思想和文化有了最初的了解，而这种传播，也对西方的哲学思想、伦理思想及文学思想产生了一定的影响，对此，理雅各是功不可没的。

理雅各译本于 1959 年重印时增加了日本禅学家铃木大拙的导言。铃木大拙是日本禅学大师，对道家与东方哲学的分析很有见地。在导言中，他多次将道家、佛教、禅宗三者进行比较和联系，对庄子和道家思想提出了自己的看法，受到读者信赖。

### 3.2 与西方哲学相比附的《庄子》(冯友兰译本)

冯友兰，当代中国哲学家、哲学史家，字芝生，出生于河南唐河县一个书香门第，从小受儒家文化熏陶，为其日后的学术研究打下了坚实的基础。1915 年考入北京大学哲学系，1919 年赴美留学，经过四年学习，获哥伦比亚大学博士学位。回国后历任中州大学、广东大学、燕京大学、清华大学、西南联大等校教授。新中国成立后任北京大学哲学系教授直至逝世。在此期间，冯友兰曾赴美任客座教授，并获美国普林斯顿大学、哥伦比亚大学等校名誉文学博士称号。

冯友兰所译的《庄子》最初源于他在燕京大学任教时给学生讲授《庄子》时使用的读本，可以说这是他译《庄子》最直接、最现实的原因，但绝非唯一的原因，这一点在该译本的导言中有着明确的表述："翻译是一种解释与评论。就目前的《庄子》英译本而言，从文学或语言学的角度来说或许是好的，有用的，然而在解释《庄子》一书时，这些译本似乎并未触及作者真正的哲学精神。……看来我们需要一本更注重庄子之哲学思想的译本。"[①]与前面几位译者身份不同，冯友兰在国内外大学哲学系学习及教学的经历，使得他不仅对中国哲学研究有了一个比较全面的了解，还在哲学方法上形成了注重严密的逻辑分析的西方特色，这种身份必然使得冯友兰在翻译《庄子》时会更强调《庄子》一书所蕴含的哲学思想。冯友兰一直认为，不能主观臆断内、外、杂诸篇的作者，而应以庄子整体哲学思想出发，"以《逍遥游》和《齐物论》为主要线索，参考其他各篇"，来对庄子哲学思想做全面的认识、分析和批判。[②]

冯友兰的《庄子》译本《庄子内篇》最初于1933年在上海由商务印书馆(The Commercial Press)出版，内含导言、内七篇的正文翻译(其中穿插有郭象注的部分内容及少量译者注)、以"郭象哲学"为题的附录。该版本于1964年在纽约再版，1989年由北京外文出版社重印，并新增了冯友兰《中国哲学简史》第十章《道家的第三阶段：庄子》作为附录二，新版书名为《道家经典——庄子》(*A Taoist Classic*: *Chang-Tzu*)。

冯友兰的《庄子》译本之前有三个译本，因此，冯友兰在翻

① Fung Yu-lan, trans. *A Taoist Classic*: *Chuang-Tzu* (Beijing: Foreign Languages Press, 1989), p. 1.

② 胡道静：《十家论庄》，上海：上海人民出版社，2008年，第18页。

译《庄子》时是以前人的译本，主要是翟理思和理雅各的译本作为参考的，既有相同之处，也有独到见解。“我常常根据我认为对庄子哲学正确的解释给出新的翻译。……有些重要的术语、短语以及段落，对整个章节的理解非常关键。不同的翻译可能会使整个章节的语调和色彩变得不同。……这一点，加上注释与评论，也使我能够称这个译本为我的译本。”①



正如前文所述，该译本在英译《庄子》原文后，还翻译了相应的郭象注，并有译者自注。但是译本并没有区分庄子和郭象的哲学思想，没有着意分析庄子哲学与郭象的《庄子注》在哲学思想上的分歧，而是以郭象的注解为基础去理解庄子哲学。英译本的多处表达更接近郭象义理。郭象注的先入为主，影响到冯友兰对庄周原作的理解。所以我们可以说冯友兰的《庄子》英译本字句取自庄周，而义理却承袭于郭象。此外，他在序言中常将以庄子为代表的道家哲学思想与西方哲学概念相比附，即以西方概念解释道家哲学，甚至在两者之间划上等号。如在译序或译文中，冯友兰频频提到西方哲学家的名字，诸如美国实用主义哲学家威廉·詹姆士(William James)、荷兰哲学家斯宾诺莎(Baruch de Spinoza)、德国哲学家黑格尔(Georg Wilhelm Friedrich Hegel)等，以及一些西方哲学名词，诸如“纯粹经验”、“精神自由”等；并引用他们的观点来比较与解释庄子的道家思想。冯友兰将道家归入新实在论，称它“既是自然的和科学的，又是神秘的和宗教的”。② 这恐怕也与他的留学经历是分不开的，他在赴美留学期间，在哥伦比亚大学研究生院师从实用主义哲学家杜威(Dewey)和新实在论哲学家孟太格(Mantague)，从而使得他的哲学思想带有一定的新实在论

---

① Fung Yu-lan, trans. *A Taoist Classic*: *Chuang-Tzu* (Beijing: Foreign Languages Press, 1989), p. 2.

② Fung Yu-lan, trans. *A Taoist Classic*: *Chuang-Tzu* (Beijing: Foreign Languages Press, 1989), p. 2.

倾向。

冯友兰的《庄子》英译本最突出的特点在于它是第一部由中国人自己翻译的译本，从而在《庄子》英译史上具有开创性的意义。

## 3.3 通俗性和文学性兼顾的《庄子》(华兹生译本)

华兹生于1964年，出版了《庄子》选译本——《庄子入门》，包括内七篇和部分外、杂篇。1968年，他出版了《庄子全书》，该译本成为继翟理思、理雅各、魏鲁男之后的第四个《庄子》英语全译本。

华兹生致力于中日文学的翻译与研究，翻译了不少诸子散文和古典诗词，其文字平易而优雅，是极受欢迎的亚洲语言翻译名家。华兹生翻译《庄子》主要以刘文典的《庄子补正》为参考底本，同时还参考了多种《庄子》的哲学解读本和一些主要的《庄子》英译本。同理雅各相似，华兹生力求译文能忠实地再现原著的行文风格，尽可能多地保留原著中的词语和意象，因此，其版本的注释也非常之多，达508处。所不同的是，华兹生版本的《庄子》英译本所采用的是流畅的现代英语，通俗易懂，朗朗上口，使得该译本在注重《庄子》哲学思想传播的同时，也很好地兼顾了其文学美感的传译。正是由于此版本集思想性和文学性于一身的特点，因此，自出版后受到的评价极高，被引用的次数也最频繁，并被收入《联合国教科文组织各国代表作品丛书》。

关于《庄子》的主题思想，华兹生认为，那就是“自由”二字，即庄子思想就是对“自由”的追求。他的这一解读在英语世界得到了广泛的认同，《逍遥游》篇名的翻译——Free and Easy Wandering，就是一个很好的例证。在其译本的前言部分，华兹生对庄子的生平、思想和文本进行了深入的考察，并提出了独到的见解，有助于西方读者更全面地了解庄子及其思想，也反映出西方世界对中国道家思想所抱有的浓烈兴趣。当然，华兹生在对《庄子》一书进行介绍时，对一些历史事实辨别得不是很清楚，他自己也坦言，由于庄子经常使用卮言、寓言和重言的言说方式，所以这使得他在翻译《庄子》的过程中遇到了前所未有的挑战，但所有这一切都并不妨碍其成为英语世界学者研究《庄子》的基础。



### 3.4 篇目排列独具一格的《庄子》(葛瑞汉译本)

葛瑞汉，英国著名的哲学家、汉学家和翻译家，1919 年 7 月出生于英国珀纳思(Penarth)，1946 年进入伦敦大学的东方及非洲研究院(S. O. A. S.)，开始了漫长的学术生涯。他一生对中国典籍的英译与研究颇丰，如《墨子》、《庄子》、《列子》、《鹖冠子》、《孟子》等。1981 年，葛瑞汉出版了《庄子》的选译本——《庄子·内七篇和外篇选》，虽是选译本，但内容涵盖甚多，有原著近五分之四的内容。

葛瑞汉的《庄子》英译是建立在其对《庄子》的研究基础之上的。在其译本的第一部分“前言”中，葛瑞汉分八小节分别讨论了道家起源、庄子其人其书、庄子思想要点及语言特点等内容，对庄子的哲学思想和文学成就都给予了高度评价。葛瑞汉认为庄子是一个理想主义者和相对主义者，《庄子》表达了中国文明中“崇尚自然、直觉、私人、蔑视传统的一面，与儒家所代表的说教、官方、高尚恰恰相反”。[①] 但葛瑞汉并不认为《庄子》是庄子一人所著，他认同学界的一般观点，即认为内篇主要出自庄子之手，而其他篇章则出自包括庄子学派(the school of Zhuang-tzu)、原始主义学派(primitivist)、杨朱学派(the Yangist)、调和论学派(syncretist)的作者。因此，葛瑞汉认为，

---

① Angus C Graham, trans., *Chuang-tzu: The Seven Inner Chapters and Other Writings from the Book Chuang-tzu* (London: George Allen & Unwin, 1981), p. 3.

翟理思、理雅各、华兹生等人对《庄子》文本的处理，即采取整体全译的方法，就会面临翻译的内容越多、表达的思想就越少的危险。故此，葛瑞汉在删除原著近五分之一的基础上，对剩下的五分之四的内容按照自己的理解重新进行了篇目次第及段落顺序的安排。他没有采用惯常的内、外、杂三分法，而是把内容重组为五大部分，译本的每一部分译文都以葛瑞汉对《庄子》相关研究解说开始，几乎每一篇也都有译者的题旨评说和相关注释说明。他的研究前言、题旨说明、增删说明、文内注释等个人研究庄子的成果占了译本约三分之一的篇幅。[①]由于葛瑞汉不仅从事《庄子》的翻译工作，同时还对《庄子》进行了专门的研究，因此他的译本具有更强的学术性。可以说，葛瑞汉的译本几乎成为其个人研究成果的直观体现。

### 3.5 注重原作文学成就的《庄子》(梅维恒译本)

梅维恒，美国汉学家，1943 年出生于美国中西部的俄亥俄州，自 1979 年起任教于宾夕法尼亚大学东方研究系(现称亚洲及中东研究系)。1994 年，由梅维恒翻译、Bantam Books 出版公司出版的《庄子》的第五个英语全译本问世，书名为《逍遥于道：庄子的早期道家寓言故事》，1998 年再版。这本书的出版商在封面的介绍中雄心勃勃地说，梅维恒的这个全译本，加上他对庄子及其在中国思想和历史上的地位进行评说的导论，逐渐成为庄子著作在当代的权威版本。

梅维恒译本所采纳的是陈鼓应的《庄子今注今译》本，并参考了哈佛燕京学社编的《庄子引得》。该译本包括译者前言、译本介绍、译者注释、译文正文、术语汇编、参考书目及省略不译的一小部分段落。其中，导读和术语汇编比较详细。术语汇编分为人名、地名、典故三个部分，颇具特色。为了方便读者了解

---

① 黄中习：《典籍英译标准的整体论研究——以〈庄子〉英译为例》，苏州：苏州大学，2009 年，第 266 页.

该章的主旨，他在每篇开头都有一个扼要的简介，还把每篇分成几小节，以便读者更好地把握该篇的思想脉络。同葛瑞汉等译者一样，梅维恒《庄子》的英译研究也重视对原典的时代背景进行研究。他认为，要了解《庄子》的编撰性质，就要熟悉其成书的历史背景和学术潮流。他在译本介绍中分 7 个部分对庄子其人其书进行了探讨：《庄子》是名副其实的文学杰作；《老子》和《庄子》是圣贤的集体创作；《庄子》的文风远胜《道德经》；《庄子》并非庄周一人所作；《庄子》文学价值远胜其哲学价值；庄子是一个相对主义者；倡导多视角的庄子研究。

汪榕培认为，梅维恒的最新译本确有独到之处，力求体现《庄子》一书的文学色彩。[1]他把汉语的诗体部分全部用英语的诗体来翻译，例如，《养生主》中的“吾生也有涯，而知也无涯。以有涯随无涯，殆矣”译成：

“Our lives are limited,
But knowledge is limitless,
To pursue the limitless
With the limited
Is dangerous.”

因此可以说，梅维恒的庄子研究篇幅不小，颇有深度，突出强调《庄子》的文学价值，这不仅反映出他对此前译本相关内容的吸收，也表现了译者自身对先秦时代的认识和见解逐步深化。这一译本也体现了译者把中国思想与西方思想进行比较对照的自觉意识。其多视角、多维度的庄子研究之倡导标志着英语世界对《庄子》研究视角不断扩大，不断深入。[2]

---

① 汪榕培（英译）：《大中华文库汉英对照·庄子》(*Zhuangzi*)，长沙：湖南人民出版社，1999 年，前言第 38 页。

② 黄中习：《典籍英译标准的整体论研究——以〈庄子〉英译为例》，苏州：苏州大学，2009 年，第 223 页。

## 3.6 以可读性为中心取向的《庄子》(汪榕培译本)

汪榕培,1942年出生于中国上海,1964年本科毕业于上海外国语学院英语系,1967年研究生毕业于复旦大学外文系,长期担任英语教学工作,在学术研究上也取得了丰硕的成果,尤其值得一提的是在中国古典文学英译和中西文化比较等方面,汪榕培教授取得了突破性的进展,译著辉煌,先后完成了《英译老子》、《英译易经》、《英译诗经》、《英译庄子》等许多著作和相关研究论文,得到国内外学者的高度重视与好评。

汪榕培版的《庄子》(*Zhuangzi*)译本是以郭庆藩的《庄子集释》为底本进行校点和今译,英译借鉴了现有的各种英文全译本和选译本,是目前最新的《庄子》英文全译本。该译本被收入《大中华文库》,分为I,II两册出版,第一册包括内篇及外篇的第八到第十七篇,第二册包括外篇的后五篇及杂篇。在前言中,译者首先表明了重译《庄子》的目的和意义,认为《庄子》虽然早就被译成英文传入西方,但由于东西方文化和思维的差异以及部分译文的失真,引起了不少误解和争议。因此,“我们有义务把庄子其人和《庄子》其书的真实面貌介绍给西方,让庄子真正从东方走向西方,使中华优秀传统文化的这颗璀璨明星在世界上发出更加绚丽的光彩。”[①]随后,译者高度评价了庄子,认为庄子是甘居淡泊的学者,是思想深邃的哲人,是才气横溢的文豪。最后,译者从《庄子》的版本、《庄子》各章要旨、《庄子》的英译本这三个方面对《庄子》一书进行了介绍。汪榕培认为,庄子的思想体系是博大精深的,概括起来可以包括“以道为本”、“万物齐一”、“自然无为”及“逍遥而游”四个方面。而庄子的文学成就主要体现在浪漫主义的手法、现实主义的描写、千姿百态的寓言、汪洋恣肆的语言四个方面。在前言的最后,汪榕培

① 汪榕培(英译):《大中华文库汉英对照·庄子》(*Zhuangzi*),长沙:湖南人民出版社,1999年,前言第17页。

陈述了重译《庄子》的三条理由：其一是因为此前《庄子》的五个英语全译本都是英美人翻译的，在理解汉语原文方面存在不少问题；其二是国内译者能即时阅读到《庄子》研究最新的第一手资料，可以把《庄子》思想的真谛介绍给国外读者；其三是出自译者本人对中国文化和比较文化的爱好。

该版本的正文分三个部分，左页分上下两部分，分别为"原文"和"今译"，右页为与之对应的"英译文"，非常清晰明了。译本的最后部分是"译名对照表"，收录了人名、地名、书名等专有名词，按汉语拼音字母次序排列，所有名词均在后面的括号里注明所出现的章节。

关于《庄子》英译所遵循的原则，汪榕培在前言中指出：我们遵循的翻译原则是以流畅的当代英语表达原作的精神实质，再现原作的艺术风采。在英语读者可能接受的基础上，能够"直译"的就尽量直译，也就是用原文的对应词语或对应结构来翻译。在出现词不达意或可能引起误解的时候，就采用灵活多变的处理方式。即使同一个多次出现的概念术语在不同的行文中也可能采用不同的表达方式（例如"无为"译成"non-action"，"do not take any action"，"do nothing"等不同的词语）。在个别场合下，单纯的句子翻译不能表达全部内涵的时候，则采用了解释性的译法，这样做也许比加上大量的注解要好一些，读者不必随时打断思路停下来阅读注解。有的地方还加译了庄子的"不言之言"和"言下之意"。① 由此，我们可以推断出，汪榕培在英译《庄子》时所遵循的翻译标准可用"传神达意"来概括，汪译的文字清新易懂、平实优美，而汪译《庄子》的这种以可读性为中心取向的翻译策略在"西学仍在东渐，中学也将西传"的当代无疑具有其特定的历史意义。

---

① 汪榕培（英译）：《大中华文库汉英对照·庄子》（*Zhuangzi*），长沙：湖南人民出版社，1999 年，前言第 41 页。

## 第四节 《庄子》英译中核心概念的阐释

作为先秦时期的一个重要思想流派——道家的经典著作，《庄子》一书以其博大的哲学思想和极高的文学价值在中国历史上产生了深远的影响。但《庄子》这部书，就其本体定位而言是一部哲学著作而不是文学创作。[①] 因此，像其他许多诸子散文一样，《庄子》首先引起西方人的关注并被翻译成英语的原因正是在于它所承载的丰富的哲学思想内涵。就上述几个重要的《庄子》英译本来看，绝大多数译本将《庄子》首先作为哲学著作来翻译，也有译者努力兼顾《庄子》的哲学内涵与文学美感，但是当两者发生冲突的时候，往往倾向于哲学优先的方法。[②]

出于言说的需要，一个哲学体系总会包括一些重要的概念、命题或范畴。庄子哲学也不例外，在《庄子》一书中，有一些重要概念充分体现了庄子的哲学思想，如："道"、"德"、"天"、"命"、"心"、"逍遥"、"齐物"、"无情"、"无用"、"忘"等。在《庄子》的英译过程中，这些概念成为各个译者不可回避的内容，如何翻译这些哲学术语，从很大程度上反映出了译者对这些概念的各自的理解和诠释。本节将从中选择"道"、"德"、"心"、"逍遥"、"齐物"这几个重要哲学概念的翻译进行简要介绍。

### 4.1 "道"

对于道家而言，"道"字无疑是一个重要的概念词。"道"的本意是"路"，《说文》："道，所行道也。"其意义的改变始于老子，老子把"道"确立为天地万物的本源，如我们所熟悉的《道德经》的第四十二章："道生一，一生二，二生三，三生万物。万物负阴

---

① 林明华：《〈庄子〉散文的文学特质及其价值》，载《中国文学研究》，2000年第1期，第33—39页.

② 徐来：《英译〈庄子〉研究》，上海：复旦大学，2005年，第17页。

而抱阳,冲气以为和。”庄子关于“道”的看法在某些方面是继承老子的,但仍有很多方面的改变,从而呈现出自己的特点。从《庄子》内七篇来看,最集中论述“道”的文字见于《大宗师》:

> 夫道有情有信,无为无形;可传而不可受,可得而不可见;自本自根,未有天地,自古以固存;神鬼神帝,生天生地;在太极之先而不为高,在六极之下而不为深,先天地生而不为久,长于上古而不为老。

这段描述中的许多说法基本上是沿袭老子的,表明庄子接受了老子关于“道”是天地万物的本源的观点,不过对于老子来说,“道”主要提供的是秩序。而在庄子这里,它主要与个人的生存相关。[①] 在对“道”的理解上,庄子显然不同于老子。“古之人,其知有所至矣。恶乎至?有以为未始有物者,至矣,尽矣,不可以加矣。其次以为有物矣,而未始有封也。其次以为有封焉,而未始有是非也。是非之彰也,道之所以亏也。道之所以亏,爱之所以成。”(《齐物论》)这说明庄子是不同于老子的“有物混成”,而是“以为未始有物者”的。可以说,在老子那里,“道”还是相对“实”的,而在庄子这里,却是“唯道集虚”(《人世间》),因而才“大道不称”(《齐物论》)。

那么,《庄子》的译者们是如何理解“道”的含义并给出相应的译文的呢?

纵观《庄子》的英译本,我们发现,关于“道”的对应词主要有三个:“Nature”、“Way” 和“Tao”。《庄子》的第一个英译本巴尔弗版本就把“道”译成“Nature”。他认为,“道”在多重意义上与“自然”相通并重合,因此可用“Nature”来译“道”。然而,巴尔弗的这种从自然科学的角度来诠释“道”的做法遭到了理雅各的反对。理同意“Nature”在英语中与上帝有一种先在的联系的观点,同时还承认道家的“道”与上帝并无关系,因此反

① 王博:《庄子哲学》,北京:北京大学出版社,2004 年,第 156 页。

对以“Nature”译“道”。查阅字典，从“Nature”的几个含义中我们也可得知，“Nature”是无法涵盖庄子“道”的丰富内涵的。首先，“Nature”是物质的、相对的，而“道”是非物质的；其次，“Nature”受时间和空间的限制，而“道”则不受时间和空间的限制。虽然“Nature”与“道”的某些特点有重叠之处，但“道”的内涵却远远要大于“Nature”。

巴尔弗是众译者中第一个也是唯一一个将“道”翻译成“Nature”的人。从《庄子》的第二位译者，也就是翟理思开始，“道”有了新的译名“Way”。前文已述，“道”的本意是“路”，因此，当它以本意出现时，完全可用“Way，Road，Path”等英语中的对应词来翻译，而且“Way”还有“方法、手段、方式”等转义，因此也有理由成为诠释“道”之转义的词语。这种理据被不少译者所接受，他们之中有汉学家韦利、华兹生、葛瑞汉、梅维恒以及中国学者林语堂等。虽然说，“Way”不能完全等同于庄子哲学意义上的“道”，但相比“Nature”一词，这一译法在西方世界产生了更为深远的影响。

我们知道，“道”这个词是中国道家思想中一个非常重要又非常独特的原创词，很难在西方哲学范畴中找到一个与之完全匹配的对等词。既然如此，“这个问题最好的处理方法就是在译文中传达意义，而不是试图在英语中寻找对等词”。[①] 因此，音译成为不少译者的选择，理雅各的译本就采用了“Tao”这一音译词，至于“道”的丰富含义，就得读者自己借助整个文本的语境去理解了。音译法通常用来翻译原语中所特有、译语中又找不到对应词的词语，在翻译中是一个最简单、最直接的翻译技巧。然而并非所有的音译都能为译入语读者所接受，就“Tao”来说，虽然它不像“Nature”和“Way”那样可能会引导读者走向理解误区，但读者刚刚接触到它时的那种迷惑不解也会

---

① James Legge, trans., *The Texts of Taoism* (New York: The Julian Press, Inc. 1959), p. 61.

直接导致他们对整个译文的理解。好在由于理雅各权威汉学家的身份以及他的积极倡导，所以后来的一些译者，尤其是具有中国文化背景的译者，如冯友兰、汪榕培等，都选择了这一译法。在西方，“Tao”也逐渐被人们所接受，成为又一个进入英语词汇的中国词语。



### 4.2 “德”

如果说“仁义”二字被视为儒家思想的标志的话，那么“道德”一词就是道家思想的精华。从文字上看，“德”有上升的意思。“德，升也。”(《说文》)而上升的表现，就是与“道”的合一。“道”与“德”关系紧密，因此老子经常将二者并称。“道生之，德畜之，物形之，势成之。是以万物莫不尊道而贵德。道之尊，德之贵，夫莫之命而常自然。故道生之，德畜之，长之育之，亭之毒之，养之覆之。生而不有，为而不恃，长而不宰。是谓玄德。”(《道德经》第五十一章)

在《庄子》一书中，“德”同样是一个很重要的概念，出现了206次之多。《德充符》、《骈拇》、《天地》和《盗跖》等几篇文章对“德”有着深刻的阐释。首先来看一看几个版本对《德充符》篇名的翻译：

理雅各：Teh Khung Fu, or The Seal of Virtue Complete

冯友兰：The Evidence of Virtue Complete

林语堂：Deformities or Evidences of a Full Character

华兹生：The Sign of Virtue Complete

汪榕培：Signs of Complete Integrity

《德充符》是一篇道德论，认为只要道德完美、恪守大道，即使身残行秽也能具有内在的魅力，成为人们学习的榜样。[①] 从上列几个译本看，“德”的对应词分别有“Character”，“Virtue”

---

① 汪榕培(英译)：《大中华文库汉英对照·庄子》(*Zhuangzi*)，长沙：湖南人民出版社，1999年，前言第32页。

和“Integrity”。应该说，这三个词都有汉字“德”所涵盖的内容，如“品性、好的品质”，“高尚的道德、美德”和“正直、诚实”等意思，但三者比较起来，“Character”的使用范围较为狭窄，语义较为模糊。“Virtue”似乎更适用于对应儒家所提倡的“德”，儒家之“德”主要包括仁义礼智信等内容，儒家的“德治”主义就是主张以道德去感化教育人，而这正是庄子所要反对的，如“且夫属其性乎仁义者，虽通如曾史，非吾所谓臧也”(《骈拇》)。庄子所谓的“德”不同于儒家之“德”，正如《骈拇》中所说，“吾所谓臧者，非仁义之谓也，臧于其德而已矣；吾所谓臧者，非所谓仁义之谓也，任其性命之情而已矣。”在庄子那里，“德”是与心相联系的，处于“游心于道”的状态；是与形相对立的，才有“德有所长，而形有所忘”。所谓“德不形”，庄子是这样解释的：“平者，水停之盛也。其可以为法也，内保之而外不荡也。德者，成和之修也。德不形者，物不能离也。”因此，汪译的“Integrity(正直的心)”无论在语义上还是在使用的范围上都更胜一筹。

### 4.3 “心”

“心”的发现是先秦哲学成熟的一个重要标志，哲学家们都把心看作人最本质的部分，但理解各不相同。如孟子提出“尽心知性知天”的命题，认为人心是能感通的主体，人们只要尽量发挥、扩展自己的本心就能知性，而人们心性为天的赋予，所以知性也就知天。如果说孟子的心是实的，那么庄子的心就是虚的，拒绝任何东西，从而成为超越有形世界与道合一的基础。心和形是相对的，形体有形可见，而心无形却有情。心是真君或者真宰，即心应主宰形，而不是形主宰心。然而，世俗的心常被形体支配，所谓“其形化，其心与之然。”(《齐物论》)庄子把这种被形体支配的心称作“成心”，有了“成心”，心就会被外物牵引，便从此不得安宁。所以，在庄子看来，“成心”该除，以达“常心”：“彼为己，以其知得其心，以其心得其常心。”(《德充符》)为了实现"常心"，庄子提出了"心斋"和"坐忘"这两个独特的概念。所谓"心斋"就是指心的完全虚静的状态："若一志，无听之以耳而听之以心，无听之以心而听之以气！听止于耳，心止于符。气也者，虚而待物者也。唯道集虚。虚者，心斋也。"（《人间世》）而要实现"心斋"，又先要破除耳目和心知的干扰："堕肢体，黜聪明，离形去知，同于大通，此谓坐忘。"（《大宗师》）此时的心用庄子的话来说就是"形若槁木，心如死灰"。如死灰的心才是真正不死的，虚静的心也因为从物和有形的世界中摆脱出来，因此可以到达无何有之乡，与道合一。[①]

那么，译者们又是如何处理上述几个篇章中出现的"心"呢？以下所举例句根据上文中出现的顺序排列。（黑体为笔者所加）

(1)其形化，其**心**与之然，可不谓大哀乎？（《齐物论》）

理雅各：mind

林语堂：mind

华兹生：mind

汪榕培：soul

(2)夫随其**成心**而师之，谁独且无师乎？（《齐物论》）

理雅各：the judgments of the predetermined mind

林语堂：prejudices

华兹生：the mind given him

汪榕培：fixed idea

(3)彼为己，以其知得其心，以其心得其**常心**。（《德充符》）

理雅各：(the nature of) his mind

林语堂：the Absolute Mind

华兹生：the constant mind

汪榕培：the eternal mind

① 王博：《庄子哲学》，北京：北京大学出版社，2004年，第162页。

(4)若一志,无听之以耳而听之以心,无听之以心而听之以气!听止于耳,心止于符。气也者,虚而待物者也。唯道集虚。虚者,**心斋**也。(《人间世》)

理雅各:the fasting of the mind

林语堂:the fasting of the heart

华兹生:the fasting of the mind

汪榕培:the fasting of the mind

(5)形固可使如槁木,而**心**固可使如死灰乎?(《齐物论》)

理雅各:mind

林语堂:mind

华兹生:mind

汪榕培:soul

由上列几个译文来看,用"mind"来翻译"心"的最多,也有较少译文用了"heart"一词的。中国人自古以为"心之官则思"(《告子上》),认为心是思想的器官,因此,林语堂等人用"heart"来翻译"心"应该是出于遵循中国古人认知的习惯,而用"mind"来翻译"心"的译者们无疑是用现代观念来代替古代思维的结果。再来看《庄子》书中的"心"所想表达的含义是功能"思"而非器官"心",因此说,用"mind"做其对应词更合适些。而汪榕培的译文比较多样化,当"心"与"形"相对时,用"soul"来翻译;而当表示"空明的心境"即"心斋"时,用的是"the fasting of the mind";把"常心"理解为"永恒理念",因此用"the eternal mind"来诠释;"成心"即"成见",选择"fixed idea"来解释。从中不难体会到译者严谨的治学态度和精益求精的精神。

### 4.4 "逍遥"

"逍遥"一词出自《诗经》,表现的是某种轻松自在的状态。在《庄子》内篇中,"逍遥"除了出现在首篇篇名中,也只在《逍遥游》和《大宗师》中分别出现过1次,见《逍遥游》的末尾处:"今子有大树，患其无用，何不树之于无何有之乡，广莫之野，彷徨乎无为其侧，逍遥乎寝卧其下。不夭斤斧，物无害者，无所可用，安所困苦哉！”又见《大宗师》中：“芒然彷徨乎尘垢之外，逍遥乎无为之业。”但仅有的这3处并不妨碍它成为庄子哲学中的一个重要概念。

“逍遥”是对某种生存状态的描述，它首先是与限定相对的。在《逍遥游》中，庄子描述了鲲鹏及蜩、学鸠、斥鴳的不同生存方式，实际上是对人之“在”的一种隐喻。只要是有所待，就是受到某种限定，就难以达到真正的逍遥之境。只有超越限定、摆脱限制才能走向无待，也才可以逍遥。所谓“若夫乘天地之正，而御六气之辩，以游无穷者，彼且恶乎待哉！故曰：至人无己，神人无功，圣人无名。”可见，《逍遥游》反映了庄子要求超越时间和空间，摆脱客观现实的影响和制约，忘掉一切，在主观幻想中实现“逍遥”的人生观。

关于“逍遥”的意义，在庄学史上有不同的说法。但不管有怎样的歧义，总是指某种自在的状态。而近代以来，人们常用“自由”、“绝对自由”或“绝对的精神自由”概念诠释“逍遥游”乃至庄子全部思想的实质，其中甚至不乏西方学者。[①]如1942年，英国学者休斯在其著作《古典时代的中国哲学》中翻译了《庄子》内篇中的部分篇目，题名就是《自由诗人庄周》，可见休斯对庄子思想的定位。该版本中《逍遥游》的篇名也被译为“Excursions into Freedom”与书名呼应。20世纪60年代，美国学者华兹生推出了自己的《庄子》译本《庄子全书》。该版本中篇名《逍遥游》被译为“Free and Easy Wandering”。他认为“《庄子》的中心主题可以用一个词来概括——‘自由’”，这不是指“政治、社会、经济的自由，而是精神的、心灵的自由”；他还指出，《庄子》在中国早期文学中的独特之处在于它是唯一不谈社

① 邓联合：《“逍遥游”与自由》，载《中国哲学史》，2009年第2期，第40—46页。

会政治问题而只关心个人之生命和自由的作品。华兹生的译本广为流传，并被收入《联合国教科文组织各国代表作品丛书》。有学者认为，将庄子思想理解为对自由的追求，在英语世界已得到广泛接受。20 世纪 90 年代初，美国译者托马斯·克利瑞在出版的《道之精华》中的《庄子》内篇中直接把“逍遥游”篇名译作“Freedom”。

如果说，西方的译者受其自身背景的影响，会自觉不自觉地使用西方的哲学术语来诠释庄子的哲学思想的话，那么，作为华人或者本土译者来说，他们又是怎样理解庄子的“逍遥”概念并加以解释的呢？

以下是华人译本中比较重要的三个译本对《逍遥游》的篇名翻译：

林语堂：A Happy Excursion

冯友兰：The Happy Excursion

汪榕培：Wandering in Absolute Freedom

从这三个版本可以看出，只有汪榕培之《庄子》英译本中用了“Freedom”一词来翻译“逍遥”，而林语堂和冯友兰版本却都用了“Happy”来表示“逍遥”的含义。从译文的构成来看，林译和冯译用的是静态的名词词组，而汪译用的却是有动作含义的动名词。前者认为鲲鹏及蜩、学鸠、斥鴳等各有各的快乐，“all are like the bird enjoying themselves in its own way”。[①]而后者认为本篇“论述人们应该摆脱世俗羁绊，追求绝对的精神自由。”[②]冯友兰的译本中含有郭象注的译文，或者可以这么说，冯译是以郭象的注释为基础去理解庄子哲学的，这样就不可避免地与庄子对“逍遥”的理解出现了偏差。庄子的“逍遥”是不为

① Fung Yu-lan, trans., *A Taoist Classic*: *Chuang-Tzu* (Beijing: Foreign Languages Press, 1989).

② 汪榕培(英译)：《大中华文库汉英对照·庄子》(*Zhuangzi*)，长沙：湖南人民出版社，1999 年，前言第 32 页。

任何条件所限制的绝对自由的境界，而郭象的《庄子注》却认为“齐大小，均异趣”，以“各任其性，苟当其分”为万物逍遥的标准，那么，这种“逍遥”就相当于汉语中的“自得”，自然可以用英语中的“happy”来解释了。所以，“happy”的使用可能是冯友兰调和庄周与郭象两种不同视域的努力结果。



### 4.5 “齐物”

“齐物”是除“逍遥”之外的另一个出现在篇名中的重要概念。《齐物论》被称为是《庄子》一书的绪论和总纲，其核心观点之一是确立了“万物一齐”的平等观。其实，齐物不只是庄周的看法，在《庄子·天下》篇中就提到“彭蒙、田骈、慎到闻其风而悦之，齐万物以为首，曰：‘天能覆之而不能载之，地能载之而不能覆之，大道能包之而不能辩之。’知万物皆有所可，有所不可，故曰：‘选则不遍，教则不至，道则无遗者矣。’”但“齐物”确实是因庄子而闻名的。齐物并不是说万物都整齐划一，它实际上是一种对待万物的态度。他沿袭了彭蒙等关于万物相对性的强调，否认有一个关于万物的价值判断的公论。[①]

与老子哲学相比，庄子哲学更关注人的内心世界和精神境界，这一点在《齐物论》中得到了很好的体现。《齐物论》一开始就假借颜成子游和南郭子綦的对话，提出人应摒除各种偏见和成见，从而达到“吾丧我”的精神境界，亦即“道”的境界。也就是说，人的心灵应像大道一样开放，涵容一切，不带任何偏见，不受任何限制，这样才能“天地与我并生，万物与我为一”。

最后，庄子讲述了一个极富浪漫色彩的寓言，梦见自己变成了一只自由飞舞的蝴蝶。沉醉于美妙梦境回味中的庄子分不清是自己做梦变成了蝴蝶，还是蝴蝶做梦化为自己。庄子评论说，自己和蝴蝶必定是有所分别的，物和我当然是有界限的，

---

① 王博：《庄子哲学》，北京：北京大学出版社，2004 年，第 163 页。

但这个界限却是可以消融的，那就是主观精神和客观世界的交融与泯合。在这种最高境界"物化"中，物和物之间的界限消失了，鲲可以化为鹏，人可以化为蝴蝶，万物通而为一。

那么，"齐物"这个哲学概念在诸译本中是如何被表达的呢？各自译文的背后又是出于什么样的理据呢？同"逍遥"一词一样，从《齐物论》的篇名翻译中便可得知译者们是如何诠释"齐物"这个词语的：

巴尔弗：Essay on the Uniformity of All Things

理雅各：Khi Wu Lun, or the Adjustment of Controversies

冯友兰：On the Equality of Things

林语堂：On Leveling All Things

休　斯：The (Inner) Harmony of (Opposing) Things

华兹生：Discussion on Making All Things Equal

葛瑞汉：The Sorting Which Evens Things Out

汪榕培：On the Uniformity of All Things

作为哲理散文，《庄子》和其他诸子说理文一样，属于议论文，而唯一一篇篇名含"论"字的《齐物论》则更多地呈现出议论的色彩。也许正因为如此，一些版本中出现了以"On ..."的介词短语作为该篇篇名的译文，如冯友兰的"On the Equality of Things"，林语堂的"On Leveling All Things"，汪榕培的"On the Uniformity of All Things"，以及巴尔弗和华兹生更为繁复的"Essay on the Uniformity of All Things"和"Discussion on Making All Things Equal"，其他的一些版本就只用了名词性的词组，如理雅各的"The Adjustment of Controversies"，休斯的"The (Inner) Harmony of (Opposing) Things"以及葛瑞汉的"The Sorting Which Evens Things Out"。

《庄子》英译者们是如何理解"齐物"的呢？首先来看看《齐

物论》的篇名构成，从语法的角度来分析，“齐物论”既可理解为“齐物—论”，也可理解为“齐—物论”。很显然，理雅各选择了后者，他认为“物论”是连在一起读的，意味着“关于物的论述”，英文的对等词是“争论(controversies)”，“物论”二词同属“齐”管，齐是动词，意思是“使和谐(harmonizing)”或“调和(adjusting)”。他又引明朝张学士补注的话：“庄子的‘物论’是指不同学派观点不同，互相争论不休。”张学士认为，如果各家接受庄子指出的方法，那么就会“物论齐”。理雅各接着说：“因此这就是我们作者的主旨。‘道’是争论的灵药，运用‘道’，不同的观点就会溶解掉。”[①]正是出于这样的理解，理雅各的译文是“The Adjustment of Controversies”。但是我们知道，庄子要解决的问题是物而不是物论。它是通过一种思辨的方式，并在对物的理解中，达成心与物之间的某种关系。在这种关系中，物不足以为心累，心不至于为物役。应该说，从上述列举的几个译本来看，其他几个译者都选择了前者，即“齐物—论”，因此才会有各自的译文。

理雅各显然是受了张学士的注解影响而有了那样的理解，而曾经被他批评过的巴尔弗的译文“Essay on the Uniformity of All Things”和与之类似的汪榕培的译文“On the Uniformity of All Things”却应该是比较确切的理解和诠释。“Uniformity”意为“being the same all over”，即“一样、相同”之意。冯友兰的“On The Equality of Things”和休斯的“The (Inner) Harmony of (Opposing) Things”有相似之处，回译成汉语是“关于万物的平等”和“(对立)事物的(内在)一致”。冯友兰译《庄子》深受郭象注的影响，“根据郭象的观点，改变事物的自然而然的状态是错误的。万物应任其自然，这是最适合万物的存在方式。只要适合自己就是可以接受的，因此物是‘齐’

① James Legge, trans., *The Sacred Books of China*: *The Texts of Taoism* (Oxford: Oxford University Press, 1891), pp. 128－129.

的，在这个范围内物就是他本然的样子，不可以评论好坏。”[①]有了这样的理据，冯友兰的译文也就不难理解了。但显然，用数学概念上的“Equality”一词（其词根“equal”的意思是：[of a size or number] to be the same as）来诠释庄子的“齐”的内涵是不太确切的。林语堂的“On Leveling All Things”和华兹生的“Discussion on Making All Things Equal”通过使用动名词结构表现出强烈的使动意味，含有“（借用外力）使物相等”的意思，与《齐物论》的主旨有所偏差。“齐物”不是指使用外力对事物的形态做出某些改变而使之完全一致。从知识论的角度，庄子也会承认世间万物有大小之分，美丑之别。但齐物和知识无关，它只和生命有关，只和生存的态度和境界有关。万物之间是有区别的，但以道观之，万物是平等的。

葛瑞汉的英译“The Sorting Which Evens Things Out”主要是建立在他个人研究《庄子》基础上。在英译《齐物论》的序言中，他说：“篇名的最后一词有时被理解成‘议论’，关于调和事物的议论，关于使事物平等的议论，有时按它的基本义是‘整理不连贯的论述’。与内篇其他篇的三字题目对照研究，倾向后面一个解释。论，‘整理，分类’，是《庄子》赞同的一种想法。在道家以外，它建议高级低级的层级分别，而庄子把它离开了价值的评估而倾向于‘使物相等的分类’。”[②]但葛瑞汉对他的这个结论没有做进一步的解释。

## 第五节 《庄子》文学风格的跨语际书写

金圣叹所选的六部才子书中，《庄子》被定为第一才子书。

---

① Steve Coutinho, *Zhuangzi and Early Chinese Philosophy* (Burlington: ASHGATE, 2004), pp. 60－61.

② 姜莉：《〈齐物论〉英译之“名”与“实”——兼谈典籍英译中译者的任务》，载《南昌大学学报》，2009年第3期，第155－160页。

鲁迅在《汉文学史纲要》中说庄子“著书十余万言，大抵寓言，人物土地，皆空言无事实，而其文则汪洋捭阖，仪态万方，晚周诸子之作，莫能先者也”。

先秦经典文献中，最有文学价值的当属《庄子》。庄子在《天下》篇中自称其创作方法是“以卮言为曼衍，以重言为真，以寓言为广”。《寓言》篇中也说道，“寓言十九，重言十七，卮言日出，和以天倪。”寓言是虚拟的寄托他人他物的言论。重言是庄子借助古人、老人、名人虚拟的语言，来阐述自己的观点，以增强文章的可信度。卮言是出于无心而自然流露出来的言论。这“三言”基本上概括了庄子作品的文学语言运用。大量的寓言，十中有七的重言以及随处可见的卮言，分三而所指一，共同把“道”当作阐述的终极目的，寓言在于“体道”，重言在于“论道”，卮言已是“人道”，达意的同时，形成了庄子文章在语言上汪洋捭阖、仪态万方的特色。

### 5.1 译本对《庄子》文学成就的评价

虽然翟理思对《庄子》的哲学思想评价不高，但对其文学价值却有着较高的评价，认为庄子“留给后代一部杰出的文学瑰宝，(在中国文学史上)一直占有最重要的地位”。[①] 理雅各译本重印时增加了铃木大拙的导言，铃木大拙指出庄子是道家历史上、甚至是整个中国文学史上最伟大的哲学家、诗人、文学随笔家，并指出《庄子》与其他道家著作最大的区别就在于其“非凡生动的表述、不羁的想象”。[②] 林语堂在其《庄子》节译本中高度评价了《庄子》一书在中国文学史上的重要地位，认为庄子的文学天赋独一无二，无人能比。在译序的第二段中他是这样描述

① Herbert A. Giles, trans., *Chuang Tzu: Taoist Philosopher and Chinese Mystic* (London: Mandala Books, Unwin Paperbacks, 1980), p. 13.

② James Legge, trans., *The Texts of Taoism* (New York: The Julian Press, Inc. 1959), p. 27.

的:“庄子绝对是周朝最伟大的散文家,就像屈原是最伟大的诗人一样。他的这一地位,是由他奇丽的风格与深刻的思想所奠定的。也正是因为这样,他虽然是最肆无忌惮批评孔、墨之人,也是儒家学说最有力的反对者,儒家学者却无不或公开或暗暗地仰慕他。在公开场合不赞同他的人,个个都将他的书当文学作品来读。它在丰富中国诗歌与文学想象方面所起的作用不可估量。”①林语堂还对自己选译的篇章的篇名做了如下表述:“最富辩才的是《胠箧》;最具道家特点的是《在宥》;最神秘、宗教意识最浓的是《大宗师》;写得最漂亮的是《秋水》;最古怪的是《德充符》(典型的”浪漫主义“的主题);最明快的很可能数《马蹄》;而最奇幻的则是第一篇《逍遥游》。”②华兹生是第一个对《庄子》的文学特色进行展开分析的译者,他为庄子总结了三种文学策略,并指出“幽默”是庄子的核心风格,“他似乎知道一声大笑比十页长篇大论更能撼动人的信心”。③梅维恒译本高度评价了《庄子》超凡的想象力,他认为:“就想像性文学而言,在佛教的叙述和戏剧传统从印度和中亚传入之前,无书可比《庄子》。”④在梅维恒看来,与其说《庄子》是一部哲学著作,不如说《庄子》是一座文学宝库,而庄子本人作为寓言家在中国文学史上可能无人能望其项背。

## 5.2 《庄子》寓言的翻译——以“庄周梦蝶”为例

庄子的文章,创造了大量生动活泼、颇具诗意、意味隽永的

---

① Lin Yutang, *Lin Yutang's Introduction to Chuangtse: Mystic and Humorist*, Language Babel. com. 2011-8-11.

② Lin Yutang, *Lin Yutang's Introduction to Chuangtse: Mystic and Humorist*, Language Babel. com. 2011-8-11.

③ Burton Watson, trans., *The Complete Works of Chuangtzu* (New York: Columbia University Press, 1968), p. 5.

④ Victor. H. Mair, trans., *Wandering on the Way: Early Taoist Tales and Parables of Chuang Tzu* (Honolulu: University of Hawai'i Press, 1994), XII.

寓言。在《庄子》众多寓言当中，最能引发后人共鸣并为之吟咏的恐怕要数"庄周梦蝶"了。"庄周梦蝶"出自内篇《齐物论》。在这篇寓言中，庄子运用浪漫的想象力和美妙的文笔，通过对梦中变化为蝴蝶和梦醒后蝴蝶复化为已这一事件的描述与探讨，提出了人不可能确切区分真实与虚幻和生死物化的观点。故事虽然短小，但由于其渗透了庄子诗化哲学的精义，故成为了庄子诗化哲学的代表。"庄周梦蝶"原文如下：

庄周梦蝶

昔者庄周梦为蝴蝶，栩栩然蝴蝶也。自喻适志与！不知周也。俄然觉，则蘧蘧然周

也。不知周之梦为蝴蝶与？蝴蝶之梦为周与？周与蝴蝶，则必有分矣。此之谓物化。（《齐物论》）

汪榕培在《〈庄子〉十译本选评》一文中以"庄周梦蝶"的翻译为例，列举了《庄子》十个译本的译文，并做了简要评介。[①]

(1)翟理思的译文

Once upon a time, I, Chuang Tsu, dreamt I was a butterfly, fluttering hither and thither, to all intents and purposes a butterfly. I was conscious only of following my fancies as a butterfly, and was unconscious of my individuality as a man. Suddenly, I awaked, and there I lay, myself again. Now I do not know whether I was then a man dreaming I was a butterfly, or whether I am now a butterfly, dreaming I am a man. The transition is called Metempsychosis.

翟理思的译文较为自由，与原文原意有较大出入。如对"庄周梦蝶"的翻译中："to all intents and purposes a butterfly"

① 汪榕培：《〈庄子〉十译本选评》，载《外语教学与研究》，1995 年第 4 期，第 59—63 页。

是原文中所没有的，属于不必要的增译。此外，翟译的行文之间还夹入了不少议论，如在“庄周梦蝶”这一段之后加的评论是“showing how one may appear to be either of two”。

(2)理雅各的译文

Formerly, I, Kwang Kau, dreamt that I was a butterfly, a butterfly flying about, feeling that it was enjoying itself. I did not know that it was Chou. Suddenly I awoke, and was myself again, the veritable Chou. I did not know whether it had formerly been Chou dreaming that he was a butterfly, or it was now a butterfly dreaming that it was Chou. But between Chou and a butterfly there must be a difference. This is a case of what is called the Transformation of Things.

理雅各的《庄子》译本力求忠实于原文，在必要之处还附有注解，被认为是最具权威的译本。但是他的译文由于过于直译，因而缺乏应有的文学色彩。

(3)魏鲁男的译文

I, Chuang Chou, once dreamt that I was a butterfly flitting about. I did whatever I wished! I knew nothing about any Chuang Chou. Then I suddenly awakened a Chuang Chou with all his normal trappings. Now I don't know whether Chuang Chou dreamt he was a butterfly, or a butterfly is dreaming that he is Chuang Chou. There must be a difference between Chuang Chou and butterfly, and that is what is meant when we say that things undergo transformation.

华兹生对魏鲁男的译本评价不高，认为该译本用了很多生涩的词语和新奇古怪的解释。但汪榕培认为就此段的译文来看,翻译的质量还是基本可以的。

(4)华兹生的译文

Once Chuang Chou dreamt he was a butterfly, a butterfly flitting and fluttering around, happy with himself and doing as he pleased. He didn't know he was Chuang Chou. Suddenly he woke up and there he was, solid and unmistakable Chuang Chou. But he didn't know if he was Chuang Chou who had dreamt he was a butterfly, or a butterfly dreaming he was Chuang Chou. Between Chuang Chou and a butterfly there must be some distinction! This is called the Transformation of Things.

华兹生的译文通俗易懂、朗朗上口,用了不少成对词,如此处的"flitting and fluttering","solid and unmistakable"。该译本成为最受欢迎的译本之一。

(5)梅维桓的译文

Once upon a time Chuang Chou dreamt that he was a butterfly, a butterfly flitting about happily enjoying himself. He didn't know that he was Chou. Suddenly he awoke and was palpably Chou. He did not know whether he was Chou who had dreamed of being a butterfly or a butterfly dreaming that he was Chou. Now, there must be a difference between Chou and the butterfly. This is called the transformation of things.

汪榕培认为该译本在对原文的理解方面似乎没有什么新的突破,就此段的翻译而言,"昔者"译为"Once upon a time"不合适;"蘧蘧然"("惊疑"的意思)被翻译成"palpably"不准确。

这个译本未必会成为如出版商所宣传的是“权威性的译本”。

(6)葛瑞汉的译文

Last night Chuang Chou dreamt he was a butterfly, spirits soaring he was a butterfly (is it that in showing what he was he suited his own fancy?), and did not know about Chou. When all of a sudden he awoke, he was Chou with all his wits about him. He does not know whether he is Chou who dreams he is a butterfly of a butterfly who dreams he is Chou. Between Chou and the butterfly there was necessarily a dividing; just this is what is meant by the transformation of things.

葛瑞汉的译文中加入了很多自己的理解和发挥，如“昔者”成了“last night”，“自喻适志与”译成了“is it that in showing what he was he suited his own fancy?”与原文的意义大有出入。

(7)冯家富、英格里斯的译文

Once upon a time, I, Chuang Tsu, dreamt I was a butterfly flying happily here and there, enjoying life without knowing who I was. Suddenly I woke up and I was indeed Chuang Tsu. Did Chuang Tsu dream he was a butterfly, or did the butterfly dream he was Chuang Tsu? There must be some distinction between Chuang Tsu and the butterfly. This is a case of transformation.

该译本以简朴和精美的设计深受读者欢迎，其语言的朴实之美在此段的翻译中可见一斑。

(8)冯友兰的译文

Once upon a time, Chuang Chou dreamt that he

was a butterfly, a butterfly flying about, enjoying itself. It did not know that it was Chuang Chou. Suddenly he awoke, and veritably was Chuang Chou again. We do not know whether it was Chuang Chou dreaming that he was a butterfly, or whether it was the butterfly dreaming that it was Chuang Chou. Between Chuang Chou and the butterfly there must be some distinction. This is a case of what is called the transformation of things.

冯友兰从哲学家的角度来翻译《庄子》,在此段的理解上是比较准确的。

(9)陈荣捷的译文

Once I, Chuang Chou, dreamt that I was a butterfly and was happy as a butterfly. I was conscious that I was quite pleased with myself, but I did not know that I was Chou. Suddenly I awoke, and there I was, visibly Chou. I do not know whether it was Chou dreaming that he was a butterfly or the butterfly dreaming that it was Chou. Between Chou and the butterfly there must be some distinction. [But one may be the other.] This is called the transformation of things.

从此段的译文来看,陈荣捷的译笔还是比较流畅的。

(10)汪榕培的译文

I, by the name of Zhuang Zhou, once dreamed that I was a butterfly, a butterfly fluttering happily here and there. I was so pleased that I forgot that I was Zhuang Zhou. When I suddenly woke up, I was astonished to find that I was as a matter of fact

Zhuang Zhou. Did Zhuang Zhou dream of the butterfly or did the butterfly dream of Zhuang Zhou? Between Zhuang Zhou and the butterfly there must be some distinctions. This is called the transformation of things.

汪榕培的译本努力把握住了原著的意思、语气和风格，并且用地道的当代英语表现出来。

纵观这十个译本的译文，可以得出这样的结论：各个译者对于“庄周梦蝶”的整体意思都有一个比较准确的把握，因此，都能较好地表达出原作的基本含义。如果说到译文的优劣之分，主要体现在一些细微之处的处理，如对某些词语的理解和翻译上略有偏差。以“昔者”的翻译为例：“昔者”的含义是“从前”，英文对应词最贴切的要数“once”了，有四个版本用了此词，有一个版本用了“formerly”，有四个版本用了“once upon a time”，还有一个版本用了“last night”。《朗文当代高级英语辞典》中对“once”的解释是“at some time in the past; formerly”，对“formerly”的解释是“in earlier times”，而对“once upon a time”的释义是“（used to begin a children's story）some time ago; formerly”。“formerly”被用来解释“once”和“once upon a time”，表明“formerly”和“once”基本可以用来互换，但“once upon a time”却有一个相对限定的使用场合，因此，在这里用“once upon a time”来翻译“昔者”是不太恰当的。

## 5.3 《庄子》修辞格的翻译

《庄子》作为中国文学史上的一朵奇葩，不仅在于书中充满了像“庄子梦蝶”那样的具有奇特想象力的寓言故事，所谓“三言”之中，“寓言十九”（《寓言》），还在于作者善用各种修辞方式，语言的运用达到炉火纯青之境。写意则意象浑厚，绘景则瑰奇非凡，状物则活灵活现，画人则形神毕出。《庄子》一书中出现的修辞手法有数十种之多，它们是叠字、对偶、排比、顶真、反复、错综、层递等等，这些句式有时独立使用，有时又同时出现，具有浑然天成的天然之美。由于英汉语在词句方面的差异，使得修辞格的处理成了翻译中的一道难题，各个译者出于不同的考虑，对待修辞格的态度也各不相同，有的尽力体现原文的修辞效果，有的放弃文学表现转求哲学意义的传递，还有的尽量追求两者兼顾。



#### 5.3.1 叠字

叠字是指将形、音、义完全相同的两个字连在一起使用的修辞手段，《庄子》书中叠字出现的频率极高，如“闲闲、间间、炎炎、詹詹”等。这些叠字有时单独出现，有时又形成对偶，还有时则连续使用，下面分别举例说明：

(1) 夫大块噫气，其名为风，是唯无作，作则万窍怒呺，而独不闻之翏翏乎？(《齐物论》)

这句话的意思是说：“大地发出来的气，叫做风。这风不发作则已，一发作就万窍怒号。你难道没有听到过大风呼啸的声音吗？”这里，叠字“翏翏”被用来形容大风怒号的声音，形象逼真。那么，译者们是如何处理的呢？

理雅各：... Have you not heard it in a prolonged gale?

林语堂：... Have you never listened to its deafening roar?

华兹生：... Can't you hear them, long drawn out?

汪榕培：... Have you never heard them roaring?

几位译者的翻译策略相近，均采用意译把“翏翏”翻译成了“持续很久的大风”、“震耳欲聋的呼啸”等，虽然意思到位了，但原文叠字所体现出来的修辞美却没有得到再现，不能不说是一种遗憾。当然，这也是由于客观原因造成的结果。叠字可以说是汉语中所特有的一种修辞手段，而在英语中却鲜有将两个完全相同的词语放在一块来达到一种别样的效果，因此，译者们这么翻译也就可以理解了。然而，还是有一些译者注意到了叠字这种独特的修辞格，并试图采取一些措施来进行补救，尽可能地达到相似的修辞效果。如：

(2) 大知闲闲，小知间间；大言炎炎，小言詹詹。…… 小恐惴惴，大恐缦缦。(《齐物论》)

这句话的意思是说："最聪明的人豁达大度；小有才气的人，斤斤计较。合乎大道的言论，气势旺盛；只顾小节的言论，喋喋不休。……遇到小的恐惧，惴惴不安；遇到大的恐惧则丧魂落魄。"这里"闲闲"与"间间"，"炎炎"与"詹詹"，"惴惴"与"缦缦"既是叠字，又相互形成对偶，对人物的形貌和心理刻画得栩栩如生。

理雅各：Great knowledge is wide and comprehensive; small knowledge is partial and restricted. Great speech is exact and complete; small speech is (merely) so much talk... small apprehensions causing restless distress, and great apprehensions producing endless fears.

林语堂：Great wisdom is generous; petty wisdom is contentious. Great speech is impassioned, small speech cantankerous... Now we are frightened over petty fears, now disheartened and dismayed over some great terror.

华兹生：Great understanding is broad and unhurried; little understanding is cramped and busy. Great words are clear and limpid; little words are shrill and quarrelsome... Their little fears are mean and trembly; their great fears are stunned and overwhelming.

汪榕培：Men of great wits are open and broad-minded; men of small wits are mean and meticulous. Men of great eloquence speak with arrogance; men of small eloquence speak without a point ... Small fears make us ill at ease while great fears make us at a loss.

从以上几个译文可以看出，这几个译者也都采取了比较相似的策略，即把两个意思相近的形容词用 and 连接，或采用两个并列的-ing 结构或介词短语，既表达了原文的意思，又在一定程度上再现了原文的语言美。在这几个译文中，林语堂的译文由于过分遵循英语的行文特点，省略了一些词语，效果反而较差。

(3)至道之精，窈窈冥冥；至道之极，昏昏默默。(《在宥》)

这句话的意思是说："最高之道的精微，深深沉沉，渺渺茫茫；最高之道的顶峰，昏昏暗暗，死寂无声。"[①]这里叠字"窈窈冥冥"连用，"昏昏默默"连用，同时前后句又形成对偶，音节整齐、韵律和谐，认为大道的精华深邃而悠远，大道的边缘暗昧模糊，遥遥不可企及。

理雅各：Its essence is (surrounded with) the deepest obscurity; its highest reach is in darkness and silence.

林语堂：The essence of perfect Tao is profoundly mysterious; its extent is lost in obscurity.

华兹生：The essence of the Perfect Way is deep and darkly shrouded; the extreme of the Perfect Way is mysterious and hushed in silence.

---

① 杨明明：《〈庄子〉修辞研究》，福州：福建师范大学，2006 年，第 18 页。

汪榕培：The essence of perfect Tao is profound and obscure while the extremity of perfect Tao is dim and silent.

四种译文都在一定程度上体现了原文的对称美，但相比之下，汪榕培的译文最为工整。

**5.3.2 排比**

排比是一种修辞手法，利用三个或三个以上意义相关或相近，结构相同或相似和语气相同的词组或句子并排，达到一种加强语势的效果。在《庄子》一书中，排比句不胜枚举，据统计有253处，汪洋恣肆。

激者，謞者，叱者，吸者，叫者，譹者，宎者，咬者。（《齐物论》）

这一段话的意思是："风吹众穴的声音，有的像激流之声，有的像飞箭之声，有的像发怒之声，有的像吸气声，有的像叫喊声，有的像哭号声，有的像沉吟声，有的像哀叹声。"

理雅各：(The sounds issuing from them are like) those of fretted water, of the arrow whiz, of the stern command, of the inhaling of the breath, of the shout, of the gruff note, of the deep wail, of the sad and piping note.

林语堂：And the wind goes rushing through them, like swirling torrents or singing arrows, bellowing, sousing, trilling, wailing, roaring, purling...

华兹生：They roar like waves, whistle like arrows, screech, gasp, cry, wail, moan, and howl...

汪榕培：The wind blowing past them makes sounds of the roaring water, whistling arrows, scolding, breathing, shouting, wailing, rumbling and chirping.

此句中，庄子通过穷尽式的列举与临摹，形象生动地描绘了大自然的天籁之音，给人以无尽的联想。几位译者都各自采用了一些平行结构，如 of 短语、-ing 结构或并列谓语以尽可能地再造原文的排比句式，达到强烈的节奏感和韵律美。

### 5.3.3 对偶

对偶指的是两个字数相等、结构相似的语句表现相关或相反的意思。在《庄子》一书中用得最多的修辞手段就是"对偶"，共有 659 处之多。最为大家熟悉的是"天地与我并生，而万物与我为一"。此外，《庄子》中的对偶还常与其他修辞格如排比、顶真等连用，甚至是对偶与对偶连用。

> 夫言者，风波也；行者，实丧也。夫风波易以动，实丧易以危。（《人间世》）

此句的意思是："语言是风波，传达语言则有得有失。风波容易流动，得失之间最容易发生危险。"

这里，对偶句"言者，风波也；行者，实丧也"与对偶句"夫风波易以动，实丧易以危"连用，一环紧扣一环，其节奏时而紧凑、时而舒缓。再来看看译文：

> 理雅各：Words are (like) the waves acted on by the wind; the real point of the matters (discussed by them) is lost. The wind and waves are easily set in motion; the success of the matter of which the real point is lost is easily put in peril.
>
> 林语堂：（此处省略未译）
>
> 华兹生：Words are like wind and waves; actions are a matter of gain and loss. Wind and waves are easily moved; questions of gain and loss easily lead to danger.
>
> 汪榕培：Words are like waves in the wind;

conveyance of messages involves the risk of gains and losses. Waves can easily be stirred up in the wind while risks can easily lead to real danger.

相比之下,理雅各的译文稍显累赘,华兹生的译文最为简洁,汪榕培译文中的"while"用得恰到好处。经过译者的努力,对偶句在英译文中还是可以找到类似的平行结构加以再现的。

概述之,庄子不仅是一位哲学家,而且是一位文学家;《庄子》不仅是一部哲学著作,而且还是一部文学巨篇。作为哲学名著,《庄子》与《周易》、《老子》并称"三玄";作为文学名著,《庄子》名列"六才子书"之首。随着第一本《庄子》英译本的问世,其深邃的哲学思想已漂洋过海传播到了西方,其突出的文学性也受到西方译者关注。译者翻译时注重原作文学美感的传达,有力地推动了英语世界对《庄子》的接受。

# 第七章　英语世界里的《墨子》

## 第一节　墨子与《墨子》

孔子身后，儒学遇到了它的第一个强有力的对手——墨子。墨子由倡导"兼相爱，交相利"——以不分亲疏的互爱求取利人利我的互利——创立了墨家学派，这个学派很快就取得了和儒学一样的"显学"地位。《吕氏春秋·当染篇》记载："孔墨皆死久矣，从属弥众，弟子弥丰充满天下。"

### 1.1　墨子其人

墨子，姓墨，名翟，是春秋战国之际的思想家、政治家、教育家，墨家创始人。他的生卒年月已无从考证。孙诒让以《墨子》第五十三篇里记载的历史事件为参证，认为"墨子之后孔子，盖信。审核前后，约略记之，墨子当与子思并时，而生年尚在其后，当生于周定王之初年，而卒于安王之季，盖八九十岁，亦寿考矣。"按公历计，孙诒让认为墨子约生于公元前 468 年，卒于公元前376年。[1]

墨子出身于小手工业者家庭，过着“量腹而食，度身而衣”(《鲁问》)的生活。他曾聚徒讲学，创立了跟儒家学派相对立的墨家学派。弟子有禽滑厘等三百多人。他在宋国做过大夫，到过齐国、卫国、楚国。他的门徒称为墨者，是一个有组织的集团，其首领为钜子，有严密的组织纪律和法规。《吕氏春秋·去私》说：“墨者之法曰：‘杀人者死，伤人者刑’。”他们以救弱小为己任，墨子本人曾带领弟子禽滑厘等止楚攻宋，为人民做出了贡献。据《淮南子·泰族》篇介绍，墨者都可使“赴火蹈刃，死不旋踵”。墨子的个人性情、智慧和品格为天下后世所敬仰，与孔子并称为“贤智”。[2]

墨子被誉为平民思想家，其学说的核心是“兼爱”。墨子的“兼爱”是接受了孔子的仁者“爱人”、“泛爱众而亲仁”(《学而》)的思想，但与孔子的“泛爱”有所不同。孔子的“泛爱”有君臣、贵贱、尊卑、亲疏的“礼”的限制，而墨子的“兼爱”反对“礼”，提倡“兼相爱，交相利”、“爱人若爱其身”(《兼爱上》)，是没有君臣、贵贱、尊卑、亲疏之区别的。他认为，“民有三患：饥者不得食，寒者不得衣，劳者不得息。”(《非乐上》)人们应该有力助力，有道用道，有财分财，使“饥者得食，寒者得衣，劳者得息，乱者得治”。墨子的“兼爱”是当时儒墨斗争的焦点。儒家反对墨子的“兼爱”，孟子认为这是违背了“礼”的原则和伦常关系的。他说：“墨氏兼爱，是无父也，无父……，是禽兽也！”(《孟子·滕文公下》)

墨子的政治思想主张尚贤、尚同、非政。墨子的“尚贤”是“不党父兄，不偏贵富，不嬖颜色。贤者举而上之，富而贵之，以为官长；不肖者抑而废之，贫而贱之，以为徒役”(《尚贤中》)，使

① 孙诒让：《墨子间诂》，北京：中华书局，2001年，第692—693页。

② 钱永生：《论墨子思想结构的生成》，北京：首都师范大学，2002年，第9页。

“官无常贵，而民无终贱”(《尚贤上》)，使之“爱利万民”，“天下皆得其利”(《尚贤中》)。显然，这是对“世官世禄”制度的否定。墨子的“尚同”是为了止息争乱。他说：“天下之所以乱者，生于无政长”(《尚同上》)，强调了政治领导人的作用。墨子的“非攻”是他的“兼爱”思想在另一方面的表现。他把天下一切怨恨祸乱的根源都归结为人们“不相爱”。他认为诸侯相爱就不会发生战争，人们相爱就不会彼此伤害。在阶级社会里，这只能是一种幻想，实际上是办不到的。他看到诸侯互相攻伐的兼并战争给人民生命财产带来了严重的危害，便主张“非攻”。

墨子的经济思想主张节用、节葬、非乐。节葬、非乐的实质也是为了节用。《鲁问》篇说：“国家贫则语之节用、节葬。”他主张“凡费财，劳力，(民)不加利者，不为也”(《辞过》)。这些思想都是为了解决贫困问题提出来的。但《荀子・非十二子》就指出墨子“上功用，大俭约，而僈差等”，指责墨子搞平均主义。

墨子的哲学思想主张天志、明鬼、非命。墨子的“天志”、“明鬼”是根据“有用就是真理”的指导思想提出来的。他指责“儒以天为不明，以鬼为不神”(《公孟》)。墨子力证鬼神之存在，倡导尊天事鬼。然而，墨子的“非命”却包含唯物主义的内容。墨子认为贫富、安危、治乱不是“命”决定的，是人力可以决定的。他主张，想要阐明自己的观点，必须在历史事实、现实情况以及在实践中看看是否对人民有利等方面进行考察。

墨学和儒学在战国时代并称为显学，尽管孟、庄、荀、韩都批判墨家，但是儒、道、法诸家都重视墨家思想，其思想莫不受到墨家思想和思维方式的影响。

### 1.2 《墨子》其书

《墨子》是先秦墨家学派的代表作，为墨子及其弟子、后学所著。《墨子》一书，据《汉书・艺文志》著录为 71 篇，到北宋时剩下 63 篇，宋以后又散亡一些，所以现在只剩下 53 篇，是研究墨子思想体系的基本素材。对现存53篇的真伪及成书年代，治墨各家划分的标准及根据也不统一。邢兆良的研究认为现存《墨子》全书53篇可分经、辩、论、述、技五个部分：[①]

经：包括《经》上、下，《经说》上、下共4篇。《经说》4篇概括了墨子的基本思想、基本方法和基本的道德行为准则。

辩：包括《大取》、《小取》2篇。《小取》专讲名辩的理论与方法，《大取》则以墨子的辩术来论证墨子的政治思想。

论：可分通论和专论两部分。通论包括《亲士》、《修身》、《所染》、《法仪》、《七患》、《辞过》、《三辨》，共7篇，是一般论述墨子关于道德修养、人格完善、思想方法和社会思想的论文。专论包括《尚贤》、《尚同》、《兼爱》、《非攻》、《节用》、《节葬》、《天志》、《明鬼》、《非乐》、《非命》、《非儒》，共11篇。每篇分上、中、下，应共有33篇，现存24篇，佚9篇，是分专题论述墨子的基本思想。每篇的上、中、下大同小异，可能是墨家三派由于抄写、传授各有系统而各有所本。

述：包括《耕柱》、《贵义》、《公孟》、《鲁问》、《公输》，共5篇，都是记载墨子的言行，是墨子生平的第一手史料，反映了墨子的思想。这5篇有可能是墨子的第一代弟子所记载的。

技：包括《备城门》等20篇，都是专讲各种守城技术和兵法的，现存11篇，佚9篇，和墨子非攻的思想和止楚攻宋实行非攻的实践相一致。

目前《墨子》一书比较通行的注本，以清末孙诒让的《墨子间诂》最为精要。今人王焕镳《墨子校释》可作参考。

### 1.3 《墨子》散文写作特点

首先，《墨子》的主要篇章是墨子讲学辞的笔录，仍保留了语录体的形式，但不少篇章已初具议论文的规模，每篇都有一

① 邢兆良：《墨子评传》，南京：南京大学出版社，1995年。

个反映中心思想的标题，篇中围绕中心思想，逐层展开论述，谋篇布局都有一定之法。《尚贤》、《尚同》等主要篇目的观点互相联系，形成一个完整的体系。因此，它所记录的不是墨子的片言只语，而是长篇大论的演讲辞。它虽然保存了某些语录的样式，实际上已经是成型的论文了。

其次，墨家"尚用"、"尚质"，反对繁文缛节。《修身》篇中说："言无务为多而务为智，无务为文而务为察。"因此，他们的文章重视实用，不求文采，风格平实质朴。这使得它"蔽于用而不知文"(《荀子·解蔽》)，显得文学色彩不如《孟子》、《庄子》浓厚，但是它文字质朴，论点鲜明，论据充足，论证严谨，自觉地运用了"三表法"，形成了墨子论辩散文独有的特色。墨子认为，"凡出言谈，则不可不先立仪而言。"(《非命下》)所谓"立仪"，就是要有一个"主题"，即"要旨"。所谓"三表法"实际上是一种层次分明的论理方法。《非命上》记载说："何谓三表？子墨子言曰：有本之者，有原之者，有用之者。于何本之？上本之于古者圣王之事。于何原之，下原察百姓耳目之实。于何用之？废(发)以为刑政，观其中国家百姓人民之利。此所谓言有三表也。""三表"又称作"三法"，墨子把它作为判断言论是非的标准，他要求人们在发表议论时要征引古代史实和典籍，要引证普通人的耳目见闻，更要考察运用于现实政治的实际效果。这些标准的提出，标志着古代论证方法的进步，更体现了墨家重视实用、讲求实际的特点。《墨子》的文章往往运用上述标准反复征引论证，充分展开说理。墨家又很讲究形式逻辑，重视论辩技巧。他们善于从具体的生活现象和历史事实出发，由小到大，层层类比，进行推理论证。

最后，和其他诸子散文一样，《墨子》中也有很多比喻，它们大大增强了作品的形象性。值得指出的是，书中的比喻往往是以事喻事，从中揭示一定的道理，而不是简单地以物为喻。例如《耕柱》篇中治徒娱、县子硕问墨子："为义孰为大务？"墨子回答说："譬若筑墙然，能筑者筑，能实壤者实壤，能欣者欣，然后墙成也。为义犹是也，能谈辩者谈辩，能说书者说书，能从事者从事，然后义事成也。"后面又用"今有燎者于此，一人奉水将灌之，一人掺火将益之"，比喻墨家之兼爱天下和巫马子之不爱天下，说明二者虽然"功皆未至"，但爱天下总是正确的。这类比喻用来引类明理，用作比喻的事物本身也比较复杂，再进一步发展，就变成了简单的寓言。在《墨子》中，可以清楚地看到由比喻向寓言过渡的这种痕迹。

总之，《墨子》代表了战国诸子散文由初级向高级阶段的过渡，再向前发展，就变成了《荀子》和《韩非子》那种成熟的议论文了。

## 第二节　《墨子》英译的历时性描写[①]

20 世纪中国思想史上一件具有重大意义的事件是墨学的"现代复活"。在湮灭了两千年之后，墨学重新成为中国思想史上的"显学"，这一现象本身说明墨子的理论和主张一定"有当而不可易者也"，也说明 20 世纪的中国社会一定产生了对这些理论和主张的强大需求。然而，墨学能否在当今世界发挥作用，除了要观察国内学者对它的研究、阐发与现代性转化，也要观察海外尤其是西方对于墨子的学习、研究与应用。顺应这一形势，中国翻译家推出了世界上首部《墨子》英文全译本，该书被列入国家新闻出版总署重大出版工程《大中华文库》，2006 年由湖南人民出版社出版，译者为汪榕培、王宏。除了中国本土学者的译介外，《墨子》的海外流传与接受更多的还是依靠外部的力量。

① http://sd.infobase.gov.cn，2011-7-10.

## 2.1 欧洲的《墨子》及其英译

《墨子》最早流传到日本、朝鲜，尔后是欧洲，最后是北美。欧洲人对《墨子》的关注，始于清朝中后期来华传教的英国圣公会牧师理雅各。如前几章所述，理雅各在香港传教几十年，他把翻译儒家经典当作是传教事业的一个重要组成部分，认为要使中国人归化上帝，首先要了解中国的本土文化，所以他下大功夫翻译和解释儒家经典，其中一些译著涉及到墨学。在《中国经典》第二卷《孟子》译文前，理雅各用三十多页篇幅讨论杨墨学说，并选译《兼爱》上、中、下三篇附后。他详细地阐述了基督博爱的道理，并用来比附墨子的"兼爱"学说，并断定"我以为真正存在的兼爱和博爱，都会带给上帝的光荣，而又促进世界的和平。"[①]此外，理雅各在其早期作品《中国人的天道与鬼神观》中，还介绍了墨子的"天志"和"明鬼"思想。

19世纪末，欧洲人的墨学研究大多着眼于其宗教思想，他们从传教士的立场出发，将墨子的"天志"、"明鬼"等与西方的基督教教义进行比附分析，肯定二者有许多共同之处。代表性的研究如艾肯斯（Toseph Edkins）发表在英国皇家亚洲学会中国分会会刊上的《墨翟之人格及其作品的评介》，哈培尔（Andrew Happer）的《中国典籍中的上帝是否即圣经中的耶和华》，以及达昧夫人（Mme. Alexander Darid）的《墨子哲学与互惠主义》。

进入20世纪后，欧洲学者对墨学的基督教归化式研究范式发生转变，学者们开始以学术观点看待《墨子》。1922年德国汉学家弗尔克（Alfred Forke）在柏林出版了《墨子》德文全译本——《社会伦理学家墨子及其门生的哲学著述》（*Mê Ti, des Sozialethikers und seiner Schueler philosophische*

① 詹姆士·理雅格（译）：《中国经典》第2卷，伦敦会印刷所香港承印，1861年，第122页。

Werke),在西方掀起研究墨学新风气。该译本对弗尔克的朋友、德国著名诗人、戏剧家布莱希特(1898—1956)产生很大影响。在布莱希特长达15年的流亡生涯中,弗尔克的这本德译《墨子》始终伴随着他。墨子的朴素辩证法和伦理学思想给布莱希特留下了深刻的影响。他做了大量读书笔记,这些随笔构成了后来的《墨翟,变经》(*Meti*, *Buch der Wendungen*),又称《墨子成语录》。布莱希特是这样介绍这本散文集的:"《墨翟,变经》依据与查尔斯·斯特凡(Charles Stephan)译自中文的英译本转译成德文,它不属于中国古代经典著作,尽管其核心来自墨子。墨子理论曾被儒家几乎完全排除,于上世纪重新出现。它的某些观点使人想起某些西方哲学思潮,并感到几乎是现代的。"①

但探其究竟,根本不存在查尔斯·斯特凡这个人,所谓的英译本也是子虚乌有。布莱希特的用意也许在于引发读者的好奇心,误认为其书是当时流行的德译中国典籍。50年代以来,英国汉学家李约瑟(Toseph Needham)分次出版了巨著《中国科学技术史》,共7册,其中第二册第十一卷专门讨论了墨家的宗教实证论和科学方法论;第四册第二十六卷详细介绍评论了墨家的测量学、力学、光学等知识,对欧洲人了解墨子起到了很大的促进作用。

20世纪上半叶,欧洲学者有关墨子的研究论文还有:亨利·马斯波罗于《董报》上发表的《墨子伦理学译注》(1927年8月);H·威廉姆斯的《墨子——中国的异教徒》(济南,1927年);克利弗德·席姆普森、威伦斯·韦斯特伍德分别于《中国实录》上发表的《墨子与宿命论》(1931年10月)、《墨子著作中的宗教因素》(1931年9月);韦尔伯·H·龙的《墨子——宣扬兼爱的中国古代哲学家》(北平,1934年8月)。80年代,当代

---

① Bertolt Brecht, Gesammelt Werke, Band 12, Frankfurt, am Main, Suhrkamp Verlag, 1967, S430.

著名历史学家、哲学家汤因比也给予墨子思想以高度评价，在和日本池田大作关于墨子的对话中，汤因比认为，“把普遍的爱作为义务的墨子学说，对现代世界来说，更是恰当的主张，因为现代世界在技术上已经统一起来，但在感情方面还没有统一起来。只有普遍的爱，才是人类拯救自己的唯一希望。”池田大作也认为，“墨子的爱，比孔子的爱更为现代人所需要。”[①]

## 2.2 美洲的《墨子》及其英译

《墨子》在美洲被人注意，是20世纪的事情了，而目前美国已成为海外《墨子》译著的重镇。对墨学较有贡献者，首推留美华人或美籍中国学者，其次就是美国人的研究。1960年，美国学者顾立雅（H. G. Greel）发表《孔子及中国之道》，在文中曾提到墨子40多次。1963年，华兹生出版了《墨子入门》（*MoTzu: Basic Writings*），该书选译了《十论》的大部分著作及《非儒下》，再版于2003年，均由美国哥伦比亚大学出版社出版。1967年，卜德（Derk Bodde）发表《中国哲学中的调和与冲突》，论及墨子的兼爱思想。60年代后期，威廉士（Eleuthere Winance）在《国际哲学季刊》上发表《被遗忘了的中国思想家——墨子》，较全面地介绍了墨子思想。20世纪70至80年代，葛瑞汉发表了一系列相关论著，将西方汉学的《墨子》研究提升到一个新的水平上。葛瑞汉在《晚期墨家的逻辑、伦理和科学》（*Later Mohist Logic, Ethics, and Science*）（1978）中，附有《墨经》4篇的翻译，是其研究成果的一部分，该书由香港中文大学出版社出版。艾乔恩（Ian Johnston）在《中国哲学杂志》2000年第4期上发表文章，对葛瑞汉（1978）关于《墨子》一些章节的调整提出批评，分析并翻译了《大取》、《小取》两部分内容；2010年，艾乔恩的《墨子全译》（*The Mozi : A Complete*

① 秦彦士：《墨学的当代价值》，北京：中国书店，1997年，第58页。

*Translation*)由香港中文大学出版社出版。2001 年,由艾文贺和万白安主编的《中国古典哲学读本》出版,在该书中,艾文贺介绍了《墨子》一书,并选译了《尚贤上》、《尚同上》、《兼爱下》等 10 篇内容。

在《墨子》译著方面有影响的留美华人或美籍中国学者主要有以下这些。

1919 年,胡适在美留学期间用英文写成博士论文《先秦名学史》(*The Development of the Logical Method in Ancient China*),用了三分之一的篇幅研究墨家逻辑学,给予《墨经》和《墨经》的作者以高度评价,打破了西方学术界关于中国自古无逻辑体系的错误观点,影响深远。

1929 年,梅贻宝出版了《墨子》英译本——《墨子的伦理政治论著》(*The Ethical and Political Works of Motse*),除《墨辩》及《备守》二部之外,梅书翻译了其余 36 篇,此译本成为欧美学者研究墨学的主要引文依据之一。1934 年,梅贻宝出版了专著《墨子:孔子的劲敌》(*Motze, the Neglected Rival of Confuciusc*),详细介绍了墨子的生平和学说,在第四章着重阐述了墨子的方法论。

1963 年,陈荣捷在《中国哲学资料书》中全译了《兼爱中》、《天志上》、《非命上》3 篇,并以"功利主义"、"非攻"、"非乐"、"节葬"、"尚贤"、"尚同"为主题节译了墨学《十论》相关内容;书中还论述了儒墨两家的不同,认为他们最大的分歧在于墨家的"兼爱"与儒家的"别爱",两者的对抗是根本性的。

20 世纪 60 年代美籍中国学者的墨学研究成果还有成中英(Chung-Ying Cheng)的《中国古典逻辑新探》(1965)、周幼伟的《墨子伦理哲学》(1965)、周策纵的《墨家起源新说》(1967)等。

20 世纪 90 年代以来,以梁生( Sheng Liang)为代表的新墨学研究颇为引人关注,新墨学研究致力于发掘墨子思想的现代价值，主张运用墨子思想培养人文精神，发挥人的积极性和创造性，加强共同体的合作与团结，寻求人类和平。主要成果有：梁生的《培养人文：新墨学》(*Cultivating Humanity*: *Neo-Mohism*)、梁生与和野(Sam Heye)合作的《反对宿命论：新墨学》(*Against Fatalism*: *Neo-Mohism*)、梁生、和野合作的《寻找共同体：新墨学》(*Seeking Commonalities*: *Neo-Mohism*)、梁生的《反对进攻性战争：新墨学》(*Against Offensive Warfare*: *Neo-Mohism*)。[①]

在近30年的美国墨学研究领域，宾州爱丁堡大学李绍崑教授的成就最为突出，著有《墨子研究》(1968)、《墨子：伟大的教育家》(1985)、《墨学十讲》(1990)等书，并发表墨学论文几十篇。2009年商务印书馆出版了李绍崑的《英译墨子全书》(*The Complete Works of Motzu in English*)，该书翻译了《墨子》的所有文章，计71篇，译本最后附有相应的中文版本，全面系统地展示了墨子在军事、政治、哲学、机械制造、物理学、数学、宇宙论等方面的思想与成就，对于促进墨学走向世界，发挥了积极而重要的作用。

除上述学者们的《墨子》译著外，美国三部较有影响的百科全书也录有关于《墨子》及墨学的条目。

《美国百科全书》(*The Encyclopedia Americana*)从以下几个方面对墨子及墨学作了介绍：墨学的道德；墨学中的人际关系；墨学中的政治与军事体系；墨学的神秘主义；墨学中的艺术；逻辑家学派。该书认为墨学的道德与功利主义相似，而墨学提倡的兼爱哲学能使人“善”。

《维基自由百科全书》(*Wikipedia*, *the Free Encyclopedia*)则对墨子的生平、墨子哲学思想、墨子著作与影响等做了介绍。在谈到墨子的哲学思想时，认为墨家的兼爱是对中国过度强调

---

① 孙君恒：《墨学在当代西方》，载《中州学刊》，2006年第2期，第135—138页。

家族结构这一传统的反动，墨子的伦理观则具有效果论(consequentialism)特点，《墨子》为人们了解早期中国的历史、文化提供了丰富的资源。

《斯坦福哲学百科全书》(*Stanford Encyclopedia of Philosophy*)从9个方面对墨子作了详细的解释和评论：墨子与墨学；墨子十论；对客观标准的寻找；认识论；逻辑与辩论；政治理论；伦理学；宗教；历史影响与衰落。《斯坦福哲学百科全书》用了很大的篇幅介绍墨家伦理学，认为尽管墨家伦理与功利主义有相似之处，但更恰当的的描述应该是"实用效果论"(practice consequentialism)，墨家"制定了中国第一个明晰的伦理和政治理论和世界上最早的效果论的最完善形式"；墨家的"兼爱"不是提倡牺牲个人利益的完全利他主义，而是主张互利互惠的人际关系。墨家实践"兼爱"很困难，它受到四个方面的挑战。第一，"兼爱"太困难。一般的人认识不了长远利益，虽然统治者可以通过奖惩推行兼爱，但人们心理和行为上实际执行的是短期利益。第二，"兼爱"不可能。历史上公正而无私的贤明国王执行它，民众获益，带来了社会的和平。虽然这些例子说明"兼爱"是有益的行动，但实践"兼爱"的症结也正在这里：兼爱就是互利的行为，而不是发自人内心的平等互爱的态度。第三，"兼爱"做不到。它仅仅是社会理想规范的要求。理性人的利己与利他，往往陷于矛盾冲突。平等地处理各种各样的人际关系行不通。第四，"兼爱"有碍于孝道。兼爱未必有益于自己的父母，因而影响了子女孝道的践行。关于墨家学说的衰落，《斯坦福哲学百科全书》认为，相对于儒家的重"礼"，阴阳家的思辨，道家的浪漫与神秘，墨家难以吸引更多的人、尤其是有权势者的追随。

上述百科全书及其他类似文献对《墨子》的普及型译介推动了英语世界人们对墨子及墨学的认识，扩大了《墨子》的世界影响。

## 2.3 《墨子》英译概览

西方学者对《墨子》的研究,是以第一手文献的翻译及简介开始的,英语世界亦是如此。英语世界的《墨子》翻译从19世纪的理雅各开始,至葛瑞汉时期形成了《墨子》译著的高峰。进入21世纪以来,与国内墨学复兴形成呼应,国内学者也加入到《墨子》英译中来,目前,中外学者已有3个英语全译本问世。以出版时间顺序排列,则中外学者对《墨子》的英译状况可框图表示如下:

**中外学者的《墨子》英译**

| 译者 | 译作名/著作名 | 翻译内容 | 出版/发表信息 |
|---|---|---|---|
| 理雅各 (James Legge) | *Chinese Classics* (Volume II) (《中国经典》[第2卷]) | 《兼爱》上、中、下 | 伦敦会印刷所香港承印,1861 |
| 梅贻宝 (Yi-pao Mei) | *The Ethical and Political Works of Motse* (《墨子的伦理政治论著》) | 《概论》、《十论》、《墨语》,计36篇 | Arthur Probsthain ,1929 |
| 华兹生 (Burton Watson) | *Mo Tzu: Basic Writings* (《墨子入门》) | 《十论》的大部分内容及《非儒》下,计11篇 | Columbia University Press, 1963 |
| 陈荣捷 (Wing-tsit Chan) | *A Source Book in Chinese Philosophy* 《中国哲学资料书》 | 全译《兼爱中》、《天志上》、《非命上》3篇;节译《十论》 | Princeton University Press,1963 |
| 葛瑞汉 (A. C. Graham) | *Later Mohist Logic, Ethics, and Science* (《晚期墨家的逻辑、伦理和科学》) | 《墨经》4篇 | The Chinese University Press, 1978 |

续表

| 译者 | 译作名/著作名 | 翻译内容 | 出版/发表信息 |
| --- | --- | --- | --- |
| 艾乔恩 (Ian Johnston) | *Choosing the greater and choosing the lesser: a translation and analysis of the Daqu and Xiaoqu chapters of the Mozi* (《大取》和《小取》:翻译与分析) | 《大取》、《小取》2篇 | *Journal of Chinese Philosophy*, 27:4 (December 2000) 375—407 |
| 艾文贺、万白安 (Philip J. Ivanhoe & Bryan W. Van Norden) | *Readings in Classical Chinese Philosophy*. (《中国古典哲学读本》) | 《尚贤上》、《尚同上》、《兼爱下》等，计10篇 | Seven Bridges Press, 2001 |
| 汪榕培、王宏 | *Mozi* (《墨子》) | 全译 | 湖南人民出版社，2006 |
| 李绍崑 | *The Complete Works of Motzu in English* (《英译墨子全书》) | 全译 | 商务出版社,2009 |
| 艾乔恩 (Ian Johnston) | *The Mozi: A Complete Translation* 《墨子全译》 | 全译 | The Chinese University Press, 2010 |

## 第三节 《墨子》在英语世界里的文本形态

如前所述，目前已知的《墨子》英译本（节译或全译）有十种，每一译本都有自己独特之处。由于李绍崑全译本和艾乔恩全译本问世时间较短，要对其作深入研究，还需加以时日；王宏在《〈墨子〉英译对比研究》一文中，[1]对汪榕培、王宏译本所体现的翻译原则与策略及其不同于梅贻宝译本、华兹生译本的特征等都进行了细致分析，笔者不再赘述。本节主要针对在西方读者或学界影响较大的三个译本，就其文本特征予以分析描写。这三个译本按出版时间顺序，分别是梅贻宝的《墨子的伦理政治论著》、伯顿·华兹生的《墨子入门》和葛瑞汉的《晚期墨家的逻辑、伦理和科学》。虽然《晚期墨家的逻辑、伦理和科学》更多的是一部学术著作，没有提供严格意义上的全文翻译，但正如汪榕培、王宏所言，其“逐字逐句的解释原文也可以看作一种广义的翻译”，[2]而且，透过葛瑞汉的著作，我们可以领悟汉学研究是如何与文本分析、文本翻译互为融合的。

### 3.1 梅贻宝之《墨子的伦理政治论著》

梅贻宝(1900—1997)，美国华人学者。生于天津，毕业于北京清华学校，1924 年获美国奥伯林学院学士学位，1927 年获哥伦比亚大学哲学博士学位，随后赴德国科隆大学学习。1928 年回国，执教燕京大学哲学系(1934—1948)，其间兼任燕京大学注册主任、教务长、文学院院长(1934—1948)、代理校长(1942—1946)。1949 年赴美，先后在芝加哥大学、瓦巴什学院、辛辛那提大学、普林斯顿大学任客座教授。1955 年起担任爱荷华大学东方研究教授，并在该校成立中日语文中心，兼任中心主任。在美国退休后，曾出任香港中文大学新亚书院校长 3 年，台中东海大学路思义人文学科教授 4 年，是美国哲学协会、美国东方学会、美国中国语言和文化教师协会会员。

梅贻宝的墨学著作是 20 世纪国内外墨子研究的重要资

---

① 王宏：《〈墨子〉英译对比研究》，解放军外国语学院学报，2006 年第 11 期，第 55—60 页。

② 汪榕培、王宏(英译)：《大中华文库汉英对照·墨子》(*Mozi*)，长沙：湖南人民出版社，2006 年，第 31 页。

源,其博士论文题目为《墨子:被忽视的孔子劲敌》,[1]论文详细介绍了墨子的生平和学说,在第4章着重阐述了墨子的方法论,于1934年由伦敦普氏出版社出版。作为其博士论文的副产品,梅贻宝用英文翻译了《墨子》中的36篇,另成一册,于1929年由伦敦普氏出版社出版,冠名为《墨子的伦理政治论著》。[2] 梅贻宝对墨家的同情、治墨学的严谨,可在其对儒墨之争公案的评价上得见一斑。孟子以禽兽喻杨墨说:"杨氏为我,是无君也;墨氏兼爱,是无父也。无父无君,是禽兽也。"(《孟子·滕文公下》)近代学者于此多所议论,梅贻宝的观点是:"墨子是大公无私,舍己为人,只当称颂,怎可批评?""说墨子兼爱即是无父,无父即是禽兽,不言而喻的墨子即是禽兽了!这实在不像讨论学术的口气,世间亦断没有这样的论理。"[3]

梅贻宝是将《墨子》译成英语并在西方出版发行的第一人。以学术的态度待《墨子》也是梅贻宝英译《墨子》的做法。译本保存了中国语风和《墨子》原书的特色,译笔流畅,有较大影响。香港浸会大学林思齐东西学术交流研究所(David C. Lam Institute for East West Studies)在电子版梅译本前言中评论到:"尽管译自上个世纪20年代,梅贻宝对墨学作品的翻译仍是研究古代中国(哲学思想)的标准资源。"[4]《墨子的伦理政治论著》的原文版本为孙诒让的《墨子间诂》,包含了《墨子》现存53篇中的36篇,没有翻译的17篇一是"墨经"部分,二是"守备"部分,译者认为这两部分都难以理解,且前者的作者身份有

---

① Yi-pao Mei, *Motse: the Neglected Rival of Confucius* (London, Probsthain, 1934).

② Yi-pao Mei, trans., *The Ethical and Political Works of Motse*. (London: Probsthain, 1929).

③ 梅贻宝:《墨子》,见《中央研究院历史语言研究所集刊》,第39本,1969年。

④ http://www.sfu.ca/davidlamcentre/nacrp/articles/legalmohist/mozi_mei/momei.html.,2011-6-25.

待确定，后者与墨子的思想关系不大。

梅译本的一大特色是其学术型的翻译方法，这首先表现在译本中使用大量的注释，解释中国古代历史文化，或阐述译者或其他学者对墨家思想的理解，或说明中西文化概念表达上的不同。以开篇的《亲士第一》翻译为例。[①]

译者在 Book I, Chapter I 后面就加注说明：评论家认为这一章及其后的两章系伪造，该章内容不过是第八至第十章《尚贤》的补遗，不应该放在开篇。

> Note 1: This and the two following chapters are judged to be spurious almost unanimously by competent textual critics. The content of this chapter is nothing more than an appendix to the three synoptic chapters VIII-X on "Exaltation of the Virtuous," and should not, therefore, occupy the position of the opening chapter in the book.

紧接着译者又对该章的标题"亲士"(Befriending the Learned) 作注：英语的"learned"一词不能作为汉语"士"的对等词，"士"涵盖了"学问、美德、才能、勇气，士是个贤能者，是高贵的武者。"(Note 2: The English word "learned" is no equivalent to the Chinese word *shi*, as virtue, talent, and courage are to be embodied by the *shi* as well as learning. He is really a philosopher—gentleman of the noblesse of the sword.)

再看该章第二段译者对文中涉及的历史人物所作的注：

> 昔者文公出走而正天下；桓公去国而霸诸侯；越王勾践遇吴王之丑，而尚摄中国之贤君。三子之能达名成功于天下也，皆于其国抑而大丑也。太上无败，

---

① 本部分所选梅贻宝译文均引自香港浸会大学林思齐东西学术交流研究所发布的梅译电子版。

其次败而有以成，此之谓用民。

Formerly Lord Wen (of Jin, 780—746 B. C. [3]) was once in exile and yet later became the leading feudal lord. Lord Huan (of Qi 685—643 B. C.) was once forced to leave his state and yet later became a "tyrant" (4) among the feudal lords. Lord Gou Jian of Yue (496—465 B. C.) was once brought under humiliation by the king of Wu (5), and yet he was later looked upon with awe by the princes of China (6). The reason that these three men became famous and successful in the world lies in that they were able to endure shame and humiliation within their states.

本段(3)至(6)的注释分别如下：

(3) All dates so inserted indicate the period of the reign of the ruler.

(4) "Tyrant" is here used in the Greek sense. See the Chronological Table appended in the companion volume, *Motse, the Neglected Rival of Confucius*.

(5) The reference here is to Lord Fu Cha of Wu, 495—473 B. C.

(6) Yue was on the southern border of China. It was barbarian in origin too. Cf. the Sketch Map appended in *Motse, the Neglected Rival of Confucius*.

在《亲士》一章里，译者共作了 15 处注释，将各种情况予以说明，其他章节处理也是同样，译者翻译时旁征博引，译本的学术价值也由此得以显现。

梅贻宝的学术性翻译还体现在译文的选词用句上，即译文倾向于用词的典雅庄重，句子结构的严谨正式。以《尚贤上》一段翻译为例，通过与华兹生普及型翻译的比较，我们可更好地认识梅贻宝学术性翻译特色：

故古者圣王之为政，列德而尚贤。虽在农与工肆之人，有能则举之。高予之爵，重予之禄，任之以事，断予之令。曰：爵位不高，则民弗敬；蓄禄不厚，则民不信；政令不断，则民不畏。举三者授之贤者，非为贤赐也，欲其事之成。故当是时，以德就列，以官服事，以劳殿赏，量功而分禄。故官无常贵而民无终贱。有能则举之，无能则下之。举公义，辟私怨，此若言之谓也。

Therefore in administering the government, the ancient sage-kings ranked the morally excellent high and exalted the virtuous. If capable, even a farmer or an artisan would be employed—commissioned with high rank, remunerated with liberal emoluments, trusted with important charges, and empowered to issue final orders. For, if his rank were not high, people would not respect him; if his emoluments were not liberal, people would not have confidence in him; if his orders were not final, people would not stand in awe before him. To place these three (honours) upon the virtuous is not so much to reward virtue, as to bring about the success of the enterprise (of government). Therefore ranks should be standardized according to virtue, tasks assigned according to office, and rewards given according to labour spent. When emoluments are distributed in proportion to achievements, officials cannot be in constant honour, and people in eternal humility. If a person is capable promote him, if incapable, lower his rank. Give prominence to public approval and keep back private grudges (in the matter of selecting men). Here, then, is the principle. (梅译本)

Therefore in their administration the sage kings of ancient times ranked the virtuous high and honored the worthy, and although a man might be a farmer or an artisan from the shops, if he had ability they promoted him. Such men were honored with titles, treated to generous stipends, entrusted with important matters, and empowered to see their orders were carried out. For it was said that if their stipends were not generous, the people would have no confidence in them; and if their orders were not carried out, the people would not stand in awe of them. These three benefits were bestowed upon the worthy not because the ruler wished to reward them for their worth but because he hoped thereby to bring about success in the affairs of government. Therefore at that time ranks were assigned according to virtue, duties allotted according to the office held, and rewards given according to the effort expended; achievements were weighed and stipends distributed accordingly. Thus no official was necessarily assured of an exalted position for life, nor was any member of the common people necessarily condemned to remain forever humble. Those with ability were promoted, those without it were demoted. This is what it means to promote public righteousness and do away with private likes and dislikes. (华兹生译本)

先看"虽在农与工肆之人,有能则举之。高予之爵,重予之禄,任之以事,断予之令"一句的翻译。梅译文用了"commission"、"remunerate"、"emolument"、"charge"、"issue (final orders)"等庄重词汇;华兹生译本相应处用的是"honor"、"treat"、"stipend"、"matter"、"see (their orders were carried out)",这些都是日常英语词汇。再从句型结构上看,梅译文为"If capable, even a farmer or an artisan would be employed—commissioned with high rank, remunerated with liberal emoluments, trusted with important charges, and empowered to issue final orders."一个复合句,里面又含了平行结构,"commissioned with high rank..."整个句子结构严谨。华兹生译文为"and although a man might be a farmer or an artisan from the shops, if he had ability they promoted him. Such men were honored with titles, treated to generous stipends, entrusted with important matters, and empowered to see their orders were carried out."译者用两个句子翻译原文,读起来更平白流畅些。

"曰:爵位不高,则民弗敬;蓄禄不厚,则民不信;政令不断,则民不畏。"华兹生译文略去了"爵位不高,则民弗敬"一句话。"举三者授之贤者,非为贤赐也,欲其事之成。"梅译文用的是书卷式句子"not so much... as to..."华兹生译文则是口语化的"not because... but because...""故官无常贵而民无终贱",梅译文用了"eternal"、"humility"抽象词汇,而华兹生译文则是"for life"、"humble" 这样的普通词汇。

从上述译文比较中还可看出，梅译文中的异化处理也很明显，以尽可能地再现原文风格，如"有能则举之，无能则下之。举公义，辟私怨"被翻译为"If a person is capable promote him, if incapable, lower his rank. Give prominence to public approval and keep back private grudges (in the matter of selecting men)."译文直接模仿了汉语中很常见的无主句结构，而这样的句子在英文中并不常用。华兹生的翻译就是地道的英文结构了："Those with ability were promoted, those without it were demoted. This is what it means to promote public righteousness and do away with private likes and dislikes."

## 3.2 伯顿·华兹生之《墨子入门》

作为20世纪最高产的中国古典文学翻译大家，[①]华兹生译介了大量中国史学与哲学著作，如《庄子》(*Chung Tzu*)、《荀子》(*Hsun Tzu*)、《韩非子》(*Han Fei Tzu*)、《史记》(*Records of the Grand Historian of China*)、《司马迁》(*Ssu-ma Chien: Grand Historian of China*)、《古代中国的朝臣与庶民》(*Courtier and Commoner in Ancient China*)、《左传》(*The Tso Chuan*)等。华兹生也编译了大量的中国古典文学作品选集：《唐代诗人寒山的100首诗》(*Cold Mountain: 100 Poems by the Tang Poet Han-shan*)、《早期中国文学》(*Early Chinese Literature*)、《哥伦比亚中国诗歌选》(*The Columbia Book of Chinese Poetry: From Early Times to the Thirteenth Century*)、《中国抒情诗风》(*Chinese Lyricism*)、《苏东坡：一位宋代诗人的选集》(*Su Tungpo: Selections from a Sung*

---

① H. H. Frankel, "Review on *The Columbia Book of Chinese Poetry: From Early Times to the Thirteenth Century* by Burton Watson", in *Harvard Journal of Asiatic Studies*, 1986 (1), pp. 288—295.

*Dynasty Poet*)、《陆放翁诗文选》(*The Old Man Who Does As He Pleases*: *Selections from the Poetry and Prose of Lu Yu*)。除此之外,华兹生另译有《妙法莲花经》(*The Lotus Sutra*)及《维摩诘经》(*The Vimalakirti Sutra*)等宗教文学作品。对于华兹生在翻译方面的巨大成就,耶鲁大学的傅汉思(Hans Frankel)是这样评价的:“在当今还健在的人群中,没有第二个人可以像华兹生那样用优雅的英文为读者翻译了这么多中国文学、历史与哲学作品。从这位孜孜不倦的翻译家笔下译出的每一本新书,都让人感到如此地欣慰。”[①]

华兹生的《墨子入门》于1963年在美国哥伦比亚大学出版社出版,2003年再版。原文主要依据是孙诒让的《墨子间诂》,同时也参考了于省吾的《墨子新证》。华兹生选译了《墨子》专论部分,即《尚贤》、《尚同》、《兼爱》、《非攻》、《节用》、《节葬》、《天志》、《明鬼》、《非乐》、《非命》、《非儒》。由于原作每篇分上、中、下,应共有33篇,华兹生认为各篇的上、中、下大同小异,可能是墨家三派由于抄写、传授各有系统而各有所本。为避免重复,除了《非攻》、《天志》译了两篇以外,其他都只选取了“对论题的阐述最有意思且最完整”的一篇(the subsection which seemed to contain the most interesting and complete exposition of each topic)。[②] 具体来说,华兹生翻译的《墨子》内容有:《尚贤上》(“Honoring the Worthy”)、《尚同下》(“Identifying with One's Superior”)、《兼爱下》(“Universal Love”)、《非攻》(上、下)(“Against Offensive Warfare”)、《节用上》(“Moderation in Expenditure”)、《节葬下》(“Moderation in Funeral”)、《天志》

---

① H. H. Frankel, “Review on *The Columbia Book of Chinese Poetry*: *From Early Times to the Thirteenth Century* by Burton Watson”, in *Harvard Journal of Asiatic Studies*, 1986 (1), pp. 288—295.

② Burton Watson., trans., *Mo Tzu*: *Basic Writings* (New York: Columbia University Press, 1963), p. 3.

(上、中)("The Will of Heaven")、《明鬼下》("Explaining Ghosts")、《非乐上》("Against Music")、《非命上》("Against Fatalism")、《非儒下》("Against Confucians")。

译本集中反映了墨家关于乐、命、博爱等墨家哲学思想的核心内容。和他翻译的其他中国历史典籍一样,《墨子选译》坚持了流畅、自然、娴雅、精练的翻译风格,面向普通英语读者,很少使用注释,注重译文的可读性。他这种翻译风格的形成与20世纪50年代英美主流翻译传统讲究流畅自然的翻译风格具有直接关系。另外,他在学习中国典籍英译期间也认识到,仅仅把汉语的意思翻译出来是不够的,还必须要保证译文读起来自然、符合英语的表达习惯。这种译文风格使得华兹生的译著在西方普通英语读者中赢得了自己的地位,同时也得到了绝大多数汉学家的认可。傅汉思认为,在用优雅的语言向普通读者译介中国文学、历史、哲学著作方面,没有人能够超越华兹生,他的译作总是通俗易懂,可读性很强。①

以《兼爱下》的开头部分为例,其通俗流畅的翻译风格可见一斑。

> 子墨子言曰:"仁人之事者,必务求兴天下之利,除天下之害。"然当今之时,天下之害,孰为大?曰:若大国之攻小国也,大家之乱小家也,强之劫弱,众之暴寡,诈之谋愚,贵之敖贱,此天下之害也。又与为人君者之不惠也,臣者之不忠也,父者之不慈也,子者之不孝也,此又天下之害也。又与今人之贱人,执其兵刃毒药水火,以交相亏贼,此又天下之害也。

> Mo Tzu said, "It is the business of the benevolent person to try to promote what is

① H. H. Frankel, "Review on *The Columbia Book of Chinese Poetry: From Early Times to the Thirteenth Century* by Burton Watson", in *Harvard Journal of Asiatic Studies*, 1986 (1), pp. 288—295.

beneficial to the world and to eliminate what is harmful. Now at the present time, what brings the greatest harm to the world? Great states attacking small ones, great families overthrowing small ones, the strong oppressing the weak, the many harrying the few, the cunning deceiving the stupid, the eminent lording it over the humble—these are harmful to the world. So too are rulers who are not generous, ministers who are not loyal, fathers who are without kindness, and sons who are unfilial, as well as those mean man who, with weapons, knives, poison, fire, and water, seek to injure and undo each other. ”

从句子结构上看，译文的“It is the business of the benevolent person to... ”“Great states attacking small ones , great families overthrowing small ones... ”都具有明显的口语特征，显得亲切自然；就用词来说，整段译文选用的都是大众化的词汇，如“business”、“harmful”、“cunning”、“stupid” 等。

下面是梅怡宝的译文，两相比较，华兹生的普适性翻译特色更为明显。

Mozi said: The purpose of the magnanimous lies in procuring benefits for the world and eliminating its calamities. Now among all the current calamities, which are the most important? The attack on the small states by the large ones, disturbances of the small houses by the large ones, oppression of the weak by the strong, misuse of the few by the many, deception of the simple by the cunning, disdain towards the humble by the honoured—these are the misfortunes in the empire. Again, the lack of grace on the part of the ruler, the lack of loyalty on the part of the minister, the lack of affection on the part of the father, the lack of filial piety on the part of the son—these are further calamities in the empire. Also, the mutual injury and harm which the unscrupulous do to one another with weapons, poison, water, and fire is still another calamity in the empire.

梅译文中,"The purpose of the magnanimous lies in..."以抽象名词作主语,"The attack on the small states by the large ones..."一系列名词短语连用,以及"procuring"、"calamities"、"unscrupulous"等典雅词的应用,都使译文显得庄重严谨。

华兹生译本的另一个特点是尽可能保留原文重复性句型。华兹生认为《墨子》的一个突出文体特征是句型的单调与重复,而译者所能做的就是再现这种特征:"one cannot help noting that the Mo Tzu, whatever the interest of its ideas, is seldom a delight to read...[Its] style as a whole is marked by a singular monotony of sentence pattern, and a lack of wit or grace that is atypical of Chinese literature in general.""when repetitiousness constitutes the main feature of the style of the original, he can be faithful to the ethics of his trade, it would seem, only by reproducing such repetitions in full in the translation."①

再以《兼爱下》的一段翻译为例。

子墨子曰:"非人者必有以易之,若非人而无以易

① Burton Watson, trans., *Mo Tzu: Basic Writings* (New York: Columbia University Press, 1963), pp. 14—15.

之，譬之犹以水救火也，其说将必无可矣。”是故子墨子曰：“兼以易别。”然即兼之可以易别之故何也？曰：藉为人之国，若为其国，夫谁独举其国以攻人之国者哉？为彼者，由为己也。为人之都，若为其都，夫谁独举其都以伐人之都者哉？为彼犹为己也。为人之家，若为其家，夫谁独举其家以乱人之家者哉？为彼犹为己也。然即国都不相攻伐，人家不相乱贼，此天下之害与？天下之利与？即必曰天下之利也。



Mo Tzu said: Whoever criticizes others must have some alternative to offer them. To criticize and yet offer no alternative is like trying to stop flood with flood or put out fire with fire. It will surely have no effect. Therefore Mo Tzu said: Partiality should be replaced by universality.

But how can partiality be replaced by universality? If men were to regard the states of others as they regard their own, then who would raise up his state to attack the state of another? It would be like attacking his own. If men were to regard the cities of others as they regard their own, then who would raise up his city to attack the city of another? It would be like attacking his own. If men were to regard the families of others as they regard their own, then who would raise up his family to overthrow that of another? It would be like overthrowing his own. Now when states and cities do not attack and make war on each other and families and individuals do not overthrow or injure one another, is this a harm or a benefit to the world?

Surely it is a benefit.

原文中"若为其……,夫谁独举其……者哉?"的重复结构在译文中重复表现为"If men were to... then who would raise up his... of another? ";"为彼者,由为译为也"、"为彼犹为己也"也译为重复的:"It would be like... his own. "同时可以注意到,译文保持了原文的句子顺序。

这种对原文风格的保留,体现的是华兹生对《墨子》风格的理解,即大量重复不是因为作者思维或语言的贫乏,而是一种有意所为,旨在通过重复让读者牢记某些话语。"The extreme repetitiousness of the work, for example, suggests that the writer or writers are not repeating themselves merely out of paucity of invention, but are attempting purposely to drum certain set phrases into the mind of the reader, much like the slogan-vendors of our own time. "①

《非攻上》开头一段的翻译也很典型地体现了译者对原文重复结构的复制。

> 今有一人,入人园圃,窃其桃李,众闻则非之,上为政者得则罚之。此何也?以亏人自利也。至攘人犬豕鸡豚者,其不义,又甚入人园圃窃桃李。是何故也?以亏人愈多,其不仁兹甚,罪益厚。至入人栏厩、取人牛马者,其不仁义,又甚攘人犬豕鸡豚。此何故也?以其亏人愈多。苟亏人愈多,其不仁兹甚,罪益厚。至杀不辜人也,扡其衣裘、取戈剑者,其不义,又甚入人栏厩,取人牛马。此何故也?以其亏人愈多。苟亏人愈多,其不仁兹甚矣!罪益厚。当此天下之君子皆知而非之,谓之不义。今至大为攻国,则弗知非,从而誉之,谓之义。此可谓知义与不义之别乎?

① Burton Watson, trans., *Mo Tzu: Basic Writings* (New York: Columbia University Press, 1963), p.15.

If a man enters an orchard and steals the peaches and plums, everyone who hears about it will condemn him, and if those above who administer the government catch him they will punish him. Why? Because he injures others to benefit himself. When it comes to carrying off dogs, swine, chickens, and piglings, the deed is even more unrighteous than entering an orchard to steal peaches and plums. Why? Because the loss to others is greater. It shows a greater lack of benevolence and is a more serious crime. When it comes to breaking another man's stable and seizing his horses and cows, the deed is even more unrighteous than carrying off dogs, swine, chickens, and piglings. Why? Because the loss to others is greater, and if the loss is greater, it shows a greater lack of benevolence and is more serious crime. And when it comes to murdering an innocent man, stripping him of his clothing, and appropriating his spear and sword, the deed is even more unrighteous than breaking into a stable and seizing someone's horses and cows. Why? Because the injury to others is even greater , and if the injury is greater, it shows a greater lack of benevolence and is a more serious crime.

Now all the gentlemen in the world know enough to condemn such acts and brand them as unrighteous. And yet when it comes to the even greater unrighteousness of offensive warfare against other states, they do not know enough to condemn it. On the contrary, they praise it and call it righteous. Is this what it means to know the difference between righteousness and unrighteousness?

华兹生把原文中"至……"重复句式译为"when it comes to..."用反复出现的"why"表达"此(是)何(故)也",用语通俗,意义连贯,再现了墨家论证说理的逻辑演进方式。

虽然华兹生在中国典籍方面造诣深厚,但其《墨子》译文也有一些模棱两可甚至是误译之处,以《尚贤上》的几处翻译为例。

"是在王公大人为政于国家者,不能以尚贤事能为政也。是故国有贤良之士众,则国家之治厚;贤良之士寡,则国家之治薄。故大人之务,将在于众贤而已。"其中,"是故国有贤良之士众,则国家之治厚;贤良之士寡,则国家之治薄。"在《墨子白话今译》中,这句话的解释是"在一个国家中,如果贤良之士多,那么国家的治绩就大;如果贤良之士少,那么国家的治绩就小。"[①] 华兹生译文为:"If a government is rich in worthy men, then the administration will be characterized by weight and substance; but if it is poor in such men, then the administration will be a paltry affair."译者对"国家之治厚"的直译有点让读者不明就里。比较其他译本对该句的处理,如梅怡宝译本:"When the virtuous are numerous in the state, order will be stable; when the virtuous are scarce, order will be unstable." "order will be stable"虽是一种泛化翻译,在意义上已接近原文。汪榕培、王宏译本表达的则更为明确:"If there were many virtuous and talented people in the government, the country would thrive and prosper."

"况又有贤良之士,厚乎德行,辩乎言谈,博乎道术者乎!

---

① 吴龙辉等:《墨子白话今译》(电子本),http://guji.artx.cn/article/39124.html,2011-7-5.

此固国家之珍而社稷之佐也，亦必且富之、贵之、敬之、誉之、然后国之良士，亦将可得而众也。”“社稷”从字面上看是指土神和谷神。由于古时的君主为了祈求国事太平，五谷丰登，每年都要到郊外祭祀土地和五谷神，社稷也就成了国家的象征，后来人们用“社稷”来代表国家。华兹生译本只将其字面意义译了出来：“Men such as these are the treasures of the nation and keepers of its altars of the soils and grain”，对于不了解中国文化的读者来说，这样的翻译就会导致不解或误解。梅译本和汪译本都较好地处理了这一文化负荷词，前者为“since these are the treasures of the nation and props of the state”，后者为“they are the treasures of the state and pillars of the society”。

“上之所以使下者，一物也；下之所以事上者，一术也。”《墨子白话今译》对这句话的解释是：“这是因为君上用来支使臣下的是一件事，臣下用来侍奉君上的也是同一条道。”汪译本参照的今译文为：“这是由于国君使用臣下只有一个标准，臣下侍奉君主只有为义一个途径。”[①]两种解释大同小异。华兹生对这句话翻译是“Those in a superior position have one thing by which to attract men to their service—the promise of material benefits; those in a subordinate position have one thing to offer to their superior—a knowledge of the arts of government.”译者将“一物”、“一术”做了非常字面化的理解，无法涵盖墨家所主张的对贤能之士要“富之、贵之、敬之、誉之”，而贤能之士“不可不为义”的丰富思想。梅译本的理解与华兹生相似：“It is only with material goods that the superior can employ his subordinates, and it is only with statecraft that the subordinates can serve their lord.”相比之下，汪译本更好地体现了“一物”、“一术”的要旨：“It is because the lord advocated

① 汪榕培、王宏：(英译)《大中华文库英汉对照·墨子》(*Mozi*)，长沙：湖南人民出版社，2006年，第44页。

only one policy, namely, respecting the virtuous and employing the talented while the subordinates observed only one principle, namely, obeying the lord and sticking to righteousness."

### 3.3 葛瑞汉之《晚期墨家的逻辑、伦理和科学》

20世纪70～80年代，葛瑞汉发表了一系列相关论著，将西方汉学的《墨子》研究提升到一个新水平。葛氏在史料的掌握、文献的运用、语言的考证和思想的分析上，都具有非常深厚的功力。据罗思文所辑《葛瑞汉论著目录》，[1]葛氏的研《墨》成果有《杨朱与禽子的对话》(1959年)、《墨家"小取"的逻辑》(1964年)、《〈墨语〉诸篇的语法》(1971年)、《〈墨子·大取〉篇所重构的后期墨家伦理学、逻辑学观念》(1972年)、《对墨家光学的系统研究》(1973年)、《后期墨家辩论中的"必"与"先"概念》(1975年)、《〈墨经〉的组织》(1978年)、《从〈墨子·十论〉看早期墨家分派》(1985年)、《利己的正当性：杨朱学派、后期墨家与庄子》(1985年)、《后期墨家的逻辑学、伦理学与科学》(1978年)、《论道者：中国古代哲学论辩》(1989年)。其中，《论道者：中国古代哲学论辩》是葛瑞汉的代表作，包括了《激进的回应：墨子》、《从墨子到后期墨学：在理性功利中再受磨炼的道德性》、《后期墨家对于理性的辩护》等内容。葛氏的这些论著，成为西方汉学研究《墨子》的基础，而学者亦征引频繁。

《晚期墨家的逻辑、伦理和科学》[2]是西方研究《墨经》的主要著作，也是西方迄今唯一一部研究《墨经》的重要著作，对此，

---

① Henry Rosemont, Jr., ed. "Bibliography of the Writings of Angus C. Graham", in *Chinese Texts and Philosophical Contexts: Essays Dedicated to Angus C. Graham* (La Salle: Open Court Publishing Company, 1991), pp. 323－328.

② A. C. Graham, *Later Mohist Logic, Ethics and Science*, (Hong Kong: The Chinese University Press, 1978).

曾有学者称此书为影响中国思想研究最为深远之英文书籍，由此可见其重要性。[1]《晚期墨家的逻辑、伦理和科学》对墨家的理性和科学精神给予了极高赞誉，认为中国的理性辩论始于墨子。葛瑞汉是杰出的古汉语语法专家，这有助于他处理复杂的先秦文本。此外，葛瑞汉本人又是一位哲学家，能够将他的先秦思想研究与其哲学观点的建构结合起来。《晚期墨家的逻辑、伦理和科学》在仔细分析文本及语法问题之后，重编了汉语文本，并在此基础上翻译了第四十至四十五章。

就文本研究而言，本书第一部分对《墨经》中句型及几十个重要术语进行了逐个研究，指出除了少数例外，后期墨家作品所用都是“真正的句子”(true sentences)，较之先汉其他作品，《墨经》的句子组织更为严密。葛瑞汉认为研究汉语文言文，首先要区分动词性句子(verbal sentence，主要动词前可出现“不”)，如二光夹一光 (Two lights flank one light)，以及名词性句子(nominal sentence，补足语前面可出现“非”)，如白马马也 (A white horse is a horse)。[2] 紧接着详细分析了《墨经》中 X is Y 句型、代词的应用、否定句、限制词等语法现象以及如何用英语表达这些现象。如在谈到汉语的“有/无＋动词”结构时，作者说在翻译这一句型时，方便的做法是译成“with/without＋抽象名词”，如“无知”译为“without consciousness”、“无欲恶”译为“without desires and dislikes”，但为了避免读者误解汉语的“无”是名词化的，作者在翻译时有意回避了这样的常规翻译。[3] 关于《墨经》中的比较句型，葛瑞汉区分了“若”与

① 方克涛：《英美学界对于中国经典诠释传统之研究：回顾与展望》，载《经典与解释》，2010 年，http://philosophy.sysu.edu.cn/jdjsx.，2011-7-10.

② A. C. Graham, *Later Mohist Logic, Ethics and Science* (Hong Kong: The Chinese University Press, 1978), p. 114.

③ A. C. Graham, *Later Mohist Logic, Ethics and Science* (Hong Kong: The Chinese University Press, 1978), p. 133.

"犹"的用法,[①]"若"表示相似性,其前可加"不"表否定,英译为"be like",如"牛之性不若羊,羊之性不若豚。"译文为:"The ox's nature is not like the sheep's nor the sheep's like the pig's."而"犹"前是不能加否定词的,是小品词,用在"(X)犹 Y"句型中,相当于英语的"(With X) it is as with Y",如"或木或石,不害其方之相合也。尽类。犹方也,物俱然。"(Some are wood and some stone, but it does not affect their agreement in being square. If they have all the characteristics, as in the case of being square, all of the things are so.)"是狂举也,犹牛有齿马有尾。"(This is picking indiscriminately, as with"Oxen have teeth but horses have tails"(as evidence that an ox is not a horse.)

在对《墨经》做了语法分析后,葛瑞汉又对文本中的 39 个技术术语和 13 个与牲畜相关的术语做了逐个解释,而这些解释又都是葛氏研究成果的体现。以"坚白"的解释为例。葛氏认为"坚白"意为"hardness and whiteness"、"as-hard-to-white, distinct but mutually pervasive",以前的学者参考公孙龙的《坚白论》解释"坚白",认为白石是两个事物:触觉上的坚石和视觉上的白石,而葛氏通过对《坚白论》文本形成的追溯并以梁启超研究为副证,指出"坚白"是一个通用术语,指既相互区别而又彼此相盈的特征,坚与白是这种特征的典型体现,《墨经》有关几何知识中常用到这一术语。"坚白,不相外也。"(Chien pai is not excluding each other.)"宇久不坚白"(Space and duration are not chien pai);为说明这一问题,葛氏还引用了《韩非子》、《庄子》等文献中有关"坚白"的表述,下面是他对《韩非子》一段的引文及翻译。

重人者,必人主所甚亲爱也。人主所甚亲爱也

---

① A. C. Graham, *Later Mohist Logic, Ethics and Science* (Hong Kong: The Chinese University Press, 1978), pp. 137－139.

者，是同坚白也。夫以布衣之资，欲以离人主之坚白所爱，是以解左髀说右髀者，是身必死而说不行者也。(《韩非子·外储说右上》)

A weighty man is inevitably a man whom the ruler greatly loves. To be a man whom the ruler greatly loves is to be to him as hard to white. Wishing with the resources of a commoner to separate from the ruler his "as-hard-to-white" loved one is advising the right buttock to get rid of the left; the consequence will be that you will surely lose your life and your advice will be ineffective. ①

葛瑞汉按照自己的方式重新建构了《墨经》及《墨辩》文本并将其译成英文。传统文本中的《经上》(第四十)、《经下》(第四十一)、《经上说》(第四十二)和《经下说》(第四十三)在译本中合称为《经与说》("The 'Canons' and 'Explanations'")，《大取》(第四十四)、《小取》(第四十五)在译本中称为《名与物》("Names and Objects")。以译本 Description 一节第一句为例，看看葛氏的文本重构与翻译。②

故，所得而后成也。

故，小故，有之不必然，无之必不然。〈最前之〉，体也，若有端。大故，有之必〈然〉，无〈之必不〉然。若见之成见也。

对照通行的各《墨子》文本，可以知道"故，所得而后成也"是《经上》(第四十)开篇一句话，而后面的"故，小故……"主要是《经上说》(第四十二)的第一句话，但葛氏认为《经说》部分的

① A. C. Graham, *Later Mohist Logic, Ethics and Science* (Hong Kong: The Chinese University Press, 1978), p. 173.

② A. C. Graham, *Later Mohist Logic, Ethics and Science* (Hong Kong: The Chinese University Press, 1978), p. 263.

文字残缺不全，他对第二段话做了补充：在“体也，若有端”前面增加了“最前之”，出处是《经上》“端，体之无厚而最前者也”。依据孙诒让研究，将原文中的“有之必无然”补充为“有之必〈然〉，无〈之必不〉然”。葛氏的文本重构由此可见一斑。再看葛氏对这句话的翻译：

C. “The Ku (reason/cause) of something is what it must get before it will come about.”

E. “Minor reasons”: having this, it will not necessarily be so; lacking this, necessarily it will not be so. It is the unit (which precedes all others). (Like having a starting-point.)

“Major reasons”: having this, it will necessarily (be so); lacking (this, necessarily it will not) be so. (Like the appearing bringing about the seeing.)

(译文中 C 代表 Canons，E 代表 Expositions，笔者注)

在仅有的几部《墨子》英语全译本中，李绍崑对《墨子》第四十至四十三章的翻译基本采取了葛氏的处理方法，把“经”与相应的“说”合起来翻译，其译文风格也类似于葛氏译本。汪榕培、王宏译本按照原文结构顺序翻译，译文更倾向于解释性。

故，小故，有之不必然，无之必不然。体也，若有端。大故，有之必无然。若见之成见也。

The cause can be divided into the minor cause and the major cause. It is not certain that the minor cause will bring about the present state of things, but it is certain that the absence of the minor cause will not bring about the present state of things. The cause is just like a part of a whole or a point in a line. It is certain that the major cause will bring about the present state of things and that the absence of the major cause will not bring about the present state of things. That is to say, the cause is the prerequisite for the present state of things.（汪榕培、王宏译）

《墨经》是先秦时代科学成就的重要记录，包含了丰富的力学、光学、几何学、工程技术知识和现代物理学、数学的基本知识要素。葛瑞汉在处理这些涉及科学知识的内容时，既翻译原文，又对重要概念进行解释说明，译文多处还辅以图形说明文字所蕴含的科学原理，这也是葛氏译本与众不同的地方。概述之，《晚期墨家的逻辑、伦理和科学》思想精深，所涉及的知识体系复杂，我们对其文本的描述只能是浅尝辄止。

## 第四节 《墨子》英译中核心概念的阐释

墨家学说中有著名的“十论”，即“尚贤”、“尚同”、“兼爱”、“非攻”、“节用”、“节葬”、“天志”、“明鬼”、“非乐”、“非命”，它们是《墨子》书中的主要部分，代表了墨家学派的主要哲学思想和社会政治主张。“十论”概念在英语世界里的表现方式也为我们考察中西文化如何互视互容提供了一个切入点。

### 4.1 “尚贤”

所谓“尚贤”，就是任人唯贤。《尚贤》开篇说：“今者王公大人为政于国家者，皆欲国家之富，人民之众，刑政之治，然而不得富而得贫，不得众而得寡，不得治而得乱，则是本失其所欲，得其所恶，是其故何也?”(《尚贤上》)原因墨翟讲得很清楚：“是在王公大臣为政于国家者，不能以尚贤事为政也。是故国有贤良之士众，则国家之治厚；贤良之士寡，则国家之治薄。故大人之务，将在于众贤而已。”(《尚贤上》)墨翟认为国家的兴亡成败关键在于用人。值得指出的是，墨家的“尚贤”不同于儒家的“举贤”，因为两家“贤”的范围大不相同。儒家更强调“君子笃于亲”和“故旧不遗”,圣贤只在君子的范围内产生。墨子的“众贤之术”有重大突破,它打破了“亲亲”、“尊尊”的宗法血缘界限,主张不分贵贱亲疏,一视同仁,即要“列德而尚贤,虽在农与工肆之人,有能则举之”,“不辨贫富、贵贱、远迩、亲疏,贤者举而上之,不肖者抑而废之”。墨子以平民代言人的身份,大力推崇和挖掘“贱民”的能力价值。他认为,“官无常贵而民无终贱,有能举之,无能则下之。”(《尚贤上》)

那么,“尚贤”这一概念在英语里获得了怎样的表达呢?

| 梅贻宝译本 | 华兹生译本 | 葛瑞汉译本 | 艾文贺、万白安译本 | 汪榕培、王宏译本 | 李绍崑译本 | 艾乔恩译本 |
|---|---|---|---|---|---|---|
| exaltation of the virtuous | honoring the worthy | elevating the worthy | honoring the worthy | respecting the virtuous | esteem of the virtuous | exalting worthiness |

译文对“尚”的理解表现出两种语义倾向,一为“重用”,译者选用了“exalting (exaltation)” 和“elevating”;一为“尊崇”,译者选用的是“honoring”、“ respecting”、“esteem”。在汉语里,“尚”同时具有“尊崇”与“重用”的涵义,由于《尚贤》三章讲的都是选官用人之道,其“重用”的意义应该更突出些,如《尚贤中》说道:“贤者举而上之,富而贵之,以为官长;不肖者抑而废之,贫而贱之,以为徒役。”

在英译本中,“贤”的语义侧重点也不一样,“virtuous”突出的是道德层面上的完美,“worthy (worthiness)” 表达的则是德、行等诸层面上的“等值”。回到《墨子》原文,墨子心目中的贤良之士应是德才兼备之人。他说:“贤良之士,厚乎德行,辩乎言谈,博乎道术者乎!此固国家之珍而社稷之佐也。”就是说贤人要富有好的品行,做事要有利于人民,有利于兴利除害,要有很高的思想水平,能辨析事理,通晓治国的道理和方法。他认为,贤良之能和贤良之义是统一的。也就是说,能够称得上贤良的基本素质,必须是“德行厚”和“道术博”的统一。从这个意义上来说,“worthy (worthiness)”较之“virtuous”能更全面地表达原文的要义。

而儒家更强调“贤”中的道德含义，选贤任能主要应用的是道德标准。儒家认为治国最重要的就是用伦理道德教化民众；只要为政者兴礼乐、行仁政，则自然天下大治。比如，大禹治水，这应该是一件很有技术性的工作，仅凭道德高尚是做不成的，然而孔子说：“禹，吾无间然矣。菲饮食，而致孝乎鬼神；恶衣服，而致美乎黻冕；卑宫室，而尽力乎沟洫。禹，吾无间然矣！”（《论语·泰伯》）孔子盛赞的是禹的德行而非他的才能，似乎禹的成功不是因为他能干而是因为他道德高尚。

以这样的视点看《论语》英译者对“贤”的翻译也很有意思。《论语》记载，仲弓做了季氏宰之后，向孔子请教如何施政，孔子回答说：“先有司，赦小过，举贤才。”（《论语·子路》）不同的译者对“贤才”的诠释也各有侧重。

理雅各：The Master said, “Employ first the services of your various officers, pardon small faults, and raise to office men of virtue and talents.”

安乐哲、罗思文：The Master said to him, “Set an example for those in office, pardon minor offenses, and promote those with superior character (xian) and ability.”

穆勒：(Charles Muller)：Confucius said, “First get some officers; then grant pardon to all the petty offenses and then put virtuous and able men into positions of responsibility.”

刘殿爵：The Master said, “Set an example for your officials to follow; show leniency towards minor offenders; and promote men of talent.”

前三个译本都将“贤”与“才”做了分别处理，理雅各和穆勒突出了“贤”的道德诉求，将其译为“virtue (virtuous)”；安乐哲将“贤”译为“superior character”，意义更宽泛一些，但“德”被淡化了；刘殿爵突出的是“才”，这在义理上则有偏原文。

## 4.2 “尚同”

“尚同”即主张在“尚贤”的前提下统一天下，这也就是实现“大同”之意。墨子认为，在未有国家、“未有刑政之时”，人们思想不统一，“人是其义，以非人之义，故交相非也”，互相攻讦，“天下之乱若禽兽然”。天下大乱是由于无“政长”。因此，施行选举制度，按照贤能等第，设立天子、三公、诸侯、正长，使百姓“上之所是，必皆是之；上之所非，必皆非之”，“上同而不下比”。“天子唯能一同天下之义，是以天下治也。”（《尚同上》）天下的百姓都“上同于天子”，而天子又“上同于天”。“不上同其上者”，就要加以惩罚。按墨子的理想，是建立一个以天子为首、下分层层组织的社会。而关于此社会种种的制度均以天子之意见为主导，而天子再上同于天。亦即，这个理想社会的政治运作，乃是一个由上而下的过程。在《墨子》英译本里，“尚同”的表达有如下一些：

| 梅贻宝译本 | 华兹生译本 | 葛瑞汉译本 | 艾文贺、万白安译本 | 汪榕培、王宏译本 | 李绍崑译本 | 艾乔恩译本 |
|---|---|---|---|---|---|---|
| identification with the Superior | identifying with one's superior | conforming to superior | obeying one's superior | identifying with the superior | esteem of the identified | exalting unity |

大多数译本对“尚同”的翻译体现了任继愈的观点，[①]即：“尚”字和“上”字通用，“尚同”也就是“上同”，译文用了“superior”一词，这也将墨子思想中层级组织概念表达了出来；李绍崑、艾乔恩译本则体现了孙中原看法：[②]“尚”即崇尚，“同”即同一、统一，这样，“同”就成了抽象的“unity”或“the

① 任继愈：《墨子》，上海：上海人民出版社，1956年，第58页。

② 孙中原：《墨子及其后学》，北京：新华出版社，1993年，第64－65页。

identified"。Internet Encyclopedia of Philosophy 在介绍墨子学说时,也将"尚同"译为"Exalting Unity",认为"同"是指"统治者一以贯之的一个公认的'义'的观念"(a unified conception of what is morally right [*yi*] consistently enforced by a hierarchy of rulers and leaders)。[①]



## 4.3 "兼爱"

"兼爱"是墨家最独特的核心价值观,也是墨家能够成为先秦"显学"的主要原因。"兼爱"思想由儒家的"仁"和"礼运"的"不独亲其亲,不独子其子"发展而来。孔子将"爱人"含义的"仁",加上了宗法等级制的内容,改造成了"忠恕"含义的"仁";墨子主张"使天下兼相爱",则又抽去了宗法等级制内容,因为庶人也是可以被举为天子的,等级制的界限已被打破了。所以,墨家的"兼爱"是对儒家"仁"的发展,更是对儒家"仁"的否定;在墨子看来,儒家不兼爱的"仁",不能算是"仁"。"天下兼相爱则治,交相恶则乱"(《兼爱上》),天下之乱,起于人与人不相爱。臣与子不孝,君与父不慈,以及"大夫之相乱家,诸侯之相攻国",直至盗贼之害人,都是互不相爱的结果。如果天下人能"兼相爱","爱人若爱其身",那就天下太平了。墨子也讲"慈"、"孝",但并不以"孝悌"为"兼爱"之本,更不主张有等差的爱,所以,其"兼爱"具有反宗法等级制的特点,因此孟子说"墨氏兼爱,是无父也"。墨子的"兼爱"还要禁止"强执弱"、"富侮贫"、"贵傲贱"、"诈欺愚",反对贵族、富人欺压下层民众。并且,"兼相爱"和"交相利"是相结合的,墨子吸收并发展了子思学派"义"、"利"合一的思想,摆脱了孔子"君子喻于义,小人喻于利",只讲"义"不讲"利"的片面性。"兼爱"有利于自己,不"兼爱"则有害于自身,墨子将伦理道德和功利主义紧密地结合

① http://www.iep.utm.edu/mozi/, 2011-7-15.

在一起。

《墨子》最早英译本即为理雅各所译的《兼爱》三篇，他认为墨子的兼爱是一种体现平等的、包容众多的爱，故将其译为universal love，理雅各的翻译影响深远。在现代译本中，“兼爱”的英译如下：

| 梅贻宝译本 | 华兹生译本 | 葛瑞汉译本 | 艾文贺、万白安译本 | 汪榕培、王宏译本 | 李绍崑译本 | 艾乔恩译本 |
|---|---|---|---|---|---|---|
| universal love | universal love | universal love | impartial caring | universal love | universal love | universal love |

在这些译本中，除了艾文贺、万白安把“兼爱”译作“impartial caring”外，其他译本都用了“universal love”。值得注意的是，尽管“universal love”似乎已成为“兼爱”的通译，但20世纪70年代后该译法已逐渐受到怀疑。虽然葛瑞汉在《晚期墨家的逻辑、伦理和科学》书中提到墨家“十论”时沿用了“universal love”一词，但其后的研究认为，“universal love”一词不仅非常模糊（“兼”暗示着“为每个”而非“为全体”），而且又太富于感情色彩（墨子的“爱”是利民远害而不动情感的愿望）。在葛氏看来，墨者是性情冷峻的人，他们倾听正义的呼声，而非诉求于爱心。因此葛氏将“兼爱”译作“concern for everyone”。① 他认为把“爱”翻译为“concern”，这样的翻译很好地明确了“兼爱”的要求。

《斯坦福哲学百科全书》（*Stanford Encyclopedia of Philosophy*）里对“兼爱”的翻译是“inclusive care”。② “兼”（*jian*，together，jointly），指社会中的每个人，并且形成一个整体。“爱”（*ai*，love，care）可能从强烈的爱到态度上的关心。

---

① Angus Charles Graham, *Disputers of the Tao: Philosophical Argument in Ancient China* (La Salle: Open Court Publishing Company, 1989), pp. 41—42.

② http://plato. stanford. edu/entries/mohism/. First published, Mon. Oct. 21, 2002; substantive revision ,2011-7-16.

墨子的爱更多的是关心臣属、百姓的福利，强调互利互惠，依次达到“天下之利”。在墨子思想里，爱是不排他的、不排外的、非专有的(not exclusive)。这种翻译内在地、实质性地说明了“兼爱”的寓意——不排他的、不排外的、非专有的(inclusive)；“care”也包括了“love”，又超越了“love”的特殊性，进入到了普遍的广泛的关心、关爱、博爱层面，似乎更容易真正地把握“兼爱”的内涵。

此外，罗兹(Heiner Roetz)在《轴心时代的孔子伦理学》里，将“兼爱”翻译为：“co-love”(*Jian ai*)，[1]墨子鼓吹绝对互惠互利的伦理学，“兼”(*Jian*, inclusion)是不分“别”(*bie*, exclusion)的。这种翻译具体地、直接地说明了“兼爱”的寓意在于互爱、共同之爱、合作之爱。

### 4.4 “非攻”

“兼爱”主张天下人互爱互利，不要互相攻击，这就必然要主张“非攻”。“兼爱非攻”构成墨子最著名的思想。春秋战国时期兼并战争频繁，农、工、商、士等庶人阶层和下层贵族都希望社会安定，墨家代表了他们要求停止战争的愿望。他把当时的战争分为两类：一类是以大欺小、以强凌弱的战争，叫“攻”，这种战争祸国殃民；另一类则是讨伐暴君的战争，叫“诛”，这种战争与“攻”不同，它可以维护一个国家的主权、领土完整和人民的正常生活秩序。攻战之害，“春则废民耕稼树艺，秋则废民获敛”，“百姓饥寒冻馁而死者，不可胜数”，而且不仅被攻的国家受害，攻人的国家也要受害。兼并战争将会导致“兼国覆军，贼虐万民”，古代本有一万多国，“今以并国之故，万国有余皆灭”(《非攻下》)。墨子主张弱小国家团结起来，共同抵御大国兼并，这一理论是战国“合纵”的先声。而要求统治者“宽吾众，

---

① Heiner Roetz, *Confucian Ethics of the Axial Age* (New York: State University of New York, 1993), p. 234.

信吾师”，认为这样“则天下无敌矣”，既发展了孔子“为政以德”的思想，又启迪了孟子的“王道”主张。墨子“非攻”，但并不反对防御战，墨家的守御是有名的，被称为“墨守”。

“非攻”的英译如下：

| 梅贻宝译本 | 华兹生译本 | 葛瑞汉译本 | 艾文贺、万白安译本 | 汪榕培、王宏译本 | 李绍崑译本 | 艾乔恩译本 |
|---|---|---|---|---|---|---|
| condemnation of offensive war | against offensive warfare | rejecting aggression | a condemnation of aggressive war | denouncing aggressive warfare | against the offensive war | condemning offensive warfare |

英译者对“攻”的翻译一致体现出墨子反对的是侵略性、非正义的战争，但对“非”的理解略有不同，有的理解为“谴责”(condemn，denounce)，有的理解为“反对”(against)，也有的理解为“抵制”(reject)。孙诒让《墨子间诂》引《淮南子》高诱注：“非，讥也”，也就是谴责、非议的意思，从这个角度看，将“非”译为“condemn” 或“denounce”是比较合适的，介词“against”的语义显得弱了些，“reject”一词则没能把墨子从“义”层面谴责非正义战争的内涵揭示出来。

## 4.5 “节用”

重视生产劳动的价值创造，反对铺张浪费，讲求消费节约，是墨子一贯的经济主张。墨子认为国家贫穷的原因，在于贵族统治者过着骄奢淫逸的生活，致使人民陷于饥寒，国家陷于危亡。《节用上》曰：“今天下为政者，其所以寡人之道多，其使民劳，其籍敛厚，民财不足，冻饿死者，不可胜数也。”鉴于此，墨子从器用、饮食、衣着、丧葬、舟车等方面论述了节用的原则，希望贵族统治者效法古之明王圣人，“凡是以奉给民用则止，诸加费不加于民利者，圣王弗为”，“是故用财不费，民德不劳，其兴利多矣”(《节用上》)。这就是“兴民利”、“节用”的根本标准。其节用理论，最终还是为贯彻“兼爱”“非攻”的总原则服务的。

“节用”的英译有如下一些：

| 梅贻宝译本 | 华兹生译本 | 葛瑞汉译本 | 艾文贺、万白安译本 | 汪榕培、王宏译本 | 李绍崑译本 | 艾乔恩译本 |
|---|---|---|---|---|---|---|
| economy of expenditures | moderation in expenditure | economy in expenditure | for moderation in expenditures | economizing expenditures | moderation in expenditure | moderation in use |

译文中有的用了“economy ”（节俭、节约），有的用了“moderation”（节制、适度）。从整体上考察墨子节用思想，他强调“因其国家，去其无用之费，足以倍之”（《节用上》），“去其无用”即指消费以满足基本的生活需要为宜，超过这一限度，便是“无用”，便应去之。墨子的节用思想均以实用为目的，超过这个目的，追求一点审美价值，就认为是浪费和无用。墨子认为一个理想的社会应该是百工“各从事乎其所能”，而消费只需“食必常饱，衣必常暖”就行了（《节用中》）。墨子一生节俭，坚决反对铺张浪费，同时还要求他的弟子和他一样，“以裘褐为衣，以跂蹻为服，日夜不休，以自苦为极”①，明显地带有苦行主义的倾向。对此庄子批评道：“反天下之心，天下不堪。墨子虽独能任，奈天下何！”“墨子禽滑厘之意则是，其行则非也。”②荀子也曾对墨子提出了批评，认为他是“蔽于用而不知文。”③从这一点上看，英文的“economy”应更合适些，“moderation” 所蕴含的“适度”之义可能会淡化墨子的节用主张。

## 4.6 “节葬”

中国古代是一个宗法社会，祖先崇拜是中国文化的重要源头，家族是社会和政治的基本单位，丧葬之礼是一种有公共性的礼仪。春秋末年，宗法关系有所动摇。孔子以子女对父母的

---

① 郭庆藩：《庄子集释》，北京：中华书局，1961 年，第 1077 页。

② 郭庆藩：《庄子集释》，北京：中华书局，1961 年，第 1080 页。

③ 王先谦：《荀子集解》，北京：中华书局，1988 年。

感激之情设计丧礼，主张丧尽其哀，祭尽其敬，提倡“三年之丧”。这一推波助澜之举，容易使丧葬之礼走向厚葬久丧的极端。墨子深以儒家厚葬为非，认为厚葬久丧使人耗尽财富，疲惫精神，削弱身体，社会生产难以正常运作；此种风气若不扭转，将给社会造成莫大的危害。厚葬久丧之制直接地影响了天下之富，使生者为死者所役；使人民“手足不劲强，耳目不聪明”，又“败男女之交多”，无法达到“众人民”的目的；以此为政，则上不能听政而下不能从事。并且，厚葬制度的成本是最大的，是一种不经济行为，它没有考虑制度设计中的成本问题。针对这样的问题，墨子提出了“节葬”的主张，并强调应遵循“古圣王”的“葬埋之法”：

> 故古圣王，制为葬埋之法，曰：“棺三寸，足以朽体；衣衾三领，足以覆恶，以及其葬也。下毋及泉，上毋通臭，垄若参耕之亩，则止矣。死则既已葬矣，生者必无久哭，而疾而众事，人为其所能，以交相利也。”此圣王之法也。(《节葬下》)

墨子认为只有这样的丧葬之礼才可以为仁义，合圣道，符合百姓之利。

“节葬”的英译如下：

| 梅贻宝译本 | 华兹生译本 | 葛瑞汉译本 | 艾文贺、万白安译本 | 汪榕培、王宏译本 | 李绍崑译本 | 艾乔恩译本 |
|---|---|---|---|---|---|---|
| simplicity in funeral | moderation in funerals | economy in funerals | for moderation in funerals | simplicity in funerals | moderation in funeral | moderation in funerals |

墨子所推崇的古圣王葬埋之法同样体现了墨家功利主义的思想，因此，英文中“economy”或“simplicity”来译“节葬”之“节”是合适的。

### 4.7 “天志”

肯定“天”的意志，是墨学的重要内容。墨子认为，“天”有超越一切人的思想感情和意志，天的思想感情和意志，即“天志”，又称为“义”。“天”兼爱天下之百姓，因“人不分幼长贵贱，皆天之臣也”，“天之爱民之厚”。“天”是无所不在的法则，是普遍适用的经义，是评判一切的规矩准绳，他的权威直接表现为监正人间天子的言行作为。“我有天志，譬若轮人之有规，匠人之有矩。”（《天志上》）天下人要以“天”为法，认为“天”是要人相爱、相利，不要人相恶、相贼的。“天”兼有、兼食天下之民，所以是兼爱、兼利的。“爱人、利人者，天必福之；恶人、贼人者，天必祸之。”（《法仪》）墨子的“天志”，是其“兼爱”学说的宗教化。“天欲义而恶不义”，“义”就是“兼爱”、“交利”。统治者顺从“天志”，便要从事于“义”，究其目的就是要达到“刑政治、万民和，国家富、财用足，百姓皆得暖衣饱食，便宁无忧。”（《天志上》）

除艾乔恩外，其他《墨子》英译者对“天志”的翻译都是一致的：

| 梅贻宝译本 | 华兹生译本 | 葛瑞汉译本 | 艾文贺、万白安译本 | 汪榕培、王宏译本 | 李绍崑译本 | 艾乔恩译本 |
|---|---|---|---|---|---|---|
| will of heaven | the will of heaven | the will of heaven | heaven's will | the will of heaven | the will of heaven | heaven's intention |

艾乔恩译本在引言中说道，墨子的“天志”又常常表述为“天之意”或“天意”，具有两层含义，一是指“天”相对人来说，有自己的意图或目的，二是“天”具有干涉人间世事的能量。英文中的“intention”或“purpose”比“will”更能涵盖这两层意义。[①]

艾文贺、万白安在译本中则对“will”做了这样的解释：

> The word translated here as “will” is *zhi* 志, which means the settled and persisting intention of an agent. For Mozi, Heaven was less a personality with a capricious or unknowable will and more an

① Ian Johnston, trans., *The Mozi: A Complete Translation* (Hong Kong: The Chinese University Press, 2010), liv.

established, observable, and predictable set of inclinations. [①]

较之艾乔恩译本,艾文贺、万白安对“天”的理解人格化色彩要淡得多,突出了墨家所强调的“天”的治理功能——即“天”有着明确的赏善罚恶。“因爱人利人者,天必福之。恶人贼人者,天必祸之”。(《法仪》)

## 4.8 “明鬼”

与“天志”一样,“明鬼”思想也是墨子“兼爱”、“非攻”学说的重要组成部分,是墨子论证“兼爱”、“非攻”学说的重要的外在力量。墨子认为,鬼神是真实存在的,帮助天赏善罚恶。墨子认为,天下大乱就是因为人们不相信鬼神:

> 逮至昔三代圣王既没,天下失义,诸侯力正。……由此始,是以天下乱。此其何以然也?则皆以疑惑鬼神之有与无之别,不明乎鬼神之能赏贤而罚暴也。今若使天下之人,借若信鬼神之能赏贤而罚暴也,则夫天下岂乱哉!(《明鬼下》)

他认为天下大乱的原因在于人们对鬼神的存在心存疑惑,对鬼神替天赏善罚恶的能力还不信服,假如天下人都相信鬼神确实存在并具有赏罚的能力,就可以消除天下的混乱局面了。

而要让人们相信鬼神,就必须证明鬼神的存在。因此,在《明鬼》篇中,墨子用了很大的篇幅来证明鬼神的存在。首先“以众之耳目之实”证之,以人们的实际见闻作为标准来证明鬼神的存在;其次“以昔者三代圣王为法”,以三代圣王的事迹作为证明;三是以“先王之书为证”,他列举《诗经》、《尚书》、《周书》中的一些记载来证明鬼神的存在。墨子竭力证明鬼神的存在,无非是让人们坚信鬼神,进一步为其推行政治主张开辟道

① Philip J. Ivanhoe and Bryan W. Van Norden, trans., *Readings in Classical Chinese Philosophy* (New York: Seven Bridges Press, 2001), p. 85.

路。而且，在墨子看来，鬼神在一定程度上具有“天”的职能，它无所不在，监督着世人，替天赏善罚恶。



故鬼神之明，不可为幽间广泽，山林深谷，鬼神之明必知之。鬼神之罚，不可为富贵众强，勇力强武，坚甲利兵，鬼神之罚必胜之。若以为不然，昔者夏王桀，贵为天子，富有天下，上诟天侮鬼，下殃傲天下之万民，祥上帝伐元山帝行，故于此乎，天乃使汤明罚焉。……此吾所谓鬼神之罚，不可为富贵众强、勇力强武、坚甲利兵者，此也。（《明鬼下》）

也就是说，墨子认为，即使有人躲在没有人烟的深山老林中为非作歹，无所不在的鬼神也能明察秋毫。就连贵为天子、富有天下的夏桀，都会受到上天派来的商汤的惩罚，因为他们侮辱上天和鬼神，残杀百姓。因此，墨子认为应该尊鬼、事鬼，这是圣王之道。可见，墨子的《明鬼》意在论证鬼神的存在及其约束人们道德行为、扬善惩恶的强大力量。

“明鬼”的英译：

| 梅贻宝译本 | 华兹生译本 | 葛瑞汉译本 | 艾文贺、万白安译本 | 汪榕培、王宏译本 | 李绍崑译本 | 艾乔恩译本 |
|---|---|---|---|---|---|---|
| on Ghosts | explaining ghosts | elucidating the spirits | on Ghosts | on Ghosts | explaining ghosts | percipient ghosts |

大多译者都将“明鬼”视作一个动宾结构，“明”理解为“论”（on）或“说明”（explain，elucidate）；但艾乔恩把“明鬼”视为一个偏正结构，即“洞悉一切的鬼神”，此种翻译更突出了鬼神对人类行为的监视作用。

## 4.9 “非乐”

墨子从自己的政治理想出发，提出了自己的音乐观。东周后期，战争频繁，人民生活痛苦不堪，而统治阶级依然奢靡铺张，其中就包括无限制地习演礼乐以及为追求官能享受而大肆地组织歌舞表演。同时，儒家所鼓吹的“乐”是与祭祀和典礼所用之“礼”相匹配的。这样的乐为统治阶级分清上下尊卑关系的礼仪服务,愈来愈加繁复。在这样的背景下,墨子提出了“非乐”主张。其一,如今的“王公大人”制造乐器,乃为国家统治者娱乐之用,即他们制器行乐是上层的行为,与百姓无关。其二,百姓还处在无食、无衣、“劳者不得息”的“巨患”穷境,又有大国攻小国、大家伐小家、“强劫弱、众暴寡、贵傲贱、寇乱盗贼并兴”的乱局,王公大人把“厚措乎万民”得来的钱财“以为大钟、鸣鼓、琴、瑟、竽、笙之声”,不仅不能救万民于水火,而且更是雪上加霜。其三,各种乐器既已设置,就需要壮年男女(包括从事耕织的百姓和一部分在职的官员)来为之演奏并陪侍欣赏。此举不仅荒废了劳动者耕织的宝贵时光,“亏夺民衣食之财”,而且也导致官员耽搁了应处理的政事。其四,据先王之书(如商汤的《官刑》、《黄经》、《逸书·武观》等)载:某些君王常在宫中沉醉于歌舞音乐,不理政事,此谓之“巫风”,是要受到惩罚的。巫风不刹,必失去上天庇佑,自食家破人亡的苦果并导致国家的灭亡。桀之亡夏便是典型一例。

“非乐”的英译:

| 梅贻宝译本 | 华兹生译本 | 葛瑞汉译本 | 艾文贺、万白安译本 | 汪榕培、王宏译本 | 李绍崑译本 | 艾乔恩译本 |
|---|---|---|---|---|---|---|
| condemnation of Music | against music | rejecting music | a condemnation of musical performances | against music | against epicurism | condemning music |

大多译本都将“乐”译为“music”,这就使墨子“非乐”有绝对化倾向,这也是国内有些研究出现的问题。对墨子“非乐”思想的历史考察可知,墨子“非乐论”所非之“乐”是有特定含义的,是指东周后期统治阶级借以铺张奢靡之乐,是指与儒家所提倡的同繁文缛节之礼相应的乐。因此,李绍崑所译“epicurism”(享乐主义)更符合墨学本意,艾文贺将“乐”译为具体的“musical performances”,也注意到了墨子的“非乐”实质,

他在译注中这样解释道：[1]

> Mozi criticizes the elaborate musical performances that were sponsored by many states in early China. These events included complex and expensive orchestras, elaborate dancing, and often were accompanied by lavish feasts. He argues that these waste vast resources of time, material, and effort without producing any tangible results. He is not directly criticizing music per se. On the other hand, he shows no sense that music serves any useful purpose in life.

### 4.10 "非命"

"非命"是墨子反对宗法制天命观的重要思想。贵族统治者利用"天命"学说来巩固自己的地位，强调贵贱是命定的，那就必然要阻碍上层平民的"尚贤"要求和求富愿望。承认了"命"的存在，那么王公贵族便可胡作非为，无所顾忌，而穷人无法摆脱艰难困境，乃自甘下流。一切都是命定，"鬼神"也就无法来发挥赏善罚恶的作用了。所以，墨子否定天命，主张事在人为，为善得赏，为恶受罚。"执有命者之言曰：'命富则富，命贫则贫；命众则众，命寡则寡；命治则治，命乱则乱；命寿则寿，命夭则夭，'……故执有命者不仁。"(《非命上》)墨子不仅仅说执有命说的人不仁，他认为"有命说"根本就是"暴人之道"："昔上世之穷民，贪于饮食，惰于从事，是以衣食之财不足，而饥寒冻馁之忧至，不知曰'……我罢不肖，从事不疾'，必曰'我命固且贫'。若上世暴王，不忍其耳目之淫、心涂之辟，不顺其亲戚，

---

① Philip J. Ivanhoe and Bryan W. Van Norden, trans., *Readings in Classical Chinese Philosophy* (New York: Seven Bridges Press, 2001), p. 100.

遂以亡失国家，倾覆社稷，不知曰‘我罢不肖，为政不善’，必曰‘吾命固失之’。”(《非命上》) 按照“有命说”，执政者不会好好处理国家事务，劳动者不会尽力从事生产，那么，刑政一乱，兼之财用不足，这个社会就会混乱，所以要“非命”。

“非命”的英译：

| 梅贻宝译本 | 华兹生译本 | 葛瑞汉译本 | 艾文贺、万白安译本 | 汪榕培、王宏译本 | 李绍崑译本 | 艾乔恩译本 |
|---|---|---|---|---|---|---|
| anti-fatalism | against fatalism | rejecting destiny | a condemnation of fatalism | against fatalism | against fatalism | against fate |

孙诒让在《墨子间诂》中引《孝经》对“命”的解释是：“命有三科，有受命以任庆，有遭命以谪暴，有随命以督行。受命谓长寿也，遭命谓行善而遇凶也，随命谓随其善恶报之。”即“命”有三义：一是岁数，二是劫数，三是某种无法把握的、神秘莫测的命运，它似乎是被某种神秘力量预先安排好的一种生存方式，墨子也正是在这个意义上讨论命的。由此看来，把“非命”的“命”译为“fate”或“destiny”，比译为“fatalism”(宿命论)更合适些。

# 第八章　英语世界里的《韩非子》

## 第一节　韩非与《韩非子》

尽管在渊源上与儒家、道家有密切关系，但形成发展于战国中后期的法家学派所致力的是建立一种“齐之以刑”的社会秩序，同力图以血缘人性淡化、美化、融化社会矛盾关系的儒家以及企求超越时代、返归人的古朴本性的道家有着很大区别。法家学说的集大成者是韩非。

### 1.1　韩非其人

韩非（约前 280—前 232），出身于韩国贵族。根据《史记》记载，韩非与李斯同学于荀卿。但他“喜刑名法术之学，而其归本与黄老”，在许多重要问题上，韩非都与荀子的观点不同，并保留了自己的看法。从《难一》到《难四》、《定法》到《难势》几篇著作中，可以看出韩非性格孤傲自负，喜欢追根究底，不人云亦云，对人们通常认为理所当然的事都要提出其独特的看法。韩非见韩国积弱，曾上书韩王变法，不为所用。悲愤之余，韩非放弃辅佐韩王、复兴韩国的雄心，转而闭门著书，借以抒发自己的愤懑和郁积之情。他将自己的主张整理成文字，写出了《孤愤》、《五蠹》、《内外储说》、《说林》、《说难》等十多万字的文章，比较集中地反映了他的思想，这就是流传至今的《韩非子》。据说，韩非所著之书传入秦国，受到秦王的喜爱。韩非入秦后，因受李斯等陷害，死于秦狱中。

黄克剑评论韩非在现实世界中“是一个具有反讽意味的失败者”[①]：他一生中唯一一次较重大的政治活动是出使秦国，说服秦王“存韩”伐赵，结果韩国成为六国中第一个被秦灭掉的国家；他一向倾慕秦国，赞誉秦国“忠劝邪止而地广主尊”，却终因被秦王看重而遭杀身之祸；他写了《说难》，详尽述说了向君主进谏的困难和为了进谏成功所能用的种种手段，却从未能成功地说服韩王，也没能够让秦王听从他对秦国仅有的一次劝谏。但在理论的王国里，韩非不仅是法家的集大成者，同时也是先秦诸子的集大成者，其思想在中国历史上有着重要的影响。韩非继承荀子的部分政治思想，将其发展为刑名法术之学，主张君主治国必须远仁义，要恃威集权，严刑峻法，以术来驾驭群臣。君王必须时刻保持戒备心理，要采取各种手段来维护自己的统治和威势。韩非坚决反对崇古，主张因时制宜，认为当今之世还有赞美尧舜鲧禹汤武之道的，必为新圣所笑。“是以圣人不期修古，不法常可，论世之事，因为之备”。(《五蠹》)他攻击儒墨不遗余力，认为“明据先王，必定尧舜者，非愚则诬”。(《显学》)又谓尧君其臣，舜臣其君，汤武弑其主，乃“反君臣之义，乱后世之教”(《忠孝》)，与孟、荀之说相反。理由是尧舜禅让，放弃君权，汤武征诛，破坏君权。韩非的学说在他身后曾或隐或显地附着于秦国和统一六国后的秦帝国的政治决策，也因

① 黄克剑：《由“命”而“道”》，北京：中国人民大学出版社，2010年，第250页。

此在以后的两千多年里，长久地影响了在改朝换代中一直维系着中央集权君主制的中华帝国。



### 1.2 《韩非子》其书

《韩非子》是先秦法家集大成的一部重要典籍，今存55篇，少数篇章为后人窜入。韩非主张法术势三者结合，其思想专断峻刻。梁启超曾列举并点评了《韩非子》最重要的篇目：《五蠹》“从社会起源及社会组织古今变迁之实况说起，以证明法治主义之合理，颇肖唯物史观口吻”；《显学》“对儒墨两大派作正面攻击，使法家言成立”；《定法》“当时法家共宗商鞅、申不害，此篇批评其不彻底之点，以成韩子之新法家学说”；《难事》“专驳慎到之势治主义，慎到盖由道家过度到法家之一派也”；《问辩》“攻击惠施公孙龙一派之名家言，谓其诡辩而无功用”；《孤愤》“此篇言纯正法家言与社会不相容之故，最能表示著者反抗时代的精神”；《说难》“从心理方面研究发言之方法及效率，渊渊入微”。①

从散文研究的角度看，《韩非子》的文风冷峻峭拔、锋芒锐利，议论透辟，推证事理，切中要害。如《五蠹》以洋洋洒洒近七千言的篇幅，指责五蠹之民对国家的危害，这是先秦论说文的进一步发展。又如其《八奸》论防止内奸篡权，而列在前三位是“在床”的贵夫人、“在旁”的左右近习以及被称为“父兄”的侧室公子，认为这些人皆对帝王有引诱、蒙骗之便，都是帝王潜在的敌人。文章在这些亲密关系中剖析出种种利害冲突，渲染出一种极为紧张的气氛，可谓深刻凌厉，尖锐刻薄。韩非在自己的游说活动中体会到游说的艰难，体会到游说之士时时处在生命危险之中，他说：

> 夫事以密成，语以泄败，未必其身泄之也，而语及

---

① 易鑫鼎：《中国古代散文研究论辩》，南昌：百花洲文艺出版社，2006年，第168页。

所匿之事,如此者身危。彼显有所出事,而乃以成他故,说者不徒知所出而已矣,又知其所以为,如此者身危。规异事而当,知者揣之外而得之,事泄于外,必以为己也,如此者身危。周泽未渥也,而语极知,说行而有功则德忘,说不行而有败则见疑,如此者身危。贵人有过端,而说者明言礼义以挑其志,如此者身危。贵人或得计而欲自以为功,说者与知焉,如此者身危。强以其所不能为,止以其所不能已,如此者身危。故与之论大人则以为间己矣,与之论细人则以为卖重,论其所爱则以为藉资,论其所憎则以为尝己也。径省其说则以为不智而拙之,米盐博辩则以为多而交之。略事陈意则曰怯懦而不尽,虑事广肆则曰草野而倨侮。此说之难,不可不知也。(《说难》)

文中刻意凸显了游说的种种困难,可谓左右为难,处处陷阱,从而将游说者推到一个难以自拔的尖锐冲突之中,紧张而犀利,读之使人感受到震撼。此外,韩非的《孤愤》、《亡征》等文章,也都无不于偏颇之中渲染矛盾,显示了思想的锋芒。

《韩非子》文章亦擅驳论,其驳论技巧甚至要高于《荀子》。如儒家认为舜由于能以身作则,化解了农者、渔者的纷争,使陶者器固,显示了“德化”的功绩。韩非作《难一》驳之曰:

圣人明察在上位,将使天下无奸也。今耕渔不争,陶器不窳,舜又何德而化?舜之救败也,则是尧有失也。贤舜,则去尧之明察;圣尧,则去舜之德化:不可两得也。

如果说舜能救败,那就可以肯定尧治天下有失,这就将儒家推到一个两难的境地,使他们不能同时赞颂尧和舜,从而自己否定自己。韩非接着说:

且舜救败,期年已一过,三年已三过。舜寿有尽,天下过无已者;以有尽逐无已,所止者寡矣。

他认为舜通过亲自做榜样的方式来行教化，所达到的效果是十分有限的，不如通过赏罚更有效，因此舜的做法不值得赞扬。韩非至此再宣扬法家的好处就水到渠成了，他总结说：

且夫以身为苦而后化民者，尧舜之所难也；处势而骄下者，庸主之所易也。将治天下，释庸主之所易，道尧舜之所难，未1可与为政也。

可见，整个驳论从逻辑上可以说是犀利无比，手法纯熟圆润，很有说服力。

《韩非子》散文的另一特点是寓言众多，全书达300多则。韩非重视文章的逻辑力量，他的寓言在很大程度上是为了显示自己的逻辑理路，因此其故事精致而细腻，富有广泛的意义。如《难一》中，他力证儒家观点的前后抵牾，难以成立，便以自相矛盾的寓言辅助自己的论证逻辑。

楚人有鬻矛与盾者，誉之曰："吾盾之坚，物莫能陷也。"又誉其矛曰："吾矛之坚，于物无不陷也。"或曰："以子之矛陷子之盾，何如？"其人弗能应也。

这一寓言无论是在哲理性还是讽刺意味上，都很有代表性，显示了《韩非子》寓言的个性特点。从风格上来说，《韩非子》寓言不同于《庄子》奇幻浪漫，而是典雅庄重，观点突出，事理明晰。如深为后人赏识的"老马识途"、"滥竽充数"、"郑人买履"、"郢书燕说"等，故事皆平实朴素，而构思精巧，所蕴藏的哲理都明晰而深刻，在后世成为脍炙人口的成语。《韩非子》中有大量的寓言，其中《说林》、《储说》、《喻老》、《十过》诸篇，是韩非将社会上所流行的寓言作系统的收集、整理，再加上自己创作的部分，而分门别类编定的寓言专集。

## 第二节　《韩非子》英译的历时性描写

作为一部政治哲学著作，《韩非子》的学术思想对中国传统社会的发展产生了深远的影响，作为先秦诸子散文代表作之一，《韩非子》在文学思想、文体、寓言、文学风格等方面也对后世文学具有深远的影响。但相对于《论语》、《道德经》等其他诸子散文，《韩非子》在域外，包括在英语世界里的译介与传播则冷清了许多。剑桥大学著名汉学家鲁惟一(Michael Lowe)在《古代中国典籍导读》(*Early Chinese Texts: A Bibliographical Guide*)[①]中，援引了一份重要的关于中国早期文献的日本参考书书目资源——贵族学者藤原佐世(Fujiwara Sukeyo)写于891年的《日本国见在书目》(*A Catalog of Chinese Works Prominent in Japan at the End of the Ninth Century*)，鲁惟一从中收集了64种书目，其中包括了《韩非子》(*Legalist Classic*)。藤原佐世的记载可能是《韩非子》域外流传的最早记录。英语世界里的《韩非子》译介主要有以下一些。

亚瑟·韦利的《古代中国的三种思维方式》(1939)论述了中国法家思想，虽然没有专门的《韩非子》翻译，但行文中有多处对《韩非子》的援引，其依据版本为清末王先慎著《韩非子集解》。亚瑟·韦利把法家称为"现实主义者"(Realists)，他认为尽管他们在中国被称为"法家"(the School of Law)，但除了强调对"法"的依赖外，法家还提出了其他一系列的统治原则，如主张因时制宜，反对崇古，反对对超自然力量的依靠等，因此，"法家"这一称呼只能反映他们主张的一个方面，称他们为"现实主义者"更为合适，或用一个更明确的术语"非道德主义者"(Amoralists)。在书的前言中，韦利说："韩非所阐述的现实主义与现代极权主义如此相似，本书节选的内容，虽来自公元前3世纪的一本书，但读者非但不会觉得遥远而陌生，反而会怀疑它们是不是截取于当下的某一份报纸。"(Realism, as

---

① Michael Lowe, *Early Chinese Texts: A Bibliographical Guide* (Berkeley: The Society for the Study of Early China and The Institute of East Asian Studies, University of California, Berkeley, 1993).

expounded by Han Fei Tzu, finds so close a parallel in modern Totalitarianism that the reader, so far from being puzzled by anything remote or unfamiliar, will wonder whether these pretended extracts from a book of the third century B. C. are not in reality cuttings from current newspaper. )[①]书中对《韩非子》及其他法家著作的引用是按主题分类的，分别为：现实主义者的渊源（Affinities of the realists）、现实主义的法（The realist concept of law）、民与法（The people and the law）、命名问题（Smith and Wesson）、农业与战争（Agriculture and war）、消灭阶级（Classes to be eliminated）、传统（The past）、君主（The ruler）、权力（Power）、为臣之术（The art of the courtier）。

汉学家廖文魁的《韩非子全书：中国政治学经典》（*The Complete Works of Han Fei Tzu: A Classic of Chinese Political Science, Translated from Chinese with Introduction and Notes*）[②]是《韩非子》的第一个西文全译本。译者依据的原文版本有高亨著《韩非子补笺》(1933)，容肇祖著《韩非子考证》（上海商务印书馆，1936)，日本平泽东贯著《韩非子新释》（东京弘道馆，1931）以及早稻田大学出版部编辑兼发行的《韩非子国字解》(1932—1933)。为了增进读者对《韩非子》的理解，廖文魁在该书前面附了英译后的司马迁《史记》中有关韩非的传记、王先慎著《韩非子集解》的序及前言。有关该译本的详细信息将在下一节讨论。

伯顿·华兹生的《韩非子入门》（*Han Fei Tzu : Basic*

① Arthur Waley, *Three Ways of Thought in Ancient China* (London: George Allen & Unwin Ltd, 1939), pp. 11-12.

② W. K. Liao, trans., *The Complete Works of Han Fei Tzu: A Classic of Chinese Political Science, Translated from Chinese with Introduction and Notes* (London: Arthur Probsthain, 1939).

Writings)[1]是一个选译本,原文版本依据是陈奇猷校注的《韩非子集释》上、下卷(上海人民出版社 1958 年版)。华兹生选译了韩非的如下篇章:主道(The Way of the Ruler)、有度(On Having Standards)、两柄(The Two Handles)、扬权(Wielding Power)、八奸(The Eight Villainies)、十过(The Ten Faults)、说难(The Difficulties of Persuasion)、和氏(Mr. Ho)、备内(Precautions Within the Palace)、南面(Facing South)、五蠹(The Five Vermin)、显学(Eminence in Learning)。华兹生的英译本在数量上不过是《韩非子》全集的三分之一,但从质量上看,篇篇可谓上乘译作,在西方汉学界影响深远。

Bertil Lundahl 于 1992 出版了《韩非子:其人其书》(*Han Fei Zi: the Man and the Work*)。[2] 该书是一部学术著作,论述了《韩非子》产生的历史、哲学背景,重点讨论的是《韩非子》各篇的真伪。书中翻译了《史记》中的《韩非子传》以及《四库全书目录提要》有关《韩非子》的说明,共分为 6 章,标题分别是:历史及哲学背景(Historical and philosophical background)、韩非生平(The biography of Han Fei)、《韩非子》其书(The work Han Feizi)、《韩非子》的真实性(The authenticity of the work)、真实篇(The authentic chapters)、非真实篇(Chapters that are not authentic)。

艾文贺、万白安主编的《中国古典哲学读本》(2001)收录了 Joel Sahleen 选译的《韩非子》,共 8 章,分别是 Chapter Five: The Way of the Ruler (《主道》); Chapter Six: On the Importance of Having Standards (A Memorial) (《有度》); Chapter Seven: The Two Handles (《二柄》); Chapter Eight:

---

① Burton Watson, trans., *Han Fei Tzu: Basic Writings* (New York: Columbia University Press, 1963).

② Bertil Lundahl, *Han Fei Zi: The Man and the Work* (Stockholm: Institute of Oriental Languages, Stockholm University, 1992).

A Critique of the Doctrine of the Power of Position (《扬权》); Chapter Twelve: The Difficulties of Persuasion (《说难》); Chapter Forty-Three: Deciding Between Two Models of Government (《定法》); Chapter Forty-Nine: The Five Vermin (《五蠹》); Chapter Fifty: On the Prominent Schools of Thought (《显学》)。

虽然选译的章节不多,但所选均为《韩非子》有代表性的篇目,可以看出译者对《韩非子》有很好的研究功底。

除上述几部《韩非子》翻译、研究作品外,还有一些百科全书对韩非及《韩非子》进行译介,如《新世界百科全书》(*New World Encyclopedia*)、维基百科、大英百科全书(*Encyclopedia Britannica*)等。蔡志忠于 2006 年出版了《韩非子说》(*Han Feizi Speaks*),这是作者系列漫画中英文版作品中的一部,由现代出版社出版。

## 第三节 《韩非子》在英语世界里的文本形态

正如前文所述,与《论语》、《道德经》等其他先秦诸子散文相比,《韩非子》在英语世界里的传播显得非常冷清,除了一些百科全书对其做了简要译介外,真正意义上的英译或研究著作屈指可数,而纯粹意义上的《韩非子》英译本恐怕只有廖文魁的《韩非子全书:中国政治学经典》和伯顿·华兹生的《韩非子入门》这两个版本。因此,本节将就此两个译本进行分析讨论,以探寻这两位译者是如何体现原著思想内容及风格特点的,进而认识作为中国古代思想流派之一的法家思想在英语世界里的传播情况。

### 3.1 廖文魁译本

由汉学家廖文魁翻译的《韩非子》——《韩非子全书:中国

政治学经典》是《韩非子》的第一个英文全译本，译者翻译出了《韩非子》全部 20 卷共 55 篇文章，且译文之后有较为详细的注释，译本最后还附有索引，在译文正文之前，译者不但附有自己的译序及翻译方法论介绍，还附有英译后的司马迁《史记》中有关韩非的传记和王先慎著《韩非子集解》的序及前言，以帮助读者更好地理解《韩非子》的思想内容。

译者在译本前言中首先表明，该译本是《韩非子》英译的第一个全译本。它所依据的文本前文已述。在译序的第二段，译者分别对几个参考文本进行了客观的评价，既肯定了它们对于《韩非子》研究的价值和贡献，又指出了它们的不足以及存在的印刷错误。译者希望，自己的译本能集这些最新最好成果之大成，同时也希望读者对其译本中可能出现的误译提出宝贵的修改建议。

译者接着指出，对于翻译而言，让读者更好地了解原作者的生平及文本所反映的时代背景是十分必要的，因此，他在译文正文前加附了司马迁《史记》中有关韩非的传记，以及王先慎著《韩非子集解》的序及前言，而译者对方法论的介绍也旨在阐明翻译过程中出现的一些问题及其所遵循的翻译原则和所采取的翻译方法。

在方法论介绍部分，廖文魁详细阐述了他关于《韩非子》的翻译方法论问题。译者指出，只要有文化交流，翻译就有其存在的必要和价值，古时中印文化、希罗文化之间的交流皆是如此，而怎样解决翻译中出现的问题是许多学者、同时也是译者自己所要探讨的内容。他认为，中文较简明而英文较准确，能用双语写作的作者也许很难回答怎样进行双语间的转换。在此，廖文魁引用《商君书》(*The Book of Lord Shang*)的译者戴闻达在其译序中的论述，回答了这个问题：翻译是思想的传达，不能进行机械的字词转换，对中文的翻译尤其如此。(A translation is a re-interpretation of thought, and should never be a mechanical rendering of words, least of all in the case of Chinese.)廖文魁对泰特勒的“三原则”和严复的“三字标准”给予了充分的肯定,认为由于技巧方面的要求和词源上的差异,所以每位译者都会采取一些必要的翻译措施,如增词和减词。为了帮助读者更好地掌握原文的真正含义,译者自己就经常增加一些词、词组甚至句子,从而使译文明白易懂。此外,译者以平行结构为例,表明他在翻译《韩非子》时尽力使译文在写作风格和写作手法上与原作达到一致。与之相反,由于汉语简洁的文风在英语中很难再现,译者采取的策略是牺牲风格而保留原意。然而,在一些重要的情况下,他还是会考虑到诸如节奏和押韵这些因素的。至于一些特有用语的翻译,译者认为,如果直译可行,就采取直译,这样既能保留原文色彩,还能给英语读者留下深刻印象,如“All-under Heaven ”(天下)、“the Son of Heaven”(天子)等;如果直译会引起困惑的话,就采用简明易懂的英语表达其意;同样,如果英语的措辞比原文更精练、风格更优雅、结构更简单,那自然就要放弃原文的风味。而对于那些在英语中没有对应词、却又已被广大英语读者理解的词语,如“道”、“德”,就采用音译的方法将它们翻译为“Tao”、“Teh”。总之,译者所遵循的原则就是在保证英语读者能够理解译文的基础上尽量保留原文的色彩。

在方法论介绍的第二部分,译者认为,翻译不仅是艺术,而且还是科学,尤其是针对句子的翻译。译者坦言虽然他把逻辑学原理运用到翻译中来解决翻译过程中所出现的问题还不能说是成功,但是对于其他译者今后在此领域的探索还是具有启发意义的。

世界上的语言虽然多种多样,但只要翻译者能够很好地掌握不同语言的体系特征,都能表达同样的思想和情感。判断之于思维就如同旋律之于情感,译者在此通过一个比喻得出结论说,虽然不同语言中的一些单个词语代表的意义可能不同,但通过一定的逻辑推理构成的句子所表达的含义却可以是相同的。所以说，翻译是以句子而非词为单位来进行思想的重述的。而任何一种语言中的句子都是可以进行逻辑分析、并以一种恰当的陈述形式和判断方式再现于另一种语言之中的。只要英语译文能够在数量和质量上与原文的思想内容一致，哪怕在语法和惯用法方面有异于原文，都可以看作本质上忠实于原文。例如，“Is it possible to rescue a misgoverned state from going to ruin?”这些在中文中常用的问句表面上是发问，实质上是判断句。鉴于这种问句在英语中较少使用，因此，译者通常会把问句转换为陈述句。接下来，译者通过举例，详尽介绍了三种陈述类型（categorical proposition, hypothetical proposition, alternative proposition）和它们在英汉语中的使用频率，以及译者自己在翻译中所采取的应对措施，那就是多数情况下放弃英语惯用表达法，尽量保持原作的语言特色。之后，译者又简述了“if”、“when”和“where”等词在翻译中的使用差别。最后，译者认为，翻译不仅与语法和修辞学有关，同样与心理学和逻辑学有关，它所关注的是思想而非词语。鉴于大多数读者感兴趣的是韩非的思想，因此，该译本在逻辑学和心理学的帮助下，更关注的是原作者的哲学背景而非词源学背景。

在方法论介绍的第三部分，译者首先认为有必要将每篇文章分成几个段落，为了更方便读者的阅读，还有必要对有些章节附加说明性的小标题。注释中出现的历史和文本评论大都出自著名评注者的著作，而注释主要是基于译者自己的判断选取，看它们是否有益于译文与原文的核对和整理。以廖译本对《韩非子》开篇《初见秦第一》的标题翻译为例：

Chapter I. The First Interview with the King of Ch'in: A Memorial

接着，译者以脚注方式解释说明标题中的 King of Ch'in 和他自己的附加性说明 Memorial：

This was the memorial Han Fei Tzŭ presented to the King of Ch'in at his first interview with the ruler in 233 B. C. This King reigned from 246 to 210 B. C., and upon his complete success in world-conquest in 221 B. C. designated himself as Shih Huang Ti or the Initiating Emperor. A number of commentators misled by the Schemes of the Warring States have mistaken this work for the first memorial presented to King Hui of Ch'in by Chang Yi, who entered the Ch'in State in 333 B. C. and was appointed Prime Minister in 328 B. C. In so doing, however, they have entirely ignored the counter-evidence that many of the facts adduced in the memorial happened after Chang Yi's death in 309 B. C..

对于人名的翻译,译者说他主要遵循翟理思的音译方法,只是做了些许改动,如有意将"Chow"有别于"Chou","Wey"有别于"Wei"等。为避免混淆,注释里附有相应的汉字。此外,对于专有名词的翻译,译者为了给读者以新鲜感,使用了英语单词来代替音译,如用"the Yellow Emperor"代替"Huang-ti"等。

至于原著中出现的引文,译者要么直接从相应的汉语文本翻译过来,要么得益于西方汉学家如理雅各、翟理思等的注释。最后,译者再次强调该译本的内容涵盖了《韩非子》的所有篇目,不管它们是否为韩非一人所著。

现附原著各章标题及该译本的英文标题,以使读者对廖译本有个整体认识。

| | |
|---|---|
| **第一卷** | **Book One** |
| 1. 初见秦第一 | Chapter I. The First Interview with the King of Ch'in: A Memorial |
| 2. 存韩第二 | Chapter II. On the Preservation of Han: Issue Between Han Fei and Li Ssŭ |
| 3. 难言第三 | Chapter III. On the Difficulty in Speaking: A Memorial |
| 4. 爱臣第四 | Chapter IV. On Favourite Vassals: A Memorial |
| 5. 主道第五 | Chapter V. The Tao of the Sovereign |
| **第二卷** | **Book Two** |
| 6. 有度第六 | Chapter VI. Having Regulations: A Memorial |
| 7. 二柄第七 | Chapter VII. The Two Handles |
| 8. 扬权第八 | Chapter VIII. Wielding the Sceptre |
| 9. 八奸第九 | Chapter IX. Eight Villainies |
| **第三卷** | Book Three |
| 10. 十过第十 | Chapter X. Ten Faults |
| **第四卷** | **Book Four** |
| 11. 孤愤第十一 | Chapter XI. Solitary Indignation |
| 12. 说难第十二 | Chapter XII. Difficulties in the Way of Persuasion |
| 13. 和氏第十三 | Chapter XIII. The Difficulty of Pien Ho |
| 14. 奸劫弑臣第十四 | Chapter XIV. Ministers Apt to Betray, Molest, or Murder the Ruler |
| **第五卷** | **Book Five** |
| 15. 亡征第十五 | Chapter XV. Portents of Ruin |
| 16. 三守第十六 | Chapter XVI. Three Precautions |
| 17. 备内第十七 | Chapter XVII. Guarding Against the Interior |
| 18. 南面第十八 | Chapter XVIII. Facing the South |
| 19. 饰邪第十九 | Chapter XIX. On Pretentions and Heresies: A Memorial |

续表

| | |
|---|---|
| **第六卷** | **Book Six** |
| 20. 解老第二十 | Chapter XX. Commentaries on Lao Tz's Teachings |
| **第七卷** | **Book Seven** |
| 21. 喻老第二十一 | Chapter XXI. Illustrations of Lao Tz's Teachings |
| 22. 说林上第二十二 | Chapter XXII. Collected Persuasions, The Upper Series |
| **第八卷** | **Book Eight** |
| 23. 说林下第二十三 | Chapter XXIII. Collected Persuasions, The Lower Series |
| 24. 观行第二十四 | Chapter XXIV. Observing Deeds |
| 25. 安危第二十五 | Chapter XXV. Safety and Danger |
| 26. 守道第二十六 | Chapter XXVI. The Way to Maintain the State |
| 27. 用人第二十七 | Chapter XXVII. How to Use Men: Problems of Personnel Administration |
| 28. 功名第二十八 | Chapter XXVIII. Achievement and Reputation |
| 29. 大体第二十九 | Chapter XXIX. The Principal Features of Legalism |
| **第九卷** | **Book Nine** |
| 30. 内储说上七术第三十 | Chapter XXX. Inner Congeries of Sayings, The Upper Series: Seven Tacts |
| **第十卷** | **Book Ten** |
| 31. 内储说下六微第三十一 | Chapter XXXI. Inner Congeries of Sayings, The Lower Series: Six Minutiae |
| **第十一卷** | **Book Eleven** |
| 32. 外储说左上第三十二 | Chapter XXXII. Outer Congeries of Sayings, The Upper Left Series |
| **第十二卷** | **Book Twelve** |
| 33. 外储说左下第三十三 | Chapter XXXIII. Outer Congeries of Sayings, The Lower Left Series |

续表

| | |
|---|---|
| **第十三卷** | **Book Thirteen** |
| 34. 外储说右上第三十四 | Chapter XXXIV. Outer Songeries of Sayings, The Upper Right Series |
| **第十四卷** | **Book Fourteen** |
| 35. 外储说右下第三十五 | Chapter XXXV. Outer Congeries of Sayings, The Lower Right Series |
| **第十五卷** | **Book Fifteen** |
| 36. 难一第三十六 | Chapter XXXVI. Criticisms of The Ancients, Series One |
| 37. 难二第三十七 | Chapter XXXVII. Criticisms of the Ancients, Series Two |
| **第十六卷** | **Book Sixteen** |
| 38. 难三第三十八 | Chapter XXXVIII. Criticism of the Ancients, Series Three |
| 39. 难四第三十九 | Chapter XXXIX. Criticisms of the Ancients, Series Four |
| **第十七卷** | **Book Seventeen** |
| 40. 难势第四十 | Chapter XL. A Critique of the Doctrine of Position |
| 41. 问辩第四十一 | Chapter XLI. Inquiring into the Origin of Dialectic |
| 42. 问田第四十二 | Chapter XLII. Asking T'ien1: Two Dialogues |
| 43. 定法第四十三 | Chapter XLIII. Deciding Between Two Legalistic Doctrines |
| 44. 说疑第四十四 | Chapter XLIV. On Assumers |
| 45. 诡使第四十五 | Chapter XLV. Absurd Encouragements |
| **第十八卷** | **Book Eighteen** |
| 46. 六反第四十六 | Chapter XLVI. Six Contrarieties |
| 47. 八说第四十七 | Chapter XLVII. Eight Fallacies |
| 48. 八经第四十八 | Chapter XLVIII. Eight Canons |

续表

| | |
|---|---|
| **第十九卷** | **Book Nineteen** |
| 49. 五蠹第四十九 | Chapter XLIX. Five Vermin: A Pathological Analysis of Politics |
| 50. 显学第五十 | Chapter L. Learned Celebrities: A Critical Estimate of Confucians and Mohists |
| **第二十卷** | **Book Twenty** |
| 51. 忠孝第五十一 | Chapter LI. Loyalty and Filial Piety: A Memorial |
| 52. 人主第五十二 | Chapter LII. The Lord of Men |
| 53. 饬令第五十三 | Chapter LIII. Making Orders Trim |
| 54. 心度第五十四 | Chapter LIV. Surmising the Mentality of the People: A Psychological Analysis of Politics |
| 55. 制分第五十五 | Chapter LV. Regulations and Distinctions |

每篇译文的后面都有较为详尽的注释，对文中出现的字词加以说明，而其中第一条几乎都是针对标题而言，有的只是提供相应的汉字（如第四篇："爱臣"），有的还附其解释（如第二篇："存韩. The content of this chapter is not unique. The first part was the petition Han Fei Tzŭ submitted to the King of Ch'in. It was followed by Li Ssŭ's memorial refuting Han Fei Tzŭ's arguments in favour of the preservation of the Han State and then by the memorial Li Ssŭ sent to the King of Han. These memorials were apparently compiled by subsequent editors."）该译本最后是索引，以供读者参考。

廖文魁在翻译时参考了《韩非子》的其他选译本，包括英语、法语、德语、俄语等，该版本总体关注的是韩非哲学思想的传达，尤其是其政治和法学思想的传播。译者的宗旨是用清晰明了的英语来表达韩非的思想，而再现原著风格就成了在此基础上的一种备选。廖译本对《韩非子》里韵文篇章的翻译可以很好地体现这种翻译选择。

韵文文体是韩非的一种创造。在他之前，韵文只是散文中的片断，较少有整篇押韵的。《老子》全章用韵，但篇幅短小，且各章各句间联系不紧密。韩非的《主道》、《扬权》，“无论文字、句式、韵律、守法都超越了他的前辈，俨然是独创一帜的韵文新体”。[①] 以《扬权》为例，全文1300多字，绝大部分是四言，句子整齐，自首至尾有韵，且用韵规则，节奏感强烈。下面是《扬权》第一段：

天有大命，人有大命。夫香美脆味，厚酒肥肉，甘口而病形；曼理皓齿，说情而捐精。故去甚去泰，身乃无害。权不欲见，素无为也。事在四方，要在中央。圣人执要，四方来效。虚而待之，彼自以之。四海既藏，道阴见阳。左右既立，开门而当。勿变勿易，与二俱行，行之不已，是谓履理也。夫物者有所宜，材者有所施，各处其宜，故上下无为。使鸡司夜，令狸执鼠，皆用其能，上乃无事。上有所长，事乃不方。矜而好能，下之所欺。辩惠好生，下因其材。上下易用，国故不治。廖译本将这一段话分为三段：

HEAVEN has its destiny; human beings have their destiny, too. Indeed, anything smelling good and tasting soft, be it rich wine or fat meat, is delicious to the mouth, but it causes the body illness. The beauty having delicate skin and pretty white teeth pleases feeling but exhausts energy. Hence avoid excesses and extremes. Then you will suffer no harm.

The scepter should never be shown. For its inner nature is non-assertion. The state affairs may be scattered in the four directions but the key to their

---

① 易鑫鼎：《中国古代散文研究论辩》，南昌：百花洲文艺出版社，2006年，第179页。

administration is in the centre. The sage holding this key in hand, people from the four directions come to render him meritorious services. He remains empty and waits for their services, and they will exert their abilities by themselves. With the conditions of the four seas clearly in mind, he can see the Yang by means of the Yin. After appointing attendants on his right and left, he can open the gate and meet anybody. He can go onward with the two handles without making any change. To apply them without cessation is said to be acting on the right way of government.

Indeed, everything has its function; every material has its utility. When everybody works according to his special qualification, both superior and inferior will not have to do anything. Let roosters herald the dawn and let cats watch for rats. When everything exercises its special qualification, the ruler will not have to do anything. If the ruler has to exert any special skill of his own, it means that affairs are not going right. If he is conceited and fond of displaying his ability, he will be deceived by the inferiors. If he is sagacious and lenient, the inferiors will take advantage of his capacity. If superior and inferior exchange their roles, the state never will be in order.

客观上由于英汉语言结构上的差异,主观上由于译者的翻译目标取向,因此,译文并没有将原文的韵体特色予以再现,而是采用了英文通用的句式与词汇,将原文意义明白地传递出来。但这并不表示译者不关注原文的风格，如译文第一段用了头韵 excesses and extremes，译文第三段用了排比结构，以增强表达的节奏感。

### 3.2 华兹生译本

伯顿·华兹生的《韩非子入门》是一个选译本，只翻译了《韩非子》55 篇中的 12 篇，分别为 Section 5：The Way of the Ruler（主道）；Section 6：On Having Standards（有度）；Section 7：The Two Handles（二柄）；Section 8：Wielding Power（扬权）；Section 9：The Eight Villainies（八奸）；Section 10：The Ten Faults（十过）；Section 12：The Difficulties of Persuasion（说难）；Section 13：Mr. Ho（和氏）；Section 17：Precautions Within the Palace（备内）；Section 18：Facing South（南面）；Section 49：The Five Vermin（五蠹）；Section 50：Eminence in Learning（显学）。

译文之前附有较长篇幅的序言，之后是索引。

与廖文魁附《史记》来介绍韩非不同，华兹生本人在序言中用优美机智的语言对韩非所处的时代背景及其思想进行了总体介绍和分析，体现出译者对于中国古代政治哲学思想的深刻认知。华兹生首先表明，与其他中国先哲相比，人们对韩非的生平知之甚少，但人们又极其有幸从仅有的信息中了解了他写作的动机和背景，尤其是有关他死亡的叙述，无论真实与否，都为这位哲人抹上了一笔具有讽刺意味的戏剧色彩。

他指出，与其他诸子如孔子、墨子、孟子、庄子和荀子出身低微不同，韩非是唯一一位出身贵族的大思想家。作为韩国的公子，一方面他对祖国满怀着责任与热爱，另一方面他的抱负无法施展，郁郁不得志。[①] 紧接着，译者介绍了韩国的来历，以

---

① 蒋洪新、尹飞舟：《伯顿·华兹生的〈韩非子〉英译本漫谈》，载《外语与外语教学》，1998 年第 6 期，第 46 页。

及韩非师从荀子、并与李斯同学的经历。由于韩国很弱，常受邻国的欺凌，他多次向韩王献计，但都未被韩王采纳。后来秦王嬴政读了韩非的一系列文章，极为赞赏。于公元前234年，秦国出兵逼迫韩非来秦，韩非在秦王问计时劝其先伐赵而缓伐韩，由此遭到李斯和姚贾的谗害。

随后，译者指出，韩非是法家（Fa-chia, the Legalist or Realist school）的代表人物，但不是始创者，他的思想深受其他法家人物及其著作的影响，它们是：管仲的《管子》、商鞅的《商君书》（或《商子》）、慎到的《慎子》和申不害的《申子》。译者认为，虽然中国所有的哲学流派都在某种程度上关心政治，但唯有法家只关注政治，即怎样保存国家并使之强大。因此，韩非的著作是为君主而作的。于是，译者介绍了周朝由盛变衰的过程以及春秋五霸的崛起，通过分析当时的社会背景，揭示了法家出现的历史原因，并再次强调了法家与儒家、墨家的不同，以及法家所倡导的一些具体的治理国家的措施。这些治国的思想在《韩非子》一书中都可找到，都是受到《商君书》中“法”的思想的影响。在此基础上，韩非又将申不害的“术”、名家的“刑（形）和名”等概念补充进入他的体系。他在比较道家与法家的思想异同时指出：道家把“道”当作最高境界，法家把“扬权”当作统治的最高层次，它们的类似之处，就在于对最高和绝对境界的追求。老子《道德经》中的许多语言被韩非借来发挥自己的观点。老子在《道德经》所提出的“道”具有丰富的内涵，它既为自然之法则，万物之根本，又为形上至高实体；韩非也认为道是独一无二、支配一切的，但他用“道”来论证君权至上的思想，“明君贵独道之容”，君主应该体现“道”的这一特点，树立至高无上的权威。老子提出“虚静”、“无为”的顺应自然的思想，韩非赋予它以新的内容。他认为无为就是要从虚静上下功夫，尽力排除个人的智巧和主观成见。君主应当把无为用作治国的原则和驾驭群臣的“术”，即“君道无为，臣道有为”，“明君无为于上,群臣竦惧乎下”,“权有欲见,素无为也”。[①]

华兹生指出,法家思想,尤其是韩非,受其老师荀子的“性本恶”理论的影响,认为民众的本性是“恶劳而好佚”,应以法束之。儒墨颂扬古代圣人的功德,却遭到韩非犀利的反驳,他认为试图教化百姓是无益之举,而博爱是原罪。君王要成功,就应当去“五蠹”,防“八奸”,任何人都不能相信。

《韩非子》原本是韩非为韩王所著,却最终被秦王欣赏并加以实践,建立了一个如韩非所预想的强大的国家,但很快这个王朝又因其严刑酷法而走向了灭亡。从此,法家思想再也没有成为任何一个朝代纯粹的治国政策,但其学说的理念却为历朝的统治者们所用,至今都吸引着世人的关注。

介绍完韩非生平和法家思想之后,译序开始进行《韩非子》文本及该译本的简介。译者指出,《韩非子》共 55 篇,原名《韩子》,后来为了有别于唐代学者韩愈才更名为《韩非子》。大部分篇章都简短精练,宣扬法家思想,与标题相符,很像早期的《墨子》、《荀子》或《商君书》。该译本的 12 篇几乎都属于这个类型。有些篇章由晚周时期的历史著作或传说中的轶事组成,以揭示法家思想的正确性,同时中伤其他流派学说,该译本中的“Section 10”就属于此类。虽然《韩非子》是否由韩非本人所著尚有疑问,但法家喜爱用历史具体事例来阐明其见解却是无疑的。但该译本中的“Section 5”和“Section 10”却是采用道家术语,表达极为精练对称,用韵频率极高。另外还有两篇,该译本没有翻译,实际上是对老子《道德经》中一些篇章的评论,是法家对道家经典的纯粹政治的阐释,可能是秦国或是韩国早期的一些学者所著。其他篇章也几乎是法家后来的学者所写;有些甚至是用来反驳韩非学说的。虽然学界对原著作者的真伪有争议,但译者认为,没有理由怀疑他所翻译的篇章的真实性。

---

① 蒋洪新、尹飞舟:《伯顿 · 华兹生的〈韩非子〉英译本漫谈》,载《外语与外语教学》,1998 年第 6 期,第 46 页。

公元前4世纪和公元前3世纪，中国出现了有关占卜、医药、农业、逻辑、军事等方面的专著文献。译者指出，与其说《韩非子》是那个时期的哲学著作，不如说它是上述那样的专著。韩非的老师荀子写作内容非常广泛，涵盖政治、战争、伦理、美学、逻辑和认识论，但韩非和其他那些以韩非名义撰写了《韩非子》的作者却将内容局限为一个话题——政治，因此，他们的论述也就极为详尽彻底、无一遗漏。总的来说，著作风格明快、简练，论述犀利，颇有诡辩和讥讽之风。中国历代学者无不为其内容而震惊——彻底摒弃道德价值观，在政治上主张严厉和欺骗手段，断言连自己的妻儿都不能相信等等——从而口诛笔伐。但它又一直传阅至今，使人不得不对之加以关注，因为它所探讨的话题具有永恒的价值，那就是人性和权力的使用。

在译序的最后，译者提到自己的译本主要依据陈奇猷的《韩非子集释》(上、下卷，上海人民出版社，1958年版)。在其详尽无遗的注释中，陈吸收了早期中国和日本的所有重要研究和评论(他的参考文献中列出了89项)，并加上了他自己的建议和解释。译者还参考了梁启雄的《韩子浅解》(上、下卷，北京中华书局出版，1960年版)和两部日文版本，此外还参考了廖文魁的英文版本《韩非子全书：中国政治学经典》(上、下卷，伦敦：亚瑟·普罗赛因出版社，1939—1959)，以及亚瑟·韦利在《古代中国的三种思维方式》第十二篇的部分译文。

由于其深厚的中国文化功底，华兹生译本以地道的现代英文，在整体上表现出对原作意义及风格的忠实传达。如《主道》中："是故人主有五壅：臣闭其主曰壅，臣制财利曰壅，臣擅行令曰壅，臣得行义曰壅，臣得树人曰壅。"这段文字思维缜密，以排比手法加强逻辑性和感染力。华兹生运用英文的排比结构，较好地展现了原文的雄辩气势。译文如下：

> The ruler of men stands in danger of being blocked in five ways. When the ministers shut out

their ruler, this is one kind of block. When they get control of the wealth and resources of the state, this is a second kind of block. When they are free of issue orders as they please, this is a third kind. When they are able to do righteous deeds in their own names, this is a forth kind. When they are able to build up their own cliques, this is a fifth kind.

在忠实表现原文语义及风格的同时,译者也对西方读者的接受程度予以了充分考虑。如《有度》中一段的翻译:

国无常强,无常弱。奉法者强则国强,奉法者弱则国弱。荆庄王并国二十六,开地三千里;庄王之氓社稷也,而荆以亡。齐桓公并国三十,启地三千里;桓公之氓社稷也,而齐以亡。

No state is forever strong or forever weak. If those who uphold the law are strong, the state will be strong; if they are weak, the state will be weak. King Chuang (r. 613—591) of Ch'u annexed twenty-six states and extended his territory three thousand *li*, but death called him from his altars of soil and grain, and Ch' u in time declined. Duke Huan (r. 685—643) of Ch'i annexed thirty states and opened up his territory three thousand *li*, but death called him from his altars of the soil and grain, and CH'i in time declined.

译者除了再现原文的排比句之外,还有意地在译文的人名之后增加了他们的在世时间,如 King Chuang (r. 613—591)、Duke Huan (r. 685—643),以便读者清楚当时社会背景,更好地理解原文。当然,这段译文也反映了华兹生译本存在的一个瑕疵,即有些文化负荷词的直译可能导致意义不明或曲解。在本段中,"社稷"被直译为"alter of soil and grain",未能把其作为国家的象征意义表达出来。再如对《八奸》中一句的翻译:"一日在同床。何谓同床?曰:贵夫人,爱孺子,便僻好色,此人主之所惑也。"英译为:"The first is called 'Making use of his bedfellowers.' What do I mean by this? The ruler is easily beguiled by lovely women and charming boys, by all those who can fawn and play at love."原文中的"孺子"并不是"有魅力的男孩"(charming boys),而是指"年轻女,宫妾"。但瑕不掩瑜,华兹生译本以其对原文的忠实和表达的流畅,受到西方读者的欢迎,并被收入《联合国教科文组织各国代表作品丛书》。

## 第四节 《韩非子》文学风格的跨语际书写

《韩非子》是先秦诸子散文在论说上走向完善的一个代表,具有很高的文学价值。由于其英译本相对有限,本章主要以上述的廖文魁译本和华兹生译本为蓝本,讨论《韩非子》说理文特点和寓言在英语世界的表达。

### 4.1 《韩非子》说理特征的翻译

《韩非子》说理文明切犀利,冷峻峭拔,揭破世间实情毫不掩饰,能道他人所不敢道,词锋锐利,且极善分析,条理严密,议论透彻。这些特征在《五蠹》、《显学》等文章中尤为突出。例如《五蠹》中的两段文字:

以是言之,夫古之让天子者,是去监门之养,而离臣虏之劳也,故传天下而不足多也。今之县令,一日身死,子孙累世絜驾,故人重之。是以人之于让也,轻辞古之天子,难去今之县令者,薄厚之实异也。

……是以古之易财,非仁也,财多也;今之争夺,非鄙也,财寡也。轻辞天子,非高也,势薄也;争土橐,非下也，权重也。故圣人议多少、论薄厚为之政。故薄罚不为慈，诛严不为戾，称俗而行也。故事因于世，而备适于事。（《韩非子·五蠹》）

以下是廖文魁译本和华兹生译本对上述文字的翻译：

廖文魁：Speaking from this viewpoint, indeed, he who abdicated the throne of the Son of Heaven in favour of others in olden times, was simply forsaking the living of a gate-keeper and the toil of a prisoner of war. Therefore the inheritance of All-under Heaven in olden days was not very great. Yet the prefect of today, upon the day of his death, hands down luxurious chariots to his descendants from generation to generation. Accordingly people think much of his position.

Thus, in the matter of leaving office, men make light of resigning from the ancient dignity of the Son of Heaven and consider it hard to quit the present post of a prefect. Really it is the difference between meagerness and abundance.

... For the same reason, men of yore made light of goods, not because they were benevolent, but because goods were abundant; while men of today quarrel and pillage, not because they are brutish, but because goods are scarce. Again, men of yore made light of resigning from the dignity of the Son of Heaven, not because their personalities were noble, but because the power of the Son of Heaven was scanty; while men of today make much of fighting for office in government, not because their personalities are mean, but because the powers of the posts are great. Therefore the sage, considering quantity and deliberating upon scarcity and abundance, governs accordingly. So it is no charity to inflict light punishments nor is it any cruelty to enforce severe penalties: the practice is simply in accordance with the custom of the age. Thus, circumstances change with the age and measures change according to circumstances.

华兹生：Therefore those men in ancient times who abdicated and relinquished the rule of the world were, in a manner of speaking, merely forsaking the life of a gatekeeper and escaping from the toil of a slave. Therefore they thought little of handing over the rule of the world to someone else. Nowadays, however, the magistrate of a district dies and his sons and grandsons are able to go riding about in carriages for generations after. Therefore people prize such offices. In the matter of relinquishing things, people thought nothing of stepping down from the position of Son of Heaven in ancient times, yet they are very reluctant to give up the post of district magistrate today; this is because of the difference in the actual benefits received.

Hence, when men of ancient times made light of material goods, it was not because they were benevolent, but because there was a surplus of goods; and when men quarrel and snatch today, it is not because they are vicious, but because goods have grown scarce. When men lightly relinquish the position of Son of Heaven, it is not because they are high-minded, but because the advantages of the post are slight; when men strive for sinecures in the government, it is not because they are base, but because the power they will acquire is great.

When the sage rules, he takes into consideration the quantity of things and deliberates on scarcity and plenty. Though his punishments may be light, this is not due to his compassion; though his penalties may be severe, this is not because he is cruel; he simply follows the custom appropriate to the time. Circumstances change according to the age, and ways of dealing with them change with the circumstances.

在阐述一个重要论点时，韩非经常使用类似归纳的方法，即先举论据，再作论证，最后得出合于逻辑的结论，《五蠹》就是如此。这段文字表明了韩非的历史进步论观点，他主张“不期修古，不法常可”、“世异则事异”而“事异则备变”。从以上译文可以看出，廖文魁版和华兹生版大同小异，均能用流畅的英语将原文的意思清楚地表达出来。在遣词造句上也是有同有异，如“天子”都翻译成“the Son of Heaven”，但“天下”和“县令”又分别译为“All-under Heaven; the prefect”和“the world; the magistrate of a district”。在表示对照关系时，二者都多次使用了“(it is )not because... but because...”句型，但华兹生似乎更善于反复使用平行结构“when-clause”来渲染气氛，而廖文魁译本却只是使用了少数几个“while”来表示对比，语气稍显弱些。但相比之下，廖文魁版译文在整体表达上要略显简洁精练，如最后一句的翻译就是一个很好的例证。

再来看看韩非在《显学》里是怎样一步一步进行辩论的：

墨者之葬也，冬日冬服，夏日夏服，桐棺三寸，服丧三月，世主以为俭而礼之。儒者破家而葬，服丧三年，大毁扶杖，世主以为孝而礼之。夫是墨子之俭，将非孔子之侈也；是孔子之孝，将非墨子之戾也。今孝戾、侈俭俱在儒、墨，而上兼礼之。漆雕之议，不色挠，不目逃，行曲则违于臧获，行直则怒于诸侯，世主以为廉而礼之。宋荣子之议，设不斗争，取不随仇，不羞囹圄，见侮不辱，世主以为宽而礼之。夫是漆雕之廉，将非宋荣之恕也；是宋荣之宽，将非漆雕之暴也。今宽廉、恕暴俱在二子，人主兼而礼之。自愚诬之学、杂反之辞争，而人主俱听之，故海内之士，言无定术，行无常议。夫冰炭不同器而久，寒暑不兼时而至，杂反之学不两立而治，今兼听杂学缪行同异之辞，安得无乱乎？听行如此，其于治人又必然矣。（《韩非子·显学》）

显学，就是影响广泛、地位显赫的学问，这里指当时阵容强大、声名远播的儒、墨两家，韩非以功利主义的刑名参验为手段，以法度为立场，直斥取舍不同的儒、墨后学是“愚诬之学，杂反之行”，而尤以对儒学的攻击最力。因此，他希望人君利用权势禁止学术讨论，对异己的思想者“宜去其身而息其端”。正所谓“夫冰炭不同器而久，寒暑不兼时而至，杂反之学不两立而治”，否则的话，“今兼听杂学缪行同异之辞，安得无乱乎”？

那么，廖文魁和华兹生又是怎样翻译的呢？

廖文魁：The Mohists, for funeral rites wear winter clothes in winter days and summer clothes in summer days, make coffins three inches thick of Paulownia wood, and observe only three months' mourning. Regarding this as restraint, sovereigns of this age respect them. The Literati, on the contrary, for funeral rites break up the household property and give sons in pawn to compensate for the losses, observe three years' mourning till they break down in health and have to walk with the aid of canes. Regarding this as an act of filial piety, sovereigns of this age respect them. But, in fact, to approve the restraint of Mo Tzŭ one has to reprove Confucius for his extravagance; to approve the filial piety of Confucius one has to reprove Mo Tzŭ for his impiety. Now, piety and impiety, restraint and extravagance, all are found among the Literati and the Mohists, and the superiors respect them equally.

According to the theory of Ch'i-tiao, a man should not change his facial colour in front of others nor should he blink even in the face of danger; if he acts wrongly, he should give way to bondmen and bondwomen; and if he acts aright, he should assert himself even before the feudal lords. Regarding this as an act of integrity, sovereigns of this age respect him. Again, according to the teaching of Sung Yung Tzŭ, a man should delight in a non-combatant attitude towards opponents and approve of non-retaliatory actions against enemies; if cast into prison, he should not be ashamed; and, if insulted, he should not feel humiliated. Regarding this as an attitude of generosity, sovereigns of this age respect him. But, in fact, to approve the integrity of Ch'i-tiao one has to reprove Sung Yung for his forgiveness; to approve the generosity of Sung Yung one has to reprove Ch'i-tiao for his fierceness. Now, generosity and integrity, forgiveness and fierceness, all are found in these two philosophers, and the lords of men respect them equally.

In as much as stupid and deceptive studies and heretical and contradictory theories are in conflict while the lords of men tolerate them equally, the gentry within the seas have neither definite forms of speech nor constant standards of conduct. Indeed, ice and charcoal do not share the same vessel and last long; winter and summer do not come at the same time. Likewise, heretical and contradictory studies do not stand together and have peace. Now that heretical studies are equally listened to and contradictory theories are absurdly acted upon, how can there be other than chaos? If the ruler listens so carelessly and acts so absurdly, the same must be true when he rules over men.

华兹生：For funerals, the Moists prescribe that winter mourning garments be worn in winter and summer garments in summer, that the coffin be of paulownia wood three inches thick, and that mourning be observed for three months. The rulers of the time regard such ways as frugal and honor them. The Confucians, on the other hand, will bankrupt the family to carry out a funeral, wearing mourning garments for three years, reducing themselves to physical exhaustion and walking about with canes. The rulers of the time regard such ways as filial and honor them. Now if you approve of the frugality of Mo Tzu, you must condemn Confucius for his extravagance, and if you approve of the filial piety of Confucius, you must condemn Mo Tzu for his impiety. Thus the teachings of the Confucians and Moists embrace both piety and impiety, extravagance and frugality, and yet the ruler honors them both!

According to the teaching of Ch'i-tiao, a man should never cringe before others or flinch in the face of danger; if his actions are base, he should not refuse to be treated as a slave, but if his actions are upright, he should not hesitate to defy the feudal lords. The rulers of the time regard such conduct as honorable and praise it. According to the teaching of Sung Jung-tzu, a man should condemn warfare and contention and refuse to take part in acts of vengeance; he should not be embarrassed to go to jail and should consider it no shame to suffer insult. The rulers of the time regard such an attitude as broad-minded and praise it. Now if you approve of the honorable conduct of Ch'i-tiao, you must condemn Sung Jung for being too forgiving, and if you approve of the broad-mindedness of Sung Jung, you must condemn Ch'i-tiao for being too violent. Thus these two codes of behavior embrace both broad-mindedness and a keen sense of honor, forgiveness and violence, and yet the ruler honors them both!

Because the ruler gives equal ear to the learning

of fools and impostors and the wranglings of the motley and contradictory schools, the gentlemen of the world follow no fixed policy in their words and no constant code of action in their behavior. As ice and live coals cannot share the same container for long, or winter and summer both arrive at the same time, so, too, motley and contradictory doctrines cannot stand side by side and produce a state of order. If equal ear is given to motley doctrines, false codes of behavior, and contradictory assertions, how can there be anything but chaos? If the ruler listens and acts in such a way, he will surely govern his people in the same absurd fashion.

应该说,这两个版本都从根本上抓住了原文的辩论风格,并将这种风格再现了出来。在这一段里,作者首先说,对待葬礼,墨者和儒者的态度截然相反,但君主都很尊崇他们;接着说,漆雕氏和宋荣子的主张相左,而君主也都加以尊崇;于是,作者最后质疑说,如果君主对于那种杂乱、荒谬和矛盾百出的言行全都听信,怎么能不造成混乱呢?

首先看看廖文魁版本,译者使用了好几组平行结构表达了儒墨两家的不同做法以及君主所给予他们的相同礼遇,如"The Mohists, for funeral rites... Regarding this as ... sovereigns of this age respect them. The Literati, on the contrary, for funeral rites... Regarding this as ... sovereigns of this age respect them. ", "to approve... one has to reprove... ""if he acts... he should... "等。同样,华兹生版本也使用了类似的结构来表达这种对比,如"The rulers of the time regard such ways as ... and honor them. ", "if you approve of ... you must... ""if his actions are ... he should not..."等。不过,在段首,华兹生却没有使用这种平行结构,而是分别使用了"that-clause"和"-ing phrase",在对称美上略显不足。

## 4.2 《韩非子》寓言的翻译

韩非的文章构思精巧,描写大胆,语言幽默,于平实中见奇妙,具有耐人寻味、警策世人的艺术效果。他尤其善于运用大量浅显的寓言故事来说明抽象的道理,形象化地体现他的法家思想和他对社会人生的深刻认识。这些寓言因其生动的故事和丰富的内涵,成为脍炙人口的成语典故。其中,最有名的莫过于"滥竽充数"、"郑人买履"和"自相矛盾"了,分别出自于《韩非子》中的《内储说上》、《外储说左上》和《难一》。由于这些篇章都不在华兹生译本之列,因此,此处只能提供廖文魁的译文以飨读者。

(1) 滥竽充数

> 齐宣王使人吹竽,必三百人,南郭处士请为王吹竽,宣王说之,廪食以数百人。宣王死,湣王立,好一一听之,处士逃。(《内储说上七术》)

> King Hsüan of Ch'i ordered men to play the Yü instrument and always had three hundred men in the orchestra. Thereupon private gentlemen from the southern suburbs of the capital asked to play the same music for the King. Delighted at them, the King fed several hundreds of them. Upon the death of King Hsüan, King Min ascended the throne and wanted to listen to each one of them. The men went away.

这则寓言讽刺了无德无才、招摇撞骗的混子,提醒人们只要严格把关,混子就不难识破。译文用流畅的英语将这则寓言的故事内容清晰易懂地表达了出来，虽然原文中的“南郭处士”应为一人，而译文中用了复数意义的“private gentlemen from the southern suburbs of the capital”以及相应的“them”和“the men”，但这并不妨碍西方读者领悟这则寓言背后所包含的深刻内涵。“南郭处士”只是一个代表而已，世上的“南郭处士”又何止这一个呢？

(2) 郑人买履

郑人有欲买履者，先自度其足，而置之其坐，至之市而忘操之，已得履，乃曰：“吾忘持度”，反归取之。及反，市罢，遂不得履，人曰：“何不试之以足？”曰：“宁信度，无自信也。”(《外储说左上》)

Once a man of Chêng wanted to buy a pair of shoes for himself. He measured his feet first and left measurements on his seat. He arrived at the market-place, but had forgotten to take the measurements along. Though he had already found the shoes for himself, he said, “I have forgotten to take the measurements along. Let me go home to get them here.” When he came back again, the market was closed, however. He could not get the shoes after all. “Why didn't you try the shoes with your own feet?” asked people. “I have confidence in the measurements but not in my own feet,” was the reply.

这则寓言说的是郑国人因过于相信“尺度”，造成买不到鞋子的故事。它告诉人们，遇事要实事求是，要会灵活变通，不要死守教条。译文用平实的语言将这则故事展示给了西方读者，使之在阅读之余不禁为这位愚蠢的“郑人”感到可笑。虽然现实生活中买鞋子只相信脚码而不相信脚的事鲜有发生，但像

“郑人”这样迷信教条的却是大有人在。

(3) 自相矛盾

楚人有鬻盾与矛者，誉之曰：“吾盾之坚，物莫能陷也。”又誉其矛曰：“吾矛之利，于物无不陷也。”或曰：“以子之矛，陷子之盾，何如？”其人弗能应也。夫不可陷之盾与无不陷之矛不可同世而立。(《难一》)

Once there was a man of Ch'u selling shields and halberds. In praising his shields he said, “My shields are so solid that nothing can penetrate them.” Again, in praising his halberds, he said, “My halberds are so sharp that they can penetrate anything.” In response to his words somebody asked, “How about using your halberds to pierce through your shields?” To this the man could not give any reply. Indeed, impenetrable shields and absolutely penetrative halberds cannot stand together at the same time.

韩非的文章说理透彻，逻辑严密，在辩论中不仅有立论、驳论，而且还有问有答、变化自如，“自相矛盾”就是一个很好的例子。通过这个寓言，韩非驳斥了儒家同时推崇尧舜的观点，正所谓“舜之救败也，则是尧有失也。贤舜，则去尧之明察；圣尧，则去舜之德化：不可两得也”。译文运用非常地道的英语表达法将这则寓言栩栩如生地展现在大家面前，与前面两则寓言有所不同的是，此则寓言在故事的结尾直接点明了作者的观点，那就是：刺不破的盾和什么都刺得破的矛，是不可能同时存在的。一个人在同一判断中，对同一问题，是不能做出截然相反的判断来的。若是这样做了，那就是犯了逻辑上的错误。

这就是寓言的力量，用假托的故事或自然物的拟人手法说明某个道理，常带有劝诫、教育的性质。在先秦诸子百家的著作中，以《庄子》和《韩非子》收录寓言最多。因此，穿插于辩论之中的寓言翻译的好坏直接影响到韩非思想在西方读者心目中的准确传播。而廖文魁版本中对寓言的处理是比较成功的，多采用直译的方法将原文中的典故直观地展示出来，语言流畅地道，表达平实朴素，使西方读者产生了与中国读者同样的观后感受。

# 第九章　余论

## 第一节　译者主体的趋同性

如本书绪论中所说，春秋战国是一个可以用“轴心”相喻的时代：它之前的所有时代都向它趋近，似乎都在为它的到来做准备，它之后的时代又都一次次地回味于它，中华民族的人文教化依然附着在它所奠定的基础之上。诸子学说正是这个时代精神的汇聚和生命智慧的表达。从这个意义上来说，诸子散文是人们理解中国文化的机枢，是打开中国文化秘宇的管钥。正因为如此，中西文化在最初相遇之后，诸子散文在西方的译介便绵延至今。

回顾七部代表性诸子散文在英语世界的译介与传播，可以看到它们各自经历了不同的境况，如《道德经》与《论语》颇受英语世界关注，而《韩非子》、《墨子》英译则显冷清；引发孟荀译介兴趣的主要是其哲学思想，而庄子的哲学性和文学性则几乎同样对英语世界有吸引力。从历史深处延展而来的图景也向我们显现了一些共性化的特征，这首先就是译者主体的趋同性。

诸子散文走向英语世界的最直接推手是译者。自19世纪以来，每一个阶段都有一批活跃的译者主导着诸子著作的翻译方向，其中，不少译者的翻译活动又同时涉及到不同的诸子著作，使得诸子散文的英译主体表现出较强的趋同性。宏观而论，在诸子散文英译史上有三个引人注目的译者主体群，即传教士译者、西方汉学家译者和海内外华人译者。正是他们的努力，形成了今天诸子散文英译的独特文化景观。

传教士的翻译传统要回溯到16世纪，以意大利神父利玛窦为代表的耶稣会传教士的活动客观上促成"西学东渐"和"中学西传"的发展。一方面，为了"将上帝的福音传播到世界最远的角落"，在中国宣传基督教的教义，说服一些人信教，同时也向中国传播西方的科学文化知识；另一方面，为取得欧洲舆论对在华传教事业的支持，并希望获取王室和商业机构在财政上的巨额资助，传教士极力向西方宣传中国的优点，赞美中华文化的伟大。他们翻译儒家典籍，述作拉丁文的中国史著作，开办中国学院，培养中国神父等，做了大量的工作。沿着这一传统，翻译中国古代文献也成为以后新教传教士在华工作的重要组成部分。除了《韩非子》外，其他六部著作的最初的英语译介都是由新教传教士完成的。高大卫、马礼逊、翟理思、理雅各等等，都是我们在讨论诸子散文英译时不得不经常提及的名字。新教传教士对中国的使命感来自《旧约》里的启示——对中国最终的基督化。理雅各等传教士相信，《以赛亚书》49:12中所说的地方"Sinim"就是指中国，上帝早就有计划要把中国人包括在"上帝的天国"之中。传教士在中国古代文献中寻找中国文化与基督教文化原为一体的依据，他们宣称，中国人信奉的上帝就是基督教中的神。

尽管在传教士译本中不难发现对诸子学说的神学附会，但传教士对中国先秦典籍的翻译，其意义和影响更值得关注。早期耶稣会传教士通过儒学译介，向欧洲介绍了一个自己理解的历史中国，创造了一个政治清廉、道德纯正、宗教宽容的中国形象，在欧洲学术界引发了一股中国热，也给西方思想界的启蒙运动造成了一定的影响。以理雅各为杰出代表的新教传教士对儒家、道家、墨家典籍的翻译或引介，让更多的普通西方读者有机会领略中国文化的丰富，而同时，孔子的“仁”、老子的“道”、墨子的“兼爱”，在基督教视野下也获得了别样的内涵扩充。16至19世纪的300年间，中国与西方两大文明的交流是真正的“伟大”的相遇，而传教士对先秦典籍的翻译有力地推动了早期中西文化的交流与融合。

20世纪初第一次世界大战的爆发标志着西方理性文化的终结，许多学者将目光投向东方智慧。诸子散文翻译的传教士时代结束，非传教士译者开始登场。我们首先讨论这其中的西方汉学家译者。

20世纪上半期西方汉学家译者的代表当数英国汉学家翟林奈、韦利、美国汉学家魏鲁男、华兹生等，翻译诸子著作是他们汉学研究和推介工作的一个重要组成部分，这其中也包括了对传教士翻译传统的反思与纠偏。如翟林奈对理雅各的《论语》翻译明确提出批评，认为理氏仅仅在介绍孔子事实方面做得较好，但是未能从事实中得出结论，也未能总结儒家道德的突出特色，更没有正确评价孔子本人的性格。他认为，理雅各的传教士背景严重影响了其公正性，自然觉得孔子不如耶稣，孔教远比不上基督教。因此，翟林奈自己在翻译《论语》、《孟子》、《道德经》和《庄子》时，对以前译本的神学附会始终保持一种警惕。韦利、魏鲁男、华兹生等同样是从学术研究的角度对待诸子散文，其翻译更注重原文的文化风貌的保留、细节的传译、风格的对接。同时，他们也更关注西方普通读者的阅读需求，译本语言向大众化方向发展。其中，韦利被《不列颠百科全书·英国文学》评价为“本世纪(20世纪)前半个世纪中的最杰出的东方学家,也是将东方文种译为英文的最杰出的翻译家”。无论是他的译著《论语》、《道德经》,还是他研究先秦儒、道、法三家的著作《中国古代的三种思维方式》,都以普通读者为目标,文字通晓流畅,内容深入浅出,成为英语世界中国文学以及先秦思想的普及性作品。

20世纪下半期西方汉学家译者队伍更是蔚为壮观。西蒙·赖斯、大卫·亨顿、安乐哲、罗思文、白牧之、白妙子、葛瑞汉、梅维恒、艾文贺、万白安,这些西方汉学家的名字总是和中国古代哲学的研究、诸子著作的译介联系在一起。对“西方中心主义”的自觉反思推动着诸子散文的英译向着文化对话的方向发展,译者们以区别于中国学者的文化视角解读诸子,先秦先哲形象在英语世界里变得多元而丰富。以《论语》为例,赖斯的孔子平静而彬彬有礼,白牧之和白妙子的孔子表现出“狂怒的正直”(furious integrity)和“大度的愤怒”(generous anger),安乐哲、罗思文的孔子投射的是两位译者自己的哲学观念。[①] 同样,近年来颇受英语世界关注的庄子,在葛瑞汉那里是一个理想主义者和相对主义者,在梅维恒那里更多的是一位文学家。这一时期西方汉学家的诸子散文译介折射出“文化翻译”中文化平等互释的强大活力。

后传教士翻译时代的另一批值得关注的译者是海内外华人学者。在这一译者群中,有的是在国外出生并一直生活在国外或港台的海外华人,如刘殿爵、梅贻宝、陈荣捷,有的是长期在国外学习或生活后又返回中国内地的海归华人,如辜鸿铭、林语堂、冯友兰。这两类译者通常既有较高的汉语水平,也有地道的英语表达能力,因此,他们翻译中国典籍往往得心应手,很受欢迎。还有一些华人译者是本土出生和成长,主要在内地

① 丁四新、华云超:《英语世界儒学研究》,见顾海良主编:《海外人文社会科学发展年度报告[2006]》,武汉:武汉大学出版社,2007年,第516—587页。

接受教育并学习英语，他们是以汪榕培为代表的本土译者，是“中国文化走出去”的一支重要力量，其影响力在逐步扩大。华人译者的共同特点是对中国传统文化有更加深刻的感悟与认识，他们能够直接阅读原著，能够从自身的文化环境里认识和体验诸子思想，如此也就有可能更加原汁原味地推介中华文化。在中西文化交流的大背景下，华人学者投入到诸子作品的译介，既是出于对中国传统文化的推崇，也是对西方现代文明大举入侵的一种抵抗。他们的介入打破了长期以来西方传教士和西方汉学家的垄断局面，对中西方交流中的不平等现象起到了纠偏的作用，中国典籍的翻译也因此更显活跃。

## 第二节　意义阐释的开放性

诸子散文英译表现出的第二个共同特征是意义阐释的开放性。19 世纪以来，诸子散文不同英译本相继问世，同一原作的不同译本风貌各异，其间的差异主要表现在对原文意义的解读上。

形成于先秦时期的诸子散文，其本身就蕴含着意义阐释的开放性。原因主要来自以下三个方面：一是由于背景、上下文等的缺失，造成文本意义的多解和开放；二是由于古汉语的简洁，一字多义现象较多，造成字义的开放；三是由于古汉语语法的不稳定性，造成许多语句理解上的多解和开放。因此，在中国语境中，对诸子散文的阐释已形成丰富的注疏传统，历代研读者反复咀嚼其中的每一字、每一行、每一段，试图从中品味出真义、新义、大义。古人的写作方式给后学之人留下了广阔的解读空间，形成了文本内部的开放性。

语内翻译的开放性在诸子散文的语际翻译中则表现得更为突出。不同的文化背景、不同的语言体系、译者的个性化理解，诸多因素都会在这开放性的阐释中寻找自己的接榫点，从而形成多样态的译本世界。

“翻译实际上就是理解与表达。”[1]在诸子散文的翻译过程中，译者的任务就是对原文的理解和原义的再现，而意义的确立离不开其所出现的历史背景与上下文语境。但由于历史的流变，以及古汉语文字应用的多义性，因此，在很多情况下，对诸子散文进行原义锁定几乎是不可能。译者们也一如历代的注疏者一样，表达的只能是自己的解读结果。

以《论语·为政》第十二节为例：“子曰：‘君子不器’。”“君子不器”这四个字究竟是什么意思，由于该句没有上下文，也无太多可确证的资料，因此人们很难断定孔子是在什么情景下讲出它的。这简短的四个字在汉语背景下的《论语》研究中就有不同的解读。首先是“君子”一词。该词在《论语》中出现过108次，是仅次于“仁”（109次）的高频词。“君子”一词在西周指贵族。《书·无逸》说：“君子所，其无逸。”郑玄曰：“君子止位在官长者。”在《论语》中，“君子”有时指有德者，有时指有位者，通说认为，“君子不器”之“君子”专指有德者。但也有学者指出，考虑到他出现在《为政》篇里，这里的“君子”也可理解为德与位两者兼具者。[2]

其次是“器”。在“君子不器”中的“器”是什么意思呢？何晏的《论语集解》引包咸曰：“器者各周其用。至于君子无所不施。”（这是目前已知的对“君子不器”的最早文本解释。）又引邢疏：“形器既成，各周其用。若舟楫以济川，车舆以行路，反之则不能。君子之德，则不如器物，各守其用，见几而作，无所不施也。”朱熹则在《论语集注》中进一步讲到：“器者，各适其用而

---

① George Steiner, *After Babel: Aspects of Language and Translation* (Shanghai : Shanghai Foreign Language Education Press, 2001), p. 274.

② 张林杰：《对“君子不器”之解读》，http://www.aisixiang.com/data/51223.html，2012-3-14.

不能相通。成德之士，体无不具，故用无不周，非特为一才一艺而已。”何晏、朱熹对“君子不器”之解释对后来的学者影响甚大，多数人在解释这句话的时候都把“器”字理解为有形的、具有某种特定用途的含义。但毛起先生的《论语章句》对“君子不器”的解释却有所不同。他把“器”字理解成通假字，即通“气”。他说：“君子不怒者，以一切事物皆有其繁杂之成因，非可仓卒而变动，若一不如意，辄对之发怒，则非特于事无补，且于己身有大害也。孔子不怨天，不尤人。”①

在英语世界里，“君子不器”也就有了不同的表达：

理雅各：The accomplished scholar is not a utensil.

辜鸿铭：A wise man will not make himself into a mere machine fit only to do one kind of work.

韦 利：A gentleman is not an implement.

不同的译者对“君子不器”中的“君子”理解的角度各不一样——有成就的学者、明智的人、绅士或榜样性人物。对“器”翻译也是如此，理雅各偏重“工具”，刘殿爵、安乐哲偏重于“器皿”，韦利所用的“implement”既可指工具，也可指用作工具的人，他的翻译与辜鸿铭的解读似乎更关注人的个性的保持。这就使人联想到了李泽厚在《论语今读》中对此句的解释：“这句话今天可以读作人非 robot（机器人），即人不要被异化，不要成为某种特定的工具和机械。人‘活’着不是作为任何机器或机器（科技的、社会的、政治的）部件，不是作为某种自己创造出来而又压迫、占领、控制自己的‘异己的’力量（从科技成果到权力意志到消费广告）的奴隶。人应使自己的潜在才能、个性获得全面发展和实现。”②

原文意义的难以锁定还在于古汉语语法的不稳定性。词

① 毛起：《论语章句》，南京：南京大学出版社，2009 年，第 15 页。

② 李泽厚：《论语今读》，北京：生活·读书·新知三联书店，2004 年，第 61—62 页。

性的随机转化、句读的随文处置、虚词的高频应用，不同的分析方法随即构成不同的意义解读。《道德经》第四十九章一段文字："善者，吾善之；不善者，吾亦善之，德善。信者，吾信之；不信者，吾亦信之，德信。"陈鼓应认为，此处的"德"与"得"通假，即作为动词使用，意为"得到"，在不少《道德经》版本里，"德善"、"德信"的"德"也都写为"得"；但此文句中的"德"字，也可以理解为本字，即作为名词的"德"，表"美德"之意。不同的分析，也就形成了不同的译文表达，"德善"在英文里可以是：

刘殿爵：In doing so I gain in goodness.（如此，我得到了善。）

韦　利：And thus he gets goodness.（因此，他得到了善。）

吴经熊：For virtue is kind.（因为德是善良的。）

米歇尔：This is true goodness.（这才是真善。）

冯家富、英格里斯：Because virtue is goodness.（因为德是良善。）

同样，《论语·雍也》篇的"觚不觚，觚哉！觚哉！"确是幽秘难解，而诸种不同的英文翻译，都可以追溯到译者对这段文字最基本的语言分析上。"不"否定的是什么：身份，谓词，还是行为的归因？"哉"又表达了何种语气：肯定与同意，挖苦和讽刺，还是惊讶和怀疑？

理雅各：A cornered vessel without corners—A strange cornered vessel！A strange cornered vessel！

韦　利：A horn-gourd that is neither horn nor gourd！A pretty horn-gourd indeed，a pretty horn-gourd indeed.

安乐哲、罗思文：A *gu* ritual drinking vessel that is not a *gu* ritual drinking vessel—a *gu* indeed? A *gu* indeed！

刘殿爵：A ku that is not truly a ku. A ku indeed! A ku indeed!

森舸澜：A *gu* that is not a *gu*—is it really a *gu*? Is it really a *gu*?

白牧之、白妙子：A *gu* not used as a *gu*. What a *gu*! What a *gu*!

理雅各的译文表达了对名不副实现象的讽刺；韦利译文则是对君不君、臣不臣现象的感叹；安乐哲与罗思文、刘殿爵、森舸澜的翻译语言本身具有一定程度的自相矛盾，也许译者正是想通过这种矛盾语言再现原文的深意；白牧之与白妙子译文表现出的惊讶与怀疑，是否更接近当年孔子面对礼崩乐坏时局时的心境呢？

对诸子散文的英译者而言，意义阐释的开放性既是他们遭遇的理解障碍，也是诱发他们投入翻译的动因之一。不同译本代表着不同的文化背景，载涵着译者对原作的个性化理解，又反过来进一步延伸了诸子散文的解读空间。无论其本意如何，一代代海内外学者对诸子散文的研究与译介，都在不断推动着中西文化的互识与互动。

## 第三节　儒道著作文学影响的多面性

诸子散文首先作为哲学著作在英语世界引发关注，进而产生影响。作为一种富有哲学品格的文学，诸子散文在英语世界的文学影响主要由对儒家作品《论语》、《孟子》和道家作品《道德经》、《庄子》的译介来完成的。从直接渗透的视角看，从18世纪开始，这几部诸子散文对英语文学中的散文、小说、诗歌、戏剧等都产生了不同程度的影响，体现了其影响的多面性。

1760年至1761年，英国伦敦的《公簿》(*Public Ledger*)杂志连载了一部英国文学史上经常提到的散文作品——《中国人信札》(*Chinese Letters*),1762 年这部书结集出版时改名为《世界公民》,副标题为“中国哲学家从伦敦写给他的东方朋友的信札”(*The Citizen of the World*, *or*, *Letters of a Chinese Philosopher*, *Living in London*, *to his Friends in the East*)。作者哥尔斯密(Oliver Goldsmith,1730—1774)是在当时被人们称为“英国的孔夫子”的著名文学家、诗人和戏剧家。在《世界公民》的写作过程中,哥尔斯密参考了《大学》、《中庸》、《论语》等儒家作品的拉丁文译本。他在书中说,“孔子讲过,读书人的责任在于加强社会联系,而使百姓成为世界公民。”在讲到儒家的中庸思想时,他假托一个中国人李济安的口说:“我们要倍守那中庸之道,既不是无动于衷,也不宜悲伤自损;我们的企图不在绝灭情性,而在节制情性;碰到悲伤事故,不是漠然无动,而在使每一灾祸化为有利于己的条件。”《世界公民》也有道家作品的痕迹,如第五十九封信是老子“柔弱胜刚强”思想的体现,第十八封信讲述的是《庄子休鼓盆成大道》的故事。《世界公民》是 18 世纪利用中国材料的外国文学中最主要也是最有影响的作品。

就诸子散文对英语世界散文创作的影响而言,《论语》、《孟子》之于 19 世纪的爱默生和梭罗是不可回避的话题。爱默生是美国历史上最重要的思想家之一,儒家思想深刻地影响着他所引领的 19 世纪美国超验主义文学运动。在与梭罗共同编辑《日晷》(*The Dial*)的过程中,他们摘引了不少儒家语录,如 1843 年第 4 期的《日晷》杂志选登了 21 条孔子语录,大多出自《论语》;在《日晷》杂志 1843 年第 10 期中,他们又摘录了儒家语录 42 段,有的出自《论语》,有的出自《中庸》和《孟子》。同为美国著名思想家和散文家的梭罗于 1854 年出版了《瓦尔登湖》(*Walden*)这是梭罗最重要的一部著作,同时也是美国文学史上极具特色的散文著作。在这部著作中,梭罗引用的儒家哲学语录共有 10 处,如在第一章《经济篇》中,梭罗引用孔夫子的话:“知之为知之,不知为不知,是知也。”他认为“一切人都要在这样的基础上建筑起他们的生活来。”在第五章《寂寞》中,引用了《论语》中的“德不孤,必有邻”以说明他为什么远离尘嚣独居林中——有德的人是不会孤独的;在第十一章《更高的规律》中,引用了《孟子》的“人之所以异于禽兽者几希庶民去之,君子存之”,警醒人们若丢弃了善良品行就和禽兽无异。当然,梭罗主张超脱世俗社会,回归大自然,与中国儒家的“入世”思想并不一致,但也正是这种差异体现了《论语》、《孟子》在“文化借用”中的独特价值。

同样在19世纪,英国维多利亚社会晚期著名的作家、英国唯美主义运动的领导者和代言人奥斯卡·王尔德对庄子思想的吸纳是英国文学史上一件值得关注的事。王尔德在读完翟理思的《庄子》英译本后,便很快在英国《言论家》(*Speaker*)杂志发表了题为《一位中国哲人》(*A Chinese Sage*)的书评,称庄子的文字中“包含着一段时期以来我所读到过的对现代生活的最尖锐的批判”。[①] 庄子的无为思想直接影响了王尔德的文艺观,他在1891年发表的论文《作为艺术家的批评家》(*The Critic as Artist*)的副标题就是“略论无为而为的重要性”(*With Some Remarks upon the Importance of Doing Nothing*)。在王尔德的小说与喜剧创作中,诸多人物似乎也在实践庄子的“无为”原则,《道连·葛雷的画像》(*The Picture of Dorian Gray*)中的亨利勋爵、《一个理想的丈夫》(*An Ideal Husband*)中的戈林子爵,即是典型的例子。庄子认为,是非、大小、高低、贵贱、生死都是相对相齐的,所谓“以指喻指之非指”(《庄子·齐物论》),“以道观之,物无贵贱”(《庄子·秋水篇》),这种思想在王尔德的喜剧创作中得到了突出强调。在《温德米尔夫人的扇子》(*Lady Windermere's Fan*)里,王尔德借达林顿勋爵之口

---

① 王尔德:《一位中国哲人》,(谈瀛洲译),见《王尔德全集》评论随笔卷,(杨东霞、杨烈等译),北京:中国文学出版社,2000年,第273页。

说道:“把人们划分成好人和坏人是不合理的。”剧中重要角色厄林太太是世人眼中的坏女人,但她在关键时刻却能舍己为人,表现出崇高的牺牲精神。剧中男女主人公对这一人物的认识、评价始终大相径庭。正是通过男女主人公对同一人物认识的分歧,王尔德表达了这样的观点:价值的区别是人为设定的,而这无疑是庄子“以道观之,物无贵贱”思想的戏剧化表现。庄子的幽默风格、《庄子》以寓言明事理的写作方法都同样回应在王尔德的文学世界里。

在进入20世纪的英美文坛,先秦儒道作品对美国诗歌的影响尤为突出。美国现代诗歌革新运动的领袖庞德与中国文化的关系早已成为中外文学、文化交流史上的佳话。中国文化在西方的传播培育了庞德对中国文化的兴趣,博大精深的儒家思想使庞德不仅结识了可以与西方基督教文明相抗衡的东方文明,而且得到了解决西方精神危机的良药。于是他开始锲而不舍地向西方翻译介绍孔子和儒学,立志使中国古代文明之花在西方重新绽放。而《诗章》这部20世纪现代诗歌里程碑式的史诗无不处处弥漫着东方的神韵,1926年左右,庞德写出《诗章》第十三章,主要参考书是法国汉学家波蒂埃(M. G. Pauthier)的法译《四书》,《诗章》第十三章几乎从头到尾都是论语的摘引,用的是孔子与其门徒问答的形式。[①]“仁”是《论语》中出现频率最高的一个概念,更是中国文化中最深入人心的一种伦理观念。在《诗章》的第五十五章,庞德讲到唐代一位贪官事发之后被处死,这位诗人手书了13个汉字插在这个故事之中:“仁者以财发身不仁者以身发财”。在第八十二章,庞德则写了一个很大的“仁”来突出“以创造更丰富的人性”这个句子所表达的含义。他还把自己看成是个“仁者”,并在第八十三章的诗句中写下《论语·雍也》中的名句“知者乐水,仁者乐山”。

---

① 赵毅衡:《诗神远游——中国如何改变了美国现代诗》,上海:上海译文出版社,2003年,第281页。

由此可见庞德对"仁"的强调。

20世纪的美国诗坛上，如果说庞德深受儒家思想的影响，那么雷克斯罗斯（Kenneth Rexroth）、罗伯特·勃莱（Robert Bly）、斯奈德（Gary Snyder）等一批当代诗人则对《道德经》、《庄子》表现出浓厚的兴趣。1967年雷克斯罗斯出版了长诗《心的花园，花园的心》（*The Heart's Garden, The Garden's Heart*），诗的前半部即以《道德经》来贯穿。第一节以《道德经》第六章为主题，第二节、第三节、第四节都以水的意象开始，以水的意象作结，呼应《道德经》中"上善若水"的思想。勃莱改译过《道德经》，对道家的"无为"精神尤为推崇，他的《一首无为之诗》（*A Doing Nothing Poem*）表达了借清净无为打破时空限制的想法，与《道德经》第十章"专气致柔，能婴儿乎？涤除玄览，能无疵乎？"相呼应；勃莱的《另一首无为之诗》（*Another Doing Nothing Poem*）一方面摘取了《庄子·逍遥游》里的鲲鹏意象，另一方面又吸取了《庄子·秋水》中的思想"知天地之为稊米也，知毫末之为丘山也，则差数睹矣"。斯奈德对《道德经》的吸收在他的诸多诗篇里都有显现：《无》（*Without*）、《高品质资讯》（*High Quality Information*）、《道非道》（*The Way Is not Way*）、《不碍事，没关系》（*No Matter, Never Mind*）、《伟大母亲》（*The Great Mother*）、《为了无》（*For Nothing*）等。"美国现代诗从庞德起，到斯奈德，走过了一个中国影响的大循环"，[①]在这一大循环中，诸子散文中的《论语》、《孟子》、《道德经》、《庄子》为美国新诗运动提供了丰富的思想资源。

诚然，以上只是一个大略的梳理，先秦儒道散文对英语文学的影响，其情况要复杂得多，对其最新发展状况的客观评述更需待以时日。

---

① 赵毅衡：《诗神远游——中国如何改变了美国现代诗》，上海：上海译文出版社，2003年，第72页。

# 参考文献


Ames, Roger T, Henry Rosemont, Jr. (trans.) *The Analects of Confucius: A Philosophical Translation*. New York: Ballantine Pub. Group, 1998.

Alexander, G. G. (trans.) *Lao-tsze, The Great Thinker, with a Translation of His Thoughts on Nature and Manifestations of God*. London: Trubner & Co, 1895.

Bahm, Archie J. *Tao Teh King: Nature and Intelligence* [M]. New York: Frederick Ungar, 1958.

Brooks, E Bruce, A Taeko Brooks. (trans.) *The Original Analects: Sayings of Confucius and His Successor*. New York: Columbia University Press, 1998.

Chai, Chu', Winberg Chai. (trans.) *The Sacred Books of Confucius and Other Confucian Classics*. New York: University Books, Inc., 1965.

Chan, Alan Kam-Leung. (ed.) *Mencius: Contexts and Interpretations* [M]. Honolulu: University of Hawaii

Press, 2002.

Chan, Wing-Tsit. *A Source Book in Chinese Philosophy*[M]. Princeton: Princeton University Press, 2001.

Chen, Ellen M. (trans.) The *Tao Te Ching*. New York : Paragon House, 1989.

Chen, Ellen M. Nothingness and the Mother Principle in Early Chinese Taoism [J]. *International Philosophy Quarterly*, 1969(9), 401—403.

Collie, David. (trans.) *The Chinese Classical Work Commonly Called The Four Books*. *Malacca*: Printed at the Mission Press,1828,

Dawson , Menander. ( trans. ) *The Ethics of Confucius*. New York: Putnam & Sons, 1915.

Dobson,W. A. C. H. (trans.) *Mencius: A New Translation Arranged and Annotated for the General Reader*. Toronto: University of Toronto Press,1963.

Dubs, Homer H. (trans.) *The Works of Hsun Tzu*. London: Arthur Probsthain, 1928.

Faber, E. Rev. *The Mind of Menciu or Political Economy Founded Upon Moral Philosophy*: *A Systematic Digest of the Doctrines of the Chinese Philosopher Mencius* [M]. Whitefish:Kessinger Publishing,2003.

Feng, Gia-Fu & Jane-English. (trans.) *Tao Te Ching*. New York: Vintage Books, 1989.

Fingarette, Herbert. (trans.) *Confucius: the Secular as Sacred*. New York: Harper Torchbooks, 1972.

Frankel, H. H . Review on *The Columbia Book of Chinese Poetry: From Early Times to the Thirteenth Century* by Burton Watson [J]. *Harvard Journal of Asiatic*

Studies, 1986( 1) ,288—295.

Fung, Yu-lan. ( trans. ) *A Taoist Classic: Chuang-Tzu*. Beijing : reign Languages Press, 1989.

Graham, Angus C. *Later Mohist Logic, Ethics and Science* [M]. Hong Kong: The Chinese University Press, 1978.

Graham, Angus C. *Chuang-tzu: The Seven Inner Chapters and Other Writings from the Book Chuang-tzu* [M]. London: George Allen & Unwin, 1981.

Graham, Angus C. *Disputers of the Tao: Philosophical Argument in Ancient China* [M]. La Salle: Open Court Publishing Company, 1989.

Giles, Herbert A. (trans. ) *ChuangTzu: Taoist Philosopher and Chinese Mystic*. London: Mandala Books, Unwin Paperbacks,1980.

Giles, Lionel. (trans. ) The *Sayings of Confucius: A New Translation of the Greater Part of the Confucian Analects*. London: John Murray, 1907.

Giles,Lionel. (trans. ) *The Book of Mencius (Abridged)*. London John Murray, 1942; rpt. , Boston: Charles E. Tuttle,1993.

Heiner, Roetz. *Confucian Ethics of the Axial Age* [M]. Albany, New York: State University of New York Press, 1993.

Hinton, David. ( trans. ) *Mencius*. Washington D. C. : Counterpoint,1998.

Hoff, Benjamin. (trans. ) *The Way to Life: At the heart of the Tao Te Ching*. New York & Tokyo: John Weatherhill Inc, 1981.

Ian, Johnston. (trans. ) *The Mozi: A Complete Translation*.

Hong Kong: he Chinese University Press , 2010.

Ivanhoe, Philip J. & Norden Bryan W. Van. (ed.) *Readings in Classical Chinese Philosophy* [M]. New York: Seven Bridges Press, 2001.

Jennings, William. (trans.) *The Confucian Analects: A Translation*. London: George Routledge and Sons. 1895.

Knoblock, John. (trans.) *Xunzi: A Translation and Study of the Complete Works*. Stanford California: Stanford University Press, 1988—1992.

Kwok, Man-Ho, et al. (trans.) *Tao Te Ching*. Dorset: Element Books Limited, 1993.

LaFargue, Michael. (trans.) *The Tao of the Tao Te Ching*. Albany, New York: State University of New York Press, 1992.

Lau, D. C. (trans.) *Lao Tzu Tao Te Ching*. Middlesex: Penguin Books, 1963.

Lau, D. C. (trans.) *Mencius*. London/New York/Victoria/Toronto/Auckland: Penguin Group, 1970.

Lau, D. C. (trans.) *Confucius :The Analects*. Hongkong : Chinese University Press ,1992.

Legge, James. (trans.) *The Texts of Taoism*. New York: The Julian Press, Inc. 1959.

Legge, James. (trans.) *The Chinese Classics*, Vol. I. Hongkong: Hongkong University Press,1960.

Legge,James. (trans.) *The Chinese Classics*, Vol. II. Oxford: Clarendon Press, 1893 ; HongKong: HongKong University Press,1970.

Legge, James. (trans.) *The Works of Mencius*, New York: Dover Publishing Inc, 1970.

Leys, Simon. (trans.) *The Analects of Confucius*. New York: W. W. Norton & Company, 1997.

Lin , Yutang. (trans.) *The Wisdom of Confucius*. New York: Random House, Inc. , 1938.

Liao, W. K (trans.) *The Complete Works of Han Fei Tzu: A Classic of Chinese Political Science, Translated from Chinese with Introduction and Notes*. London: Arthur Probsthain, 1939,1959.

Li H. David. (trans.) *Analects of Confucius: A New-Millennium Bilingual Edition*. Bethesda Maryland: Premier Publishing Company 1999.

Lyall, Leonard Arthur. (trans.) *Mencius*. New York: Longmans, Green and Co. , 1932.

Mair, Victor H. (trans.) *Tao Te Ching : The Classic Book of Integrity and the Way. New York*: Bantam Books, 1990.

Mair, Victor H. (trans.) *Wandering on the Way: Early Taoist Tales and Parables of Chuang Tzu*. Honolulu: University of Hawaii Press, 1994.

Mei, Yi-pao. *The Neglected Rival of Confucius* [M]. London, Probsthain, 1934.

Mei, Yi-pao. (trans.) *The Ethical and Political Works of Motse*. London: Probsthain, 1929.

Mitchell, Stephen. (trans.) *Tao Te Ching*. New York: Harper Collins Publishers, 1988.

Nord , Christiane. *Translating As A Purposeful Activity* [M]. Shanghai: Shanghai Foreign Language Education Press, 2001.

Norman J. Girardot. *The Victorian Translation of China*:

*James Legges' Oriental Pilgrim age* [M]. Berkeley: University of California Press, 2002.

Marshman, Joshua. (trans.) *The Works of Confucius, Containing the Original Text, with a Translation*. Serampore: The Mission Press, 1809.

Pound, Ezra. (trans.) *Confucius: The Great Digest, The Unwobbling Pivot, The Analects*. New York : New Directions , 1951.

Pound, Ezra. Immediate Need of Confucius[A] , in *Selected Prose*, 1909-65[C]. London: Faber and Faber , 1973.

Rosemont, Henry, Jr.. (ed.) Bibliography of the Writings of Angus C. Graham [A], in *Chinese Texts and Philosophical Contexts: Essays Dedicated to Angus C. Graham*[C]. La Salle: Open Court Publishing Company, 1991.

Slingerland, Edward. (trans.) *Confucius Analects*. Indianapolis: Hackett Publishing Company Inc. , 2003.

Steiner, George. *After Babel: Aspects of Language and Translation*[M]. Shanghai: Shanghai Foreign Language Education Press, 2001.

Steve, Coutinho. *Zhuangzi and Early Chinese Philosophy* [M]. Burlington: ASHGATE, 2004.

Soothill, William. (trans.) *The Analects of Confucius*. Oxford: Oxford University Press, 1937.

Waley, Arthur. *The Way and Its Power: A Study of Tao Te Ching and Its Place in Chinese Thought*[M]. London: Allen & Unwin, 1934.

Waley, Arthur. (trans.) *The Analects of Confucius*. London: George Allen & Unwin ,1938.

Waley, Arthur. *Three Ways of Thought in Ancient China* [M]. New York: Doubleday & Company Inc. ,1956.

Waley, Arthur. *The Secrete History of the Mongols* [M]. London: George Allen and Unwin Ltd, 1964.

Ware, James. (trans.) *The Sayings of Confucius*. New York: The New American Library of World Literature, Inc. 1955.

Ware, James. (trans.) *The Sayings of Mencius*. New York: The New American Library of World Literature, 1960.

Waston, Burton. (trans.) *Hsun Tzu: Basic Writings*. New York: Columbia University Press, 1963.

Watson, Burton. (trans.) *Han Fei Tzu: Basic Writings*. New York: Columbia University Press, 1963.

Watson, Burton. (trans.) *The Complete Works of Chuangtzu*. New York: Columbia University Press, 1968.

Watson , Burton (trans). *Mo Tzu: Basic Writings*. New York: Columbia University Press, 1963.

Toury, Gideon. *Descriptive Translation Studies and Beyond* [M]. Amsterdam and Philadephia: John Benjamin's Publishing Company, 1995.

安乐哲(著),温海明(编). 和而不同:比较哲学与中西会通[M]. 北京:北京大学出版, 2002.

安乐哲,罗思文(著),罗瑾(译).《论语》的哲学诠释[M]. 北京:中国社会科学出版社,2003.

蔡希勤(编),何祚康(译). 孟子. 北京:华语教学出版社,1999.

蔡希勤(编),何祚康,郁苓(译). 孟子名言录. 北京:华语教学出版社,2002.

蔡希勤(编),郁苓(译). 孟子的故事. 北京:华语教学出版社,2002.

陈鼓应. 老子今注今译[M]. 北京:商务印书馆,2003.

陈奇猷. 韩非子新校注[M]. 上海:上海古籍出版社,2000.

陈胜长(译). 孟子在辩论中运用劈喻的方法探讨[A],见:《探掇英华》编辑委员会编. 探掇英华:刘殿爵教授论著中译集[C]. 香港:香港中文大学出版社,2004:151—152.

楚至大. 难能可贵与美中不足——评理雅各两段《孟子》译文[J]. 中国翻译,1995(6):26—28.

丁四新,华云超. 英语世界儒学研究[A],见:顾海良. 海外人文社会科学发展年度报告[2006][M]. 武汉:武汉大学出版社,2007:516—587.

童元方. 可译与不可译——悼刘殿爵教授[J]. 中国文化,2010(2):227—228。

冯晓黎. 帛书本《老子》四英译本的三维审视[D]. 上海:上海外国语大学,2008.

韩禄伯(著),余瑾(译). 简帛老子研究[M]. 北京:学苑出版社,2002.

辜鸿铭(著),黄兴涛等(译). 辜鸿铭文集[M]. 海口:海南出版社,1996.

辜正坤(译). 老子《道德经》. 北京:中国对外翻译出版公司,2007.

胡可涛. 国外荀子研究述评[J]. 社会科学评论,2008(3):125—128.

黄鸣奋. 英语世界中国古典文学之传播[M]. 上海:学林出版社,1997.

黄中习. 典籍英译标准的整体论研究——以《庄子》英译为例[D]. 苏州:苏州大学,2009.

蒋伯潜. 诸子通考. 绪论[M]. 南京:正中书局,1948.

蒋坚松. 文本与文化——评诺布洛克英译《荀子》[J]. 外语与

外语教学，1999(1)：40—43.

姜林祥. 儒学在国外的传播与影响[M]. 济南：齐鲁书社，2004.

李冰梅. 冲突与融合：亚瑟. 韦利的文化身份与《论语》翻译研究[D]. 北京：首都师范大学，2009.

李泽厚. 论语今读[M]. 北京：生活·读书·新知三联书店，2004.

利玛窦(著)，罗渔(译). 利玛窦书信集[C]. 台北：台湾光启出版社，1986.

李玉良，罗公利. 儒家思想在西方的翻译与传播[M]. 北京：中国社会科学出版社，2009.

刘单平.《孟子》西译史述评[J]. 理论学刊，2010(8)：105—108.

刘单平，曾振宇. 他者视域下的儒家经典：《孟子》英译本比较研究[J]. 孔子研究，2011(4)：120—126。

刘岩. 中国文化对美国文学的影响[M]. 石家庄：河北人民出版社，1999.

马祖毅，任荣珍. 汉籍外译史[M]. 武汉：湖北教育出版社，1997.

毛起. 论语章句[M]. 南京：南京大学出版社，2009.

牟宗三. 名家与荀子[M]. 台北：学生书局，1994.

钱永生. 论墨子思想结构的生成[M]. 北京：首都师范大学，2002.

秦彦士. 墨学的当代价值[M]. 北京：中国书店，1997.

任继愈. 墨子[M]. 上海：上海人民出版社，1956.

儒风.《论语》的文化翻译策略研究[J]. 中国翻译，2008(5)：50—54.

苏郁铭. 近十年来(1994—2003)美国的荀子研究[D]. 斗六：台湾云林科技大学，2005.

孙诒让. 墨子间诂[M]. 北京：中华书局，2001.

孙中原. 墨子及其后学[M]. 北京：新华出版社，1993.

王博. 庄子哲学[M]. 北京:北京大学出版社,2004.

王宏.《墨子》英译对比研究[J]. 解放军外国语学院学报,2006(11):55—60。

王蒙. 庄子的享受[M]. 合肥:安徽教育出版社,2010.

汪榕培、王宏(英译). 大中华文库汉英对照·墨子(全2卷). 长沙:湖南人民出版社, 2006.

王东波.《论语》英译的缘起与发展[J]. 孔子研究,2008(4):119—125.

王灵康. 英语世界的荀子研究[J]. 台北:台湾政治大学哲学学报,2003(11):3—6。

王勇. 20年来的《论语》英译研究[J]. 求索,2006(5):178—181.

汪榕培(英译). 大中华文库汉英对照·庄子. 长沙:湖南人民出版社,1999.

汪榕培, 王宏. 中国典籍英译[M]. 上海:上海外语教育出版社,2009.

辛红娟.《道德经》在英语世界:文本行旅与世界想像[M]. 上海:上海译文出版社,2008.

邢兆良. 墨子评传[M]. 南京:南京大学出版社,1995.

徐来. 英译《庄子》研究[M]. 上海:复旦大学出版社,2008.

杨平.《论语》核心概念"仁"的英译分析[J]. 外语与外语教学,2008(2):61—63。

颜世安. 庄子评传[M]. 南京:南京大学出版社,1999.

易鑫鼎. 中国古代散文研究论辩[M]. 南昌:百花洲文艺出版社,2006.

约翰·诺布洛克(英译),张觉(今译). 大中华文库汉英对照·荀子(全2卷). 长沙:湖

南人民出版社,2010.

张隆溪(著),冯川(译). 道与逻各斯[M]. 成都:四川人民出版社,1998.

张西平.欧洲早期汉学史:中西文化交流与西方汉学的兴起[M].北京:中华书局,2009.
赵甄陶,张文庭,周定之(英译).大中华文库汉英对照·孟子.长沙:湖南人民出版社,1999.
赵毅衡.诗神远游—中国如何改变了美国现代诗[M].上海:上海译文出版社,2003.